GRANDES N

Bonnie MacDougal

Ángulo de Impacto

Traducción de Jorge Salvetti

Bonnie MacDougal

Ángulo de Impacto

Emecé Editores

Emecé Editores S.A.
Independencia 1668, 1100 Buenos Aires, Argentina
E-mail: editorial@emece.com.ar
http://www:emece.com.ar

Título original: *Angle of Impact*

© *1998, Bonnie MacDougal*
© *2002, Emecé Editores*

Diseño de cubierta: *Eduardo Ruiz*
1ª impresión: 4.000 ejemplares
Impreso en Grafinor S. A.,
Lamadrid 1576, Villa Ballester,
en el mes de mayo de 2002.
Reservados todos los derechos. Queda rigurosamente prohibida,
sin la autorización escrita de los titulares del "Copyright", bajo
las sanciones establecidas en las leyes, la reproducción parcial o total
de esta obra por cualquier medio o procedimiento, incluidos
la reprografía y el tratamiento informático.

IMPRESO EN LA ARGENTINA / PRINTED IN ARGENTINA
Queda hecho el depósito que previene la ley 11.723
ISBN: 950-04-2372-3

A mis hijas,
Alison y Jordan,
que superan lo que yo esperaba de ellas
y son mucho mejores de lo que merezco.

CAPÍTULO 1

La palanca de aterrizaje descendió y quedó fija en su posición mientras el vuelo nocturno procedente de Los Angeles se preparaba plácidamente a realizar su último tramo del viaje a Filadelfia. El sol empezaba a despuntar sobre New Jersey; una luz líquida y rosada cubría el río Delaware como un derrame de petróleo iridiscente. Lentamente el alba fue iluminando el cielo hasta revelar un azul apacible y despejado.

Dana Svenssen apoyó la nariz contra la ventanilla para verlo. No había tenido oportunidad de comprobar lo que era el famoso sol de California; durante todo un mes había corrido del juzgado a la sala de conferencias, de la sala de conferencias a la habitación del hotel sin siquiera echar un vistazo por encima de su cabeza para ver la luz del día. Pero por fin estaba de vuelta en casa, feliz por el triunfo y ansiosa de juntar a los chicos para un glorioso descanso en la playa.

El gigante desparramado sobre los dos apoyabrazos en el asiento de al lado ya había obtenido su descanso. Era un abogado de más de treinta años pero dormía tan profundamente como un bebé, incluso mientras el avión carreteaba por la pista y autorizaba el descenso de los pasajeros.

Dana se acercó y le dijo:

—Travis, despiértate. Llegamos.

Se despertó como una pala automática, encendida al instante y con todos los sistemas en funcionamiento.

—No estaba dormido —dijo con su voz profunda y lenta de recién despierto, mientras su cabeza recuperaba toda su altura sobre un cuello largo—. Sólo estaba reposando un poco los ojos.

—Sí, durante dos horas y media.

Ella se levantó desplegando a su vez su metro setenta y cinco de altura. Todavía atraía las miradas, con su pelo rubio y esos ojos de un celeste tan intenso como la punta incandescente de una llama; pero con sus cuarenta años mordiéndole los talones ya nadie la confundía con una modelo sueca. Últimamente su tipo racial había cobrado una perspectiva nueva. Una valkiria la habían apodado en un artículo reciente de una revista judicial, con una ilustración suya que la mostraba en armadura completa de vikingo y un casco de grandes cuernos.

La Gran Dana, la llamaban Travis y los otros socios cuando creían que no estaba escuchando.

Travis se incorporó pesadamente en el pasillo, pero volvió hacia atrás porque la fila en la que estaban se demoraba para bajar del avión. Un ex jugador de fútbol de primera era ahora la mano derecha de Dana, y durante el último mes había estado cuidándole las espaldas permanentemente.

—Tengo el auto en el aeropuerto —dijo con su voz de trueno—. ¿Te llevo a la oficina?

Solamente un abogado joven ansioso por ganarse un lugar como socio dentro del estudio iría derecho a la oficina después de un viaje de toda la noche y un juicio de un mes lejos de casa.

—Tengo el auto —dijo Dana—. Además la oficina se puede arreglar sin ti hoy. Miss Texas no.

La mujer de Travis había sido reina de belleza y aunque en realidad nunca exhibió la corona estatal, ésa era la manera en la que a él le gustaba referirse a ella. Tenía una frase típica al respecto: "No te puedes casar con Miss Texas y llevártela al norte para meterla en un departamento"; o para andar en un auto usado o comprar en Sears o cualquier otra categoría de gasto en la que él estuviese a punto de incurrir en su nombre.

—¿Qué vas a hacer? —le preguntó, con cuidado de no perder ni un ápice en la competencia de sacrificio abnegado al dios de las horas de trabajo.

—Tengo que ir a Pennsteel a la mañana. Pero después directo a casa y no me vas a ver de nuevo hasta dentro de dos semanas.

—¿Qué hay en Pennsteel? ¿Una deposición?

Dana puso cara de fastidio. ¿Qué eran ellos acaso, espías?

—Una breve reunión con Vic y Charlie.

Travis se detuvo a saludar a la fila de pilotos y azafatas que despedían a los pasajeros, después corrió para no perder el *jetway* hasta la terminal del aeropuerto.

—Te lo voy a decir de nuevo, Dana —dijo en voz alta—. Le diste una patada en el culo a más de un pez gordo allá. Esos desgraciados no tuvieron tiempo ni de enterarse con qué los golpearon —agregó—. Y *realmente* los agarré desprevenidos con esa moción *in limine* que hice.

Dana disimuló una sonrisa mientras se ponía la cartera al hombro.

—Ya sabes, Travis, que con respecto a la mejor manera de manejar una sociedad hay fundalmentalmente dos escuelas de pensamiento: o la obsecuencia descarada o la autopromoción desfachatada y...

Y una sonrisa estalló en la cara de Travis.

—¡Y yo suscribo a ambas!

Dana no pudo evitar reír. Nadie portaba su ambición más encantadoramente que Travis Hunt.

Llegaron a la terminal y siguieron los carteles hasta el estacionamiento para largos períodos y cuando pasaron por las puertas giratorias los golpeó un muro sólido de calor. Agosto en Filadelfia era siempre asfixiante pero esta ola de calor y sequía era tan intensa que era noticia hasta en Los Angeles. Cuarenta y cinco días sin llover, cuarenta días con máximas por encima de los treinta y tres grados. Dana tenía puesto un vestido ajustado de seda color marfil —por fin después de un mes de trajes oscuros— pero sintió que la tela se derretía en cuanto le dio la ráfaga de aire caliente.

Travis se detuvo donde se bifurcaban sus caminos en mitad del estacionamiento.

—Austin va a querer alguna nota sobre el veredicto para los diarios. ¿Qué te parece si redacto algo?

Clifford Austin era el director del estudio y un excelente practicante del derecho como negocio. Bajo su reinado, las victorias importaban menos que las ganancias o no importaban en absoluto si no podían ser convertidas rápidamente en molienda para el molino comercial de la empresa.

—¿Me puedes hacer el favor de ir directo a tu casa? —Lo tomó del hombro y le dio un envión. —No te puedes casar con Miss Texas y llevártela al norte y no volver a casa después de cuatro semanas afuera.

Tímidamente se fue hacia el nivel en el que estaba su auto.

Dana ubicó el suyo, fue hasta la salida y pagó el rescate para liberarlo. Uno de estos días sin embargo, pensó mientras sacaba el dinero, lo iba a dejar librado a su propia suerte. El Mercedes era una fuente constante de molestias para ella, especialmente frente a gente como el muchacho atacado de acné que lo miró con ojos codiciosos mientras tomaba parte del dinero de su salario mínimo. Se le ocurrió que se sentiría más a gusto en un Minivan como las otras mamás, o tal vez un pequeño Miata rojo para mostrar que todavía estaba en carrera. Cualquier cosa que no fuera este himno andante al engreimiento. Pero de todos los autos de su categoría era el que tenía el mejor aislamiento de sonido y en cuanto dejó atrás el techo de hormigón armado lo aprovechó para marcar en el teléfono el número de su casa.

Kirstie ganó la carrera por levantar el tubo pero Dana esperó el segundo clic de la extensión que infaltablemente le seguiría para contestar:

—Hola, chicas. Adivinen dónde estoy.

—Filadelfia —dijeron sus dos hijas con voz de alegría.

—Sí. Y las quería saludar antes de que se fueran de excursión. ¿A qué hora viene la camioneta?

—En cinco minutos —dijo Trina.

—¿Ya tienen lista la bolsa del almuerzo y la cantimplora? Y mucha pantalla solar?

—Ajá. ¿Ma, vas a estar cuando volvamos?

—Por supuesto que sí. ¿Papá les dio un poco de plata para que lleven?

Hubo un segundo de vacilación y luego Krsitie dijo:

—En realidad no nos hace falta.

—¿No está ahí?

—Está durmiendo —saltó Trina—. Y no tenemos que despertarlo porque quién sabe a qué hora se acostó anoche.

Una neblina oscureció la ruta cuando las lágrimas cubrieron los ojos de Dana.

—Bueno —dijo.

—No necesitamos dinero —insistió Kirstie.

Sin dudas sentía que algo no estaba bien pero le bastaba como razón que no dispusieran de dinero para algún posible gasto, aunque el dinero jamás había sido un problema, al menos no la falta de él.

—Entren sin hacer ruido y fíjense en mi alhajero. Tiene que haber algo de cambio ahí. Saquen lo que necesiten. ¿Entendieron?

—Sí.

—Las amo.

—Nosotras también —dijeron a coro.

Dana puso su voz más alegre.

—¡Y que se diviertan!

Las lágrimas rodaron por sus mejillas en cuanto cortó. Durante todo el verano Whit se lo había pasado durmiendo todo el día y saliendo de noche. Éste era el verano en el que había dicho que iba a terminar su libro, pero no había señales de progreso alguno. Dana no tenía idea de qué estaba pasando, y lo que era aun peor, tampoco tenía el coraje como para averiguarlo. Guerrera o no había algunas batallas que no se atrevía a luchar. El matrimonio de ellos se había vuelto una angustiante Guerra Fría, o en el mejor de los casos una simple tregua: sus únicas opciones eran o hacer la vista gorda a las violaciones del tratado o desatar una guerra termonuclear a escala total.

"No", pensó con furia y se secó los ojos con el dorso de la mano. "No pienses en Whit".

La sombra de un helicóptero de control del tránsito se posó sobre el Mercedes mientras iba por la autopista a la altura de la Estación de la Calle Trece en dirección oeste, hacia Valley Forge. Hace quince años a esta hora de la mañana hubiese tenido toda la ruta para ella sola, pero ahora la cantidad de tráfico era la misma en ambas direcciones. Filadelfia había sido una vez un pujante centro de industrias pero hoy en día sólo trabajaban en la ciudad banqueros y abogados e incluso el número de banqueros estaba disminuyendo. En un futuro no muy lejano se convertiría en un cementerio en el que sólo quedarían abogados revolviendo huesos emblanquecidos en busca de demandas y clientes.

Mientras Dana cruzaba los límites de la ciudad sonó el teléfono.

—Ah, qué suerte que te encuentro —dijo la voz de su hermana por el parlante—. ¿Dónde estás?

—¡Karin!, hola. En la Avenida City Line.

—Genial. Pásate un segundo antes de salir de la ciudad.

—Me encantaría, pero tengo una reunión en Pennsteel.

—Te preparo el desayuno.

—Voy a una reunión de desayuno.

—¡Ah! Cambiarías mis brioches recién horneados por facturas danesas de ayer.

Karin tenía un servicio de catering en su propia cocina; su especialidad eran las masas francesas.

—Por favor —dijo Dana riendo—. No me lo hagas todavía más difícil.

—Está bien, no importa. Pero dime, ¿ya estás lista para la playa?

—Psicológicamente mucho más de lo que te podrías imaginar. En todo lo demás, para nada. Pero para cuando llegues mañana te prometo que sí, aunque me quede sin dormir toda la noche.

—Espero que sí. A las siete y media en punto estoy ahí.

Cuando Dana pasó y aceleró el Mercedes en dirección norte, el sol brillaba con más fuerza y el cielo despejado se había puesto de un azul intenso. A pesar de la sequía el paisaje parecía verde y suave después de un mes en LA, y con el aire acondicionado encendido el calor no pasaba de un rumor. No le disgustaba tanto tener que hacer el viaje hasta Peensteel —el día estaba tan hermoso. Además, aunque facturasen el encuentro como una presentación de informe sobre el veredicto del caso Hotel Palazzo, si conocía bien a su cliente, en especial al presidente, el jugo de naranja iba a tener champán y el clima iba a ser más de festejo que de trabajo.

Una hora después estaba saliendo del segundo peaje cuando el teléfono volvió a sonar.

—Por favor no cuelgue —dijo la voz de una mujer—. La comunico con el señor Sullivan.

Un minuto después la conectaron con una onda de radio muy cargada de estática.

—¿Qué demonios estás haciendo en la ruta?

Se oyó el ladrido de Victor Sullivan. Se oía también el torbellino del rugido del viento.

—¿No tenías que estar en una reunión a las diez y media?

—Sí, y así va a ser —le replicó Dana—. Algo que tú no podrías decir en absoluto a mil metros de altura y quién sabe cuántos kilómetros de distancia.

Victor gruñó.

—Te hago una apuesta. Y para tu información sólo estamos a ochocientos metros.

Pasó al carril más rápido y llevó el cuentakilómetros a ciento diez.

—¿Dónde te habías metido?

—Nueva York. Tuve que ver de nuevo a los muchachos del dinero. Eres mi segunda reunión de desayuno hoy.

—Salvo que para cuando aterrices yo ya no voy a estar.

—Dios mío. Una victoria ínfima y te vuelves una descarada.

—¿Ínfima? —dijo con una risotada.

Durante cinco años desde que se incendió el Hotel Palazzo, los auditores habían estado llevando la responsabilidad hasta cien millones de dólares. Como Peensteel estaba autoasegurada por los primeros diez millones, corría el riesgo de quedar gravemente expuesta.

—De acuerdo. Cuéntame los detalles —dijo Sullivan.

—Pensé que para eso era la reunión de hoy.

—Tú ya me conoces. Jamás entro en una reunión sin contar con más información que los demás.

—Y tú sabes que jamás discuto negocios de clientes por celular.

—Esto no es un celular —insistió Sullivan—. Estoy hablando por una frecuencia de radio especial de nuestro helipuerto.

—Peor. Quiere decir que se está grabando en ese grabador de cabina y vaya a saber quién lo escucha.

No pudo objetar nada y dijo:

—Dale, al menos dame la versión pública —tratando de seducirla.

—Está bien.

Pasó dos autos, luego dos más antes de que un corredor decidido la obligara a volver al carril derecho.

—La evidencia mostró que la viga I que sostenía el piso treinta del hotel cedió debido a falta de prueba contra fuego y no por algún defecto en la fabricación del acero. El jurado declaró culpable al contratista de las pruebas antifuego, al contratista de la electricidad y al pobre muchacho que empezó todo el lío cuando se puso a recablear su cuarto. A Peensteel la absolvieron de toda responsabilidad.

—¡Que Dios salve a la honorable corte!

Dana rió y preguntó:

—¿Quiénes van a estar en la reunión hoy?

—Los sospechosos de siempre. Haguewood, Morrison y Shaeffer.

Estos tres eran los vicepresidentes de la compañía; los empleados los llamaban Los Amigos porque no había la menor animosidad entre ellos. Dana tenía su favorito: Charlie Morrison era consejero general y un viejo amigo.

—Y Ollie —agregó.

Oliver Dean era presidente emérito, ahora jubilado pero sólo como presidente del directorio. Con ese elenco quedó confirmada su sospecha; la reunión de hoy iba a ser para festejar la victoria.

—¿En cuál estás, Vic? ¿En el JetRanger?

—Sí. El rey del aire.

—¿A ciento setenta kilómetros por hora? Te puedo ganar con mi auto.

Se entrometió un semáforo y Dana tuvo que frenar.

—Aprovecha ahora.

—Un momento. No sé ni dónde estás. Tal vez me estás hablando de un helipuerto.

—No. Ron, ¿dónde estamos?

El rugido de los motores y el ruido constante de los rotores se tragó la respuesta del piloto.

—No me des las coordenadas, no tengo idea de qué significan. Espera, déjame echar un vistazo. Eh, ya sé dónde estamos. Cerca del parque de diversiones, veo la montaña rusa, ¿cómo se llama?, el Valle Alpino.

—¿En serio? —gritó Dana—. Saluda para abajo, Vic. Mis hijas están ahí de excursión.

—No me digas. Eh, Ron, aterriza esta cosa y vamos a conseguirnos un par de rubias.

Dana se rió y enseguida la estática inundó la pausa en la conversación durante casi un minuto. Cambió la luz del semáforo y mientras cruzaba la intersección se oyó un grito ahogado por el parlante.

—¿Vic?

La respuesta llegó como el estruendo de metal contra metal y el rugido del aire succionando aire.

—¿Vic? —dijo de nuevo.

Un silencio y después el tono del teléfono.

Se detuvo en la banquina y miró el teléfono, después lo levantó y marcó el número de Peensteel.

—Soy Dana Svessen —dijo a la operadora de la compañía—. Recién estaba hablando con el señor Sullivan por el canal del helipuerto, y se cortó...

—Un momento, por favor.

—Lo siento, señorita Svenssen —volvió a decir la operadora después de unos minutos—. No responden.

—¿Me podría pasar con el departamento de aviación?

—Un momento.

Miró por el parabrisas. El cielo estaba despejado, del color del lapizlázuli, sereno y calmo.

—Keller —dijo una voz.

Keller. Buscó en su memoria.

—¿Ted?

—¿Sí?

La memoria servía. El piloto en jefe de Peensteel. Había volado con él en aviones de la compañía un par de veces.

—Ted, soy Dana Svenssen, de Jackson, Rieders y Clark.

Le iba a llevar un minuto ubicarla pero ella no esperó.

—Vic Sullivan me estaba hablando desde un helicóptero y... algo pasó. Le relató la conversación y los sonidos que le siguieron.

Hubo un silencio y a continuación un suspiro de angustia.

—Oh, Dios mío.

Dana cerró los ojos por un segundo, puso inmediatamente la luz de giro y entró de nuevo en la autopista haciendo chillar los neumáticos.

—Estoy a diez minutos del Valle Alpino —gritó—. Voy para allá.

Encendió el scanner de señales de la policía, salió disparando entre dos carriles de autos y dobló a la izquierda en la primera intersección. La radio pasó por una docena de frecuencias hasta sintonizarse en la señal más fuerte. Enseguida se empezó a oír el sonido de la transmisión.

—Sí, escuche —gritó alguien que llamaba por teléfono—. Hubo una explosión infernal en el parque de diversiones. Hay una bola de fuego en el cielo; parece como si hubiese explotado un cometa o algo así.

—¡Oh, Dios mío! —gritaba la siguiente voz—. Hubo un accidente. Está cayendo como una lluvia de meteoritos!

Dana sintió que se ahogaba. Sus hijas estaban ahí, bajo una lluvia de fuego. Apretó el acelerador contra el piso y el cuentakilómetros pasó de los ciento diez y se clavó en ciento treinta. Atrás iba dejando una estela de bocinazos.

El scanner captó una serie de despachos que mandaban patrulleros y vehículos de rescate en respuesta a un pedido de emergencia de origen desconocido. Pero el siguiente llamado que se oyó borró la duda.

—Vi todo —relataba un señor—. Chocaron un helicóptero y una avioneta. Parecía una batalla aérea.

—¿Hay heridos? —preguntó la de la radio.

—Señorita, más de los que uno podría contar.

Unas lágrimas tibias desbordaban los ojos de Dana. Apagó el scanner cuando otra llamada entró en el teléfono del auto. Era de nuevo la operadora de Peensteel.

—Un momento que le comunico con el señor Morrison, por favor.

—¿Dana? —dijo con una voz alterada—. Keller acaba de decirme...

—Oh, Charlie.

Se cortó por la mitad. Charlie y ella se conocían desde hacía mucho y temía perder el control. Tragó saliva.

—Oí los informes en la radio de la policía. Hubo un choque aéreo entre el helicóptero y una avioneta. Justo arriba del parque de diversiones.

—¿Estás yendo para allá?

—Sí. ¿Vendrás tú también?

—Sí, en cuanto pueda. Supongo que primero mejor informo a la aseguradora.

—¿Cuál es su cobertura principal, Charlie?

La misma que Palazzo. Cien millones por encima de los primeros diez.

—Mejor que también notifiques a la aseguradora de excedente.

Siguió una pausa mientras captaba las implicancias de lo que ella había dicho.

—De acuerdo —dijo.

CAPÍTULO 2

Había autos y camiones desparramados a lo largo de ambas banquinas como botes sobre la vera del mar, mientras los conductores se amontonaban en la cima de la colina que daba hacia el Valle Alpino. Dana aminoró la marcha y estiró el cuello para ver. Nubarrones de humo negro subían desde el parque y rodaban por la línea del horizonte. Unas llamas anaranjadas perforaban la niebla y el hedor a sulfuro del combustible quemado y del metal al rojo vivo cubría todo el lugar.

Más adelante la ruta estaba obstruida por grupos de espectadores. Muchos se cubrían los ojos del sol usando las manos de viseras. Dana se apoyó contra la bocina hasta que se abrieron por el medio como una ola y pudo avanzar entre ellos, y luego a lo largo del camino de entrada al parque. Había un bosquecito a ambos lados del camino y por un momento le tapó la visión, pero cuando terminaron los árboles pudo ver el desastre.

Ahí estaba, no en el suelo sino sobre la cresta más alta de la montaña rusa, a setenta metros de altura. El helicóptero y una avioneta estaban fusionados como dos pájaros acoplados que de repente ardieron en el fervor del coito. De los restos salían llamas y caían al suelo chispas y cenizas. Las cimas de los árboles se estaban prendiendo fuego así como también los techos de alegres colores de los puestos de panchos y las calesitas. Se hallaba en el lugar un grupo de patrulleros y un autobomba ya estaba lanzando hacia los despojos un chorro acuoso de espuma.

Dana tomó su cartera y corrió hacia la montaña rusa. Sus piernas iban tan rápido que sus zapatos color marfil despedían una lluvia de grava a su paso. Los empleados del parque, en sus *lederhosen* y sus gorras alpinas pasaron al lado de ella en la dirección opuesta hacia el estacionamiento, y mamás en zapatillas iban rebotando de uno a otro, con sus carteritas que golpeaban en la cintura como rudimentarias bolsas marsupiales. Gritaban llamando a sus hijos mientras las lágrimas trazaban líneas blancas en los rostros cubiertos de hollín.

Atravesó el parque corriendo, pasando por los autos chocadores y el dragón del mar que por primera vez olía a fuego de verdad, después cruzó la fosa del castillo y el gusano loco que todavía giraba desquiciado con los asientos vacíos. Mientras corría las llamaba, "¡Kirstie! ¡Trina! ¡Kirstie! ¡Trina!", pero otras cien madres gritaban otros cien nombres y ninguno se oía por encima del clamor.

Una flecha que decía Tornado señalaba hacia la montaña rusa y hacía ahí se dirigió con el olor acre del metal incinerado todavía al rojo vivo que le tomaba las fosas nasales y la garganta. A lo lejos divisó un árbol chamuscado y negro todavía humeante y se paró en seco. Junto al árbol yacía un cuerpo, o parte de él, carbonizado e irreconocible. Los auriculares de plástico de la radio estaban fundidos y soldados al cráneo. Tenía que ser uno de los pilotos —tal vez Ron, el joven solemne que la había llevado tantas veces por toda la zona Este. Había otros cuerpos ennegrecidos esparcidos por el lugar, algunos sin vida, otros lanzando gritos de agonía mientras el personal de rescate trataba de socorrerlos. Uno era un chico, con la piel quemada y sin pelo y Dana no pudo soportar más el pánico. Gritó "¡Kirstie! ¡Trina!" y siguió corriendo al borde de la desesperación hasta que llegó al Tornado.

Pensó que ya había visto todos los horrores que ese día tenía para mostrarle pero ahora vio lo peor. Un carrito cargado de chicos estaba parado en medio de las vías en una bajada a quince metros de la cima de donde colgaban los despojos del accidente.

—Gracias a Dios el operador los frenó —exclamó alguien vestido con unos shorts de colores que estaba atrás de ella—. Si no hubiesen ido a parar directo a ese horno.

El horno todavía lanzaba nubes de humo que oscurecían casi todo el carro y sus pasajeros. Un equipo de bomberos estaba parado en la estructura de la montaña rusa y disparaban con las mangueras hacia donde estaba las aeronaves destrozadas. El JetRanger estaba apoyado de costado sobre los rieles. Se le había salido el rotor principal pero el trasero todavía giraba. Tan pegado a la punta del fuselaje que parecía soldada a él había una avioneta de un solo motor y de alas altas, tal vez de cuatro plazas. Una de las alas había quedado apuntando hacia arriba.

Se oyó un quejido, como el gruñido de un gigante que despierta, y los restos de las aeronaves se fueron hacia un lado. La muchedumbre lanzó un grito de terror, la respiración de mil personas quedó en suspenso hasta que los escombros metálicos encontraron nuevamente el equilibrio y se quedaron quietos.

Pero el movimiento había desplazado algo: de golpe un brazo con un gesto despreocupado se asomó por la puerta del helicóptero. Luego le siguió el resto del cuerpo que cayó al suelo de cabeza dibujando una espiral. Los chicos del carro gritaron cuando el cuerpo pasó al lado de ellos y durante setenta metros Dana observó a Vic Sullivan en caída libre hasta dar contra la tierra.

Personal de rescate se dirigió corriendo hacia el lugar pero casi de inmediato volvieron a ponerse de pie mientras movían la cabeza en un gesto de resignación.

Dana quedó con la mirada fija en el cuerpo desparramado con los brazos y las piernas en una posición imposible para alguien con vida.

—¡Oh, Dios mío! ¡Vic!

—¿Lo conoce? —gritó uno de los bomberos.

Paralizada, apenas asintió con la cabeza.

Las llamas empezaban a extinguirse entre la lluvia de agua y productos químicos. Se abrió una brecha entre las olas de humo y en el preciso momento en que Dana creyó que nada más terrible podría ocurrir ya, miró hacia el coche clavado en la montaña rusa y vio dos colitas de pelo rubias.

Sus oídos estaban por estallar, sentía el ruido de una cascada o que toda su sangre estaba por explotar en su cuerpo. El cielo palideció y se le nubló la mente, pero no estaba tan débil como para no oír su propia voz a todo volumen.

—¡Trina, Kirstie!

Pero no podían oírla. Estaban abrazadas, cada una con el rostro hundido en el cuello de su hermana y Katrina sollozaba mientras Kirstie tal vez trataba en lo posible de consolarla, entre el llanto y la voz entrecortada por la desesperación. Dana volvió a gritar sus nombres pero era imposible que la oyeran. Lo que más amaba en la vida y no sólo no podía rescatarlas, sino que ni siquiera podía ofrecerles por lo menos un poco de confianza.

Tenía terror de sacarles los ojos de encima porque temía que, si soltaba ese hilo de seda que la unía a ellas con la mirada, el humo las tragaría. Con un gran esfuerzo fue dando cortos vistazos a los costados tratando de ubicar escaleras o redes, lo que fuera que fuesen a utilizar para bajarlas de ahí. Dos mujeres sollozaban y se aferraban entre sí mientras miraban hacia arriba y Dana les gritó:

—¿Qué van a hacer? ¿Cómo los van a bajar?

Las mujeres movieron la cabeza desesperadas, o no sabían o ni siquiera podían responder, pero un hombre dijo en voz alta:

—Las escaleras no llegan hasta ahí arriba. Van a tener que mandar escaladores para que los bajen a cuestas.

Mientras decía esto una docena de bomberos estaban atándose con cuerdas y arneses al pie de la montaña rusa. Dana lanzó una rápida mirada al coche; contó las cabezas e hizo las cuentas. Cada bombero iba a tener que bajar cinco pasajeros, uno por vez. Hubiese dado todo su capital y hasta hipotecado el alma para que bajaran a sus hijas primero. Corrió descaradamente hasta ellos para decírselo pero ya era demasiado tarde; para cuando llegó al pie de la montaña rusa los escaladores ya trepaban por la estructura de acero.

Abajo estaba lleno de camiones, camionetas y hombres con botas, sacos de goma y equipos de paracaídas. Alguien había logrado acercarse al equipo de altoparlantes del parque y estaba solicitándole a la gente que se dirigiera hacia la entrada Este. Un policía de uniforme estacionó el auto en la base de la montaña rusa y bajó con un megáfono.

—Retrocedan, dejen el espacio libre, retrocedan —gritaba—. La avioneta puede explotar en cualquier momento.

Dana no se movió, ni tampoco las dos mujeres que sollozaban y el policía apuntó el megáfono hacia ellas, aunque estaba apenas a tres metros de distancia.

—Señoritas, retrocedan, dije. Para allá.

Con la otra mano señaló la vuelta al mundo.

Dana lo borró de la mente y siguió con la mirada fija en el coche en el que estaban sus hijas. Los escaladores habían llegado al primer vagón del trencito y estaban enganchando los arneses en los chicos y ayudándolos a salir por el costado. Las dos cabecitas rubias no estaban entre los pocos elegidos y se le aflojaron las rodillas.

La primera tanda de chicos tocó tierra temblando, cubiertos de hollín pero por lo demás ilesos. Rápidamente los cubrieron los brazos de sus familares que los estaban esperando y se fueron atravesando la fila que se estaba formando enfrente de un puesto de helados que estaba ahí cerca. Una fila horrorosa de bolsas negras una al lado de la otra.

Los escaladores empezaron a trepar de nuevo y Dana miraba sin mover un sólo músculo, pero de nuevo las dos colitas rubias quedaron arriba.

Sólo en el tercer viaje les colocaron los arneses y sólo cuando se hallaban por la mitad de la estructura de acero se dio cuenta de que jamás las había visto en su vida.

Salió corriedo mientras gritaba el nombre de sus hijas pero los altavoces todavía estaban anunciando su orden imperiosa de dirigirse inmediatamente hacia el portón Este y ahora se le unían una docena de megáfonos todos gritando a la vez. Un río de gente corría hacia el portón y Dana se vio llevada por la corriente, mientras seguía vociferando el nombre de las chicas y girando desesperada de un lado al otro en su búsqueda.

Dos paramédicos pasaron apresurados con una camilla y aunque el cuerpo estaba cubierto, de abajo de las mantas salían unos gritos aterradores, sumados al hedor de la carne calcinada. Detrás venía una mujer con la cara toda blanca que los seguía como un zombie.

Y en medio de toda la confusión y el clamor de la multitud y el ruido de las sirenas y el rugido de los autobombas y el correr del agua, una vocecita llegó hasta los oídos de Dana.

—¿Ma?

Se dio vuelta. Ahí entre un mar de remeras de Colonia de Campamento había dos cabecitas rubias, ninguna de ellas con colita y rompió a llorar como nunca en su vida.

Se separaron del grupo y salieron disparadas hacia ella y Dana cayó de rodillas y las abrazó sollozando tan fuerte que al final Trina le preguntó

—Mamá, ¿te lastimaste en el accidente?

Se inclinó hacia atrás sobre los tacos, titubeó en silencio un segundo y después lanzó una carcajada.

—No, amorcito, no. ¿Ustedes? ¿Están bien?

Las dos asintieron con la cabeza y Dana las separó a la distancia del brazo como para confirmarlo. Tenían la cara manchada con hollín y a Trina se le notaban las huellas de las lágrimas pero por lo demás se las veía sanas y salvas. Incluso la cámara que colgaba del cuello de Kirstie estaba intacta.

Una mujer joven en remera igual a la de ellas corrió hasta allí con los brazos extendidos para abrazar a la chicas pero se detuvo a último momento.

—Oh. Señora Endicott —dijo—. No la había reconocido.

Dana se puso de pie con un cierto temblor y pensó, *No me sorprende*. Tenía las medias rotas en la rodilla, el vestido de color marfil era gris por la ceniza y uno de los zapatos había perdido el taco. Levantó el otro pie e hizo fuerza hacia atrás con el taco hasta que se salió.

—Acabamos de contar los chicos —dijo la consejera—. Estamos todos y nadie está herido.

—Gracias a Dios —dijo Dana con una voz apagada, consciente de que esta muchacha había tenido más sangre fría que ella, para quien los desastres eran un medio de vida.

—¿Prefiere llevarse a las chicas con usted o quiere que vayan en el ómnibus con nosotros?

—No. Conmigo —dijo y las aferró contra ella.

—¡Eh! ¡Señorita! ¡Señorita! —gritó una voz.

Dana miró por encima de su hombro y vio a dos hombres de uniforme que avanzaban a paso largo hacia ella.

—Sí, es ella —dijo uno y después de un segundo lo reconoció como el bombero que había visto junto al cuerpo de Vic Sullivan.

—Nos sigue, señora —dijo el otro.

Portaba la insignia de la policía estatal y no le agregó a la frase ningún tono de pregunta.

—¿Qué? ¿Para qué?

—Tenemos entendido que puede identificar uno de los cuerpos.

—Sí, pero...

—¿Puedes? —preguntó Kirstie sorprendida con los ojos bien abiertos.

—Oficial, necesito llevar mis hijas a casa —dijo Dana a la vez que el policía insistía.

—Mire, señorita, tenemos que realizar una investigación acá.

Y la consejera escolar:

—Nosotros se las llevamos, señora Endicott. No se preocupe.

—¿Ma? —dijo Kirstie.

Dana miró a las chicas. Eran todo lo gemelas que podían ser dos criaturas con cuatro años de diferencia; el mismo color de pelo y las mismas mejillas rosadas en el camafeo ovalado del rostro. Pero Kirstie miraba con los ojos de Whit, de un azul acero, algo hundidos debajo de una frente voluntariosa mientras que Katrina contemplaba al mundo con una mirada beatífica, con esos ojos de un gris apacible y una frente despejada. La seria Kirstie y la serena Katrina, si eran el fruto de su vientre la cosecha había sido realmente muy buena.

Nunca había estado tan consciente de lo que significaba su maternidad como durante la última media hora cuando pareció que podían arrebatársela. Desde el momento en que oyó el grito metálico por el parlante del auto había corrido a fuerza de sangre y leche materna. Pero ahora parada junta a sus hijas ilesas, sintió que se le desprendían capas de pellejo y piel, menos de madre y más de abogada.

—Escúchenme bien, chicas —y las aferró en un abrazo de complicidad—. El helicóptero que se estrelló era de Pennsteel.

—¿Pennsteel, tu cliente?

—Ajá.

—Entonces te tienes que quedar.

—Sólo si me aseguran que van a estar bien con su grupo de colonia. ¿Les parece que sí?

Kirstie asintió enseguida, haciendo que la cámara rebotara

un poco contra el pecho mientras que Trina sopesaba la pregunta con más cautela.

—¿Dulce? —le preguntó Dana con ansiedad.

—Vamos en el ómnibus —dijo al fin decidida.

Dana las volvió a juntar en un fuerte abrazo de despedida.

—No se separen, ¿de acuerdo? Voy a ir para casa en cuanto pueda.

—Señora —dijo el policía con impaciencia.

—Toma, mamá —dijo Kirstie y se sacó la correa de la cámara por la cabeza. —Llévala, el rollo está casi entero.

La consejera llevó de vuelta a las chicas con el grupo y Dana se quedó mirando con un leve tremor en los labios mientras se dirigían hacia el estacionamiento.

La mano del policía la tomó suavemente del codo y por último se pasó la correa de la cámara por el hombro y empezó a andar contra la marea de gente. Otros hombres uniformados los perseguían como perros pastores para mantener el rebaño en movimiento mientras lanzaban fuertes gritos con los megáfonos para apresurar a los rezagados. Junto a la calesita habían establecido un centro de comando sobre una mesa roja que habían requisado del bosque para picnics. Uno de los hombres parecía ser el comandante, un personaje demacrado con una gorra con visera que tenía la insignia de la brigada de incendios de la lejana Allentown. En una mano tenía un walkie-talkie y un teléfono celular en la otra, y lanzaba gritos por turno en los dos.

Se oían los rotores de un helicóptero y Dana echó un vistazo de asombro hacia el cielo, creyendo por un segundo que el JetRanger había resurgido de las cenizas como un fénix. Pero no, era un equipo médico de evacuación que estaba buscando un lugar para aterrizar mientras el comandante gritaba en el teléfono:

—¡Dios Santo!, no van a aterrizar acá. Lo que menos necesitamos es otro accidente.

El policía estatal la condujo hacia la hilera de bolsas de cadáveres enfrente del puesto de helados. Un oficial más joven estaba haciendo guardia, pálido por la náusea y con aspecto de encontrarse frente al peor trabajo de toda su carrera. Se había frotado los ojos y le habían quedado unas marcas negras de hollín en la cara; parecía Rodolfo Valentino en una película muda.

—Viene a identificar —dijo el policía.

El joven asintió con la cabeza, se agachó junto a la primera bolsa y abrió el cierre. Dana tomó aire y se acercó. Era el cuerpo que había visto cerca del árbol con los auriculares fundidos. Dijo que no y pasó a la siguiente.

Esta bolsa sólo estaba llena hasta la mitad.

—Un chico —explicó el oficial y Dana caminó hasta la otra.

—Ésta es de la avioneta —dijo y la abrió directamente.

Adentro había un hombre de cabello rubio rojizo con una camisa sport a cuadros. Tenía la cara quemada pero no demasiado; las heridas fatales debieron de haber sido más abajo. Tenía grabada en el rostro una expresión de dolor, entre la sorpresa y la indignación. Dana dijo que no y el oficial abrió el cierre de la siguiente bolsa. Era un hombre joven y rubio, un muchacho en realidad con un parecido evidente al hombre de camisa a cuadros. Los ocupantes de la avioneta debieron de ser padre e hijo.

El cuerpo de la bolsa siguiente hizo que se le subiera el estómago a la garganta. No tenía rostro, en su lugar había una masa informe de carne cruda.

—Déjeme ver las manos —dijo.

El oficial extrajo una. Dana se arrodilló y la sostuvo como si nunca hubiese tomado la mano de Vic en su vida. Ya estaba fría y las articulaciones rígidas pero la reconoció. El trabajo de manicura era perfecto pero igualmente se podían ver los callos, vestigio de los días en que Vic cargaba carbón, matándose con todo tipo de trabajo pesado y ascendiendo escalón por escalón hasta que cruzó la barrera de los trabajos pesados a la gerenciación y se esforzó más que nadie y obtuvo una Maestría en Administración de Negocios de Wharton y entonces Oliver Dean no tuvo más opción que apadrinarlo para que ascendiera a la presidencia. Una raza industrial en vías de extinción, la de Vic Sullivan y ahora él estaba muerto.

—Sí —dijo al policía estatal y se puso de pie—. Su nombre es...

Llegó a percatarse de la incorrección del tiempo verbal pero prefirió no corregirlo. —...Victor Sullivan.

—¿Qué es suyo?

—Mi cliente. El presidente de la Corporación Pennsteel.

El interés del policía se agudizó y sacó una libretita del bolsillo de la camisa.

—¿Ése es su helicóptero?

—Sí.

—¿Adónde se dirigían?

—A las oficinas centrales de Pennsteel. Venían de Nueva York.

—¿Quiénes estaban a bordo?

Dana miró de nuevo las bolsas de cadáveres mientras el oficial las estaba cerrando.

—Victor Sullivan y su piloto. Y tal vez un copiloto.

—¿Nombres?

—Uno se llamaba Ron. Eso es todo lo que sé.

El policía tomó su nombre y número de teléfono antes de permitir que se alejara entre la multitud. Se dirigió hacia la montaña rusa. El fuego ahora estaba extinguido y no quedaban sino pequeñas estelas de humo como las condensaciones que se forman en el cielo. El helicóptero había quedado suspendido prácticamente de uno solo de los patines, enganchado en los rieles. Otro crujido, otro movimiento y todo el aparato se desplomaría al suelo.

Y en ese momento un hormiguero de investigadores infestaría todo el lugar a la pesca de pistas. El informe de los forenses podía resultar fundamental para determinar la causa de una colisión como ésta. Había tenido un caso una vez de una avioneta que se había estrellado en el desierto. La visibilidad era normal, los vientos calmos, tenía suficiente combustible, no había evidencia alguna de fallas en los motores y la autopsia determinó que el piloto gozaba de excelente salud. Los periódicos lo declararon un misterio digno de la *Zona entre los dos Mundos*. Pero uno de los peritos de Dana examinó detenidamente los restos y encontró huellas de sangre y pelo en un fragmento de Plexiglas presumiblemente del piloto, pero siguiendo una corazonada lo mandó al laboratorio. Enviaron de vuelta los resultados y el misterio quedó resuelto. El piloto se había desmayado cuando un conejo que se había desprendido de las garras de un halcón se estrelló contra el parabrisas.

Aquí también examinarían y estudiarían hasta el más mínimo fragmento que quedara de las dos aeronaves para tratar de encontrar cualquier indicio que demostrara fallas en el motor, un mal funcionamiento de los controles de vuelo, fatiga del metal o incluso un daño del fuselaje causado por impacto. Pero una vez que cayeran al suelo había ciertos indicios que jamás se sabrían: la posición relativa de las dos aeronaves inmediatamente después de la colisión, lo que podría constituir una evidencia concluyente del ángulo de impacto.

Gracias a Kirstie, Dana podía al menos capturarlo en una foto. Sacó la cámara e hizo unas tomas del accidente pero los rieles de acero de la montaña rusa sólo permitían vistas parciales de las aeronaves. Necesitaba más altura. Una pequeña colinita detrás de ella le daba una buena elevación pero estaba demasido lejos sin lentes de telefoto. En un radio de cincuenta metros el terreno era parejo e incluso más bajo dónde estaba la vuelta al mundo.

La vuelta al mundo. Echó automáticamente la cabeza para atrás y sus ojos fueron hacia arriba. La cima parecía tener más de ciento cincuenta metros y nada se interponía entre ella y la montaña rusa. Estaba inmóvil, pero había un muchacho con cara de perplejidad cerca de los controles que llevaba los pantalones tiroleses de los empleados del Valle Alpino.

Su cara de asombro creció aún más cuando Dana salió corriendo y se subió a la primera góndola. Tenía dos asientos, uno enfrente al otro, separados por una barra de seguridad.

—Arráncala — gritó—. Súbeme hasta arriba.

Cambió inmediatamente la cara. Era el tipo de situación para la que estaba adiestrado.

—Señora, el parque está cerrado.

—Tengo que subir hasta ahí y sacar unas fotos del accidente.

Quiso aferrarse a la barra de seguridad pero él llegó primero y la levantó.

—Está cerrado.

Sacó la identificación del juzgado. Lo único que certificaba era que se trataba de una abogada que tenía acceso a los tribunales del distrito, pero mostraba una foto de ella y el sello de la corte y eso pareció bastarle al muchacho.

—Oh, disculpe —dijo—. No sabía que usted era...

—Arráncala y llévala despacio hasta arriba. Déjame unos minutos ahí para que saque las fotos y después vuélveme a bajar. ¿De acuerdo?

Dijo que sí y se sentó en los controles.

El motor arrancó con un quejido e hizo vibrar los rayos de la rueda. La góndola ascendió tan lenta como el alba y por capas sucesivas fue abriéndose a sus ojos el paisaje propio de un pájaro. El helicóptero médico estaba posado sobre una colina cubierta de césped bastante alejada del Tornado y los paramédicos llevaban hacia allí las camillas. Alrededor de la montaña rusa había un círculo de autobombas como las proverbiales caravanas de carretas del Oeste, sólo que ahora el peligro se hallaba dentro del círculo. A un kilómetro de distancia una hilera interminable de autos y ómnibus se alejaba lentamente del parque de diversiones y rezó por que el de la colonia de sus hijas estuviera entre ellos, con ellas a salvo de regreso a casa.

Algunos bomberos y personal de rescate estaban escalando la estructura de la montaña rusa con tanques atados a su espalda. Había dos en la cola del helicóptero y extrajeron algo que descendieron por medio de sogas y poleas por el costado de las vías. Lo reconoció en cuanto tocó tierra; era la caja negra del JetRanger, en realidad naranja y contenía el grabador de cabina y su última conversación con Vic Sullivan.

El muchacho de pantalones tiroleses recordó perfectamente las instrucciones y la vuelta al mundo se detuvo con un crujido en la cima. Dana se puso de pie y esperó hasta que la góndola dejara de mecerse. Era perfecto el ángulo para ver las dos aeronaves. Enfocó la cámara y apretó el botón hasta tener una docena de fotos del accidente, después cerró la tapa de la lente y metió la cámara en su cartera.

—¡Muy bien, listo! —gritó hacia abajo pero el viento capturó las palabras y las volvió a llevar hacia arriba. Se acercó las manos a la boca y gritó por segunda vez pero la rueda de la vuelta al mundo siguió quieta.

Hasta que de pronto se sacudió con tanta violencia que hizo estremecer la góndola y la arrojó al piso. Se oyó un rugido ensordecedor, una explosión de sonido, luz y calor, como el grito furioso de un cíclope. Se acható contra el piso lo más que pudo y cerró bien fuerte los ojos mientras la rueda se sacudía y la góndola se amacaba frenéticamente.

Luego se oyó como el siseo de una serpiente, inexplicablemente audible por sobre el rugido de la explosión, y al abrir los ojos vio que saltaban chispas a sólo unas pulgadas de su rostro. Dio un salto y las apagó con el pie, se tambaleó al perder el equilibrio y se sostuvo de la barra con las dos manos. La sintió hirviendo pero se aferró fuerte hasta que al final cesaron los temblores.

Los restos del accidente y los rieles de la montaña habían explotado en millones de pequeños fragmentos que volaban por todo el parque como la lluvia de estrellas de un 4 de Julio. Sobre la tierra ardían dos bolas de fuego gemelas y rojas en el centro que se deshilachaban en llamas anaranjadas con un humo negrísimo que ascendía de los costados y se abría como una flor en una fotografía de alta velocidad. El calor subía por ráfagas y le hacía arder los ojos y el humo le ennegrecía los ojos hasta que se vio obligada a cerrarlos de nuevo y tirarse sobre el piso.

Ya había pasado casi media hora cuando Dana se atrevió a abrirlos de nuevo. El fuego se había apagado, la hilera de bolsas de cadáveres había aumentado y no quedaban rastros del accidente aéreo.

No lo podía entender. Fuselaje con un largo combinado de veinte metros, alas y rotores casi del mismo largo, más de dos toneladas de metal —y todo había desaparecido sin dejar rastros.

Todavía le esperaba otra sorpresa cuando volvió a sacar la vista de la góndola. Tampoco paracía haber rastros del muchacho de los controles.

—¡Eh, acá arriba! ¡Bájenme!

Nadie miró hacia arriba. Tomó aire y volvió a gritar con toda la fuerza de sus pulmones y de su garganta, pero nadie la oyó.

Y nadie la iba a escuchar, no mientras hubiese tanta actividad allí abajo. Tal vez el muchacho se acordase de ella y volviese a buscarla, de lo contrario se le avecinaba una larga espera. En doce horas, en medio de la tranquilidad de la noche, tal vez algún guardia de seguridad la oyera mientras realizaba una de sus rondas. En este mismo momento Charlie Morrison debía de estar buscándola por el parque y sus hijas la esperaban en casa mientras ella ahí estaba, sola y abandonada en mitad del aire a ciento cincuenta metros de la tierra.

Se dejó caer sobre el asiento con una sensación de frustración.

Al hacerlo, oyó el crujido de una pesada puerta de goznes oxidados. Miró alarmada alrededor y un segundo después lo oyó de nuevo. Era un crujido leve y ominoso de metal contra metal.

La clavija cilíndrica que sostenía uno de los extremos de la góndola se estaba saliendo lentamente del agujero. La tuerca que la ajustaba a la estructura se había soltado quizás a causa del movimiento suscitado por la explosión. Con mucha cautela trató de empujarla de nuevo hacia adentro pero no se movía. Vacilando sobre un solo pie se sacó un zapato y lo golpeó contra la cabeza de la clavija. Pero el golpe sacudió tanto la góndola que la clavija se salió aún más.

El corazón le dio un salto. Al final no iba a tener que esperar tanto; tenía que llegar a tierra antes de que la góndola la llevase con ella. Se inclinó hacia afuera. A casi dos metros del riel estaba el travesaño del rayo más cercano, no muy lejos para una mujer de metro setenta y cinco.

Se ató el pelo en la nuca, se sacó el otro zapato y los metió en la funda de la cámara, después cruzó las tiras de la funda y de la cartera por los hombros. Volvió a tomar aliento y sacó una pierna afuera, luego la otra, luego se dejo caer.

Los brazos se pusieron rígidos y las manos se aferraron al riel mientras se hamacaba hacia el otro lado. Trató de agarrar el travesaño con el pie derecho, lo alcanzó, se le soltó, lo volvió a agarrar. Luego con el izquierdo y lentamente fue bajando la escalera de neón hacia la tierra.

A cien metros un hombre observaba su descenso con unos binoculares tan potentes que podía ver las costuras de la bombacha que se transparentaban por la tela del vestido.

Bajó los binoculares y apareció un rostro juvenil y bronceado en total contraste con sus cabellos blancos. A su lado yacía un hombre que había sido alcanzado por la segunda explosión. Se quitó el saco y lo cubrió con él. Al levantarse tenía bajo el brazo la gorra del hombre herido. Se paró detrás de la puerta abierta de una ambulancia y meticulosamente se cubrió el cabello con ella hasta que no quedaron huellas del color blanco.

Tomó de nuevo los binoculares y ubicó a la mujer justo cuando pisaba tierra.

CAPÍTULO 3

Sobre el escritorio de Whit Endicott, justo en la mitad, había una hoja perfectamente blanca, sin renglones y sin siquiera una simple marca al agua. Si la miraba fijo durante un rato y dejaba que los ojos se salieran de foco caía en una suerte de trance. La hoja se volvía un vacío rectangular, un agujero blanco en el espacio, y él podía gatear hasta el borde y entregarse a contemplar el rostro del olvido.

Pero hoy, su vigésimo día consecutivo de mirar la hoja en blanco sobre el escritorio, no era el rostro del olvido lo que lo observaba a él desde el fondo de ese abismo; era un grito caótico, un aullido de pánico y frustración, el llanto de la derrota.

O quizá sólo el ruido de la cortadora de pasto en el jardín.

Whit dejó la lapicera, contento de encontrar una excusa para levantarse y salir. Jerome estaba cortando el césped alrededor de la pileta. Tenía una remera puesta en la cabeza como un turbante y la piel de la espalda humeaba como una taza de café caliente al sol.

Apagó el motor cuando lo vio acercarse y levantó la mano para chocar los cinco con él.

—¡Eh, hermano, al fin sacaste el trasero de la cama!

—¡Mira quién habla! Si hubieras estado acá hace tres horas, te habrías ahorrado este calor.

—Me gusta el calor. Me ayuda a sudar todo ese whisky irlandés que me hiciste tomar anoche.

—No era whisky, era cerveza de malta.

—Bueno, es lo mismo. Eh, ¿esta noche nos toca de nuevo?

La sonrisa de Whit se esfumó.

—Lo siento. Mi mujer vuelve hoy y se va de nuevo mañana. Así que mejor que hoy me ocupe del fuego del hogar.

Los dientes de Jerome brillaron con una sonrisa salaz.

—Así es como lo llaman ahora ustedes los blancos.

Whit amagó una trompada y bailaron un poco, esquivando golpes hasta que Jerome dijo:

—Basta. Me pagan por trabajo, no por hora.

—Sírvete té helado. Y tírate a la pileta antes de irte.

—Gracias.

Jerome encendió de nuevo el motor mientras Whit cruzaba las lajas hirviendo del jardín. La casa estaba ubicada en un lote de una hectárea nivelada en la ladera sur de la montaña Valley Forge. Desde ahí veía el extenso valle que los urbanizadores habían apodado el Gran Valle. Contenía dos autopistas, complejos industriales, parques de oficinas, megashoppings y miles y miles de unidades habitacionales. Pero la distancia suavizaba el efecto: desde su casa se veían bosques y colinas onduladas que se extendían por varias millas.

—Parece como si que estuviéramos en la cima del mundo —había dicho Dana el día que eligieron el lugar y Whit estuvo de acuerdo con ella, con la salvedad de que no pudo evitar pensar al mismo tiempo que el único lugar al que se podía ir desde ahí era hacia abajo.

Entró por la puerta de la cocina y se sirvió un vaso de agua helada. Desde la ventana del frente vio filtrarse por los rododendros al final del camino de entrada un destello blanco. Era la camioneta del correo, la que había estado esperando toda la mañana. Depositaron las cartas, la camioneta partió y Whit se tomó su tiempo para terminar con tranquilidad el vaso de agua. Pero las noticias no iban a mejorar por más que se añejaran; apretó los dientes y salió a recibirlas.

Adentro del buzón había una pila prolija de catálogos y volantes y cuentas, pero arriba de todo había un sobre con el logo azul de la Universidad. *Thomas Whitman Endicott, III, Ph. D.* decía en el lugar del destinatario. Se detuvo en el caminito y abrió el sobre. *Querido Dr. Endicott.* No estaba escrita a máquina sino con la letra de la secretaria del decano; ella sabía que a él los títulos de *Doctor* o *Profesor* le parecían pretensiosos y que siempre insistía en que se dirigeran a él simplemente como señor.

Pero no pudo detenerse demasiado en su propio nombre. Los ojos lo forzaron a leer la línea siguiente, que empezaba *Lamentamos informarle...*

No era ninguna sorpresa, salvo por la furia que sentía generarse en su estómago al ver el veredicto escrito con todas las letras. Por semanas se había estado diciendo que lo harían. Pero ahora sentía ganas de gritar con todas sus fuerzas: *¿Cómo diablos pudieron hacerlo?*

* * *

Metió la carta en su escritorio de la biblioteca, después se sacó la camisa y se fue trotando por la escalera hasta el gimnasio y le tiró un golpe a la bolsa más pequeña que colgaba del techo y la envió disparada hasta el otro extremo. La sujetó y empezó a golpearla sin guantes, con un ritmo de redoble, hasta que le ardieron los nudillos. Cuando se detuvo, sólo fue para ponerse los guantes y aplicarse a la bolsa grande, la que para su satisfacción era más parecida a un cuerpo humano. Los puñetazos caían con potencia, cada uno puntuado por una fuerte exhalación, hasta que al final empezaron a escapársele algunas obscenidades. Paró y sujetó la bolsa entre los brazos.

El pecho subía y bajaba por el esfuerzo y el sudor le chorreaba por los hombros. Fue hasta el baño y se mojó la cara, después subió la cabeza y se miró en el espejo. Era un hombre grande, con un cuerpo musculoso que poca gente esperaba encontrar en un profesor de lengua. Aunque sus padres eran hijos de gente de Nueva Inglaterra de huesos chicos, le bastaba mirarse en el espejo para saber que él se remontaba a algún otro linaje anterior, y probablemente a uno perfumado con el aroma de las papas. Un irlandés de las chozas, disfrazado de académico de la "Liga de la Hiedra", y lo había logrado durante sus casi cuarenta y cuatro años, pero ahora la fiesta había terminado.

Sonó el teléfono, subió las escaleras y levantó el tubo en la cocina.

—¿Ya llegó?

Era Jack Lucas, un viejo amigo de sus días en Penn que ahora era el jefe del Departamento de Lengua.

—Lo siento, Jack. Me olvidé de llamarte.

—Me temo que entonces ya sé que dijeron.

—Sí.

—Esos cretinos. ¡Cómo demonios pueden despedir a alguien a finales del siglo XX por enseñar Huck Finn a los alumnos de primer año!

—No me despidieron. Se negaron a renovarme el nombramiento. Ya sabes cómo funciona.

—Sí, claro. Y déjame adivinar lo demás. No mencionan para nada en la carta ni a Huck Finn ni a la policía de la Universidad.

—Por negarme a aceptar las directivas del jefe es en beneficio del Departamento que me invitan a dejar mi cargo.

—En una palabra porque te reíste de una orden idiota de un imbécil políticamente correcto que no tiene la menor idea de qué es la literatura.

Whit dejó salir una risa de dolor.
—Ojalá hubieses escrito tú la carta.
—Bueno, en realidad —dijo Jack con entusiasmo— hice más que eso. Te guardé un lugar para el semestre de primavera.
Whit contuvo la respiración. ¿Un lugar en Penn? Había empezado su carrera docente ahí hacía veinte años, pero desde entonces había ido cayendo lentamente en espiral —su último puesto había sido en una universidad estatal en donde la materia que más importaba era educación física.
—¿En serio puedes?
—Eh, ni siquiera tuve que regatear. Eres un profesor brillante, Whit. La gente lo sabe.
Whit se apoyó sobre la mesada de la cocina, sin saber qué decir.
—Hay una condición.
La voz de Jack tomó un tono diferente, un poco restrictivo y culposo.
Whit retorció la boca con desgano y dijo:
—¿Tengo que publicar?
—Lo único que tienes que hacer es terminar tu libro de Stegner y el trabajo es tuyo.
Lo único que tenía que hacer era lo que no había logrado hacer durante veinte años.
—Gracias —dijo—. De verdad te lo agradezco mucho.
—Ni lo digas.
—Pero te pido un favor. No se lo menciones a Dana.
—¿Por qué no?
—Oh, seguramente les va querer hacer juicio o algo así.
—La verdad es que no sería una mala idea.
—Lo último que querría es ser uno más de sus clientes.
—Bueno, como quieras.
—Gracias de nuevo, Jack.
Whit se volvió a poner la camisa y fue hasta la biblioteca. Sobre el escritorio había una copia vieja de su proyecto de verano, *Ángulo de reposo* de Wallace Stegner. Era la historia de dos buenas personas que no lograron superar la desilusión del amor; lo más que pudieron fue tratar de alcanzar un cierto grado de comodidad con el otro. El título era un término de la ingeniería civil que se refería al ángulo que se le puede dar a un banco de tierra sin que se desmorone. Whit se preguntaba con frecuencia cuánto tiempo llevaba alcanzar ese ángulo; sentía que cada día que pasaba se desmoronaba y resbalaba cada vez más.
Su mente volvió a quedar tan en blanco como la hoja cuando trató de recordar qué era lo que quería decir de esta novela, y

rodó con la silla hasta el armario y sacó un archivo. Era fácil ubicar su primer bosquejo, aproximadamente de 1978: las hojas estaban amarillentas y enganchada sobre la tapa había una nota de la editorial de una universidad que lamentaba informarle que tenían la política de no publicar estudios sobre autores vivos.

El segundo bosquejo nació pocos días después de una mañana de abril de 1993 cuando Dana levantó la vista del diario durante el desayuno y dijo:

"Whit, se murió Stegner en un accidente. ¡Ahora puedes terminar tu trabajo!"

Whit se quedó mirándola del otro lado de la mesa sin poder decir nada. Una de las voces más grandes del siglo se había callado para siempre y eso era lo que ella tenía para decir. Por más que tratara, no lograba encontrar ni rastros de esa chica de la que se había enamorado hacía veinte años. Algún ser extraterrestre se había apoderado de su cuerpo y lo había hecho de una manera tan insidiosa que no podía individualizar el momento exacto en que había ocurrido la invasión.

No obstante, al final logró dar forma a un segundo bosquejo y lo envió a otra editorial universitaria que no sólo lo aceptó sino que además le pagó diez mil dólares por adelantado; una miseria en el mundo de Dana, pero un montón de dinero para un tratado de literatura. Hacía tiempo que se habían esfumado por completo, así como también ya habían expirado el primer y el segundo plazo final para la entrega. Su última prórroga se había vencido a fin de año; para entonces el editor quería o bien el manuscrito completo o la devolución del dinero.

Se levantó y empezó a rondar por la casa. Era una casa de dos pisos y medio hecha en piedra y cemento que habían construido el año siguiente a que Dana obtuviera la primera distribución de ganancias de la sociedad. Aunque ella pasaba menos horas despierta en la casa que ninguno de los demás, era totalmente su casa, de la misma manera en que Katrina sentía suya su casa de muñecas: su presencia onmividente y todopoderosa se hacía sentir en cada rincón.

No sabía nada del fiasco de Huckleberry Finn, y sin embargo de algún modo lo intuía. Durante el último mes, a cuatro mil kilómetros de distancia, Whit había sentido sobre sí su severa mirada. Si hubiese tenido un nombramiento permanente, esto no habría ocurrido. Si hubiese publicado cuando debería haberlo hecho y si no hubiese pasado toda su carrerra rebotando de un seminario a otro, este episodio no existiría. Si ella lo hubiese sabido habría dicho con los ojos: la culpa es tuya.

Sonó el teléfono y lo ignoró tres veces hasta que se le ocurrió que podía ser Dana. Lo levantó justo antes de que el contestador usurpara el lugar.

—Hola, señor Endicott.

No era Dana. Era la voz de una ex alumna, Sherry o Chardonnay o algo así.

—Soy Brandi.

Ah, sí, Brandi, una de las alumnas de su clase del semestre pasado. Eran cincuenta, pero desde el primer día había sobresalido. Primero porque tenía debilidad por las remeras cortas y entonces se pasó todo el invierno más frío de la década exhibiendo un hermoso ombligo. Segundo porque lo miraba con una adoración absoluta; Nancy Reagan no podría haberle reprochado nada.

Dana alguna vez lo había mirado así, cuando estaba en segundo año en Penn y él era un asistente de cátedra con un futuro prometedor. En las fiestas siempre decía: "Whit, cuenta de..." Entonces ella se reclinaba hacia atrás y lo escuchaba con esos ojos de adoración, maravillada y feliz de que él existiera y fuera suyo. Pero el monstruo que se apodera de los cuerpos era el que ahora miraba con sus ojos. Ya no lo alentaba más a que contara historias en las fiestas; estaba demasiado ocupada contando las suyas.

—Anoche lo busqué cuando terminé mi turno —le estaba diciendo Brandi. Trabajaba como mesera probablemente desde el momento en que sus padres sin saber en qué pensaban le pusieron ese nombre, en un pub en Norristown al que últimamente había estado yendo.

—Me tuve que ir temprano.

—¡Qué lástima! —dijo ella entre susurrando y suspirando.

No era muy sutil esta chica.

—Realmente es una lástima.

Una frase que no significaba nada pero que ella seguramente interpretaría como adecuada para el rol que le había inventado: el misterioso profesor Endicott, tan trágicamente melancólico que sólo ella podía arrancarle una sonrisa.

—Trabajo mañana a la noche —dijo ella.

Esas palabras eran una promesa de algo que no podía decirse que él quisiera, por eso se sorprendió cuando se oyó a sí mismo decir:

—¡Qué casualidad! Yo pensaba pasar mañana.

—¡Genial! —dijo con un gritito—. Nos vemos, entonces.

Colgó pensando si Dana alguna vez había pegado esos grititos; por supuesto que no. Incluso cuando tenía diecinueve años y recién empezaba la universidad ya tenía demasida dignidad como para eso. Lección de vida número uno: cuídate de las mujeres con demasiada dignidad.

Cuando sonó el timbre de la puerta, se alegró de tener que levantarse y contestar, aunque debió apretar una serie interminable de botones para desconectar el sistema de seguridad: el tiempo suficiente como para poder abrir la puerta. El sistema había sido idea de Dana, por supuesto, imprescindible para proteger la infinidad de lujosos productos que acumulaba y que llamaba hogar. Pura molestia, pensaba él, y la mitad del tiempo ni siquiera les prestaba atención.

Sonaron silbatos y timbres, la luz de la alarma se apagó y por fin pudo abrir la puerta.

—Papá —gritaron sus hijas a la vez que se tiraban en sus brazos. Él los cerró como un reflejo alrededor de ellas, y sólo después de un momento vio a la muchacha que estaba en la entrada unos pasos más atrás.

—¿Qué pasa? —preguntó—. ¿Pasó algo?

—¡Papá! ¿No te enteraste? —dijo Kirsten a la vez que daba un paso atrás para clavarle la mirada de censura de su madre—. ¡Lo están pasando en todos los noticiarios.

—¿Qué?

La consejera le explicó:

—Hubo un accidente terrible en el parque de diversiones, señor Endicott. Chocó un helicóptero con una avioneta y cayeron en el parque.

—¡Santo Dios!

Se sentó y empujó un poco hacia atrás a sus hijas para observarlas en detalle.

—¿Están bien?

—Sí, papá —dijo Kirsten.

Pero Katrina no había dicho ni una palabra. Lo miraba con los ojos bien abiertos.

—¿Trina, amorcito?

—Papá, murieron muchas personas —rompió a llorar y se arrojó sobre su pecho.

Whit la abrazó muy fuerte y miró a la consejera buscando una confirmación. Ella asintió con la cabeza.

—¿Y sabes, papá? —exclamó Kirsten—. Lo peor es que el que viajaba en el helicóptero era el cliente de mamá.

—¿Cómo saben?

—Mamá nos dijo.

Whit se quedó con la boca abierta mirando a su hija mayor.

—¿Cuándo?

—En el parque. Mamá estaba ahí pero se tuvo que quedar. Porque era su cliente.

Su mandíbula volvió a cerrarse.

—Entiendo.

Se puso de pie y le extendió la mano a la consejera.

—Gracias por traerlas hasta casa.

Vació la bañera, las peinó, puso para la cena unos macaronis con queso en el microondas, después se sentó entre las dos en el sofá y les leyó *La casita en el Gran Bosque* hasta que a Katrina se le empezaron a cerrar los ojos.

Sólo después de arroparlas bien en la cama pudo prender el televisor para mirar las noticias, justo a tiempo para ver al extraterrestre que se hacía pasar por su esposa.

CAPÍTULO 4

No hubo ninguna calma después de la tormenta. Dana apenas tuvo tiempo cuando bajó de la vuelta al mundo para recuperar el aliento y ponerse los zapatos, y de golpe se encontró en medio de un alboroto de camiones, camionetas y gente de uniforme que corría para todos lados. Los guardias de seguridad del parque estaban parados en las cajas registradoras por las acusaciones de saqueos que habían corrido. No quedaba nada del centro de comandos, a no ser por unos pocos equipos electrónicos tirados en el piso de la calesita, junto a un caballito destrozado. La fila de las bolsas de cadáveres al lado del puesto de helados había alcanzado la docena.

Mientras se apresuraba a salir por entre la multitud le volvía la imagen del rostro desfigurado de Vic, y para conjurarlo trataba de recordar la última vez que lo había visto. La recordaba bien: el día que hizo su deposición por el caso Hotel Palazzo. Sus oponentes intentaban acosar a la compañía para que llegaran a un acuerdo, forzando la deposición de Sullivan; él no sabía nada que fuera relevante y ella podría haber hecho una moción para obtener una orden de protección que lo absolviera. Pero él le había dicho: "Al demonio con todo, que vengan". Y había cedido casi todo un día de su agenda completa para vérselas con media docena de abogados de todo el país. Al final no sólo había mejorado la situación de la empresa sino que había confesado que hacía años que no se divertía tanto.

Dana se dejó llevar por el gentío dando la vuelta a la calesita y después pasando por los autos chocadores, tan adormecida que ni siquiera sentía cómo la empujaban. Hasta que de repente sintió un contacto más deliberado, la sensación de que una mano agarraba la correa de la cartera y empezaba a tirar.

Tiró una patada de mula hacia atrás y sintió el impacto del

golpe. Se dio vuelta, pero demasiado tarde como para captar más que el destello de un hombre que salía corriendo entre la multitud. Se había llevado la funda de la cámara de Kirstie.

—¡Eh! —gritó y se precipitó tras él. Pero el ímpetu de la muchedumbre era demasido fuerte y el carterista para entonces ya se había perdido de vista. Todavía tenía la cartera colgada al hombro y, gracias a su confusión cuando estaba arriba de la vuelta al mundo, ahí estaba la cámara. Cuando el ladrón la abriera se iba a llevar un chasco.

Se dio vuelta y siguió caminando entre la multitud. Adelante le pareció por un segundo ver una cara familiar y apresuró el paso hasta que lo vio con toda claridad: alto, con una barriga incipiente bajo unos hombros caídos, sus ojos tiernos horrorizados por el espectáculo que veía a su alrededor.

—¡Charlie!

Charlie Morrison se dio vuelta y se abrió paso entre la multitud en dirección a ella.

—¿Y Vic? —preguntó.

Ella negó con la cabeza.

Sus ojos se llenaron de lágrimas y eso bastó para que Dana se lanzara en sus brazos.

Hacía siete años que eran abogado y cliente pero quince que eran amigos. Su actual relación sólo les permitía darse la mano en las reuniones y besos al aire en las fiestas, pero ya antes habían estado así como ahora; el día que Charlie perdió su trabajo en Jackson, Rieders, con lo que había concluido la carrera ascendiente y paralela de ambos dentro de la empresa.

Llevó para atrás la cabeza para verla mejor.

—¿Estás bien?

—Sí, estoy bien.

Él dirigió la vista hacia los juegos.

—¡Por Dios! ¡Qué desastre! ¿Qué pasó?

Dana tenía el pelo sobre la cara y lo corrió para atrás con las dos manos mientras hablaba.

—Chocaron un JetRanger y un avión liviano, un Cessna Skyhawk, creo, que piloteaban un padre y su hijo. Tal vez un charter o quizá lo habían alquilado, pero es más probable que fuera propiedad de ellos.

—Entonces no tenían seguro.

—Es muy probable que no. Las dos aeronaves quedaron colgando de la montaña rusa. Los pedazos en llamas caían al suelo y hubo bastantes heridos y un par de muertos también.

—¡Dios santo!

—Después se prendió fuego uno de los tanques de combustible y hubo una segunda explosión. Destruyó por completo lo que quedaba del choque y mató a tres personas. Todos bomberos.

Charlie entrecerró los ojos y comenzó a jadear con la garganta.

—¿Charlie?

Meneó la cabeza para ambos lados mientras se esforzaba por respirar.

Dana sabía por qué esta noticia lo perturbaba tanto. Aunque era una bendición que no hubiera chicos entre las víctimas, sería poco consuelo a la hora del veredicto. La cruda realidad era que para el sistema judicial la vida de un trabajador valía muchos más millones que la de un chico a los ojos de un jurado.

Cuando Charlie finalmente abrió los ojos, los mantuvo cautelosamente apartados.

—¿Cuál es el cálculo total?

—Doce muertos. Cinco en el aire y otros siete en tierra.

Mientras lo decía se dio cuenta de que ésa era la manera en que se referirían a las víctimas todo el tiempo que durara el juicio: los casos del aire y los casos en tierra. Una cosa era que un piloto o un pasajero muriera en un accidente después de haber decidido subir a un avión; pero otra cosa mucho peor era que un avión se te cayera encima.

Dana continuó:

—Debe de haber el doble de heridos graves. Algunos deben ser catastróficos. —Sabía que muchas víctimas de quemaduras obtenían fallos por el triple que los fallos promedios por paraplegia. Una espina dorsal fragmentada terminaba con el dolor, pero los sensores no dejaban de funcionar por las quemaduras; el sufrimiento era tremendo y además estaba la desfiguración y la pérdida de función.

Charlie miraba hacia la colina, en dirección al portón este del parque.

—¿Propiedad privada dañada?

—La montaña rusa quedó destruida. Se quemaron muchos edificios del parque y probablemente del vecindario. Hay combustible y químicos antiincendios derramados por todas partes. Va a haber reclamos ambientales por contaminación de agua y suelo en varias millas a la redonda.

Él agregó con un hilo de voz mientras silbaba al respirar:

—Y somos los únicos que vamos a quedar a la hora de pagar todos los cheques.

Dana no tenía nada que argumentar contra eso. Incluso si la culpa del helicóptero hubiese sido sólo del uno por ciento, Pensteel estaría obligado a pagar el ciento por ciento de los daños; de esa manera la ley posibilitaba que las víctimas se sirvieran del bolsillo más grande que había a mano.

—¡Dios mío! —dijo Charlie apesadumbrado—. No hace falta que te diga que era lo peor que nos podía pasar en este momento.

Dana hizo un gesto, una parte de compasión y dos partes de culpa. Aunque Pennsteel había sido declarada inocente en el caso Hotel Palazzo, la compañía todavía tenía que pagar los cheques por la defensa, los periodistas del juzgado, los hoteles y pasajes, para no mencionar la comisión de una reconstrucción por simulación computadorizada del incendio y la construcción de un modelo en escala del Hotel Palazzo de casi dos metros de altura. Para cuando llegaran las cuentas, el total no iba a estar muy lejos de los tres millones de dólares.

Dana volvió a mirar en dirección a la montaña rusa. Una mujer bien peinada asentía vigorosamente mientras ponía un micrófono contra la cara de un bombero.

—Charlie, esto va a estar en todos los noticiarios de la noche —dijo Dana—. Tienes que hacer una declaración a la prensa lo antes posible.

Él volvió a mirar hacia la puerta Este.

—¿Diciendo qué?

—Dando tu pésame por esta horrible tragedia. Elogiando a Vic Sullivan, uno de los empresarios más destacados y un ser humano excepcional a quien tuvimos el privilegio de conocer. Expresando consternación e incomprensión por este desastre catastrófico e inexplicable y rogando total cooperación en la investigación de su causa. Y mientras tanto...

Dana hizo una pausa y reflexionó.

—Porque Pennsteel mantiene los más altos estándares de cooperación ciudadana, porque se precia de ser buen vecino y porque no quiere que los chicos de la comunidad vean malograda su diversión de verano más de lo necesario... se ofrece a pagar los costos de limpieza y reparación necesarios para que el Valle Alpino se reabra lo antes posible.

Charlie empezó a negar rotundamente con la cabeza pero abruptamente su expresión cambió. Dana siguió su mirada hacia la puerta Este por donde John Shaeffer y Tim Haguewood venían caminando. Ellos eran los otros Dos Amigos: Haguewood el jefe de finanzas; y Shaeffer, el jefe de operaciones. Shaeffer tenía puesta la camisa arrugada y los anteojos de marco negro de un ingeniero que opera desde la trastienda, pero Haguewood parecía recién salido de una tapa de la *Business Newsweek*; estaba permanentemente vestido para el éxito.

—Una jugada de Relaciones Públicas —dijo Charlie.

—Exactamente.

—Pagada con el presupuesto de Haguewood.

Dana se encogió de hombros; las finanzas internas no le concernían.

—Y se lo restaremos al monto deducible del seguro.

—Van a tener que negociarlo con la compañía aseguradora, le advirtió.

Pero el trato estaba hecho en lo que respectaba a Charlie.

—¿No puedes redactar algo?

Mientras Charlie fue a recibir a Haguewood y a Shaeffer Dana empezó a buscar en el suelo calcinado un lugar donde trabajar. Habían restablecido el centro de comando en el paragolpe trasero de una camioneta de la policía y el comandante estaba encorvado en una postura de fatiga total. Pero ya había cumplido con su trabajo. Ya no quedaba humeando ningún fuego, habían evacuado a todas las víctimas y una cuadrilla estaba cargando la última bolsa de cadáveres en una ambulancia que la llevaría a la morgue del hospital.

Dana encontró un banco de parque intacto y escribió una declaración en el reverso de una hoja de papel que tenía en la cartera. Para cuando terminó los Tres Amigos estaban parados con la cabeza inclinada una al lado de la otra. Le pasó la hoja a Charlie y saludó con la mano a Haguewood y a Shaeffer.

—Quería felicitarte, Dana —dijo Haguewood—. Aunque no parece demasiado apropiado, dadas las circunstancias.

Shaeffer dijo gruñendo estar de acuerdo con Haguewood.

—Hay dos tipos de trajes repartiendo tarjetas a todo el que pasa por los portones.

—¡Dios mío! —dijo Dana.

Charlie terminó de hojear el bosquejo que había redactado Dana.

—Me parece bien. Tim, Dana escribió una declaración para que leas frente a las cámaras.

—¡Para mí!

—Para quien sea —aclaró ella.

—Lo debería hacer Charlie —dijo Haguewood—. Es una cuestión legal.

—Supera los límites de cada departamento —dijo Charlie.

—Pero es un trabajo legal lidiar con la consecuencias —dijo Haguewood.

—Pero tú manejas las relaciones públicas —agregó Charlie algo mordaz.

La contienda hubiese escalado aún más si algo de pronto no los hubiese sobresaltado. Dana miró hacia donde ellos miraban y vio que un hombre de cabellos canosos se dirigía hacia allí, caminando con gran dignidad y bien derecho.

—Jamás me lo hubiese esperado —dijo Shaeffer por lo bajo y Dana asintió. Como presidente nominal del directorio durante los últimos años, Oliver Dean sólo había tenido un rol distante en los asuntos de Pennsteel.

Pero Charlie no se sorprendió.

—Ollie —dijo mientras se dirigía a su encuentro—. ¡Qué suerte que pudiste venir!

Le dio un resumen de treinta segundos de la situación y luego dijo:

—Dana redactó una declaración para la prensa.

Oliver Dean se colocó un par de anteojos antes de tomar la hoja que le extendía Charlie.

—Señorita Svenssen —dijo—. Me alegra verla a bordo.

—No estoy contratada oficialmente...

—Lo estás ahora —dijo Charlie.

—Excelente —dijo Dean y empezó a estudiar la declaración.

Pero Dana tuvo que preguntar.

—¿La póliza de seguro les da el derecho...?

—¿De elegir nuestro propio abogado? —dijo Charlie—. Sí. Como dije, estamos autoasegurados por los primeros diez millones. Los honorarios de los abogados salen de ahí.

—Diez millones —dijo Haguewood, meneando la cabeza y Charlie lo miró con una mirada penetrante.

Dean levantó la vista de la hoja.

—Muy bien. Encuentren las cámaras y lo leo.

Los Tres Amigos parecían tan asombrados como aliviados.

—¿Usted, señor Dean? —preguntó Dana.

—Mmm, me parece que es lo mejor.

Sus ojos se demoraron unos segundos en ella.

—Y usted va a estar junto a mí. Siempre es bueno tener un abogado cuando se trata con la prensa.

"Personalmente tal vez", pensó Dana, perpleja "pero no frente a las cámaras".

Pero luego, cuando los periodistas se reunieron y ya apuntaban en su dirección las luces y los micrófonos, se dio cuenta de que lo que él quería de ella era que exhibiera en silencio su aspecto de sobreviviente, una imagen del nivel de sufrimiento personal de Pennsteel por esta terrible tragedia, que bien valía mil palabras.

Y era sufrimiento personal lo que de verdad sentía mientras hacía el largo camino a casa esa noche. Ya había terminado su día de trabajo, pero iba a empezar de nuevo a la mañana con total vehemencia. Le dolían las piernas por los kilómetros que había corrido en el parque y los metros que había retrocedido para bajar de la vuelta al mundo. Tenía la garganta lastimada de tanto gritar y ampollas en las manos por la barra de metal recalentado de la góndola. Y le dolía el corazón, por sus hijas y por todos los chicos que podrían haber sido los suyos, por el chico rubio en la bolsa de cadáveres, por Vic Sullivan, aguerrido, brillante y amigo.

En el cielo de medianoche completamente despejado brillaban miles de estrellas. Era hermoso y benigno y no podía entender, mientras miraba, que albergase peligros. Y sin embargo dos aeronaves con todo ese cielo para ellas solas chocaron entre sí y mataron a una docena de personas.

Subió con el auto la ladera de la montaña y atravesó los pilares de piedra de la entrada. Aunque la casa estaba a oscuras era un placer verla después de veintisiete días en California y más de mil en el Valle Alpino. Entró en el garaje y puso el código de seguridad del sistema de alarma y fue hasta la cocina pasando por el vestíbulo. Dejó la cartera sobre la mesada y abrió la heladera. Un charco de luz se esparció en la oscuridad mientras se servía algo fresco para tomar.

—Doce horas.

Se dio vuelta. La cara de Whitman Endicott asomó por encima de ella, como en un cuento de Poe, en medio de la penumbra.

—Doce horas —dijo irritado—. Es todo lo que te hubiese llevado comportarte como una madre humana en vez de como una máquina legal.

—Ellas lo entendieron.

—Estaban traumatizadas. Acababan de ver el infierno más terrible de sus vidas. Y tú, ¿qué hiciste?, les dijiste, señoritas, fuerza, a portarse bien, esta linda mamá las va a ver después en casa.

Tenía puesta un bata con motivos búlgaros, bastante gastada por el uso pero su preferida, tal vez porque encajaba bien con su autoimagen de poeta arruinado, de genio torturado, de noble víctima de filisteos como su esposa y la comisión universitaria de revisión de nombramientos.

—Whit, no me podía ir, fue un desastre de película.

—Por supuesto; son los únicos que ves. Los desastres humanos comunes te pasan de largo.

Cerró la puerta de la heladera con la espalda y la oscuridad los cubrió a ambos como una mortaja.

—No todos.

—Nombra uno.

Ni lo dudó.

—¿Y qué tal el desastre de un padre que deja a sus hijas que se arreglen solas mientras sale de farra todas las noches? Y vuelve tan tarde que ni siquiera se puede levantar a la mañana para despedirse de ellas. ¿Qué te parece? ¿Te alcanza como desastre humano y común?

Cuando vio que sólo tenía para oponer un estupor silencioso, agregó con un poco más de suavidad:

—No esperes nunca que mientan por ti, Whit.

Dana salió haciendo sisear el aire a su alrededor. Un segundo después se oyó un portazo en la biblioteca que retumbó por todo el hall.

Dana subió por la escalera de atrás hasta su dormitorio y se quedó un rato bajo la lluvia caliente de la ducha, sacándose el hollín y las cenizas del cuerpo. Se puso un camisón y fue en puntas de pie por el pasillo. Katrina estaba enrollada en una apretada pelota de sudor, hablando mientras dormía. Dana se inclinó y la tomó en los brazos.

—¿Mami?

—Sí, corazón.

Trina enroscó los brazos y las larguísimas piernas alrededor de ella y Dana la llevó al cuarto de Kirstie.

—Córrete, dulcecita —dijo y Kirstie se movió e hizo lugar en su cama de dos plazas. Dana se acostó en el medio, dejo que se acurrucaran en las curvas de su cuerpo los dos bultitos tibios y durmientes y cerró los ojos exhausta.

CAPÍTULO 5

Al amanecer la despertó una ola de adrenalina. Con mucho cuidado, se soltó de las chicas y fue silenciosamente hasta su cuarto.

Whit estaba dormido, desnudo de espaldas con la sábana corrida para un costado. Era grandote, ocho o nueve centímetros más alto que ella y estaba aprovechando su ausencia para estirar las piernas en diagonal del lado de ella. Incluso dormido tenía una expresión pensativa y cínica. Los compañeros de universidad de Dana lo describían como byroniano, pero ella ya no sabía qué imagen tenía. Su rostro era como un retrato que el artista revisaba a medida que iba pasando el tiempo. Cada capa nueva de edad, cada nueva expresión cubría la anterior y ella ya había perdido todo recuerdo del original.

Se sacó el camisón y mientras iba tanteando el borde de la cama para ir al baño, la mano de Whit salió de entre las sábanas y la tomó de la muñeca y tiró hacia él haciéndola caer sobre él. La caída la dejó un segundo sin aire y antes de recuperlarlo, él dio un envión, giró hacia un costado y se puso encima de ella.

Se miraron a veinte centímetros de distancia. Whit penetró con los ojos su mirada y después la besó con fuerza. Cuando al fin terminó, ella jadeaba inhalando con un espasmo gigante de pulmones y garganta.

Sorprendido, Whit se fue para atrás pero Dana levantó los brazos y lo trajo de nuevo hacia ella.

Él la penetró y empujó hasta el fondo y ella lo rodeó con los brazos tan transportada por el ritmo del acto que casi podía olvidar quiénes eran y qué problemas tenían. Y enseguida estaba flotando y todo estaba lleno de polvo de estrellas rojo y amarillo y sabía ahora que todo iba a estar bien. Después iban a estar abrazados y reirían y se murmurarían cosas uno al otro y él le diría qué era lo que lo preocupaba y ella lo tranquilizaría y se iban a levantar de la cama juntos y renovados.

Lo abrazó con ternura mientras él acababa, invitándolo a quedarse más, pero el giró hacia un costado con un temblor y cayó nuevamente de espalda. Dana se quedó quieta un momento hasta que su pulso se relajara, esperando que él la tomara en sus brazos. En la inmovilidad oyó que Whit empezaba a respirar más profundo y parejo.

Se apoyó sobre el codo y lo miró, pero pasaron unos minutos y él seguía inmóvil. No había cambiado nada, salvo, por unos minutos, el ritmo cardíaco de los dos.

El noticiario de la mañana estaba filmando desde el aire: se veía el humo que salía del Valle Alpino, lleno de cráteres como Londres después de los Blitz. Apareció un periodista que sin disimular su excitación hablaba profusamente: "No vi una devastación tan impresionante desde la explosión del Edificio Federal de la ciudad de Oklahoma".

Genial, pensó Dana, mientras miraba la televisión en la cocina y se preparaba una taza de café. Un alimento perfecto para los abogados demandantes sin mucho talento para imaginar sus propias analogías provocadoras.

Sonó el teléfono y lo contestó en la extensión de la cocina antes de que despertara a las chicas.

—¿Dana?

—Oh, Travis.

El sonido de trueno de su voz era doblemente bienvenido, no sólo era amistoso sino listo para cualquier ayuda.

—Te estaba por llamar.

—Me imaginé en cuanto supe que se trataba de Vic. ¿Cómo está todo?

Le explicó todo con el teléfono pegado a la oreja y los ojos puestos en el televisor mientras preparaba una tanda de waffles.

—Anoche llegaron al lugar los de la Administración de Aviación Federal y de la Junta Nacional de Seguridad del Transporte y va a haber una reunión de prensa ahora a la mañana. Me voy a encontrar con Charlie Morrison y los representantes de seguros ahí, pero mientras tanto me gustaría que se reuniera un equipo.

Oyó un ruido afuera y miró por la ventana de la cocina. La camioneta de Karin estaba entrando por el caminito.

—¡Oh, no! —exclamó.

—¿Qué?

—No, nada —dijo, aunque se había olvidado de las vacaciones y ahora iba a desilusionar a todo el mundo—. ¿En qué estaba?

—Dijiste que querías reunir un equipo.

—Correcto. Le voy a pedir a Austin ocho asociados, tú más otros siete.

—¿Y María? —preguntó. Había sido la principal colaboradora paralegal del caso del Hotel Palazzo.

—Sí, y dile que busque alguien que la ayude.

—Muy bien.

—Me gustaría que todo el equipo esté listo en la oficina para la tarde.

—Los tengo listos para la mañana, si quieres.

—No, voy a tener que ir para el Valle Alpino a la mañana. Trata de que sea para las tres.

Oyó la voz de las chicas por la escalera, tomó el control remoto y apagó el televisor antes de que llegaran a ver nada.

—¿Seguro que no necesitas que vaya yo también para allá? —preguntó Travis.

Las chicas entraron en la cocina en camisón y Dana llevó la mano al teléfono y tapó el micrófono.

—La tía Karin está en la puerta —les dijo un segundo antes de que sonara el timbre.

Las dos abrieron bien grandes los ojos —ellas también se habían olvidado—, lanzaron un gritito y salieron corriendo hacia el hall.

—Sí, estoy segura —le dijo a Travis—. Pero te llamo si surge algo.

Colgó justo cuando Karin estaba entrando con los brazos abiertos y un sombrero grande de paja. Era dos años menor que Dana y cuatro pulgadas más baja pero tan rubia y blanca de piel y tan nórdica como ella. Dana sonrió y fue a abrazarla pero antes de que llegara Karin leyó la expresión de su rostro y dejó caer los brazos.

—¿Qué pasó? —preguntó mientras los chicos entraban en la cocina, las de Dana más la hija de quince años de Karin y su hijo de diez.

—El cliente de mamá se estrelló contra la montaña rusa ayer —anunció Katrina.

—Oh, Dios mío —gritó Karin—. No me digas que fue ese accidente terrible del helicóptero en el parque de diversiones.

—Me temo que sí —dijo Dana—. Tomen una silla y siéntense. Llegan justo a tiempo para los waffles.

Los chicos entraron al galope en el comedor diario.

—Y se acabaron nuestras vacaciones —preguntó Karin—. ¿Verdad?

Dana bajó la voz.

—Karin, lo siento tanto. No sabes las ganas que teníamos.

Desde el comedor Kirstie oyó y se dio vuelta en la silla y dijo:
—¡Ma!
—Lo siento, amorcito. Pero no hay...
De la mesa se alzó un coro de protestas, todos los chicos chillando a la vez.
—¿No hay nadie más que se pueda ocupar de eso?
Antes de que Karin pusiera su servicio de catering trabajaba como enfermera de obstetricia; su experiencia en reemplazar a doctores en los partos le había enseñado que los jugadores suplentes pueden ser igualmente buenos. Pero Dana operaba en un teatro distinto. Dijo que no con la cabeza.
Kirstie y Trina empezaron a hacer un canto alusivo y luego se sumaron los primos.
—Queremos ir, queremos ir.
Dana se puso frente a la plancha de los waffles y vertió los primeros cucharones de masa. Karin sacó los platos del armario y los puso al lado de la cocina.
—Déjalas venir conmigo —dijo en voz baja.
—Karin, no te puedo pedir...
—No me lo pediste. Yo te lo pedí. No hay ninguna razón para que se queden acá porque tú te tienes que quedar a trabajar como una loca.
—Es demasiado...
—No, para nada.
Karin subió deliberadamente la voz por encima del canto de los chicos.
—Dana, de verdad me parece que deberías dejar que las chicas vengan con nosotros a la playa.
Los chicos la oyeron y hubo un medio compás de silencio antes de que el coro retomara.
—Sí, mamá, por favor.
—Dale, tía Dana.
—Por favor, mamá, di que sí.
Dana miró con ojos de no saber qué hacer a su hermana y ella le sacó el bol de los waffles de la mano.
—Yo hago los waffles, tú ve con ellas a preparar las valijas.

Media hora más tarde ya estaban desayunadas, con las valijas listas, con un beso y un abrazo de despedida y sentadas en la camioneta con el cinturón de seguridad abrochado. Mientras Karin daba marcha atrás por el camino de grava, Dana estaba parada con su salida de baño y las despedía profusamente con la mano.
De repente Trina lanzó un grito y Karin clavó los frenos al mis-

mo tiempo que Whit salía como loco de la casa con la camisa abierta.

—¡Tenemos que decirle chau a papá! —dijo Kirstie a los gritos y las dos salieron corriendo de la camioneta y se tiraron en brazos del padre.

Se abrazaron y se besaron y se dijeron adioses por lo bajo antes de subir de nuevo a la camioneta. Esta vez los dos, Dana y Whit, se quedaron agitando los brazos, pero una vez que la camioneta se perdió de vista, ella dio media vuelta y entró abruptamente en la casa.

—Mejor no te podía haber salido —dijo Whit a la espalda de Dana mientras la seguía—. Al final arreglaste unas vacaciones a las que no tienes que ir. Una especie de vacaciones virtuales.

Ella ni lo miró y empezó a subir la escalera.

—El mismo tipo de vacaciones que armaste para ti —dijo ella—. Quedarte en casa solo mientras nosotras nos íbamos a la playa.

—La única diferencia es que yo no las armé.

Se dio vuelta en el descanso de la escalera y se quedó parada junto al ventanal que daba a la terraza.

—De todas maneras me temo que te eché a perder el plan —dijo—. Ya que yo también me voy a quedar.

—Apenas como para que te puedas dar cuenta de algo.

Subió corriendo el resto de la escalera hasta su dormitorio, apoyó la espalda contra la puerta hasta que se cerró con un clic. Pero sólo el silencio la siguió; el hombre que una vez la persiguió por todo el continente ya no se tomaba la molestia de subir un tramo de escalera.

Pero si él ya no era el mismo, ella tampoco era aquella chica de ojos brillantes que lanzaba un gritito cada vez que lo veía aparecer por el hall de conferencias y se le tiraba al cuello como si nunca lo fuera a soltar. Era difícil creer que ella alguna vez hubiese tenido un corazón tan romántico. Ahora cuando veía un par de recién casados, lo primero que pensaba era que la muchacha se acababa de unir al hombre que estadísticamente tenía más probabilidades de asesinarla. Al menos ésa era la sensación de muerte que le dejaba la certeza de que él la había desilusionado.

CAPÍTULO 6

Como presidente de la firma, Clifford Austin era la persona adecuada para reclutar a los socios y paralegales necesarios para manejar un caso de esta envergadura. Dana lo encontró en la casa mientras ella se vestía para ir hasta el Valle Alpino.

—¿Estás oficialmente contratada? —le preguntó primero de todo.

—Sí. Me encontré en el lugar del accidente con Charlie Morrison.

—Charlie Morrison —repitió con voz lenta—. Yo no iría ni al Banco con su sola palabra.

Austin tenía su propia historia con Charlie; ella nunca la había entendido y éste no era el mejor momento para tratar de hacerlo.

—Escúchame, Cliff —dijo con énfasis—. Me contrató el consejero general de la compañía, y fue ratificado por el presidente del directorio. Y si eso no te alcanza para ir al Banco, voy yo y abro una cuenta a mi nombre.

No era la primera vez que lo amenazaba con irse de la firma y Austin solía tratar sus amenazas como si fueran las advertencias de Casandra.

—¿Ollie Dean? —dijo él, ignorando el resto de la diatriba—. De acuerdo, entonces. ¿Qué necesitas?

—Ocho socios cuanto antes. Cuatro experimentados y cuatro jóvenes.

—Hmm.

Era un sonido que con mucho esfuerzo había aprendido a interpretar como un no. Enganchó el teléfono entre la oreja y el hombro y fue hasta el ropero a buscar su propia cámara, un equipo profesional con un gran angular y lentes de larga distancia.

—Siete, entonces —dijo.

—¿Tienes a alguien en mente?

—Travis Hunt. Ya lo tengo en las filas.

Buscó con la mirada en el ropero para ver si encontraba algo donde llevar los accesorios de la cámara y al final se decidió por la funda acolchada de una laptop.

—También querría que esté Jennifer Lodge.

—El lunes empieza un juicio propio —Austin le dijo cortándola—. Elige a otro.

—Oh, no sé —dijo exasperada—. Lo único que te pido es que no me des a ninguno de esos facturadores maratónicos.

Se refería a esos abogados jóvenes que eran conocidos dentro de la empresa por sumar más de dos mil quinientas, incluso tres mil horas de trabajo al año. O dibujaban las horas de trabajo estafando a sus clientes, o llevaban una vida tan desequilibrada que era difícil creer que no estuvieran locos. De cualquiera de las dos formas, Dana no les tenía confianza.

—Algunos son los más talentosos que tenemos —se quejó Austin.

—No en mi opinión.

Ésa era una discusión interminable que tenían desde hacía mucho, una de las tantas, y hoy no era el día apropiado para ganarlas.

—Tengo entendido que Pennsteel prometió hacer una limpieza total del parque.

—Así es —contestó Dana.

—Vas a necesitar algún experto en medio ambiente.

—Sí, pensé en contratar a Bob Kopec...

—No hay razón para contratar fuera de la empresa —dijo Austin tajante—. Bill Moran está disponible. Le voy a decir que se ponga a trabajar inmediatamente en el asunto.

—De acuerdo.

Dana colgó. Ya eran las ocho y media y tenía que estar en el Valle Alpino a las diez. Casi no tenía tiempo para pasar por la casa de fotografía y dejar el rollo de ayer para que se lo revelaran. Metió la cámara y las lentes en la funda de la computadora y fue a la planta baja. La cartera estaba en la cocina donde la había dejado anoche. La agarró y metió la mano.

No estaba la cámara de Kirstie.

Vació el contenido de la cartera sobre la mesada y se puso a revolverlo desesperamente, pero sabía que no estaba ahí.

Se sentó en uno de los bancos abatida y de pronto se dio cuenta de lo que había pasado. El carterista debió de meter la mano adentro de la cartera y en vez de la billetera se había llevado la cámara. Habría deseado poder ofrecerle un trueque. Cien dólares y algunas tarjetas de crédito por un rollo de fotos por el que se había jugado la vida y que ahora podría constituir la única evidencia que quedaba del choque.

Sintiéndose muy desgraciada, volvió a meter las cosas en la cartera y se dirigió al garaje.

El Valle Alpino era una ciudad fantasma cercada por las barricadas amarillas de la policía. No se oían risas ni gritos de divertido terror. Lo juegos estaban inmóviles como las piezas de un museo y uno solo de los stands estaba abierto; el empleado estaba muy ocupado vendiendo café y torta a los investigadores y a los periodistas que no dejaban de llegar.

El informe de la JNST iba a comenzar en diez minutos en el salón de música pero hasta último minuto una multitud recorría el perímetro de la montaña rusa. Desde la cenizas se elevaba oscilando el vapor del calor en olas sucesivas y discontinuas, y los hombres empezaban a quitarse el saco y desajustarse la corbata. Dana tomó la cámara y sacó unas fotos pero sabía que no servirían de nada y de nuevo le dolió en el alma haber perdido la cámara de Kirstie.

Del otro lado de la cinta de la policía que rodeaba el lugar le pareció reconocer a alguien y después de unos segundos se dio cuenta de que era Ted Keller, el piloto en jefe de Pennsteel. Era un hombre bajo y de escaso pelo rubio, delgado, de buen porte y todavía con un aspecto juvenil a pesar de haber sido piloto en Vietnam y rondar ya los cincuenta años. Dana empezó a saludarlo con el brazo pero se detuvo en seco cuando lo vio secarse los ojos con el puño de la camisa. Era mucho lo que había perdido hacía sólo unas horas. No sólo a su principal jefe ejecutivo sino también a dos de sus pilotos que con toda seguridad también eran sus amigos.

Otro hombre salió de entre la multitud para dirigirse a toda velocidad hacia el salón de música, y no era fácil reconciliar el paso veloz con su inmenso tamaño. Estaba en mangas de camisa, con una corbata con el nudo muy flojo. Dana conocía esa tez irlandesa de un rojo encarnado de alguna parte, quizás de antes que se le sumaran esos quince kilos nuevos, y cuando se detuvo delante del jefe de bomberos que había sido el comandante de la crisis de ayer, se acordó. Era Harry Reilly, jefe de la oficina regional de la Junta Nacional de Seguridad del Transporte; había tenido que tratar con él una vez en un caso ferroviario. Se acercó lentamente de costado, lo suficiente como para oír que el jefe le comunicaba que el médico había iniciado la primera autopsia.

—¿Se acordó de ordenar estudios completos de toxicología? —preguntó ella entrometiéndose a la altura del codo de Reilly.

Él se dio vuelta, molesto pero no asombrado.

—Buenos días, señor Reilly. Dana Svenssen, abogada de Pennsteel.

—Por supuesto —dijo—. Como también me habría acordado de las pruebas de alcohol y droga.

—¿Y exámenes cardíacos de los pilotos?

—También es rutina. ¿Cree que es eso lo que ocurrió?

Era la idea que más la atraía: el piloto del Skyhawk tuvo un ataque cardíaco y se desvaneció; su hijo entró en pánico y se estrelló contra el JetRanger.

—No tengo ninguna teoría por el momento —dijo Dana.

—Da lo mismo —dijo gruñendo—. Ya que no queda mucho que podamos someter a las pruebas.

Dana sintió que se le cerraba el corazón.

—¿No quedan restos?

—Todo se hizo polvo. No queda prácticamente nada.

El mismo comentario se repitió durante toda la reunión de la mañana: iba a ser difícil, si no imposible, determinar la verdadera causa del accidente debido a la destrucción prácticamente total de la evidencia física.

La multitud ingresó en el salón de música, un auditorio con adornos dorados donde los sábados por la noche se hacían actos circenses y actuaban estrellas del lejano Oeste. Harry Reilly subió al escenario y presentó a los miembros de la elite del equipo de la JNST —todos peritos en aviación, especialistas en plantas de energía, estructura de aeronaves, sistemas de operación, mantenimiento, meteorología y rendimiento humano—; después le pasó el micrófono al investigador a cargo, quien planteó los hechos tal como se conocían hasta el momento.

La colisión ocurrió aproximadamente a las diez y veinte, entre un helicóptero Bell JetRanger y un Cessna 172 Skyhawk de ala fija, en espacio aéreo Clase E, con reglas visuales de vuelo imperantes. El helicóptero se dirigía a la base de Pennsteel desde Nueva York; se registró un plan de vuelo en la Estación de Servicio Aéreo. Su tripulación estaba compuesta por el capitán Ronald A. Heberling, de treinta y tres años, y el copiloto Albert M. Ciccone, de treinta y cinco años. Llevaban un pasajero: Victor Sullivan, de cincuenta y seis años. El helicóptero estaba preparado con un grabador de voz de cabina de cuatro canales y un Sistema de Posición Global de ayuda de navegación; se había recuperado el GVC pero el receptor SPG aparentemente había sido destruido por la segunda explosión.

El Skyhawk estaba registrado a nombre de William Loudenberg, de cuarenta y ocho años, de Montrose, Pennsylvania. Llevaba un pasajero: su hijo, Donald, de diecinueve años. No se conocía ningún plan de vuelo y no había ninguna caja negra. Todavía no se contaba con ninguna información sobre la ruta o el destino del Skyhawk.

Los cinco ocupantes habían muerto, probablemente de manera instantánea, aunque todavía quedaba esperar los resultados de las autopsias sobre este particular. En tierra hubo siete muertes: tres chicos, tres miembros del personal de rescate y una joven madre. Había al menos cinco casos críticos de quemaduras, dos de ellos niños.

Dana escuchaba desde el fondo del salón mientras buscaba con la mirada a Charlie Morrison entre una multitud de periodistas que tomaban copiosas notas en pequeñas libretas. Pero había alguien que estaba escribiendo en una larga agenda legal amarilla, lo que constituía de por sí una pista delatora, en caso de que no lo hubiese reconocido y no se le hubiesen erizado los cabellos de la nuca.

Se llamaba Ira Thompson y, como era su costumbre, la camisa le sobresalía por encima del pantalón y tenía los anteojos levantados por sobre la cabeza, donde inevitablemente terminaba por perderlos. Era una persona de modales suaves, distraída y tímida, el blanco constante de las burlas en los tribunales y el abogado demandante más terrible de todo del país. Y toda la atención que les sustraía a los detalles más simples de su vida cotidiana la enfocaba en cambio en sus casos. Perseguía primero a los clientes y luego a los abogados defensores con una ferocidad obsesiva. En total las sentencias de los juicios que había ganado habían sobrepasado los mil millones de dólares.

Entre la nebulosa de su visión, en un raro momento de foco, reconoció a Dana, y al bajar la cabeza para saludarla se le deslizaron por la frente los anteojos. Ella se abrió paso por la sala hasta él.

—Hola, Ira.

—Dana.

—¿A quién representas?

—Hoy soy solamente un ciudadano más —dijo él—. En busca de la verdad.

Había dos verdades posibles: que todavía no lo había contratado nadie y estaba tirando sus redes; o dos, que había recibido varios pedidos y todavía no había decidido qué cliente elegir hasta no saber cuál era el que tenía el reclamo más importante y de más valor. A Dana le hubiera gustado saber de qué lado estaba. Si, por ejemplo, terminaba defendiendo a la viuda de Vic Sullivan, serían aliados, unidos para probar la inocencia de los tripulantes del helicóptero. Pero sabía que las chances eran nulas. El veredicto que Ira seguramente buscaba era el que determinaría la culpabilidad del helicóptero para así apoderarse de la llave de la caja fuerte de Pennsteel.

—Yo defiendo a Pennsteel —dijo Dana—. Me gustaría que nos reuniéramos antes de que presentes la demanda.

Thompson pasó revista mentalmente a los pros y los contras y finalmente asintió con la cabeza.

Mientras comenzaban la recitación aterradora de los nombres de los muertos y los heridos, Dana volvió a su lugar y a mitad de camino se encontró con Charlie Morrison apoyado contra la pared junto a la puerta de salida.

—Buenos días, Charlie. ¿Vinieron los aseguradores?

Dijo que sí y señaló la espalda de un par de hombres sentados uno al lado del otro.

—También vino Ira —le dijo ella.

Parpadeó y luego lanzó una maldición.

—¿Quién lo contrató?

—No me dijo. Pero da lo mismo. Va a liderar el equipo de los demandantes esté con quien esté.

—Artillería pesada.

—El blanco lo justifica.

Charlie hizo una mueca y sacó una caja de pastillas para la acidez y le ofreció una a Dana. Dijo que no y él se metió tres en la boca.

—¿Algo anda mal? —preguntó ella—. Además de lo obvio.

—Oh, ya sabes. —Subió los hombros y se encorvó en un gesto de derrota. —Ya empezaron las maniobras políticas.

—¿Por el puesto de Vic?

—Sí. Haguewood y Schaeffer están tratando por todos los medios de conseguir el favor del directorio. Mientras yo tengo que lidiar con esto todo el día.

—No, no tienes que lidiar con nada —dijo Dana—. Me estás pagando a mí para que yo me ocupe. Es así como tiene que funcionar, Charlie. Tú ocúpate de los asuntos en la oficina y yo me encargo de esto.

La mirada tierna de Charlie se volvió aún más blanda y vergonzosa.

—¿Todavía cubriéndome como en los viejos tiempos, Dana?

—No es verdad —contestó ella desestimándolo.

Habían entrado en la firma juntos hacía quince años, pero la carrera de Charlie había resultado más accidentada desde el principio, en general porque era demasiado bueno como para que le fuera bien. Los socios siempre se aprovechaban de él sabiendo que no podía negarse a nada que le encomendaran, y como resultado siempre estaba corriendo a último minuto para cumplir los plazos y compensando aquellos que no había logrado cumplir. Dana siempre que podía lo ayudaba; una vez incluso cubrió una deposición por él y convenció al empleado del juzgado para que pusiera el nombre de Charlie en la transcripción. Pero con su ayuda no bastaba. A la larga un grupo de asociados decidieron que no daba el perfil de Jackson, Rieders. Hicieron lo posible por echarlo a base de informes bochornosos y trabajos espantosos, y como Charlie tardaba en darse por enterado fraguaron algún cargo contra él y finalmente se vio obligado a renunciar.

Fue una tragedia a corto plazo pero a la larga una historia coronada por el éxito. Charlie consiguió un trabajo como asesor en Pennsteel y realmente terminó por donde debería haber empezado. Hizo una rápida carrera en el departamento legal, llamó la atención de Vic Sullivan y atravesó la línea divisoria para terminar por unirse a los altos dirigentes de Pennsteel.

Cualquier otro en su lugar se habría cobrado una justa venganza cambiando de firma legal, pero Charlie no tenía ni una gota de rencor en todo su cuerpo. Y terminó siendo tan bueno como cliente como lo había sido de amigo.

—Lo digo en serio —dijo Dana—. Desde mañana, te haces a un lado y dejas que yo me preocupe de este caso.

—De acuerdo, pero te pido algo...

Sacó del bolsillo una tarjeta. Michael F. Pasko, decía, Director de Seguridad y Servicios especiales, seguido de un interno del teléfono de Pennsteel.

—Llámalo si necesitas ayuda. Es excelente en investigaciones. Y está a mi cargo, así tienes una protección profesional.

Dana prefería utilizar investigadores que estuvieran a su cargo pero de todos modos guardó la tarjeta en su cartera.

Sobre el escenario Harry Reilly había vuelto a tomar el micrófono.

—Ahora pueden hacer preguntas.

—¿Tenía algo el grabador de cabina del helicóptero? ¿Ya lo escucharon?

Reilly dijo que no y bosquejó cómo eran los procedimientos. El GVC era enviado a un laboratorio de la JNST en Washington donde se formaba un comité para que lo escuchara e hiciera una transcripción. Podían pasar meses antes de que se diera a luz la transcripción.

—¿Pero y la cinta?

Debido a la naturaleza extremadamente sensible y a menudo personal de las comunicaciones de cabina, explicó Reilly, nunca se hacía pública la cinta, ni siquiera de manera parcial.

—¿Cuál es su teoría sobre la causa del accidente? —preguntó otro periodista.

—No tenemos ninguna —respondió Reilly a regañadientes—. Vamos a seguir las pistas, como hacemos siempre.

—¿Pero cuál es la teoría más verosímil? —insistió el periodista.

Reilly resopló sobre el micrófono, produciendo el sonido de mil suspiros.

—Mire —dijo por fin—. Más o menos el noventa y cinco por ciento de los choques ocurren dentro de las cinco millas de los aeropuertos, dentro del patrón de vuelo, al despegar o antes de aterrizar. Para que dos aeronaves choquen en mitad del vuelo, lejos de todo aeropuerto...

Se alejó unos pasos y dirigió su último comentario a un costado del auditorio justo antes de abandonar el escenario.

—Supongo que en este punto su intuición es tan buena como la mía.

Cuando terminó la conferencia, Charlie llevó a Dana hasta donde estaban los dos representantes de la aseguradora.

—Norm Wiecek, de UAC. Don Skelly, de Geisinger. Señores, les presento a Dana Svenssen.

United Aviation Casualty era la principal aseguradora de Pennsteel y Norm Wiecek, un hombre saturnino de párpados pesados y boca caída tenía un aspecto inapropiadamente abatido. Los Aseguradores Geisinger eran la aseguradora que cubría perdidas que excedieran el monto de la cobertura primaria, como seguramente sería en este caso y sin embargo a Don Skelly se lo veía radiante y afable, mientras apretaba el brazo de Dana. Era un hombre bajo, cincuentón y rebosante de buena voluntad y energía.

—Encantado de conocerla. Escuché decir cosas muy buenas de usted —dijo. Asomaban en su voz los montes Apalaches, apenas erosionados por treinta años de vivir en Manhattan. —¿Qué les parece si vamos a algún lugar a charlar?

Fueron cada uno en su auto hasta un restaurante sobre la ruta, construido en forma de casa rodante y que hervía al sol del mediodía como una plancha al fuego. El Porsche rojo de Charlie paró al lado de Dana con un remolino de polvo. Estaba hablando por teléfono pero le hizo un gesto de que lo esperara. El calor la golpeó con la fuerza de un puño al salir del auto mientras cerraba la puerta. Pasó la vista por el pasto color arena y la ruta polvorienta y después por el cielo. No había ni una sola nube.

Charlie bajó del auto y entraron juntos. En la barra con los clientes locales se mezclaban los camioneros y todos comentaban el accidente. Don Skelly llamó aparte a una camarera y con una gran sonrisa le dio una pequeña propina. Ella los llevó a una mesa privada en un rincón.

—Café para todos —dijo con voz de trueno, pero después agregó con un guiño—. Pero cuentas separadas para el almuerzo.

Se sentaron y Charlie Morrison pidió otra silla para Ted Keller que pronto se les sumaría.

—Quisiera saber qué peritos recomiendan —dijo Dana para empezar la reunión. Miró a Wiecek y a Skelly, que entre los dos debían de haber estudiado cientos de casos de aviación.

—Se lo puedo decir con dos palabras —dijo Skelly mientras encendía un cigarrillo—. Dough Wetherby.

—¿El reconstructor?

—Sí. —Inhaló con gran satisfacción. —Es el mejor, y mejor que lo consigamos antes que lo haga algún otro.

La boca de Wiecek cayó aún más.

—Me gustaría tener a Ed Stoltz —dijo.

Siguió un debate entre los dos acerca de los méritos de Wetherby y Stoltz y sobre cuál era el mejor forense y cuál causaba una mejor impresión en el jurado y mientras tanto llegó Ted Keller.

—Estamos discutiendo sobre los expertos —le informó Charlie—. ¿A quién conoces?

Pero Keller no fue de mucha ayuda. En todos sus años de vuelo, jamás se había visto implicado en ningún accidente aéreo y los juicios de aviación le resultaban todavía más remotos. Prefería mantenerse así y de inmediato se concentró en el menú.

—Tengo una idea —dijo Skelly amablemente—. Traigamos a los dos y que Dana y Charlie decidan.

—Cuanto antes mejor—dijo ella—. De hecho, me gustaría fijar una reunión para el lunes con todos los peritos que podamos juntar para entonces.

—Buena idea —dijo Skelly—. Y yo tengo otra buena idea. Hagámosla en nuestras oficinas. Podemos alojar a todos los de afuera en nuestro hotel.

—¿En Nueva York? —dijo ella con dudas.

—No. Nuestras nuevas oficinas. En King of Prussia.

Dana se acordó entonces de lo que había leído de los Aseguradores Geisinger. Durante mucho tiempo con su central en Nueva York, la empresa se había mudado recientemente a unas nuevas oficinas palaciegas y un complejo hotelero a veinticinco kilómetros de Filadelfia. El complejo había sido construido por Geisenger a un costo estimado de trescientos millones de dólares. Con razón no podía invitar al almuerzo.

Se pusieron de acuerdo para una reunión el lunes a la mañana y cuando llegaron los platos Dana se puso a hacer una lista, comenzando con Wetherby y Stoltz, el reconstruccionista general de accidentes de aviación, y sumando especialistas de campos cada vez más particulares: expertos en radar, en metalúrgica, aerodinámica.

—Voy a necesitar una buena compañía de simulación computadorizada —dijo—. Hay que ilustrar cada escena con visualizaciones, desde todos los ángulos; la cabina del JetRanger, la del Skyhawk, incluso la perspectiva de la gente en tierra.

Wiecek y Skelly parecían escépticos; los dos eran demasiado grandes para sentirse cómodos con la magia de la computación.

—Miren —dijo Dana—. Vamos a presentar este caso a gente que mira televisión seis horas por día. Ya no saben escuchar. Pero sí saben mirar una pantalla.

—Hazlo —dijo Charlie con voz calma.

—Bien —respondió ella, apoyando la decisión—. Voy a citar algunas personas de computación para el lunes. Hay que juntarlo todo y hacer un solo paquete cuanto antes si queremos tener algún impacto en el informe de la JNST.

—¿Con qué contamos? —preguntó Charlie.

Dana se encogió de hombros.

—Tenemos el derecho de presentar un escrito que ellos tienen el derecho de ignorar. E incluso si lo toman en cuenta es difícil decir en qué nos puede ayudar. Si les podemos indicar la dirección correcta para su propia investigación, no nos puede hacer ningún daño. Pero si da la impresión de que les estamos soplando en el oído cada paso que dan, créanme, el equipo de los demandantes se va a enterar y cada hallazgo que nos favorezca va a terminar por jugarnos en contra en el juicio.

—Yo no contaría mucho con los buenos hallazgos, les estemos soplando o no —dijo Keller—. ¿Conocen el chiste? Si un terremoto abre en dos la pista de aterrizaje un segundo antes del aterrizaje y el avión se estrella, la JNST va a encontrar alguna manera de demostrar que fue negligencia del piloto.

Don Skelly lanzó una risotada pero Dana dejó pasar el chiste.

—La JNST no va a escuchar a abogados, pero se nos permite designar un representante para que lleve las tratativas con ellos. En el caso de empresas, en general es el piloto en jefe.

—Ted, quedas designado —dijo Charlie y Keller tuvo que aceptar.

—También voy a necesitar un par de peritos pilotos —dijo Dana—. Uno experto en aviones ligeros y otro en helicópteros. ¿Alguna sugerencia?

Nadie contestó, de modo que se dirigió a Keller.

—¿Qué dices, Ted? Debes estar todo el tiempo en contacto con pilotos de primera línea.

Bajó la mirada hacia el líquido negro del café.

—Sí. El mejor que conocía murió ayer.

Dana miró la mesa de fórmica, mortificada, mientras un silencio incómodo se posaba sobre todos. Durante toda su vida había debido abrirse paso por entre la barrera del machismo y ahora acababa de demostrar que podía ser tan insensible como cualquier hombre. Trato de armar la frase justa, de disculpas o condolencia o algo, pero nada le parecía apropiado y al final Keller le ahorró la preocupación recuperando el ánimo.

—Sí, conozco a alguien. Uno de los mejores pilotos que conocí en toda mi vida. Y me enteré de que está interesado en trabajar como perito. Andy Broder.

Con la lapicera en suspenso, Dana preguntó:

—¿Qué antecedentes tiene?

—Se recibió de ingeniero aeronáutico y trabajó un poco en diseño para McDonnell Douglas. Voló ala fija casi toda su vida, después se pasó a los helicópteros durante el servicio. Piloteó un Cobra en la guerra. Ahora mismo está en Alaska, volando fumigadores para el Servicio Forestal.

Dana subió la vista del papel, fascinada. Broder parecía el experto ideal.

—¿Cómo lo conociste, Ted? ¿Volaste con él en Vietnam?

Se rió.

—No. La guerra de Andy fue en el Golfo. Volé con su padre.

Su entusiasmo se evaporó en un instante.

—¿Un muchacho?

—Pero el mejor.

Dana sabía sin embargo que el pelo plateado valía oro para el jurado.

—Bueno, supongo que podemos llamarlo...

El resto de la oración quedó ahogada por el chirrido estridente de unas llantas en el estacionamiento.

—¡Eh! —gritaron desde la barra—. ¿Alguien tiene un Mercedes negro?

Dana saltó de la mesa y corrió hasta afuera. La alarma estaba activada y habían roto el parabrisas delantero.

—¡Ahí va! —gritó Keller detrás de ella. Al final del estacionamiento un hombre vestido de negro estaba atravesando el cerco de arbustos.

—Ted, llama a la policía —gritó Charlie—. Voy tras él.

Keller fue hacia adentro de nuevo mientras Charlie salía corriendo atrás del ladrón. Se fue antes de que a Dana se le ocurriera perseguirlo ella misma. Charlie, con su panza nueva, era el menos indicado para hacerlo.

Buscó las llaves en la cartera y apagó la alarma. Don Skelly dio una vuelta alrededor del auto inspeccionando el daño, como el tasador de seguros que fuera antaño.

—Parece que no se llevó nada —dijo.

Dana miró a través del vidrio roto. El teléfono del auto estaba en la consola, el estéreo y la disquetera estaban intactos, así como también el scanner de la policía. No faltaba nada, salvo el estuche de la laptop en la que había guardado la cámara, lo que quería decir que otro ladrón más se vería defraudado cuando abriera su botín.

Minutos más tarde, Charlie llegó tambaleándose por entre los arbustos. Sacudía la cabeza mientras se esforzaba por recuperar el aliento.

—Desapareció —dijo jadeando—. No dejó ni rastros.

Keller salió del restaurante.

—Llamé a la policía, pero dijeron que les iba a llevar un rato llegar hasta acá.

Charlie entró y bebió tres vasos de agua, uno tras otro. Dana pidió una pala y un cepillo y sacó la mayor cantidad posible de vidrios del asiento. Una camarera trajo un plástico y cinta adhesiva y le ayudó a tapar el hueco de la ventana. Volvieron al restaurante, terminaron la reunión lo mejor que pudieron y pagaron la cuenta.

La policía todavía no había llegado. Charlie y Keller decidieron que tenían que volver a Pennsteel y Norm Wiecek dijo que tenía un largo camino hasta New Jersey Norte y los siguió. Pero Don Skelly se demoró en la mesa con Dana mientras observaban a Wiecek que se iba penosamente.

—¿Se le murió el perro o qué? —preguntó Skelly mientras terminaba su café.

Dana sonrió.

—Me parece que lo único que ve es el balance de la empresa con noventa millones de dólares menos. De hecho, me pregunto cómo usted no ve lo mismo que él. ¿Oyó hablar del caso del helicóptero en Missouri? El jurado determinó el pago de trescientos cincuenta millones. Por una sola víctima.

—Sí, lo oí.

Encendió otro cigarrillo.

—El maldito jurado no entiende, ¿no es cierto? Ese dinero no les significa nada. Un tipo con suerte deja el mundo y todos los demás que trabajan tienen que pagarlo. Pero, ¿qué más da?

Exhaló una bocanada de humo y sonrió.

—A nosotros nos dan trabajo.

—Un trabajo bastante pobre, si en este caso pasa algo parecido. Tenemos una docena de víctimas. Podría quedar expuesto por tres mil millones de dólares.

Skelly negó con la cabeza.

—Este caso no me preocupa.

Dana se rió incrédula.

—Dígame por qué. Me gustaría ahorrarme un poco de preocupación.

—Diablos, bueno —dijo él—. Sin ninguna evidencia física. Hay que mirar las cosas con sentido común. Por un lado tenemos una tripulación profesional, bien entrenada, con millones de horas de vuelo en helicóptero, que sigue todos los procedimientos formales, plan de vuelo, que hace todo como corresponde. Por el otro, un papá haciendo que su hijo se divierta con el juguete nuevo de la familia. ¿Quién es más probable que tenga la culpa?

Dana lo miró fijo. Era una mezcla curiosa de veterano experimentado y de buen tipo, un empresario y alguien como todo el mundo. E incluso un miembro típico del jurado. Se preguntaba si no tendría razón.

—De modo que lo único que tenemos que hacer es señalar la falta de evidencia y salimos ganando.

Se encogió de hombros.

—Si dependiese de mí, es así como defendería el caso.

—Pero algo tuvo que causar el choque. Mi trabajo es descubrir qué fue.

Revolvió el café por unos segundos.

—Algunos dirían que su trabajo es defender a Pennsteel.

—No puedo hacerlo si no sé la verdad.

—¿La verdad?

Skelly levantó la taza y tomó un sorbo largo.

—¿O los hechos de que se dispone?

Dana miró su reloj. Eran casi las dos y tenía más de una hora hasta la oficina donde se tenía que encontrar a las tres con su equipo recién formado.

—Me temo que voy a tener que olvidarme de la policía —dijo.

—Es probable que su aseguradora no pague sin una denuncia policial —le advirtió el asegurador.

—No importa. Tengo un deducible muy grande.

Mientras Dana salía del estacionamiento, vio a Skelly que la observaba fumando otro cigarrillo desde la ventana.

CAPÍTULO 7

Las oficinas de Jackson, Rieders & Clark estaban en una nueva torre de cincuenta pisos de bronce y vidrio en la calle Market, a ocho cuadras al oeste del viejo y majestuoso edificio cada vez más deteriorado en South Broad que había ocupado durante los primeros cien años de su existencia. Clifford Austin había encabezado el traslado al lado nuevo de la ciudad como la primera punta de lanza de su Visión para el Nuevo Siglo. La segunda punta había sido saquear las empresas competidoras y seducir a sus mejores abogados con bonos exorbitantes, créditos garantizados y otros beneficios. La teoría era que los nuevos abogados generarían el dinero suficiente no sólo para pagarse a sí mismos, sino también para saldar la pesada deuda bancaria que había financiado las nuevas oficinas. El problema era que los abogados talentosos sólo se quedaban lo suficiente como para consumir las ganancias de la empresa y después se iban tras bonos más suculentos y mejores beneficios. De este modo les tocaba a socios como Dana generar suficientes entradas para pagar los bonos y las oficinas, para no mencionar a los consultores que fueron los primeros que soñaron con esa nueva Visión.

La empresa ocupaba los seis últimos pisos del edificio, más el estacionamiento del subsuelo y dos entrepisos de la planta baja para archivar documentos. La disposición de las oficinas se adecuaba perfectamente a la primera regla del diseño de una empresa legal: las oficinas de los abogados estaban alineadas como celdas a lo largo del perímetro del piso, dos ventanas para los asociados, tres para los socios y seis para los socios con mérito suficiente como para ocupar las esquinas; y espacios interiores sin ventanas para las secretarias, los paralegales y el resto del personal de apoyo. También en el interior estaban los salones de conferencias, una fila de rectángulos sin ventanas con los retratos de los fundadores de la firma. Después de toda una larga jornada de trabajo sus rostros antiguos parecían metamorfosearse en variaciones de Edvard Munch, que a veces era todo lo que hacía falta para que un testigo exhausto entrara en pánico y terminara por gritar toda la verdad.

El sábado por la tarde Dana miró por un momento los rostros vivos y muertos en la Sala de Conferencias 56 B y sintió casi el mismo impulso de gritar. Su nuevo equipo estaba reunido alrededor de la mesa. Travis Hunt, su competente mano derecha, también estaba, por supuesto. Pero a la derecha de él estaba Lyle Clairbone, un viejo asociado erudito que se especializaba en informes de apelación. Jamás había llevado un caso, tomado una deposición, entrevistado a un testigo ni, según creía Dana, visto a un cliente.

Al lado de él estaba Sharon Fista, también una vieja asociada, aunque hacía un año o dos había tenido un bebé y todavía mantenía un horario de trabajo reducido.

Junto a Sharon estaba Brad Martin, una persona muy delgada, con el rostro en sombras por un tupido mechón juvenil de grueso pelo negro. Era un joven impulsivo que transformaba cada tarea en una cuestión de vida o muerte.

Por último estaba Katie Esterhaus, una muñequita muy dulce con un embarazo bastante avanzado.

Dana sombríamente estudió por un momento el equipo. Era muy clara la jugada de Clifford Austin: Dana le había pedido ocho asociados, y él le había dado cinco, que en talento y energía sumaban apenas tres. Pero si ella se quejara, él le iba a responder con una sonrisa sarcástica: "Ah, entonces al final quieres algunos de esos facturadores maratónicos" —y se iba a dar por ganador de esa discusión eterna.

Respiró profundo y decidió que haría lo posible con este equipo. Más adelante, en caso de que fuera necesario, anunciaría una nueva crisis y pediría más asociados. Hasta entonces jugaría con las cartas que le habían tocado.

—Hola, María —dijo, dirigiéndose a la joven de piel color aceituna que estaba sentada en una de las sillas alineadas contra la pared—. ¿Encontraste alguien que te ayude?

—Sí —dijo la paralegal, y señaló a un hombre joven, bajo y robusto que estaba sentado a su lado—. Él es Luke.

—Luke, gracias por unirte a nosotros —le dijo Dana al joven que tímidamente se acomodó en la silla—. Te agradezco de verdad de hayas podido venir tan rápido.

Dirigió después su atención a los abogados que estaban alrededor de la mesa.

—Lo mismo para ustedes.

Brevemente les describió lo que había sucedido el día anterior en el Valle Alpino, luego dijo:

—Durante estos primeros meses nuestra tarea es tratar de averiguar la causa del accidente. Las palabras mágicas en esto son negligencia comparativa y responsabilidad separada y compartida. Un jurado podría fijar la responsabilidad en el noventa por ciento para la avioneta y el uno por ciento para el helicóptero de Pennsteel y sin embargo Pennsteel terminaría pagando de todos modos el ciento por ciento de los daños. A menos que la avioneta estuviera asegurada por una suma muy alta o fuera propiedad del Sultán de Brunei, pero por ahora nada parece indicar que así sea.

"De manera que no ganamos nada minimizando la parte de responsabilidad de Pennsteel. Tenemos que eliminarla. Hay sólo dos maneras de hacerlo. O probamos que el accidente fue causado en su totalidad por la avioneta o probamos que fue obra de la mano de Dios y por consiguiente nadie es culpable. Pero dado que parece que los jurados ya no creen en Dios, es mejor que nos concentremos en la avioneta.

Los abogados más jóvenes y los paralegales la observaban atentamente mientras hablaba y ella a su vez los miraba uno por uno hasta que mentalmente terminó de asignar a cada uno una tarea.

—Lyle, quiero que te encargues de la base de la oficina. Los archivos y los informes son tu responsabilidad. Proyecto número uno: definir el estándar de mantenimiento. ¿Qué dicen las regulaciones de la FAA y cómo las manejan los tribunales?

Lyle se acomodó el puente de los anteojos en la nariz y asintió con la cabeza. Ése era su territorio y sabía como manejarlo.

—Katie, tú vas a estar bajo las órdenes de Lyle pero te vas a enfocar en la evidencia documentada. Primero, los registros de Pennsteel. Quiero que no dejemos nada sin revisar en esto. Tenemos que conseguir todos los registros de mantenimiento del helicóptero y los de entrenamiento de los pilotos, además de los archivos de personal. Además tenemos que conseguir los registros de la FAA. Prioridad número uno son los datos del radar, si es que existen, pero también necesitamos todos los archivos que tengan del Skyhawk y de Loudenberg, sus informes médicos, sus certificados, todo. Y sólo podemos hacerlo mediante una petición de la Ley de Libertad de la Información, lo que quiere decir que debe estar lista para el lunes.

La lapicera de Katie volaba a toda velocidad.

El asociado erudito y la que tenía limitaciones físicas iban a cuidar la casa mientras el resto del equipo salía al campo.

—Sharon y Brad.

Las dos cabezas se volvieron hacia ella.

—Los dejo a cargo de las entrevistas a los testigos. Vayan hasta la escena del accidente y recorran el vecindario y hablen con todo el mundo que esté dispuesto a hablar.

Hicieron un gesto de conformidad con la cabeza, y con mucho mayor entusiasmo que los otros dos. Para abogados jóvenes acostumbrados a pasar doce horas al día leyendo expedientes, la posibilidad de ir casa por casa hablando con la gente era una tarea tentadora.

—Travis —dijo Dana, y el enorme armatoste en la otra punta de la mesa se estremeció en respuesta—. Quiero que averigües todo lo que puedas sobre el piloto del Skyhawk, William Louderberg. Dónde vivía, dónde trabajaba, que visites la ciudad donde vivía, que hables con los compañeros de trabajo, que trates de entrevistarte con la viuda si puedes.

Si alguien podía hacerlo ése era Travis; con su aspecto ciento por ciento norteamericano y su informalidad juvenil podía atravesar puertas que se cerraban en las narices de los demás abogados.

—Brad —dijo Dana, y él subió la vista con el entrecejo fruncido. —Quiero que te informes sobre el daño por las muertes y los heridos. Empieza por estudiar sobre quemaduras. Averigua quiénes son los mejores doctores y quién está dispuesto a atestiguar. Consigue los informes de autopsia y toxicología y haz una lista de los patólogos que puedan revisarlos. Y empieza por conseguir los registros médicos de todo posible demandante que puedas.

Con Brad al frente nadie podía acusar a Pennsteel de tomar la cuestión de los daños a la ligera.

—Quedas tú, María, y ya conoces el mecanismo. A cada pedazo de papel que recibamos o generemos sobre este caso se le pone un sello Bates con un número. Abre una base de datos y archívalo.

—¿Entrada/salida? —preguntó María.

—Sí. Y sin ningún privilegio de salida para todo lo que quede designado como confidencial.

—De acuerdo —dijo María y tomó nota.

Dana se puso de pie y se quedó quieta, repasando en su memoria si había olvidado algo. Del otro lado de la mesa Travis todavía estaba sentado con los brazos cruzados sobre su ancho pecho.

—Y por supuesto, Travis, vas a trabajar junto con los peritos y a actuar como mi representante con responsabilidad total sobre el caso.

Separó los brazos y asintió una vez más con un gesto breve.

Brad Martin empezó a revolear los brazos por el aire.

—¿Pero qué pasa si no podemos? Quiero decir, ¿qué pasa si de verdad la culpa fue de Pennsteel?

—Los hechos son los hechos —dijo Dana—. Pero incluso si apuntan en dirección a Pennsteel como único responsable, no termina ahí nuestro trabajo, queda determinar los daños, quizá mediante litigio.

—Sí —dijo Tavis—. ¿Te acuerdas de ese caso que tuviste contra Ira Thompson hace unos años? —Luego le explicó al grupo: —Responsabilidad por productos. Representábamos al fabricante que estaba enterrado hasta el cuello por la responsabilidad por los daños. Pero el cliente de Thompson fraguó casi todos los daños de modo que Dana lo llevó a juicio. La sentencia del jurado bajó hasta la mitad el monto de la demanda de acuerdo final de Thompson.

—Pero los diarios no se enteraron —señaló Brad—. Le dieron el triunfo a Thompson.

—No manejamos los casos para el periodismo —dijo Dana—. A todo aquel al que le interese más la opinión pública que la representación del cliente será mejor que renuncie a este caso ahora mismo.

No hubo voluntarios.

La frente de Travis se arrugó por el espasmo repentino de una inspiración.

—Se me ocurrió algo. Debe de haber alguien que haya filmado el accidente. ¿No es cierto? Quiero decir, era un parque de diversiones, ¡por todos los cielos! Debe de haber habido más de cien cámaras filmando cuando ocurrió el accidente.

Se oyeron murmullos de aprobación mientras Dana se frotaba la frente. Se imaginaba la cámara de Kirstie en algún negocio de empeño de la ciudad y el rollo tirado en algún tacho de basura. No existía ni la más remota posibilidad de que el carterista lo hubiera guardado y mucho menos de que apareciera y lo entregara.

Abruptamente enderezó la cabeza.

—Travis, ésa es una idea excelente. Vamos a poner un aviso en todos los diarios en los alrededores del Valle Alpino, pidiéndole a la gente que se ponga en contacto con nosotros si tienen alguna película del parque que hayan sacado ayer. ¿Lyle?

—Yo me encargo.

Eso a su vez condujo a otra idea.

—Tenemos que contactar a todos los canales de televisión y solicitar copias de las cintas de video. Las que salieron al aire y las que no. ¿Algún voluntario?

Habló María:

—Luke trabajaba en edición en el noticiario de Canal 3.

Todo el grupo dirigió la mirada hacia el muchacho justo cuando estaba mirando de reojo el reloj.

—Sí, está bien —dijo sonrojándose.

De golpe Dana se acordó de que era sábado y que estaba anocheciendo. Seguramente estos jóvenes tenían cosas mejores para hacer que estar ahí sentados escuchándola diseccionar el manejo del caso.

—Creo que por hoy podemos darnos por satisfechos —dijo—. ¿Todos saben por dónde empezar el lunes?

Todos asintieron.

—Muy bien. Un último punto. Este accidente va a estar en la boca de todo el mundo, tal vez por varios meses. Va a haber un montón de especulación en los medios, la gente va a estar constantemente haciendo comentarios al respecto y va a haber por lo menos veinte abogados demandantes alertas todo el tiempo. Una vez que descubran que nos ocupamos de la defensa de Pennsteel van a estar con las orejas paradas siguiéndonos los pasos.

"De modo que no hablen de este caso fuera de la oficina. Punto. No vayan contando nuestras teorías por ahí a la gente, no den nombres en los cócteles, no entablen conversaciones de almohada, no vayan por ahí impresionando a nadie sobre los casos importantes en que estamos trabajando. En lo que concierne al mundo exterior, nuestro trabajo es el más aburrido del mundo; es tan aburrido que ni siquiera se acuerdan en qué están trabajando cuando la gente les pregunta. ¿Todos entendieron? Porque no quiero oír que nadie le atribuye ningún dicho a ninguno de ustedes.

Después de terminar, la tensión quedó suspendida en el aire. Su joven tropa la miraba con los ojos solemnemente abiertos hasta que Travis dijo entre un bostezo:

—Sí, mamá.

Dana se rió y mientras se rompía la tensión se fueron dispersando por los pasillos.

Después de todo un mes, Dana abrió la puerta de su oficina por primera vez. El olor a humedad le dio la bienvenida. Pero gracias a la eficiencia de una de las secretarias, las plantas lucían saludables e hidratadas, y todos los papeles estaban prolijamente apilados sobre un escritorio reluciente.

Cuando la firma se mudó al nuevo edificio, los abogados cambiaron la *boiserie* y las alfombras persas por algo más contemporáneo. Las paredes de Sheetrock estaban pintadas de blanco perla y las alfombras industriales eran de un gris acorazado y los armarios estaban rematados con una losa de granito que servía de base para las plantas pero que era tan frío al tacto que Dana no podía evitar pensar en una mesa mortuoria. A veces le costaba bastante representarse la visión futurista y abstracta que sus socios habían abrazado; algunos días sin querer añoraba los tapizados gastados y el cuero agrietado de las viejas oficinas.

Se dejó caer en el cuero reluciente de su sillón de escritorio. Eran casi las seis y todavía tenía que hacer una lista de peritos para la reunión del lunes.

Travis Hunt asomó la cabeza por la puerta entreabierta.

—¿Y que tal anduvo todo en la escena del accidente hoy?

Levantó la vista y lo miró a los ojos.

—Estaba Ira Thompson.

—¡Mierda! —dijo, seguido inmediatamente de—: Lo siento.

—Hmm. Yo también.

—Dime qué hacer. Soy todo tuyo.

La lista de llamados la harían el doble de rápido si la hacían entre los dos. Dana deliberó por un momento, después tomó la guía telefónica y empezó a marcar. Travis, apoyado en el borde del escritorio, esperaba sus órdenes.

—Un momento que le paso con Travis Hunt —dijo ella y le pasó el tubo.

Él se enderezó de golpe.

—Es tu mujer —le dijo por lo bajo—. No te puedes casar con Miss Texas y dejarla sola en casa un sábado. Hoy eres todo suyo.

Travis tomó el teléfono con una dócil sonrisa.

El primer llamado que hizo Dana después de que se fue Travis fue a la casa de veraneo en Avalon, pero no le sorprendió que nadie atendiera. El primer día de playa era díficil renunciar a los últimos rayos de sol. Les gustaba quedarse lo más posible, incluso si refrescaba y el agua se volvía gris y la música se perdía en el mar. A esta hora las chicas ya se habrían puesto una remera arriba de la malla y estarían recorriendo los charcos que se formaban con la marea tratando de encontrar y capturar el caracol más perfecto.

Dana hubiese querido estar con ellas, y no pudo olvidar ese deseo durante las dos horas que estuvo haciendo llamados a los posibles expertos, tratando de convencerlos para que dejaran todo lo que estaban haciendo y volaran a Filadelfia pasado mañana.

La mayoría había estado a la espera de la llamada. Las noticias de un accidente de aviación en pleno vuelo no pasaban inadvertidas la gente que vivía de ese tipo de desastres. La única duda que tenían era quién los contactaría primero.

A las ocho todavía quedaba un nombre en la lista. Andy Broder, el muchacho piloto.

Eran las dos de la mañana en Anchorage, una hora inadecuada para llamar a alguien. Dana levantó el tubo y rezó pidiendo que los contestadores ya hubiesen llegado a Alaska.

Al principio dudó de que ya hubiesen llegado los teléfonos, porque el llamado tardó varios minutos hasta llegar a destino, pero finalmente una voz grave de hombre respondió:

—¡La dama pintada!

Por detrás se oían voces hablando alto y música country.

—Disculpe.

—No hace faltas diculparse, damisela. Seguro que podemos ponernos de acuerdo.

Dana chequeó el número en la consola del teléfono; había marcado bien.

—¿Hablo con la casa de Andy Broder?

Del otro lado del teléfono se oyeron carcajadas.

—No, con su bar favorito.

Si había tenido alguna duda sobre llamar a Andy Broder, ahora se habían cuadriplicado.

—Me llamo Dana Svenssen y...

—¿Swanson?

—Svenssen, con V. Soy abogada y llamo de Filadelfia. Necesito darle un mensaje con urgencia.

La música subió todavía más.

—Eh, muchachos —gritó la voz del teléfono—. Estoy hablando con una abogada de Filadelfia de verdad. ¡Y es una dama!

Se oyó otra tanda de risas.

—¿Sabe o no dónde lo puedo encontrar? —preguntó Dana.

—Lo último que oí de él es que estaba tratando de aterrizar un helicóptero en el medio de un bosque en llamas de mil hectáreas.

—¿Hay alguna manera de hacerle llegar un mensaje?

—Bueno, señorita Swanson con V, si vuelve con vida se lo puedo dar.

Con mucha suavidad Dana le deletreó su nombre, recitó su número de teléfono, mencionó a Ted Keller y le explicó las circunstancias, y durante todo ese tiempo el barman/servicio de mensajería de Broder gruñía, servía cervezas y saludaba a los clientes a los gritos. Colgó con bastante desconfianza de que el mensaje llegara alguna vez a destino, pero sin lamentarlo demasido tampoco.

Guardó los papeles en su portafolio para irse y subió al ascensor, pero antes de dirigirse al estacionamiento, se desvió y bajó en el piso cuarenta.

Aunque el hall estaba terminado, la puerta de acero sin placa indicaba que el piso estaba desocupado. De hecho, siempre lo había estado y con doscientos cincuenta millones de metros cuadrados de espacio de oficina libres en el centro de la ciudad, las perspectivas de alquiler para el propietario no eran demasiado buenas. Dana abrió la puerta que daba a un amplio espacio todavía sin terminar; tres mil metros cuadrados de piso de cemento que corrían sin obstáculos de ventana a ventana en todas direcciones. No había divisiones salvo las paredes alrededor de los ascensores y los baños y nada cubría el techo en el que todavía se veían las vigas de acero, el cableado, las cajas de los servicios y las bombitas de luz.

Éste era el búnker de Dana, en donde junto con su tropa guardaban los archivos del caso Palazzo y donde se preparaban para el juicio. El almacenaje de archivos era uno de los mayores problemas en la dirección del estudio jurídico y Cliff Austin había implementado e impuesto procedimientos elaborados para guardarlos y retirarlos. Demasiado para el gusto de Dana, especialmente en el frenesí final de prepararse para el juicio. Cuando Dana descubrió todo este lugar vacío, se comunicó con el propietario e hizo un trato privado y Austin y sus favoritos jamás se enteraron. El alquiler nominal lo pagaba directamente el Departamento Legal de Pennsteel y Dana era la única que tenía llave.

Tomó una carpeta de documentos del caso Palazzo de su portafolio y la agregó a la pila de archivos de María. El búnker originalmente había sido pensado como un lugar de trabajo ocasional para el cuerpo de los paralegales, pero gradualmente todos los que trabajaban en el caso habían empezado a trabajar también ahí, para escapar de los llamados telefónicos y los fax y de los molestos socios de arriba. Y uno por uno, habían bajado varios muebles. Todavía estaban acá, alineados contra la única pared que tenía colocados los enchufes de luz: un teléfono que no figuraba en las guías y una terminal de computadora; una fotocopiadora; y una TV/VCR para ver videos de testimonios. Travis apodó el lugar la Baticueva, y de a poco fue transformando el búnker, trayendo un par de catres de los excedentes del ejército, una heladera chica y una cafetera que robó de las oficinas de arriba. Finalmente, durante esas semanas febriles antes de ir a Los Angeles, Dana se unió al equipo y juntos pasaron largas noches de entumecido agotamiento y pánico frenético y excitado de tanta cafeína.

Ahora le venían a la memoria cada uno de esos penosos momentos. Siempre resultaban una pesadilla esos últimos días antes de un juicio, pero el resplandor rosado de la victoria por lo general terminaba por suplantar los malos recuerdos. No esta vez. Apenas un día para saborear el triunfo y una nueva pesadilla se le presentaba.

Estaba apagando las luces para irse cuando empezó a sonar el celular que llevaba en la cartera.

—Hola —dijo Karin—. Espero que no hayas estado tratando de comunicarte con nosotras.

—Sólo una vez. ¿Todo bien?

—Sí, pero tuvimos una catástrofe de plomería y nos tuvimos que mudar.

—Oh, no, ¿qué pasó?

—Explotó el calefón e inundó toda la casa. Pero el dueño se portó bárbaro. Nos devolvió el dinero y nos buscó otro lugar porque en esta época del año es bastante embromado encontrar alojamiento.

—¿Y dónde están ahora?

—En la Hostería Fulmer, a cinco cuadras hacia el sur y a una del mar. Tienes que pasar por recepción cuando llames y estamos registrados a mi nombre, así que pregunta por mí.

Dana tomó nota del número, después Karin cedió el teléfono a Kirsten y a Katrina. Para ellas el agua colándose por abajo de la puerta era una aventura más en un día lleno hasta el ras de aventuras. Se peleaban para contar las historias y cada una terminó dando su propia versión, con interrupciones frecuentes de la otra para corregirla.

Cuanto más hablaban, con más fuerza las extrañaba Dana. Habían estado juntas sólo una noche después de todo un mes sin verse y ahora iban a pasar otras dos semanas antes de que pudiera verlas de nuevo. Sintió una inesperada puntada de resentimiento contra Karin, que tenía su propio negocio y podía cerrarlo cuando quisiera, que siempre estaba a la hora de acostar a los chicos y asistía a todas las obras del colegio y que estaba tirada al sol con sus hijas.

—Las amo —dijo, al borde del llanto mientras las chicas se despedían.

De manera ritual ellas respondieron:

—Nosotras también, chau.

Cerró la puerta con llave y bajó hasta el estacionamiento con una sensación de culpa generalizada. Karin era una madre sola que se esforzaba mes a mes tratando de compensar los olvidos periódicos de su ex marido para pasar alimentos; nadie necesitaba vacaciones más que ella.

Pero incluso así, Dana no podía evitar sentir una pizca de envidia. A ella también le encantaba cocinar, cuando tenía tiempo; podría haberse dedicado a eso con tanta facilidad como Karin. Pero ahora era demasiado tarde. Dedicarse al catering era una más de las tantas avenidas que le quedaron vedadas una vez que se recibió de abogada y resultó ser buena en eso.

Había una especie de maldición en el hecho de ser talentoso para algo con lo que se ganaba bien: era imposible dejarlo.

CAPÍTULO 8

El uniforme de las camareras del Last Call Bar y Bistró parecía exigir bermudas muy ajustadas de jeans cortados y remeras que dejaban el ombligo al aire. Ésa podía ser la razón principal de por qué a Brandi le atraía tanto el lugar; ya tenía una docena de variaciones del uniforme de la compañía. Pero por lo demás, sin embargo, demostraba poca aptitud para el trabajo. Whit la había estado observando durante una hora y no la había visto ni una sola vez servir la bebida correcta en ninguna mesa que tuviera más de dos clientes. A cada contratiempo que tenía, iniciaba un maniobra de fingido encanto: "Ah, quiere decir que entonces *usted* era el que quería el Amstel"; eso hacía que la gente se sintiera un poco culpable por creer que ellos la habían confundido.

Pero compensaba su descuido con los otros por las atenciones que tenía para con Whit. Paraba al lado de su mesa cada cinco minutos para ver si necesitaba que le llenara de nuevo el vaso aunque el nivel de cerveza sólo había descendido unos milímetros. Venía tan seguido que a él le costaba exteriorizar un saludo lo suficientemente entusiasmado, aunque le agradaba mirar el bamboleo de los globos inflados de sus glúteos en bermudas mientras se alejaba.

El sábado por la noche el Last Call era un espectáculo desesperado para todos lo que no venían en pareja pero que esperaban irse con una. Los muchachos se exhibían fanfarronamente yendo de un lado al otro del bar con un chop de cerveza en cada mano, como marineros a la pesca, mientras que las chicas hacían el mismo recorrido, sólo que de una manera más astuta y selectiva. Algunos de los chicos pusieron la mira en Brandi y Whit no dejaba de sorprenderse por la manera en que ella los rechazaba. Qué extraño que una chica que no daba indicios de grandes profundidades ocultas no se sintiera atraída por los encantos superficiales de estos jóvenes Lotarios, porque lo que les faltaba en sutileza lo habrían sin duda compensado en potencia. Pero a la mayoría los trataba con indiferencia; con uno en particular llegó incluso a ser grosera.

Whirt se quedó estudiando al muchacho que ella había rechazado, un joven atlético, con músculos de acero. Los muchachos hoy en día no eran más sutiles que las chicas y era fácil darse cuenta del torbellino de emociones que surcaba ese rostro insulso y lindo. Una incómoda vergüenza que rápidamente se transformó en dolor y furia. Entonces la conocía; esa mirada no podía ser el resultado de una atracción de unos segundos.

A los pocos minutos Brandi volvió a la mesa de Whit, esta vez sin la bandeja y acomodó su trasero en el banco que estaba al lado de él.

—Es mi rato de descanso —dijo ella—. Pensé que lo podía pasar acá sentada contigo.

—Entonces también es mi descanso.

Brandi hizo un pequeño meneo de placer, como un cachorrito antes de orinar en la alfombra. Era una chica bonita, con atractivos que iban más allá de los encantos efímeros de su cuerpo. Tenía ojos bien separados uno del otro, de un color castaño claro aterciopelado, del tono de los venados, y el pelo sedoso marrón oscuro que resplandecía de juventud y vitalidad.

—Estoy tan contenta de que viniste, Tom —dijo osadamente.

Le llevó unos segundo a darse cuenta de a qué se refería y tuvo que contener la risa.

—En realidad, me llamo Whit —dijo—. Thomas *Whitman* Endicott.

—Whitman —repitió ella mecánicamente y luego se le iluminó el rostro—. Como los caramelos.

Él dijo que no con la cabeza, pero de repente se acordó de una conversación algo distinta. *¿Por el poeta?* Había preguntado Dana. Y mintió y dijo sí, porque en ese momento y por muchos otros que vendrían luego, él se sentía la reencarnación de todo poeta que alguna vez hubiera andado por la Tierra.

Miró a la gente alrededor y empezó a sentir que su propia desesperación iba creciendo. Por más que estuviera resentido por las vaciones que Dana pensaba tomarse sola con las chicas, él había contado con esas dos semanas antes de tener que retomar la vida matrimonial. Ahora todo se había precipitado, incluso de una manera más cruda: dos semanas sin las chicas para que actuaran como contrapeso. Eran casi las ocho, Dana pronto estaría en casa, tal vez incluso ya hubiera llegado, y tarde o temprano tendría que volver y enfrentarla.

—¿Te vas a quedar hasta que termine? —le preguntó Brandi. O tal vez no.

Whit bajó la vista mientras la expresión de Brandi pasaba de la promesa a la proposición.

Hacía veinte años que enseñaba a chicas jóvenes y hacía ya mucho que había aprendido a mantenerse inmune a sus encantos. De hecho, de las miles de chicas sólo una lo había infectado. Una rubia alta con ojos azules de una mirada muy intensa que le decía en medio de toda un aula repleta de alumnos: "*Entiendo todo lo que dices, yo sola en esta aula, y me pone feliz con sólo escuchar la manera en que lo dices*". A veinte años de distancia todavía podía verla.

Lentamente dijo que no con la cabeza.

—Espero que sea verdad lo que dijo Shaw.

—¿Eh?

—Que cuanto más tentado está uno más fácil es resistir. Porque tengo que confesarte que estoy poderosamente tentado.

Los labios de Brandi se movieron memorizando las palabras de Whit. Un frase desechable le resultaba más excitante que una noche en la cama, y por ahora se conformaba con eso.

—Quizás la próxima vez —dijo ella poniéndose de pie.

—La próxima —repitió él y levantó el vaso como despedida.

Le brindó un nuevo espectáculo de sus glúteos y él la siguió con la vista hasta que vio a Jerome Allen haciéndole señas impacientemente desde la puerta.

Para cuando llegó hasta la puerta Jerome ya estaba sentado en su viejo Cadillac negro al borde del estacionamiento. Miró por los tres espejos para estar seguro de que no venía nadie y sólo entonces se inclinó para abrir la puerta.

—Disculpa que se me hizo tan tarde. Me costó bastante escabullirme.

Whit subió al auto.

—¿Lo conseguiste?

Jerome metió la mano debajo del asiento y sacó una bolsa sucia de plástico de la que extrajo una copia en mal estado de *Lecturas básicas para adultos*.

—¿Subrayaste las palabras difíciles como te dije?

—Sí, tengo algunas.

Jerome pasó las páginas y señaló con su largo dedo índice la palabra *legendario*.

—Sí ésa es una desgracia —concedió Whit—. ¿Pero te acuerdas de lo que hablamos sobre la g fuerte y la g suave?

La cara de Jerome se iluminó.

—¿Ésa es de las fuertes? —Movió los labios tratando de leerla en voz baja. La repitió en voz alta, con dudas. —¿Legendario? —Después en tono de triunfo: —¡Legendario!

—¿Qiueres probar usarla en una oración?

Reflexionó por un segundo, después dijo:

—Jerome Allen es una leyenda entre las chicas.

Whit se rió y le dio una palmada de felicitación.

Jerome era un producto del sistema de educación pública de Filadelfia que con orgullo lo promovió de año en año y finalmente hizo que se graduara con honores; todo el mundo estaba tan contento de que se mantuviera alejado de las bandas y la cárcel que nadie se percató de que no sabía leer. Whit se dio cuenta un día cuando le dio unas bolsas de veneno para yuyos y fertilizantes para el jardín. Desde adentro de la casa Whit lo observó mirar las etiquetas con los ojos bizcos y después guardar las dos bolsas en el galpón. Cuando a la semana todavía estaban ahí sin abrir, Whit lo invitó adentro a tomar unas cervezas y a charlar un rato. Desde entonces le había estado enseñando, en general en el auto, para que nadie se diera cuenta.

La luz diurna se fue apagando y se encendieron las luces de la calle. Jerome leyó sin detenerse durante más de una hora, que era un lapso de atención superior al de la mayoría de los alumnos universitarios.

—Bravo —le dijo Whit con un golpecito en la rodilla—. Ya te falta muy poco para terminar el libro.

—Después me vas a conseguir uno mejor, ¿no es cierto? Uno que tenga un poco de sexo.

—Voy a tratar.

Whit abrió la puerta y bajó del auto.

—Buenas noches, Jerome.

—Eh, no te vayas.

Jerome se bajó del otro lado.

—Entra. Te invito a una cerveza.

—Ése no era el trato.

—Bueno, entonces me invitas tú.

Whit se rió.

—Me encantaría. Pero tengo que ir a casa.

—¿Tu esposa...?

—Al final no se fue.

—Oh.

Se rascó la cabeza.

—Bueno, seguro que hay algunas señoritas que me están esperando.

—Trata de no defraudarlas a todas.

Whit golpeó con el puño la chapa del auto.

—¿Cuándo te veo? ¿El miércoles?

—Acá voy a estar.

La camioneta de Whit, abandonada y polvorienta, estaba del otro lado del estacionamiento, iluminada por uno de los faroles. Era una camioneta destartalada y vetusta, oxidada y bastante abollada con los paragolpes de dos colores. Dana lo había perseguido durante años para que se deshiciera de ella, pero la camioneta era casi tan vieja como la relación de ellos. Whit había atravesado seis veces el país con ella para visitarla en Stanford; en ella llevaron a la casa el primer sofá; media docena de veces subidos en la caja sacudieron la suspensión a la luz de la luna.

Se puso al volante y se encaminó hacia su casa, disgustado consigo mismo por siquiera considerar acostarse con esa chica e incluso más disgustado por permitir que el espectro juvenil de Dana se lo impidiera. Qué tonto era, enamorado de un fantasma pero volviendo a su casa para enfrentarse con una fría mujer de carne y hueso que ya no guardaba ninguna similitud con aquella ninfa.

Dobló a la derecha en el camino que subía la montaña, después a la izquierda en la calle de su casa una vez en la cima, y enseguida apretó los frenos. Tres patrulleros estaban estacionados desordenadamente al final de la calle, y en el jardín del frente se veía gente reunida.

Whit sintió que se le cerraba el pecho. Salió corriendo de la camioneta, esquivó un regador del jardín vecino y corrió a toda velocidad hasta su propio jardín. Buscó locamente con la mirada mientras las ideas giraban en un torbellino.

—¿Qué pasó? ¿Dana, dónde estás? ¿Dana, qué pasó?

Hasta que al final la vio, en medio de la multitud, hablando tranquilamente con los policías y los curiosos.

—¿Qué pasa? —preguntó Whit al entrar en el círculo y acercársele.

—Entraron en la casa —dijo ella—. Cuando llegué, encontré las ventanas de la terraza abiertas. El vidrio estaba roto y estaban encendidas las luces de los dormitorios de arriba.

—¿Subiste después que viste que estaba rota la puerta? —gritó Whit—. ¿Y si todavía estaban ahí?

—Salí a la terraza y miré para arriba —dijo ella enfatizando cada palabra para que quedara claro que no aceptaría que la retara y que en todo caso el idiota era él, no ella.

Whit se dio vuelta y le habló a uno de los policías.

—¿Puedo entrar?

—Haga como guste.

Dio la vuelta a la casa, abrió la puerta del garaje y entró en el jardín del fondo. Las luces de la pileta estaban encendidas y cuando se fue acercando a la escalera de la terraza, vio pedacitos de vidrio que brillaban como diamantes sobre la losa. Pasó con cuidado por encima de los vidrios y entró. Al ver el living se paró en seco.

El sofá estaba dado vuelta, habían arrancado una de las cortinas y los libros de arte de la mesa ratona estaban tirados por el piso. Los cajones del armario estaban sacados y vaciados y los estantes alrededor del hogar estaban completamente desnudos. A su lado había pedazos de porcelana.

El comedor estaba en el mismo estado, al igual que el cuarto de estar y en la cocina había potes y jarros por todo el piso. Fue corriendo por las escaleras de atrás hasta el segundo piso. Cada uno de los cuartos había sido saqueado y en el cuarto de juegos la casa de muñecas de Trina estaba dada vuelta. Todos sus muñequitos estaban tirados entre las ruinas de los mueblecitos y en ese momento una furia incontenible se apoderó de él, tan violenta que giró para un costado y golpeó con el puño sobre el marco de la puerta.

Sintió que el dolor le repercutía por todo el brazo como si una bala loca rebotara de un lado al otro. Golpeó fuerte con el pie contra el piso y gradualmente se fue evaporando la furia, después oyó voces abajo en el cuarto de estar. Era Dana, que estaba hablando con un policía uniformado.

—Vamos a necesitar un inventario de todo lo que falta —le decía el oficial.

Paralizado, Whit se quedó mirando el álbum de fotos de la familia que estaba sobre la mesa ratona. Tenía las hojas arrancadas y había fotos tiradas por todo el piso. Vio que había una cerca de su pie. Era una foto de Kirstie de chiquita; estaba acurrucada en el hueco de su brazo y parecía una miniatura.

—Déjelo en la central —dijo el policía mientras guardaba su agenda en el bolsillo—. Lo vamos a tener archivado.

Whit se estremeció. —¿Ya se van a ir?

—No hay ninguna razón para creer que van a volver —dijo el oficial—. Van a estar perfectamente bien.

—No me refería a nuestra seguridad —dijo Whit casi gritando— sino a su trabajo. ¿No van a tomar huellas digitales? ¿Y fibras de la alfombra? ¿No van a investigar este crimen?

El oficial miró a Dana, el tipo de mirada que los policías probablemente se daban entre ellos como para decir: *"Sálvame de este idiota"*.

—Éste es un robo vulgar y silvestre y la señora Endicott me dijo que están asegurados.

—¿Y qué tiene que ver? ¿Acaso no es un crimen robar a gente que está asegurada?

—Sólo hacen esos procedimientos con crímenes violentos —dijo de repente Dana, la voz de la razón—. El trabajo de laboratorio es muy costoso.

Whit saltó hecho una furia.

—Entonces en vez de pagar las cuotas del seguro deberíamos entre todos pagar los servicios del laboratorio de criminología.

—No sería una mala idea —dijo el oficial mientras se dirigía hacia la puerta.

—Lo que no logro entender —dijo Dana antes de que se fuera—, es cómo pudieron entrar sin que sonara la alarma.

—Le recomiendo que hable con su compañía de seguridad al respecto.

De repente, Whit se dio media vuelta y empezó a parar las tallas folclóricas sobre la repisa del hogar.

—Los voy a llamar ahora.

Dana fue hasta el teléfono de la cocina y Whit se dirigió hacia la biblioteca en la otra punta de la casa. Sobre el escritorio estaban sus papeles donde los había dejado a la tarde. No faltaba nada y estaban apenas desordenados.

Pero otras cosas le llamaron aún más la atención. No se habían llevado su lapicera fuente Waterman ni un pisapapeles Steuben de cristal que debía de costar unos mil dólares.

Volvió a dar una vuelta por la casa, esta vez prestando más atención, y vio que lo mismo había ocurrido en los otros cuartos. Faltaban los cubiertos de acero inoxidable de la cocina pero habían dejado los de plata del comedor. En los dormitorios y en el cuarto de estar todavía estaban las videos pero se habían llevado la del cuarto de juego.

La policía ya se había ido y Dana estaba derrumbada en un sillón del cuarto de estar.

—Nos robó una banda de ineptos —dijo Whit.

No pareció entender a que se refería o no se molestó en responderle.

—Llamé a Sally —dijo Dana—. Va a venir mañana a ayudar a ordenar y a hacer el inventario.

—No crees que Sally...

—No.

Se le enderezó completamente la espalda al ponerse de pie.

—No creo.

Fue hasta la cocina, Whit la siguió y abrió la heladera.

—Al menos acá no robaron nada —dijo él y sacó una cerveza.
—¿Tienes hambre? —preguntó Dana.
—Comer es lo último que podría hacer en este estado.
—¿Qué te hiciste en la mano?
Giró la botella y vio que le sangraban los nudillos.
—No sé.
Buscó un repasador.
—Ven.
Dana tomó una toalla de papel de cocina y lo aplicó sobre la piel desgarrada.
—Te voy a traer hielo para que te pongas.
Él sacó la mano de golpe.
—No es nada.
A Dana se le frunció la boca.
—Llamé a la compañía de alarmas. Van a mandar a alguien el lunes para que se fije cuál pudo haber sido la falla.
—Genial —dijo él en voz baja.
—Me voy a acostar —dijo Dana y empezó a subir la escalera.
Whit la miró mientras subía y sintió que le resultaría imposible seguirla.

A veinte kilómetros de allí un hombre salía de un McDonald's y se paraba bajo los arcos dorados para encender un cigarrillo. Su pelo era tan blanco que brillaba como un faro bajo las luces de neón. Desde el estacionamiento del otro lado de la autopista llegó la señal —un auto encendió tres veces las luces altas. Era el auto de Tobiah. Tres quería decir que había atacado y por tercera vez.
El hombre arrojó el cigarrillo intacto entre los arbustos y se dirigió de inmediato hacia su auto. El tercer golpe indicaba que ya era hora de cambiar de táctica. Que ya era hora de empezar a jugar duro.
Mientras se encaminaba hacia el norte, marcó un número en el teléfono y esperó a que sonara ocho veces hasta que le respondió una voz apagada.
—Malas noticias, señor —informó.
—¿Atraparon a Tobiah?
—No. Falló las dos veces.
—Maldición.
—Estamos preparados para intensificar la acción.
—No.
—Señor, le recuerdo que es mi cabeza, no la suya. Aunque, llegado el caso, puede ser la suya también.
La respuesta llegó casi inaudible.

—Me doy cuenta.

—Entonces se da cuenta de que no hay alternativa.

—No, espera. Creo que puedo hacer algo.

La desesperación que se filtraba en la voz estaba erosionando su tono habitual de autoridad. Parecía estar desarrollándose un pequeño cambio de poder.

—No puedo hacer nada hasta el lunes. Dame hasta entonces. Es todo lo que pido.

Se llegó a un acuerdo, una concesión de parte del hombre canoso, pero al fin de cuentas un precio muy bajo por una inclinación, por más leve que fuera, de la balanza del poder. Apretó un botón y cortó la comunicación.

CAPÍTULO 9

Miss Texas todavía estaba dormida cuando Travis entró con la bandeja del desayuno el domingo por la mañana. Tenía medio pomelo para su silueta, un vaso de leche para su cutis, un buñuelo de chocolate para su paladar y una rosa amarilla para demostrarle cuánto la amaba. Su pelo rosado cubría la almohada como un paño de seda, y debajo de su mejilla carmín se ocultaban sus dedos de uñas rosas. Parecía una confitura. Apoyó la bandeja y la miró estúpidamente durante un rato con una sonrisa. Todos los días de todos estos años de casados habían sido una sorpresa nueva. Después de casi un mes separados, era un milagro.

Odiaba despertarla y odiaba todavía más separarse de ella. Pero mientras que lo primero era algo que podía elegir, lo segundo no. Tenía que viajar para averiguar todo lo que pudiera sobre el piloto de la avioneta, y había tres buenas razones por las que tenía que hacerlo hoy: era mucho más probable que encontrara a la gente en su casa un domingo que un día de semana; a sólo dos días del accidente estaba seguro de que se adelantaría a los competidores; y como Dana no lo esperaba sabía que iba a quedar impresionada. Pero no era fácil dejar a su esposa recién llegado de Los Angeles. Últimamente tenía que recordarse a sí mismo tanto como tenía que recordárselo a ella que en unos meses ya iba a poder empezar a trabajar menos por el resto de su vida.

Decidió dejarla dormir y bajó las escaleras. Al caminar, la suela de sus zapatos resonaba con un ruido hueco por toda la casa de dos pisos. Había demasido eco porque no tenían suficientes muebles como para que absorbieran el sonido. Después de comprar la casa —o mejor dicho después de que el Banco la comprara; las cuotas mensuales eran de dos mil ochocientos dólares—, estaba decidido a pasar por Levitz y llenarla toda de Herculon y terciopelo, pero Miss Texas había dicho que no, que si no lo podían hacer como se debe, era mejor no hacerlo. Sin embargo muy pronto, tal vez el año próximo, contratarían un decorador y arreglarían toda la casa. No podía casarse con Miss Texas y llevársela al norte para tenerla metida en una casa vacía.

Entró apretujadamente en su BMW y salió marcha atrás. Las cuotas del auto eran de casi quinientos dólares por mes, y como sólo era un tres puertas tocaba el techo con la cabeza. Pero de todos modos era un BMW y él estaba prosperando. Conseguir el caso del Valle Alpino, un día después de terminado el caso Palazzo era como jugar el *Rose Bowl* y el *Cotton Bowl* uno tras otro.

Recién eran las ocho de la mañana y ya hacía calor. Encendió el aire acondicionado, después puso un CD y dejó que Garth Brooks le cantara mientras pasaba por el peaje. No pasaban nunca música country como la gente de la radio de Filadelfia; fue una de las cosas a las que tuvieron que renunciar cuando se mudaron al norte. Pero Miss Texas fue la que dejó más cosas y ella no podía evitar recordárselo de vez en cuando: "Si hubieras seguido jugando al futbol" —decía entre suspiros, cada vez que se moría de ganas de algo fuera de su alcance. Los que buscan nuevos valores jóvenes habían estado detrás de él, y jugó un tiempo en los Cowboys, y ése era el sueño de Miss Texas: quedarse en Dallas y ser lo bastante ricos como para que sus amigos lo notaran. Pero él la convenció de que a largo plazo tenía más chances de hacer más dinero como abogado. El único inconveniente era que tenían que vivir a corto plazo.

Fue un viaje largo hasta Montrose a pesar de las canciones de Garth Brooks que lo acompañaban, pero finalmente salió de la ruta y siguió por la autopista hasta la ciudad. Se veían unos capullos blancos y lanudos contra las laderas de las colinas que se asemejaban a enormes bocanadas de humo, y a los costados del camino se alzaban unas borlas doradas de maíz, tan cerca de la banquina que casi las podía rozar con la punta de los dedos. Por un segundo se sintió como en casa.

Montrose era una ciudad sorprendentemente linda, más próspera que la mayoría de los centros rurales, con un montón de grandes casas blancas sobre las calles arboladas de las colinas. Travis vio una cafetería y giró de golpe para meterse en el estacionamiento. Adentro las mesas estaban llenas de gente en su ropa de domingo, hablando solemnemente en voz suave con sus modales también de domingo. Se sentó en la barra y pidió dos sándwiches de jamón y una taza de café. Mientras comía miraba de reojo el mapa del lugar que había sacado ayer de la biblioteca de la oficina.

—¿Estás perdido, hijo?

Un hombre canoso estaba mirando el mapa por encima de su hombro mientras esperaba para pagar en la caja. Una anciana pequeña estaba tímidamente parada detrás de él.

—No estoy seguro —dijo Travis. —Estoy buscando la casa de la familia Loudenberg.

—¿Vino para el funeral?

Mal momento. Nadie le iba a conceder una entrevista si el funeral era hoy.

—Es una misa, no un funeral —le dijo su mujer corrigiéndolo. —No pueden hacer el funeral hasta que no les devuelvan los cuerpos.

—Para la misa, entonces —dijo su esposo tranquilamente.

—Sí, señor —respondió Travis.

—Entonces tiene que salir en la 706, más o menos...

—¿Usted no es de la familia? —preguntó la mujer interrumpiendo.

—No, señora. Soy ...

—¿Es de la universidad? —lo interrumpió la anciana—. ¿Conocía a Donny?

—Bueno, en realidad...

—Usted tiene pinta de jugar al fútbol —comentó el señor—. ¿Es del equipo de entrenadores de allí?

Travis le dio otro mordisco al sándwich y asintió con la cabeza mientras masticaba. La mentira no sería tan grave si no la profería.

—Qué gesto tan amable —dijo la mujer mientras meneaba la cabeza—. Mandar a alguien para el funeral. Jamás lo hubiese pensado.

Travis se encogió de hombros y siguió masticando.

—Bueno, como le decía —continuó el hombre—. Tome la 706...

La mujer lo interrumpió con un codazo en las costillas.

—¿Para qué le estás dando indicaciones si nosotros también vamos para allá?

CAPÍTULO 10

La campiña de Pennsylvania en mitad del verano era una pintura de verdes y dorados atravesada por las franjas plateadas de las autopistas y de las manchas casi negras de los bosques. Desde el cielo, viniendo del sureste, se veían adelante las primeras estribaciones azules de las colinas. Una de ellas se volvía una montaña, con una cumbre elevada y de pronto la escena pastoral se transformaba en una pesadilla apocalíptica. Las llamas enfurecidas se elevaban hasta el cielo junto a un humo negro, como si fuera el cráter de un volcán. El Valle Alpino era un abismo.

La pantalla se oscureció por completo cuando el helicóptero del equipo de noticias quedó envuelto por una nube de humo.

Dana observaba la película desde el fondo del auditorio. Lucas, uno de los paralegales, manejaba el equipo de video en la cabina de proyección, Travis se ocupaba de la puerta y dos representantes de seguros se encargaban de la gente. Más de una docena de los mejores cerebros en aeronáutica forense estaba reunida en la sala con el cuello estirado mirando la enorme pantalla de cine que había sobre el escenario.

Charlie Morrison no había asistido; finalmente había aceptado el consejo de Dana y se había quedado en las oficinas de Pennsteel ocupándose de los asuntos internos. Pero Ted Keller se encontraba allí, encorvado en su butaca mirando la pantalla con una expresión de horror en el rostro.

Dana se puso de pie. Pasó al lado de Travis y salió al pasillo del quinto piso. Cerca de los ascensores había una cabina de teléfono con puerta de vidrio. Entró y marcó el número de la oficina regional de la JNST de Pasipanny. Eran las diez y media y era la tercera vez que llamaba hoy.

—Oh, sí, señorita Svenssen —dijo la secretaria de Harry Reilly. —El señor Cutler dijo que después la va a llamar.

—¿El señor Cutler?

—Jim Cutler. El asistente del señor Reilly.
—Por favor, dígale al señor Cutler que estoy en el teléfono.
Tardó diez minutos en tomar la llamada pero fue directo a la cuestión.
—De acuerdo, vamos a dar libre acceso el miércoles. A partir de las diez.
—El miércoles a las diez —repitió ella para confirmar, luego colgó y volvió a marcar.
Esta vez contestó su propia secretaria.
—Celeste, hola. Soy yo.
—Tiene cinco mensajes nuevos.
La voz de Celeste era una versión menos impávida de los sistemas de correo con voz computadorizada. Era una mujer que asustaba, sin siquiera un mínimo de encanto personal, pero después de cinco años juntas Dana no la habría cambiado por Miss Simpatía, aunque además escribiese doscientas palabras por minuto.
—Tiene hora en el negocio de los parabrisas a las siete y media mañana a la mañana —dijo Celeste.
—Muy bien, gracias.
—Angela Leoni llamó para un almuerzo.
—Oh. —Angela era una vieja amiga y como también era una abogada muy ocupada nunca encontraban la oportunidad de verse. Pero antes de que Dana tuviera tiempo de ponerse contenta, Celeste arremetió con otro tema.
—El señor Austin quiere la factura final por el caso Palazzo para el miércoles.
Clifford Austin mantenía un control permanente sobre el tiempo sin facturar de la empresa y siempre estaba detrás de los socios para que pasaran las facturas lo antes posible. Pero Dana tenía la excusa preparada.
—No puedo. Todavía no están los detalles.
—También pasó Charlie Morrison hoy a la mañana para verla.
—¿Qué? ¿Para qué?
Dana se enderezó sobre la silla.
—Si sabe que estoy acá, en Geisinger.
—Se olvidó. Entró en su oficina y estuvo haciendo algunos llamados. Después se fue a una reunión.
Pobre Charlie. Debía de estar mucho más exhausto por todo este asunto que lo que ella pensaba.
—También llamó el agente de seguros de su casa. Pero lo comuniqué con el señor Endicott.
—Ah —dijo Dana después de un momento—. Muy bien, gracias.
Salió de la cabina y caminó por el pasillo hasta el ventanal al lado de los ascensores. A unos cien metros todavía estaban cons-

truyendo la torre Oeste del complejo. Una grúa gigante dormía apoyada sobre su único pie dentro del pozo de la excavación de la que sobresalían unas vigas de acero.

Alrededor del complejo había un área prolijamente cuidada que hacía sólo cinco años se usaba para cultivos rentables y que ahora era un "espacio verde reservado", un espacio abierto vital entre el hotel y el centro de conferencias y los edificios de King of Prussia debajo.

King of Prussia aparecía todos los años en las listas de nombres insólitos de lugares junto con Oil Trough e Intercourse. Los lugareños hacía tanto que lo pronunciaban que para ellos ya había perdido todo sentido; lo pronunciaban todo junto, sin distinguir las palabras, Kingaprussia, con un leve acento indígena como Kennebuck o Kankakee. Según la leyenda se llamaba así por un rey de Prusia del siglo XVIII, en agradecimiento por las tropas con las que contribuyó al ejército revolucionario. La verdad era algo más prosaica; un posadero de las colonias bautizó su taberna con el nombre del rey del país del que provenía y dado que la única referencia del pueblo era la taberna el nombre terminó por designar a ambos.

El pueblo siguió siendo una comunidad de granjeros hasta 1950, cuando una de las granjas se vendió a un urbanizador con visión de futuro y construyó un centro comercial. La ciudad creció al revés. De los negocios a los grandes comercios y de éstos a la industria. Los constructores subdividieron los lotes alrededor del centro comercial, se empezó a mudar gente y luego llegaron los trabajos. Se construyeron más locales para los nuevos trabajos en los parques de las oficinas y se expandió el centro comercial hasta convertirse en la mayor aglomeración de negocios del país.

Pero los planeadores regionales tuvieron una falla que descompensó los éxitos de los urbanizadores. Las autopistas eran una maraña empantanada de carriles y rampas entrecruzadas y de semáforos desincronizados. Donde deberían haberse intersectado dos rutas había tres o cuatro. La planta de aeronáutica Lockheed estaba ubicada sobre una colina detrás del centro comercial y era un chiste común entre la gente del lugar que hacía falta ser ingeniero aeroespacial para poder llegar hasta ahí.

Se abrió la puerta del auditorio y Don Skelly salió mientras encendía un cigarrillo.

—Ah, ahí está —dijo entre una profunda exhalación de humo.

—¿Me buscaba?

—Sentía curiosidad por saber que le parecían los peritos que reunimos.

—Estoy impresionada. Por lo menos, en el papel las credenciales son de primer nivel.

—Yo también pensé lo mismo.
Daba pitadas rápidas, la marca de una persona que trabajaba en una oficina donde estaba prohibido fumar.
—Eché un vistazo a los papeles que me dio con sus ¿cómo se llaman, antecedentes?
Era imposible que Skelly no supiera que los antecedentes de alguien se llamaban currículum vitae, pero le gustaba dar la impresión de que no se sentía cómodo con el latín.
—Sus currículum —dijo Dana.
—Exacto. Vi que falta uno. Ese jovencito piloto, Broder.
—Sí. Es el único que no se presentó. Pero se sabía que no era algo muy seguro.
Dio una última pitada al cigarrillo.
—¿Y entonces por quién se inclina?
Se refería a los dos especialistas en reconstrucción de accidentes, Wheterby y Stolz, lo que significaba que ni él ni Wiecek habían cambiado de opinión, lo que a su vez significaba que Charlie Morrison tendría el voto de desempate, lo que en realidad significaba a su vez que era Dana la que tendría que elegir.
—Es muy pronto para decidir —dijo y dio media vuelta y señaló la obra en construcción—. ¿Por qué no hay nadie trabajando hoy? ¿Les dio franco?
—No.
Apagó el cigarrillo en el cenicero de pie lleno de arena al lado del ascensor.
—Algún idiota del departamento de ingeniería hizo una macana, así que acá estamos, esperando de brazos cruzados mientras dibujan todo de nuevo y se lavan las manos echándose la culpa unos a otros.
Dana esperaba que la cupla no recayera sobre Pennsteel. El presupuesto de litigios de Charlie estaba al borde.
—¿Tienen seguro contra ese tipo de demoras?
—Puede estar segura.
Empezó a caminar hacia la puerta del auditorio.
—¿La veo adentro luego?
—En unos minutos.
Sacó su teléfono celular y miró por la ventana mientras esperaba la conexión. Un jeep Wrangler abierto avanzaba lentamente por la colina y pasó al lado de la obra casi sobre dos ruedas y luego aceleró hacia el estacionamiento justo en dirección al auto de Dana. Sorprendida contuvo el aliento mientras vio que la puerta del jeep se abrió de golpe errándole al Mercedes por un milímetro. Bajó un hombre —o quizás un muchacho a juzgar por cómo saltó al suelo— con jeans, botas de trabajo y una camisa blanca.

Sacó algo de atrás del jeep que parecía un saco sport y se lo puso. Se agachó un segundo para mirarse en el espejo y desde cinco pisos arriba Dana vio como se sonreía a sí mismo.

El teléfono sonó cuatro veces antes de que se conectara el contestador automático, lo que indicaba que Whit no estaba en casa, o que no quería atender. No estaba segura de qué era peor. En realidad ya no estaba segura de nada.

Qué gracioso que el mismo artículo que la apodó la Guerrera Vikinga también la describía como una mujer decidida. Ahora no podía elegir entre Wetherby y Stolz; no podía decidir si seguir casada o separarse. Pero de algo estaba segura; no podría sobrevivir otro fin de semana como el anterior. Whit no durmió con ella el sábado y anoche los dos se quedaron despiertos durante horas, callados y sin moverse para no chocarse con el otro. Él destilaba resentimiento tan visiblemente como si fuera vapor.

Apoyó la cabeza sobre la superficie fría del vidrio. *No, no pienses en Whit.*

Sonó la campanilla del ascensor y ella se dio vuelta mientras bajaba el joven engreído del jeep. Ningún muchacho en realidad, pero tampoco del todo adulto. Pelo negro, ojos castaños, hoyuelos y una expresión de picardía. Se detuvo al verla y la miró deliberadamente de arriba abajo.

—Hola —dijo y los hoyuelos se profundizaron.

Hacía veinticinco años que Dana se había adiestrado para no hablar con un hombre que la mirara de ese modo; no iba a empezar ahora por más halagador que fuera.

Pero él continuó.

—¿Sabes dónde está la sala 501?

Perpleja, ella señaló hacia el auditorio.

—Gracias.

Dana esperó un segundo antes de dirigirse también hacia ahí. Travis estaba apoyado contra la pared de atrás con los brazos cruzados sobre el pecho.

—Una llegada tarde —dijo murmurando y señaló con el mentón.

El joven presumido de jeans estaba sentado al lado de Ted Keller observando el video con mucha atención.

—¿Andy Broder? —preguntó Dana casi entre dientes.

—Sí.

¿En qué pensaría Ted? Un pasaje desde Alaska era caro y tendrían que pagarle al menos ése antes de despacharlo de vuelta.

Al terminar el video se encendieron las luces, Dana fue hasta el frente y subió al podio, donde se presentó a sí misma, a Travis, a Norm Wiecek y a Don Skelly.

—Ahora que vieron el video —le dijo al grupo—, saben tanto como nosotros acerca de las circunstancias del accidente. El miércoles vamos a tener acceso al lugar donde ocurrió y estamos presionando a la JNST para liberen lo antes posible la transcripción de la GVC del helicóptero. Hoy presentamos una solicitud a la FAA y con suerte conseguiremos datos de radar útiles en más o menos un mes. Hasta entonces, señores, lo que vieron es todo lo que tenemos.

Broder había levantado la mano, probablemente para indicar que no había visto todo el video y para retrasar la reunión solicitando que lo volvieran a proyectar. Pero mientras Dana lo miraba con un dejo de molestia, lo escuchó decir:

—Me dijeron que usted estuvo en el lugar del accidente antes de que llegaran las cámaras de televisión.

—Así es.

—¿Eso fue antes o después de la segunda explosión?

Su molestia crecía. Había llegado una hora y media más tarde a la reunión, y ahora encima estaba fanfarroneando que había hecho bien los deberes.

—Antes —contestó ella con tirantez.

—Entonces usted debe saber mucho más que todos nosotros.

Sin duda mucho más que ti, tuvo que contenerse de contestar.

—Bueno, cualquier comentario que tenga para hacer los iré haciendo a medida que resulten oportunos. —Luego agregó: —Bueno, ahora voy a pedirle al piloto en jefe y director de servicios de aviación de Pennsteel que les dé alguna información general sobre el JetRanger. ¿Ted?

Ted Keller se puso de pie de mala gana mientras Luke bajaba las luces y proyectaba sobre la pantalla la primera diapositiva de especificaciones técnicas. La mayoría de los expertos comenzaron a tomar nota.

Dana le hizo una señal a Wiecek y a Skelly y los dos se pusieron de pie y se pararon al lado de Travis.

—Es hora de la reunión —dijo Dana.

Skelly señaló hacia el hall.

—La sala está por ahí.

—Primero voy a chequear con la oficina —Travis le dijo a Dana mientras entraba en la cabina.

Dana asintió y siguió a los representantes de seguros a una sala de conferencias pequeña al final del pasillo.

—Sigo prefiriendo a Stolz —insistió muy serio Norm Wiecek antes de que sus nalgas rozaran la silla.

—Yo también —dijo Dana y por primera vez una expresión de algo que se acercaba bastante a la congoja pareció invadir el rostro de Wiecek.

—Pero esperen un momento —dijo de repente Skelly.

Se volvió a abrir el debate pero en la mitad Travis entró como un torbellino en la sala.

—¿Qué pasa? —preguntó Dana en cuanto le vio la cara.

—Brad habló con alguien del Centro Crozer para quemados. Consiguió un informe de algunas de las víctimas.

—Léelo.

Se sentó y leyó en voz alta las notas que había tomado. —Dos chicos. Un nene de cuatro años con quemaduras en el pecho incluyendo graves daños en los genitales. Y una chica de diez años a la que se le prendió fuego el cabello. Perdió las dos orejas y la mitad del rostro.

Dana se pudo pálida. Niños tan pequeños y tanto sufrimiento —el dolor debía de ser espantoso, e incluso cuando terminara, a la chica le esperarían años de cirugía plástica; el nene podía tener una disfunción sexual de por vida. Wiecek y Skelly se miraron; conocían tan bien como ella las implicaciones de tales informes.

—Después está un señor de cuarenta y dos años de nombre David Greenberg —continuó Travis.

"Múltiples quemaduras en las manos y pies. Parece que salió al rescate del chico y apagó las llamas con las manos. Y el último que tenemos es un empleado del parque. Lo alcanzaron en la espalda restos encendidos de la explosión.

—Vuelve al caso de David Greenberg —dijo Dana—. ¿De dónde es? ¿Cuál es su ocupación?

Travis buscó en sus notas.

—Es del lugar. Vive en Jenkinton con su esposa y cuatro hijos. Ocupación —siguió buscando— dentista.

Travis subió los ojos y se quedó mirando fijo a Dana, los dos pensando lo mismo. Un héroe que salvó la vida de un chico, un dentista que perdió el uso de las dos manos, esposo y padre que seguramente tenía una buena entrada de seis dígitos, ahora perdida. Si Ira Thompson estaba buscando al demandante ideal para representarlo en el juicio, ese tenía que ser David Greenberg.

—La manera más rápida de averiguarlo —dijo y buscó en su agenda; luego marcó en el teléfono que había sobre la mesa.

—Ira Thompson —respondió una voz incongruentemente femenina.

—Habla Dana Svenssen. ¿Está él?

—No en este momento. ¿Quiere que le diga que lo llamó?

—Por favor.

Empezó a dictarle su número de teléfono cuando de repente cambió de opinión.

—Ahora que lo pienso, tal vez usted pueda decirme y ahorrarle la molestia de tener que llamarme. Necesitaba saber si la señora Greenberg iba a unirse también a la demanda o si es sólo el señor David.

Skelly le guiñó un ojo por el ardid.

—Son los dos, señorita Svenssen —respondió la secretaria. —David y Andrea Greenberg.

Travis a duras penas pudo contener el insulto.

—Muy bien. Muchas gracias.

Skelly recibió la información con un silbido entre dientes, pero los restantes miembros de la reunión cayeron en una lúgubre neblina mientras Dana cortaba. El doble derechazo de Ira Thompson y David Greenberg iba a resultar un knock-out seguro si Thompson tenía alguna teoría viable que demostrara la responsabilidad de Pennsteel. ¿Pero qué podría tener? Hasta ahora nadie sabía nada sobre la causa del accidente.

—Lo que yo quiero —dijo Dana repentinamente decidida— es que se queden los dos, Wetherby y Stolzs. De hecho, quiero contratar a todos. Tenerlos en el equipo, ver cómo se desarrolla la evidencia. Y después decidir a quienes usar para el testimonio de los peritos.

—Por mí está bien —dijo Skelly.

—Para mí también —dijo Wiececk sin abandonar la expresión de infelicidad.

—Todos salvo Broder, por supuesto —dijo ella—. Creo que no perdemos nada si lo mandamos sano y salvo de vuelta.

—¿Por qué lo dice? —preguntó Wiecek.

—Bueno, no corremos el riesgo de que otro lo contrate. Ni siquiera lo tendríamos en la lista si no fuera por Keller.

—No estaría tan seguro —dijo Skelly—. Su currículum me impresionó muy bien. Algún contrincante podría pensar lo mismo.

—¿Pero qué me dice de él personalmente? —preguntó ella con una sonrisa burlona—. Por favor. Es un muchachito. Nadie del jurado lo tomaría en serio.

Skelly se echó hacia atrás en la silla y dirigió la mirada al techo.

—¿Sabe una cosa? Todavía me acuerdo de cuando la gente solía decir esas cosas de las abogadas jóvenes.

Travis tuvo que tragarse una carcajada.

—Además —señaló sombríamente Wiecek— si no lo contratamos, podría ir a contarle a Thompson a quien tenemos.

—Un muchacho brillante como él, seguro que a esta altura está ahí tratando de enterarse de quiénes son todos los demás —dijo Skelly.

Dana miró a todos los hombres que había en la mesa. No podía imaginarse jamás a Broder atestiguando. Pero tal vez valiera la pena tener una o dos horas de consulta con él, e incluso de no ser así podía contratarlo y no consultarle nada. Además, con el tipo de riesgos que le gustaba correr lo más probable era que para cuando se abriera el juicio ya estuviera muerto.

—De acuerdo. Los contratamos a todos.

Sirvieron el almuerzo, y después Dana se reunió con los expertos uno tras otro en la sala de conferencias: Doug Wetherby, un hombre delgado y lacónico del Oeste que había trabajado en accidentes de aviación en Pittsburgh; Ed Stolz, un hombre muy dinámico que había trabajado como consultor en el caso Lockerbie; John Diefenbach, un experto en radares; un metereólogo; un experto en metalurgia; uno en aerodinámica; dos en simulaciones computadorizadas; y expertos en tecnología de aviación, visibilidad y factores humanos. Todos estuvieron contentos de firmar el contrato pero lamentaron el estado de la evidencia física.

—Necesito algunos puntos de impacto —dijo Ed Stolz quejándose durante toda la entrevista—. Que yo sepa es la mejor manera de calcular cómo chocaron las naves.

—Tendremos que arreglarnos lo mejor posible con los testimonios de los testigos presenciales y los pocos datos de radar que podamos conseguir —dijo Dana.

Pero John Diefenbach explicó en su entrevista que incluso de existir datos de radar, una vez que dos aeronaves estaban a una cierta distancia entre sí el radar ya no las podía distinguir; se veían como un solo punto en la pantalla.

—Puedo distinguir cada uno hasta el punto en que entraron en una distancia de unos ciento cincuenta metros uno del otro —dijo—. Más cerca que eso nadie puede hacerlo.

Y el experto en visibilidad y perspectiva advirtió que no había que confiar demasiado en las entrevistas con los testigos presenciales.

—De cada diez personas con las que uno habla, hay diez versiones distintas sobre cómo ocurrió el accidente. Nadie pudo haber visto lo mismo que otro a menos que hubiese estado parado en exactamente la misma posición y enfocando exactamente lo mismo. Algo que es prácticamente imposible.

Doug Wetherby lo resumió de la siguiente manera:

—Es realmente una lástima que haya ocurrido esa segunda explosión. Se llevó toda la evidencia al diablo.

Por centésima vez Dana se lamentó de que le hubiesen robado la cámara de Kirstie con el rollo que tal vez habría podido responder al menos a algunas de las preguntas de los peritos. Antes de su última entrevista hizo una llamada a Lyle Clairborne. Sí, había salido un aviso en diez diarios diferentes invitando a todo el que tuviera fotos o videos del accidente a que se contactaran con sus oficinas. Las operadoras proverbiales estaban a la espera.

Se reservó la entrevista con Andy Broder para lo último. Él entró con su paso altivo al salón y cuando ella le señaló una silla para que se sentara, la giró y se sentó con las piernas abiertas.

—Bueno —empezó Dana, sentándose en la silla de enfrente, del otro lado de la mesa—. Todos quedamos muy impresionados por su currículum y agradecidos de que Ted haya pensado en usted.

—Ajá.

Estaba tratando de leer las notas de Dana al revés. Ella cruzó los brazos por encima y él la imitó, cruzando los brazos y reclinándose hacia adelante. Se le marcaban los abultados bíceps por el algodón fino de las mangas.

—Trabaja para el Servicio Forestal, ¿no es cierto?

—No.

—Oh.

Dana volvió a tomar su currículum.

—Pensé...

—Me contratan cada tanto. Cuando quiero. Lo hago para poder volar sus helicópteros.

—¿Y qué hace el resto del tiempo?

Dejó que una sonrisa sugestiva asomara en los labios antes de contestar.

—Hago sevicios de charter por mi cuenta. Piloto de maleza.

—¿Ala fija?

—Por el momento sí.

—¿Cómo empezó a volar?

—Me enseñó mi padre. Después de Vietnam volvió a la granja de la familia en Nebraska y empezó a trabajar temporariamente en fumigación de sembradíos y fotografía aérea. Aprendí a volar antes que a manejar.

Dana pensó irónicamente que eso explicaba su pobre demostración en el estacionamiento.

—¿Después cambió por los helicópteros?

—Ajá. —Asintió enérgicamente con la cabeza, y por un momento desapareció su pedantería. —La tecnología VTOL le lleva años luz de ventaja a la mejor tecnología de ala fija.

—¿Vitol?

—Despegue y aterrizaje vertical. El problema es que no muchos pueden comprar un helicóptero, cuestan demasiado. Tuve que entrar en la marina para aprender a volarlos y tengo que hacer trabajos periódicos para el Servicio Forestal para seguir haciéndolo. Pero algún día tendré el mío.

—¿Para hacer qué?

Se encogió de hombros; sus fantasías adolescentes llegaban hasta ahí.

—Tal vez tener mi propio servicio de charters en Alaska. ¿Estuvo ahí alguna vez?

Dana negó con la cabeza.

—El lugar más maravilloso de la Tierra.

Éste era el punto que ella estaba esperando.

—¿Tiene una dirección donde lo podamos localizar allí?

—No.

De golpe le sacó su currículum de las manos y tomó la lapicera de Dana.

—Mejor contácteme aquí.

Dana miró de reojo lo que estaba escribiendo.

—¿Dónde es esto?

—Un aeropuerto privado en el condado de Bucks. Ahí dejé mi avión.

—¿Voló su avión privado desde Alaska?

Imposible; debían ser ocho mil kilómetros.

—No exactamente.

Ella sonrió.

—Era lo que pensaba.

—El avión es sólo mitad mío.

Dana se quedó mirándolo boquiabierta y él se rió de su actitud.

—¿Qué pensaba? ¿Que había volado en una línea comercial? De todos modos, una amiga mía trabaja en ese aeropuerto, así que pensé que tal vez podía palmar ahí un tiempo.

—¿Palmar?

Dana no había logrado cambiar su expresión de asombro y él volvió a reírse, exponiendo aún más los hoyuelos bajo esos ojos danzarines.

—Bueno —dijo ella poniendo su atención en las notas—. En representación de Pennsteel, me gustaría que trabajara en este caso con nosotros como experto. ¿Pensó en sus honorarios?

Él dudó.

—¿Me contrataría para hacer exactamente qué?

"Ay, Dios mío", pensó Dana, ahora quería exhibir sus escrúpulos y mostrar su integridad científica.

—Como consultor y consejero según lo requiramos —dijo ella—. Y potencialmente para testificar como perito en el juicio.

—Potencialmente.

—Sí.
—Quiero saberlo de antemano: ¿Voy a testificar?
—No hay por qué determinarlo con tanta antelación.
—Pero usted ya lo hizo.
Ella se encogió de hombros.
—Supongo que es más probable que lo aprovechemos como consultor que para los testimonios.
Se puso de pie de un salto y metió las manos en los bolsillos del jean.
—¿Cuál es el problema? ¿Mi pelo?
Dana giró en la silla, siguiéndolo con la mirada mientras él se paseaba por el salón.
—No lo entiendo.
—Que todavía no se me cayó, ni me salieron canas.
Ella sonrió y a propósito le dijo condescendientemente:
—Tiene que admitir que es muy joven.
—Ya pasé los treinta.
—Recién.
De acuerdo con su currículum había cumplido treinta la semana pasada y para ella parecía aún más chico.
—Además, nunca testificó en un juicio.
—Y no lo voy a hacer nunca si me sigo topando con abogadas como usted. ¡Demonios! No me metí en esto para tener que revisar lo que otros hacen.
—No sabía que le hubiéramos pedido que haga eso.
—No. No me va a pedir que haga nada. Me va a tirar unos miles de dólares, y con eso va a alcanzar para comprarme e impedir que trabaje para el otro lado. Es eso lo que hacen los peritos que no testifican, ¿no es cierto? Bueno, no, muchas gracias.
Tomó el saco de la silla y fue hasta la puerta.
—Si otra persona me necesita, estoy disponible.
Dana se inclinó sobre el respaldo de la silla.
—Espero que el otro lado realmente lo contrate, señor Broder. Y también espero que realmente lo lleven a testimoniar en el juicio.
Él se detuvo con la mano sobre el picaporte seguro de que se trataba de una trampa, pero demasiado curioso como para no preguntar.
—¿Y por qué?
—Porque no veo el momento de poder interrogarlo.
Su rostro se petrificó por un segundo, pero después permitió que una sonrisa lenta se esparciera por todo el rostro.
—Yo también no veo la hora de que eso ocurra.

* * *

Cuando Dana arrancó el auto esa noche para volver a su casa el clima todavía estaba caluroso y pesado. El viento golpeaba con un ritmo exasperante sobre el plástico que hacía las veces de parabrisas, y el aire acondicionado trabajaba el doble tratando de compensar el aire caliente que se filtraba por los bordes.

La entrevista con Andy Broder le había dejado un sabor amargo en la boca pero había algo más que la perturbaba. Dos aeronaves con todo el cielo para ellas habían chocado una contra la otra. Don Skelly podía estar muy satisfecho de que no quedaran evidencias físicas, pero ella no. Algo había causado la colisión, algo había provocado una docena de muertes, y ella, al igual que un jurado, no aceptaba un "jamás lo sabremos" como explicación.

Marcó el número de su oficina para levantar los llamados mientras esperaba en un semáforo. El del seguro había llamado de nuevo, lo que con toda seguridad quería decir que Whit lo había mandado de paseo, lo que le dejaba otra tarea de la que ocuparse. Al final, cuando el tránsito comenzó a arrancar, oyó el mensaje que estaba esperando.

—Hola, ¿señora Endicott? Le habla Al de CastleKeep Security. Hoy enviamos un equipo a su casa, y trazaron un diagnóstico completo, y la razón por la que la alarma no sonó es que la desconectaron el sábado a las siete y cinco de la tarde, con la clave del señor Whitman Endicott.

Dana se quedó mirando el teléfono hasta que alguien tocó la bocina detrás de ella. Puso el pie en el acelerador y arrancó de golpe.

—De manera que me imagino —concluyó Al con mucha alegría— que se va a poner muy feliz de saber que su equipo de seguridad está en perfectas condiciones.

Cuando cortó le ardían los ojos por las lágrimas contenidas.

CAPÍTULO 11

Whit oyó retumbar por toda la casa la puerta del auto desde el garaje, y unos segundo después Dana estaba parada en el umbral de la biblioteca. Tenía puesto un traje azul claro con una blusa blanca de seda; la falda era elegante y bien ajustada. Era el color que mejor le quedaba, el azul de un invierno nórdico que le resaltaba los ojos y hacía que el cabello resplandeciera incandescente.

—Me podrías haber dicho —dijo—. Y le habrías ahorrado la visita a la compañía de seguridad.

Al final de sus palabras se formaban cubos de hielo. Whit se inclinó sobre el respaldo y contestó con suavidad:

—Pensé que estaba incluida en la cuota mensual de servicios.

—Entonces podrías haberme ahorrado a mí la molestia de tener que llamarlos. Para no mencionar la vergüenza.

La mirada de Whit fue directo al rostro de Dana, después siguió más allá de él. —No veo que se refleje en tu cara.

—¿No lo ves? —exclamó mientras se agrietaba el hielo—. Sales solo el sábado a la noche y desactivas la alarma antes de irte y no ves que se refleje en mi cara?

—No, pero confío en que vas a hacer que se ilumine mi entendimiento.

—Lo hiciste para poder volver tan tarde como quisieras sin tener que preocuparte de que sonara la alarma y me despertara.

Whit se quedó boquiabierto. Tiró la lapicera para un costado.

—Siempre sospechas lo peor, ¿no es cierto? —dijo enfurecido—. ¿No te paraste a pensar que tal vez no tenía ganas de tomarme la molestia con esa porquería?

Dana lo miró con sus ojos azules y fríos que lo perforaron desde una distancia de tres pies.

—¿Y tú te paraste a pensar —dijo— que tal vez yo no quiero tomarme más molestias contigo?

Whit casi se cae para atrás por el ímpetu de sus palabras que atravesaron como un borrasca la biblioteca, volteando libros y muebles a su paso, rompiendo los cristales y saliendo por la ventana en un torbellino de gritos tan estridentes que sus oídos comenzaron a zumbar.

Después de unos segundos se dio cuenta de que nada se había movido de su lugar y que nadie había hablado.

—¿Y tú te paraste a pensar —dijo con un murmullo— que tal vez se te cumplan tus deseos?

Dana parpadeó y en la bendita tregua que le concedió esa mirada azul de hielo, Whit tomó las llaves de encima del escritorio y fue hasta el garaje. Junto a la puerta vio el equipo de seguridad que titilaba, lo miró con desprecio mientras abría la puerta del auto.

Todavía chillaba la alarma cuando el coche salió chirriando por el portón de entrada.

Manejó muy rápido como un autómata hacia el Last Call. Si era culpable por sospecha, prefería serlo de verdad. Alguna noción de deber o de honor lo había hecho salir huyendo de los encantos de una chica dispuesta, pero eso ya no volvería a ocurrir.

Estacionó y se abrió camino entre un laberinto de humo y tinieblas y dio toda la vuelta al bar. Cuando vio que no la podía encontrar empezó a sentir que lo invadía una desesperación tan grande como la que había observado en los demás un sábado a la noche. Tenía que encontrarla, tenía que ser suya. De otro modo no sabría qué hacer, si matarse o volver a casa para que Dana terminara de hacerlo.

En un rincón había una chica reclinada sobre una mesa, con unos shorts de jeans tan cortos que las nalgas se asomaban como dos medias lunas por los costados. Whit entrecerró los ojos para ver quién era justo cuando ella se dio vuelta y al ver que era Brandi algo le hirvió en las venas, adrenalina o testosterona, o quizá sólo el alivio de saber que después de todo, no moriría esa noche. Arremetió hacia ella y la tomó de los hombros.

—¡Señor Endicott!

—¿A qué hora sales?

Brandi abrió muy grandes los ojos.

—A las once.

Whit miró el reloj entre el humo y la penumbra del lugar. Eran recién las nueve y media. Subió la vista con un ataque de pánico.

De algún modo ella comprendió.

—Voy a conseguir alguien que me reemplace.

Y agregó en voz baja:

—Te veo afuera en diez minutos.

Esperó en la camioneta con la ventanilla abierta y con los ojos fijos en la puerta. El calor de la noche penetraba en el vehículo como una babosa tóxica, se pegaba viscosa a la piel de los brazos y subía hasta el cuello donde parecía querer asfixiarlo. El aire era tan denso y pesado que no se podía respirar y sentía que se ahogaba.

Hasta que se abrieron las puertas y vio a Brandi parada afuera del bar. Su cabeza giraba buscando a Whit, y él le hizo señas con las luces para indicarle el camino. Sofocada, se subió a la camioneta al lado de él y se le lanzó literalmente en los brazos tal como lo había hecho figurativamente una docena de veces antes. Le abrazó el cuello y apretó su boca contra la de él y gimió con placer. Al lado de ella estaba la palanca de cambios y por un momento Whit dudó sobre cuál sería la verdadera fuente de su placer. Pero abandonó toda duda cuando sintió que una mano le apretaba la entrepierna.

—¿En tu casa, en la mía o acá mismo?

—En tu casa, me parece —contestó Whit entrecortado.

Ella dejó todo el tiempo la mano sobre su pierna mientras él conducía por las calles viejas y arruinadas de Norristown. Antes de llegar ella se equivocó y le dijo que doblara a la izquierda cuando en realidad quiso decirle a la derecha. Mientras daban la vuelta manzana ella no dejaba de reírse, pero en seguida llegaron a su casa.

O a algún lugar. Brandi lo condujo por un callejón detrás de unos negocios antiguos con frente de ladrillo que ocupaban toda la cuadra.

—Vivo arriba del negocio de video —le explicó mientras él la seguía por la escalera externa—. Lo que es bárbaro porque cierran a las once. Mi amiga Sharon vive arriba del bar en la esquina, y pasan música hasta las dos.

Buscó la llave en la cartera y haciendo una linda trompita con los labios se la pasó a Whit. La tomó y la puso en la cerradura. Nada de alta tecnología en esta casa. La puerta se abrió de inmediato sin dificultad y ella entró corriendo entre risitas.

Cuando se encendieron las luces apareció un departamento de un ambiente, con una pequeña franja de cocina a la izquierda, un baño a la derecha y una cama que dominaba el resto del cuarto. Tenía un cubrecama con flores blancas y rosas pero por debajo asomaban sábanas negras de satén.

—Ven —dijo ella y lo tomó de la mano—. Siéntate ahí.

Lo llevó al único sillón del departamento, después fue hasta una radio que estaba debajo de la ventana y puso la sintonía en una emisora de rock.

—¿Un trago? —le ofreció—. Tengo vino.

—Genial.

Tiró por ahí los zapatos y caminó contorneándose hacia la cocina, una lenta exhibición para que él la admirara, como de hecho lo hizo. Sirvió un vaso y se lo alcanzó, luego se puso de rodillas en el piso al lado de él.

—¿Tú no vas a tomar? —le preguntó él mientras ella le desataba los cordones de los zapatos.

—Después.

Le sacó los zapatos y le masajeó los pies.

—¿Por qué no me acompañas? —le preguntó refiriéndose al sillón o al vino o a lo que fuera.

—Después.

Brandi se paró y se alejó deliberadamente de él y se detuvo en medio del cuarto. Lo miraba por encima del hombro a través del pelo que le caía sobre la cara, una pose tan obviamente dirigida a excitarlo que Whit se habría reído en voz alta de no haber estado tan excitado. Con las manos tomó el top y se lo quitó, revelando su espalda desnuda. Se oyó el ruido de un cierre y se quitó meneándose el short. Esta vez reveló todo lo que no cubría una tanga negra. Abruptamente se volvió hacia él.

Los pechos eran más chicos que los de Dana, pero también más erguidos. Se los acarició con las manos y fue caminando hacia él y a unos metros se pellizcó los pezones hasta que se pusieron duros. Whit se acomodó de nuevo en el sillón y tomó otro trago. Brandi se pasó las manos por el vientre y metió los pulgares por debajo de la tanga, mientras la iba bajando hasta los tobillos. Whit aspiró una bocanada de aire entre los dientes: el pelo del pubis estaba afeitado en forma de corazón.

Ahora estaba desnuda, salvo por una cadena que le colgaba al cuello y otra en el tobillo. Lenta y lascivamente se fue deslizando hacia el piso. Él dejó el vaso y se estiró hacia ella, pero Brandi sacudió la cabeza.

—¿Sabes una cosa, Whitman?

Sus dedos estaban en la bragueta de Whit y se oyó otro cierre relámpago.

—Lo que más quiero es hacerte feliz.

Él se apoyó en el respaldo y cerró los ojos.

—Como gustes —dijo pero tuvo que interrumpirse para aclararse la garganta—. Adelante.

Después, cuando él fue tambaleándose hasta la cama y se

dejó caer sobre ella, Brandi se acordó de las cortinas. Fue hasta la ventana y se apoyó un segundo contra el vidrio mientras las corría.

Un piso más abajo y a cien pies de distancia en un auto, un joven negro estaba sentado al volante.

—¿Tobiah? —dijo una voz por la radio—. ¿TIenes contacto visual?

—Diría que sí —contestó y bajó los binoculares con una sonrisa.

CAPÍTULO 12

Dana se dio vuelta y entre el sueño notó el espacio vacío a su lado. Abrió de golpe los ojos. La luz del día se filtraba por las ventanas y la almohada de Whit estaba intacta y ordenada en la cabecera de la cama. Se sentó y se puso a escuchar los ruidos de la casa, pero sólo se oía un silencio inquietante. Se destapó y se dirigió hacia las escaleras, pasó por la cocina y recorrió todo el hall hasta la biblioteca de Whit, pero todo estaba tal cual lo había dejado la noche anterior. No había vuelto.

Se vistió lentamente casi sin prestar atención a lo que se ponía y fue hasta el negocio de vidrios para autos donde debió esperar una infinidad de tiempo hasta que llegara su turno. Cuando por fin llegó al mostrador de servicio le dijeron que no podían conseguirle el vidrio en el día. Sólo media hora después logró salir del negocio con un Taurus de alquiler con la radio rota.

Llegó a la oficina y se derrumbó en la silla del escritorio, ya exhausta a las nueve y media. Antes de que pudiera tomarse unos minutos para revisar el correo y los mensajes, Celeste entró con una pila de papeles.

—Buenos días, Celeste, ¿cómo está?

Aunque hacía un mes que no se veían, Celeste no le dio la bienvenida.

—Las facturas de Pennsteel —dijo y depositó la pila sobre el escritorio.

—¿Ya?

Eso por su excusa por la demora de la facturación del caso Palazzo. Ésa era la parte negativa de tener una secretaria eficiente.

Celeste se ajustó el cárdigan y dejó a Dana mirando sombríamente la pila de papeles. La facturación era la parte que más odiaban de su trabajo los abogados, pero Dana directamente la despreciaba. Detestaba la misma idea de vender un servicio legal por hora; generaba ineficiencia y deshonestidad y creaba una tensión constante entre los intereses del cliente y el propio interés del abogado. Durante años había estado haciendo campaña por un precio fijado de acuerdo con el valor del trabajo, pero nadie parecía estar preparado para semejante cambio, incluidos los clientes.

Ahora tenía otro motivo para la demora. Lo último que Charlie Morrison necesitaba esta semana era recibir el conocido y suculento sobre de Jackson, Rieders & Clark.

"Después", pensó y tomó los mensajes de ayer.

El nombre de Charlie Morrison estaba arriba de todo, pero ya estaba de camino a Nueva York cuando Dana logró comunicarse con su oficina.

El siguiente era el mensaje de Angela Leoni e instantáneamente mejoró el ánimo de Dana. Angela era como una ráfaga de aire fresco —no, una mala analogía; era como el olor que salía de la cocina de un restaurante italiano, un olor delicioso a especias. Dana esperó ansiosa a que se conectara la llamada pero cuando contestaron era la secretaria de Angela que le informaba que acababa de salir para el juzgado.

Colgó y volvió a mirar la pila de facturas. No tenía sentido demorarlo más. Tomó el primer fajo y se puso a trabajar.

Diez minutos más tarde tomó el teléfono y marcó el interno de Travis. En unos segundos apareció en la puerta acomodándose el cuello demasiado ajustado.

—Cierra la puerta.

Travis se sorprendió por el tono. Cerró la puerta y al volverse, vio las facturas sobre el escritorio y se puso rojo.

—Dana, déjame que te explique.

—Estoy ansiosa por escucharte —dijo tensa—. Porque tendrías que ser Einstein para poder explicar cómo llegas a trabajar veintiséis horas por día.

—Eso fue un error.

—¿Entonces supongo que también fue un error cuando facturaste veinticuatro el 17? ¿Y veintidós el 20? De hecho, debe de haber un error por día porque nunca facturaste menos de dieciséis todo el tiempo que estuvimos en Los Angeles.

—Dana, me rompí el culo trabajando en este caso.

—También comiste tres comidas diarias, hiciste gimnasia todas las mañanas y hablaste con tu esposa una hora todas las noches.

—Pero apenas dormía. Todo el tiempo pensaba en el caso. Sudé mares por cada detalle de procedimiento o de evidencia.

—Ésa es la vida que elegiste —le retrucó—. Si quieres un trabajo en el que no tengas que pensar después de hora, anda y consíguete un trabajo en una fábrica.

De repente dejó caer la cabeza como si el cuello ya no pudiera sostenerla.

Dana se conmovió de verlo así. Era algo más que un asociado valioso, era alguien a quien quería, y odiaba verlo sufrir por esto, lo mereciera o no.

—Travis —le dijo con más suavidad—, hiciste un excelente trabajo en el caso Palazzo, mucho mejor de lo que podría haber esperado.

Señaló las facturas.

—No lo arruines con esta basura.

Con la mirada en el suelo él le respondió en voz baja:

—Eres tú la que siempre está hablando de cobrar de acuerdo con el valor del trabajo. Bueno, ganamos, ¿no es cierto? Conseguimos un resultado fantástico para nuestro cliente. ¿Qué tiene de malo eso?

—Lo que tiene de malo es que es un fraude. Si les decimos a nuestros clientes que nos tienen que pagar por hora, entonces mejor que cobremos así.

Travis se hundió más en la silla.

—Sabes que es posible que me nombren socio a fin de año.

—Y tú sabes que tienes mi apoyo.

Él negó con la cabeza.

—Lo valoro mucho, pero no basta. Llegado el momento, tú eres el único voto. Compito contra Ben Hager, que trajo dos buenos clientes propios, y Mark Watley, que ya tiene mil setecientas horas en lo que va del año. Y recién es agosto. Va a tener cerca de tres mil para fin de año y lo tengo que alcanzar de alguna manera.

Dana apoyó los hombros sobre el escritorio y se tomó la cabeza con las manos. Travis era mejor abogado que Watley y estaba segura de que algún día iba a conseguir más clientes que Hager. Merecía formar parte de la sociedad más que cualquiera de los otros dos. Pero también sabía mejor que él que el talento no garantizaba nada.

—Lo siento, Travis —dijo—. Pero no puedo permitir que juegues carreras con el dinero de mi cliente.

Travis tragó saliva.

—¿Cuánto vas a cortar la factura?

—Un tercio.

Travis se puso pálido antes de que ella terminara.

—Y la voy a repartir por partes iguales entre mi tiempo y el tuyo.

Travis cerró los ojos aliviado; el golpe que recibía podría haber sido el doble de fuerte.

—Gracias —dijo poniéndose de pie—. Realmente te lo agradezco mucho, Dana.

Pero ella sabía que se lo agradecería mucho más si dejara el tiempo de él como estaba. Travis se dirigió torpemente hacia la puerta y se detuvo. Nunca habían tenido un intercambio de palabras como éste. No sabía cómo irse y ella no sabía cómo decirle que se podía ir.

Los dos se sintieron aliviados cuando sonó el teléfono. Por el intercomunicador se oyó la voz monótona de Celeste.

—Don Skelly de Geisinger.

Dana tomó el teléfono.

—Hola —dijo—. Me enteré de que las cosas no anduvieron bien ayer con Andy Broder. Lo siento.

Dana sacudió la cabeza molesta por el recuerdo.

—Tiene su propia agenda. Amén de un gran talento para las disputas.

—Qué lástima. Tenía la impresión de que ustedes dos juntos iban a ser todo un espectáculo en los tribunales.

—No lo creo, Don.

—Bueno, esperemos que Thompson no lo contrate.

—Le apuesto a que ya está en un avión de vuelta a Alaska.

Tas colgar se volvió hacia Travis.

—Hazme un favor.

—El que quieras.

—Llama a Broder.

Buscó en los papeles del armario hasta encontrar su currículum.

—Averigua si todavía está en este aeropuerto en Bucks County, y pregunta cuánto tiempo planea quedarse. Dile que quiero saber a dónde le puedo enviar el cheque por los gastos, si acá o a Alaska. ¿De acuerdo?

A la noche al llegar, Dana encontró la casa vacía. Recorrió los cuartos y encendió las luces, pero aun así le resultaba extraña y misteriosa, hasta que al final se dio cuenta de que era la primera vez que estaba sola en ella.

Se tomó de los brazos y de repente el vago errar de un cuarto al otro se transformó en un andar furioso. No lo podía creer. La había dejado de verdad. Ella era la que había estado haciendo la vista gorda a las violaciones del tratado por parte de Whit, y sin embargo era él el que tiraba la bomba que ponía fin a la tregua.

Era como uno de esos juicios preventivos en que un abogado que sabe que a su cliente le están por iniciar una demanda la presenta primero, pasando así de agresor a agredido por una cuestión de tiempo. Era lo mismo que estaba haciendo Whit. Antes de que ella pudiera hacer algo para poner fin al matrimonio, él la había dejado.

Qué estupido cliché decir que la había dejado. Los hombres dejan y las mujeres huyen. Como si los hombres se fueran por razones políticas, por una cuestión de principios, como una protesta o una huelga por mejores condiciones. Mientras que la mujer huía como una cobarde o una adolescente.

Pero entonces otro cliché le vino a la mente y era el más común para una mujer que ponía fin a un matrimonio. Lo echó. ¿Qué era lo que significaba por lo general? ¿Que la mujer le ordenó: "sal de esta casa"? ¿O que gritó un último insulto irrevocable?

¿Él se fue o ella lo echó?

Una vez que la furia abandonó su andar se tiró en un sofá en el cuarto de estar. Sobre la mesita ratona había una pila de fotos, las que habían arrancado del álbum el sábado cuando entraron en la casa. Se inclinó, se puso a mirarlas y al ver los rostros sonrientes de las chicas sintió el dolor de extrañarlas con toda el alma.

Levantó el teléfono y al oír la voz de Katrina se arrojó llena de placer sobre el sofá.

—Hola, dulcecita.

—Mami.

Trina estaba que echaba chispas de la indignación.

—Kirstie entró hoy en el baño y me sacó una foto. Y yo estaba en la bañera. *Desnuda.*

Dana contuvo la risa.

—Bueno, estuvo muy mal. No debería haberlo hecho.

—Dice que se la va a mostrar a todo el mundo en el colegio.

—No te preocupes. Jamás le permitiría que haga una cosa así.

Dana se puso a escuchar la conversación de las dos. Trina anunciando radiante que Kirstie se hallaba en un verdadero problema. Kirstie diciendo en voz baja que era una alcahueta. Dana sonreía y preparaba un sermón serio.

Pero durante el lapso que esperó hasta poder oír la voz enojada de Kirstie del otro lado del teléfono, todos los pensamientos abandonaron su mente excepto uno: Kirstie está sacando fotos.

—Kirstie —dijo casi gritando—. ¿Estás usando tu cámara?

La niña contestó despacio, casi desconcertada:

—Sí...

—¿Cómo? ¿La sacaste de mi cartera el sábado?

—Bueno, sí. Pensé que ya no la necesitabas.

Dana cerró los ojos con un gran alivio. No la habían robado; Kirstie la tomó mientras ella estaba arriba empacando.

—Escúchame con mucha atención. ¿Cuántas fotos sacaste?

—Seis o siete.

Podía perfectamente quedar esa cantidad en el rollo. El único peligro era que Kirstie accidentalmente lo hubiera rebobinado y hubiera expuesto las fotos. Pero a lo sumo eso arruinaría un par de fotos de las veinticuatro que había. Todavía se podían salvar la mayoría.

—Dulce, necesito la cámara. No te puedo explicar ahora, pero voy a mandar un mensajero mañana para que me la traiga. No toques el rollo por nada del mundo. Dile a la tía Karin que voy a mandar a alguien de la mensajería a primera hora de la mañana. Y por favor no saques más fotos.

—Pero qué...

—Cómprate alguna cámara barata.

—Bueno.

Dana llamó al supervisor del segundo turno de la mensajería del estudio y arregló para que mandaran un mensajero a Avalon al día siguiente lo más temprano posible, después colgó eufórica. Al final el rollo por el que había corrido el riesgo de romperse la nuca no estaba perdido. Mañana lo iba a tener sobre su escritorio. Y con un poco de suerte iba a poder brindar al menos parte de la evidencia de causación que faltaba; y con mucha suerte podría incluso llegar a absolver a su cliente.

Esa noche se quedó acostaba en la cama con los ojos abiertos en medio de la oscuridad, y reviendo mentalmente los sucesos del día y los que vendrían mañana, cuando inesperadamente resonaron de nuevo las palabras de Don Skelly acerca de Andy Broder: "Ustedes dos juntos iban a ser todo un espectáculo". Pero después aún más inesperadamente le vino el eco de una variante: "Ustedes dos realmente fueron todo un espectáculo hoy".

Un compañera de estudios le había dicho esa frase hacía más de veinte años después de una clase de inglés muy candente sobre el poema *A su amante pudorosa*. El señor Endicott sostenía que el poeta quería que su amada abandonara su pretendida virtud con el único fin de que no siguieran perdiendo un tiempo tan preciado juntos y citó: "Si tuviesemos suficiente mundo y tiempo este pudor, mi señora, no sería un crimen". Pero Dana argumentaba que la virtud de la dama era auténtica, y que el poeta sólo buscaba una gratificación instantánea; ella le respondió citándole: "Vuestro pintoresco honor vuelto polvo y mi lujuria cenizas".

Por esa época ella y Whit ya habían encontrado su propia gratificación y su única simulación era que sólo eran alumna y maestro. Mantenían la relación en secreto, tanto para prolongar el encanto como para evitar el escándalo y uno de los encantos eran los debates como ése, llenos de sentidos ocultos que sólo el otro podía entender. Luego fueron un paso más allá y desarrollaron un lenguaje privado con gestos y señas secretas. Complejo y sutil —levantar una ceja, un golpecito con el índice sobre el mentón— pero lo hablaban sin ningún esfuerzo, manteniendo conversaciones enteras mientras la clase, sin notarlo, seguía con el monótono sonido de su rutina.

¡Qué ironía! Qué amarga ironía cuando hoy ni siquera podían comunicarse con palabras.

No, no pienses en Whit. Se recordó a sí misma su fórmula de encantamiento, y hundió la cara en la almohada para dormir.

CAPÍTULO 13

A la mañana siguiente Dana volvió al negocio de los vidrios a retirar el auto. Hizo de nuevo la cola interminable para pagar la cuenta pero cuando finalmente le llegó el turno el gerente de servicios no pudo encontrar su orden entre el desorden de papeles y le dijo que esperara.

Había una docena de personas sentadas en muebles con tapizado de vinilo mirando televisión entre las paredes de acrílico de la sala de espera. Tenía que estar en el Valle Alpino a las diez; Travis y seis de los expertos se iban a encontrar con ella para inspeccionar las cenizas del accidente. Encendió el celular y estaba a punto de llamar a la oficina cuando sonó el teléfono.

—Dana, gracias a Dios, tenía miedo de no poder localizarte.

Era la voz de Brad Martin que por entre las ondas de aire sonaba intensa y nerviosa; cualquiera que la hubiese oído sin entender el idioma habría pensado que existía la amenaza real de una guerra nuclear y que Brad tenía el dedo sobre uno de los dos botones.

—No entiendo cómo pudo pasar esto —dijo desesperado—. Va totalmente en contra de las normas...

—Brad, ¿de qué estás hablando?

—¿No lo viste? Pon el noticiario del canal Cinco. Justo ahora lo están pasando de nuevo.

Miró por encima del hombro al televisor que estaba en la sala de espera. En la pantalla le pareció reconocer un rostro familiar que movía los labios sin sonido frente a un ramo gigante de micrófonos.

Atrevesó impetuosamente la puerta cuando la voz de Ira Thompson inundó la sala: "Y esta grabación despeja cualquier duda con respecto a la causa de esta terrible tragedia", estaba diciendo. "No fue obra de la providencia. Fue obra de una imprudencia extrema y una falta de insensibilidad y consideración total por la seguridad de la vida humana. No eran más que una banda de muchachos ebrios paseándose en un auto robado". Hizo una pausa adrede buscando el efecto, como si estuviera enfrente del jurado y no de un simple grupo de periodistas. "Es igual de condenable".

Dana se puso el teléfono en la oreja mientras mantenía los ojos en la pantalla.

—¿Qué...?

—La grabación de la voz de cabina —dijo Brad—. Consiguió una copia, se suponía que no debía...

—Shh —dijo Dana cuando Thompson volvió a hablar.

—Tenemos tres adultos que vuelan un helicóptero de miles de millones de dólares, pero para el caso da lo mismo; podría haberse tratado perfectamente de un Chevy de 1957, por el tipo de juego que estaban haciendo. Está todo en la cinta y les quiero confesar que en veinte años de práctica nunca oí una evidencia más incriminatoria.

—¡Dios mío!, ¿qué es esto? —dijo Dana por el teléfono.

—Escucha. La va a pasar ahora.

Ira Thompson dio un paso atrás y se paró al lado de una mujer que se agarraba los codos y luchaba por no llorar. Entre la estática que salía de los parlantes se oyó la voz grave de Vic Sullivan:

"Ya se dónde estamos. Nos estamos acercando al parque de diversiones, veo la montaña rusa, como se llama, el Valle Alpino".

Hubo una pausa y más estática donde debería haberse escuchado la voz de Dana antes de que Vic declarara:

"Eh, Ron, baja esta cosa a tierra y vamos a buscar un par de rubias".

Dana se quedó paralizada en el medio de la sala de espera.

—No —dijo—. Está completamente equivocado.

Thompson volvió a acercarse a los micrófonos. "Doce personas muertas. Docenas de heridos. Al menos cuatro de una manera irrecuperable. Todo porque el presidente de Pennsteel quería ir a buscar chicas a un parque de diversiones con una actitud digna de un delincuente juvenil".

—No es eso lo que pasó —gritó Dana.

La gente de la sala empezó a fijarse en ella, después trató de disimular.

—Los pilotos fueron tan culpables como Sullivan— dijo Thompson—. Deberían haberlo ignorado pero fueron tan irresponsables como él. Bajaron el JetRanger tal como se lo pidió Sullivan, y perdieron altitud tan de golpe que el Skyhawk no tuvo oportunidad de verlo venir porque ya lo tenía encima.

Thompson presentó a la mujer que temblaba a su lado como

Andrea Greenberg, y cuando empezó a describir las heridas sufridas por David Greenberg, Dana salió corriendo de la sala de espera.

—Brad, ¿estás todavía ahí?

—Sí.

Dana ubicó al hombre que estaba en el mostrador de servicio y le gritó:

—Necesito mi auto ahora mismo.

—¿Cómo? —dijo Brad.

—Llama a la JNST. No, llama a Ted Keller, dile que llame a la JNST. Quiero una reunión con Harry Reilly y ahora me voy para Parsippany.

—Parsippany, Nueva Jersey —dijo él para aclarar.

—Y dile a Travis que va a tener que manejar lo de la inspección del parque él solo.

Fue corriendo hasta el Taurus que acababa de devolver y se puso al volante.

—No, ya le traen su auto —gritó el gerente de servicios.

—Demasiado tarde —dijo y salió disparando del garaje.

Le llevó sólo dos horas entre el tráfico de la hora pico llegar a la oficina regional al norte de Nueva Jersey, pero Ted Keller ya estaba ahí esperándola, porque había tomado el atajo de mil quinientos metros de altura.

—Es un montón de mentiras —dijo Ted indignado—. Ron jamás hubiera hecho eso y, además, ¿adónde iba a aterrizar si lo hacía? ¿Arriba de la calesita?

Ella ignoró su exabrupto para preguntarle lo que le parecía más urgente.

—¿Ted, qué pasó con mi parte de la conversación? ¿Por qué no estaba en la grabación?

Keller se frotó el mentón e hizo una mueca.

—Puede haber habido un corto.

—¿Qué? —preguntó Dana, preparándose para lo peor.

—Me parece que el GVC sólo estaba grabando en ese canal las transmisiciones que salían. No las que entraban.

La preparación no había sido suficiente, y el impacto de lo que implicaba lo que acababa de oír la empujó hacia atrás.

—Acá también tenemos problemas —continuó Ted—. Dicen que no pueden hablar contigo a menos que venga el consejero general de Washington.

—Tengo el presentimiento de que preferirían evitarse esa molestia —dijo y se encaminó enérgicamente hacia la oficina de Reilly con Keller que la seguía de cerca.

Tenía razón. Casi de inmediato salió Harry Reilly y lo hizo pasar a su oficina. Su representante, Jim Cutler, ya estaba ahí, apoyado contra una biblioteca con los brazos cruzados en una posición defensiva. Los estantes detrás de él parecían estantes del cuarto de juego de un niño; estaban llenos de aviones, trenes, colectivos y camiones en miniatura.

Reilly depositó toda su humanidad en el sillón detrás del escritorio.

—Antes que nada —dijo—, quiero que sepan que iniciamos una investigación rigurosa para saber cómo accedió Thompson a la grabación.

—Creo que todos sabemos cómo lo hizo —replicó Dana con su lengua más ácida. Ted se había sentado en una silla casi escondida en un rincón, pero ella se quedó de pie.

—La pregunta es quién y por qué. ¿O debería decir cuánto?

Cutler se erizó como un perro.

—Si está tratando de sugerir que alguno de nuestros empleados...

—No estoy sugiriendo, estoy acusando. Y si Pennsteel no obtiene reparación inmediata, tengo intenciones de hacer pública la acusación, no sólo a la oficina del consejero general, sino también al FBI. En rigor, estoy pensando en llamar personalmente a una conferencia de prensa.

—Espere un momento.

Reilly alzó una mano carnosa.

—Va a tener su reparación. ¿Jim?

Cutler le alcanzó un sobre de papel madera. Adentro tenía un audiocasete.

—Ahí tiene —dijo Reilly. Ahora tiene lo mismo que Thompson. Reparado el daño, reparada la falta.

Pero Dana negó con la cabeza.

—El daño no está reparado, y tal vez sea irreparable, y cometió una gran falta al permitir que suceda.

—¿Cuál daño? —se quejó Cutler volviendo a su posición desgarbada contra la biblioteca.

—Ira Thompson se nos adelantó, llamó a una conferencia de prensa y usó la cinta de una manera tendenciosa antes de que tuvieramos ocasión de oírla. En síntesis, envenenó la opinión pública en nuestra contra.

Reilly abrió los brazos en un gesto de resignación.

—Sullivan dijo lo que dijo. La cinta es lo que es, sin importar quién la haya conseguido primero.

—No, es ahí donde se equivoca, Harry. Y es ahí donde Thompson también se equivoca. Sullivan no dijo lo que ustedes creen que dijo. Sus palabras están sacadas de contexto.

—¿Qué contexto? —preguntó Cutler mofándose.

—El contexto de una conversación que él estaba teniendo conmigo. Yo le estaba hablando a Vic desde el teléfono de mi auto justo unos segundo antes del accidente.

Cutler se enderezó de golpe y miró a su jefe.

—Vieron esa pausa después de que Vic dice, "Ya sé dónde estamos. El Valle Alpino". Sólo se oye la estática durante unos treinta segundos.

Reilly lo miró con los ojos entrecerrados y asintió con la cabeza.

—Yo le dije: "Saluda para abajo, Vic. Mis hijas están ahí ahora".

Lentamente Harry dijo:

—¿Sus hijas son ...?

—¿Rubias? Sí, completamente.

Reilly se dejó caer contra el respaldo del sillón, y los resortes protestaron con un chirrido.

—Bueno, ¿por qué demonios no nos lo dijo antes?

—Ted les envió por fax una lista de doce personas que creemos que tienen que entrevistar. Si se hubiese molestado en darle un vistazo habría notado que mi nombre está primero en la lista.

Reilly miró a Keller que asintió con la cabeza, luego a Cutler que se las arregló para evitar su mirada.

—De manera que —dijo Dana—, ¿esto cubre el daño y la falta?

—Si lo que dice es verdad —dijo finalmente Reilly—, debo admitir que tiene usted razón.

—Pero —se irguió en el sillón y se inclinó hacia adelante— tendría que poder probarlo.

Eso era algo que ella también había estado pensando. Si su parte de la conversación ni siquiera estaba grabada, no había forma de probarlo, salvo su propio testimonio y las reglas de conducta profesional le prohibían actuar como testigo y abogada de Pennsteel al mismo tiempo. A menos que encontrara una evidencia independiente que lo corroborara, se vería obligada a retirarse del caso.

—Lo probaré —dijo—. ¿Entonces, hablamos verdaderamente de reparación? ¿O llamo a mis amigos de la corte?

Reilly alzó las dos palmas, indefenso.

—No se me ocurre qué otra cosa podría hacer.

—Yo se lo diré —dijo ella interrumpiéndolo—. Los datos del radar. La FAA ya tiene nuestra solicitud en algún cajón, pero apuesto que a ustedes no les hacen esperar mucho.

Cutler miró a su jefe y empezó a negar con la cabeza, que era justamente la señal que Dana esperaba para saber lo que quería saber: que había datos de radar.

—Voy a tener que dárselos también a Thompson —advirtió Reilly ignorando las señas de Cutler.

—Naturalmente —dijo Dana con picardía.

—Trato hecho, entonces.

—No del todo —dijo y miró directamente a Keller que sin embargo no lograba adivinar hacia dónde se dirigía y sólo pudo devolverle una mirada de desconcierto.

—Dénos una audiencia —dijo—. No simplemente el derecho de hacer una solicitud por escrito que van a poner en una circular para terminar archivándola quién sabe dónde, sino una verdadera oportunidad de mostrarles cómo ocurrió el accidente.

Esta vez Keller reaccionó con una expresión aun mayor de desconcierto, como diciendo: "¿Cómo diablos vamos a hacer eso?".

Reilly se masajeó el mentón por unos segundos y luego asintió:

—De acuerdo. Pero sesiones a puertas abiertas. No quiero que la gente diga que ustedes manejaron nuestra investigación. Ustedes nos cuentan lo que creen que ocurrió pero al mismo tiempo se lo cuentan a todo el mundo. ¿De acuerdo?

—De acuerdo.

CAPÍTULO 14

Whit se despertó por segunda mañana consecutiva con las piernas de Brandi enroscadas como un pitón alrededor del cuerpo. Se quedó muy quieto —por momentos ella apretaba su agarre asesino cuando sentía que la presa intentaba escapar— y se puso a escuchar lo que lo había despertado.

No había sido Brandi. Ella dormía el sueño de los inocentes, esta extraña mujer niña con un cajón lleno de profilácticos. Desde el lunes no habían salido del departamento, ni se habían separado el uno del otro. Había dormido más de lo saludable, tenido tanto sexo como había podido, escuchado durante horas a Brandi hablar de Brandi. Después de veinte años todavía no podía escribir un libro sobre Wallace Stegner, pero después de dos días de estar con ella podía escribir uno sobre Brandi.

Su madre se había ido con otro hombre cuando Brandi tenía doce años, dejando tras de sí un marido amargado y retraído y una hija púber en medio de la confusión. "Traté de ocupar el lugar de mamá, yo hacía la comida, limpiaba la casa, hacía las compras, me ponía linda y trataba de estar alegre para él. Pero papá no podía superar la tristeza. Hiciera lo que hiciera nada lo ponía feliz".

Capítulo dos del Libro de Brandi: entra subrepticiamente en su historia el profesor Endicott, como el papito en su núcleo de tristeza. Pero —he aquí donde la historia pega un giro— Brandi se da cuenta de que es posible sonsacarle una sonrisa al profesor Endicott. Responde a los avances sexuales. Por fin encontró un papá al que puede hacer feliz, porque con éste se puede acostar.

Whit se dio vuelta sobre la cama y previsiblemente los muslos de Brandi se contrajeron alrededor de él. Crecía su desesperación, tenía que salir de aquí. Nada de lo que ocurría de noche compensaba la manera en que se sentía a la mañana cuando se daba vuelta y tenía enfrente a esta niña de risa tonta que actuaba fantasías propias que él no tenía ningún interés en compartir.

El problema por el momento equivalía a encontrar una manera decente de escabullirse. Un hombre de su edad y experiencia no podía dejar a una chica de veintidós años después de dos noches de cohabitación sin al menos ofrecer una buena excusa. Especialmente si la chica conocía su nombre y dirección.

Otra vez volvió a oír el ruido que lo había despertado, un grito beligerante que venía de la escalera un piso más abajo. Esta vez los ojos de Brandi se abrieron de golpe al oírlo también. Sonaba como el grito de un novillo furioso al que habían separado de su madre y cuando volvió a oírse profirió su nombre:

—¡Brandi!

—¡Oh! —gritó molesta y saltó de la cama y fue corriendo desnuda hacia la ventana.

—¡Vete, Sean! —gritó, después abrió la ventana y se apoyó con los pechos desnudos sobre el borde y le gritó de nuevo que se fuera—. ¡Te dije que no quiero volver a verte la cara!

Whit se puso los pantalones y se acercó para mirar. En el callejón había un muchacho que gritaba:

—Sólo quiero hablar contigo. ¿Por qué no bajas un minuto?

Era el mismo muchacho atlético que Brandi había despreciado la otra noche en el Last Call.

—¡Por el amor de Dios! Ponte algo —le dijo Whit y la tomó del brazo y la sacó fuera de la ventana.

Se puso unos shorts y una remera pero siguió estirando el cuello para poder ver al muchacho. Whit también se apresuró a vestirse. Lo último que le faltaba era que el muchacho lo pescara in fraganti y trepara la escalera con ideas homicidas en la cabeza.

—¿Qué pasa? ¿Quién es?

—No es nadie —dijo Brandi con desprecio—. No tiene nada que hacer acá. La semana pasada le dije que se había terminado.

Whit miró fijo a Brandi y de repente fue como si una señal de salida se hubiese encendido sobre su cabeza.

—¿Le dijiste por qué?

Ella se apartó como un torbellino de la ventana y se sentó frunciendo los labios.

—Él sabe por qué.

Whit se agachó junto a la silla.

—Les otorgas demasiado crédito a los hombres, Brandi. Somos mucho más densos que las mujeres en lo que se refiere a asuntos del corazón.

Ella le miraba la boca mientras él hablaba, lamiendo sus palabras como un gatito lamería un pote de crema.

—Lo vi la otra noche en el Last Call —siguió diciendo—. Y me dije: "Me pregunto si ella se da cuenta del poder que tiene sobre ese pobre muchacho".

—¿Eh?

—El aspecto que tenía cuando le diste vuelta la cara.

Whit se colocó una mano melodramáticamente sobre el pecho.

—Fue como si el corazón se le hubiera partido en mil pedazos.

Brandi paró la oreja.

—¿En serio?

—Y pensé: "Qué increíble que una chica tan hermosa pueda ser tan cruel".

—¿Cruel? —dijo en voz baja, pero enseguida sacudió la cabeza para sacarse esa idea de encima.

—No sabes lo cruel que fue él conmigo. Me dijo que tenía que trabajar el viernes por la noche, pero después mi amiga Suse lo vio en el café Riverdeck y me dijo...

Whit levantó las manos.

—Espera. ¿Soy yo el que tiene que oír estas cosas o —señaló con el dedo hacia la ventana— es él?

Brandi se paró y miró pensativamente hacia afuera.

—Tal vez hablar no tenga nada de malo —dijo pausadamente.

—Se merece al menos eso, ¿no te parece? Después de lo que significaron el uno para el otro.

—Tal vez tengas razón —dijo con un suspiro—. Hace casi un mes que empezamos a salir.

Whit hizo un esfuerzo enorme por no mover ningún músculo de la cara.

—Todavía está ahí —dijo Whit ya con la razón de su lado.

—De acuerdo, voy a hablar con él.

Los gritos cesaron en cuanto Brandi cruzó la puerta y bajó las escaleras con la frente en alto. Whit se ocultó detrás de la cortina para espiar. Hubo un intercambio de palabras y el muchacho abrió la puerta del acompañante de su auto. Ella dudó, él le imploró y al final Brandi se encogió de hombros y subió al auto. El muchacho se puso al volante y desaparecieron sin volver la vista atrás.

Whit buscó un papel y se decidió por el reverso de un sobre, donde escribió una nota llena de agradecimiento y pena y todos los mejores deseos para ella y Sean. Se puso el saco sport, tomó la billetera y las llaves y finalmente con una sensación total de alivió salió.

Fue directo a su casa sin la menor idea de qué haría una vez que llegara, con la misma libertad para elegir el rumbo que un bumerán en su viaje de vuelta.

Era casi el mediodía y el sol golpeaba sin piedad sobre la ruta polvorienta. Iba con las ventanillas abiertas —la camioneta no tenía aire acondicionado y de haberlo tenido de seguro estaría roto— y pudo oír el motor en cuanto empezó a chisporrotear. Miró el medidor de nafta —menos que vacío, debió de haber estado andando gracias a los gases de la combustión.

A dos kilómetros de su casa y sin nafta. Intuía alguna especie de metáfora en todo ello.

Más adelante, pasando un jardín de plantas exuberantes, divisó una estación de servicio y Whit logró convencer a la camioneta para que siguiera andando al menos hasta llegar a los surtidores de la estación. Apagó el motor, se bajó y puso la manguera en el tanque.

—Buenos días —dijo una voz amable.

Un hombre con una cabeza enorme de rulos castaños bajaba de un auto en el surtidor de al lado. Whit lo saludó con un movimiento de la cabeza.

—Calor hoy.

—Sí.

Mientras llenaba el tanque, Whit se apoyó sobre la camioneta y empezó a pensar qué le diría a Dana cuando llegara a la casa. No podía creer que se separaran por algo tan estúpido como la alarma. Tampoco se había tomado jamás la molestia de bajar la tabla del baño y esa falla nunca constituyó una causal de divorcio. La única diferencia era la loca idea de Dana de que había desactivado la alarma para cubrir sus andanzas. Era raro pensar que Dana pudiera estar tan celosa como para imaginar que él la engañaba.

Pero no tan raro cuando se dio cuenta de que realmente lo había hecho.

Lo sintió como un golpe en la boca del estómago, tan fuerte que tuvo que que agarrase del metal hirviendo del guardabarro. Se cerró el paso de nafta y sonó un *bip* pero Whit estaba perdido en una ola de náusea súbita. ¡Santo Dios!, ¿qué había hecho? Tal vez a Dana se le hubiera ido un poco la mano el lunes a la noche, pero uno siempre estaba a tiempo de retirar las palabras y de pedir disculpas. ¿Cómo demonios podía él deshacer lo que había hecho?

—Tiene que ir adentro —le dijo el señor de rulos.

—¿Qué? —dijo mareado.

—Tiene que ir adentro para pagar. No va a parar de sonar hasta que no pague.

—Ah, sí.

Whit volvió a colgar la manguera y fue adentro.

—¿Qué número? —preguntó gruñendo el hombre detrás de la caja.

Whit lo miró como si estuviera hablando en otro idioma.

—¿Disculpe?
—El surtidor. ¿Qué número de surtidor?
—Ah.
Whit se dio vuelta para señalarlo cuando un joven negro entró en la oficina detrás de él.
—Eh, alguien acaba de irse en su camioneta —gritó.
Whit se lo quedó mirando con la boca abierta, después salió disparando hacia afuera pero sólo vio la parte de atrás de la camioneta que doblaba y desaparecía en la esquina.
El hombre de rulos saltó al auto.
—¡Llamen a la policía! —le gritó al negro—. Voy a ver si lo alcanzo.
Lo miró de repente a Whit.
—¿Quieres venir?
—Sí.
Whit se subió al asiento del acompañante del auto negro justo antes de que el conductor saliera rugiendo a toda velocidad por la calle.
—Hijo de puta —dijo el de rulos—. Salió de la nada. Se metió de un salto en la camioneta y se fue como un tiro. Debes de haber dejado las llaves puestas.
Whit asintió con la cabeza, mortificado.
—Bueno, en realidad, ¿quién no?
—Pero es una chatarra —dijo Whit—. Tiene casi veinte años.
—Se las llevan por los repuestos. A lo que estamos llegando.
Dieron la vuelta en la esquina. Volvieron a ver la camioneta, muy lejos adelante.
—¡Ahí va! —gritó Whit.
—Sí, lo veo.
El hombre pisó a fondo para alcanzarlo.
—Tratemos de no perderlo de vista hasta que llegue la policía.
Whit estuvo de acuerdo. Era un buen plan.
—Me llamo Ike —dijo y le extendió la mano.
Whit la apretó cálidamente.
—Whit Endicott.
Ike estaba a bastante distancia de la camioneta mientras lo llevaba cada vez más lejos de la autopista por los suburbios hasta las rutas rurales, atrás de Montgomery County. Lo seguía como un profesional, viendo siempre dónde doblaba, sin acercarse mucho ni dejando que se alejara demasiado.
—Te lo agradezco mucho —dijo Whit—. Que te tomes semejante molestia.
—Eh —dijo Ike encogiéndose de hombros—. A veces hay que jugarse un poco.

Siguieron la camioneta en una curva a la izquierda y por un camino desierto. Los ojos de Ike miraron un segundo por el espejo retrovisor y Whit oyó el sonido de un auto que se acercaba por atrás. La policía, pensó aliviado.

El ladrón también lo debió de notar porque la camioneta aminoró y se estacionó en la banquina. Tenía todo el aspecto de ser una rendición total. Ike paró detrás de la camioneta y Whit, eufórico, se dio vuelta para mirar. El auto sin señas estaba parando atrás de ellos y él esperó ver a los policías que bajaban con las armas listas.

Pero el hombre que salió del auto era el mismo negro que se había quedado en la estación de servicio.

Whit se volvió hacia Ike, confundido, después con desconfianza y al borde de la indignación.

—Un pequeño desvío —dijo Ike mientras caía la sombra de la verdad.

Sintió que un dolor aplastante se expandía desde la base del cráneo. La imagen de Ike empezó a salirse de foco y el golpe que lanzó Whit le pasó por el costado de la mandíbula. El auto empezó a girar y él arremetió hacia adelante y trató de agarrar la cabeza de Ike con las dos manos. Las luces titilaban, se iban apagando y la cabeza de Ike se salió cuando la tuvo en sus manos.

Lo último que vio a medida que la oscuridad lo tragaba fue el halo destellante de unos cabellos blancos.

CAPÍTULO 15

El envío de la mensajería estaba esperando sobre el escritorio de Dana cuando ella llegó a la oficina esa tarde, y enseguida tomó el paquete y lo abrió. Adentro, cuidadosamente envuelta en un plástico de burbujas, estaba la cámara de Kirstie. Dana rebobinó el rollo y abrió la parte de atrás para extraerlo. Por fin estaba en sus manos. Iba a llamar a Celeste pero se detuvo y lo pensó mejor. Esto debía hacerlo ella misma.

Tras una caminata sofocante de dos cuadras dejó el rollo a salvo en su casa de fotografía preferida, con la promesa de que se lo enviarían antes de que cerraran.

Cuando estuvo de vuelta en su escritorio esa tarde, Travis llamó dubitativamente a la puerta. "Pobrecito" —pensó Dana, indicándole con la mano que pasara. Temía todavía estar en desgracia por lo de las facturas. Deseaba decirle que se olvidara de todo pero la verdad es que no quería que se olvidara. Iba a tener que encontrar otra manera de redimirse.

—¿Cómo anduvo todo en la escena del accidente? —le preguntó.

Se sentó y le trasmitió el informe esperado. Los pocos pedazos de las naves que quedaron esparcidos por ahí después de la segunda explosión ya se los habían llevado los investigadores de la JNST y no quedaba prácticamente nada que hacer ahí. Los metalúrgicos se llevaron algunas muestras de ceniza de metal a su laboratorio y el experto en visibilidad sacó unas elevaciones del lugar para usar en los estudios de perspectivas de los testigos y eso fue todo.

Cuando terminó, Dana le contó sobre la jugarreta de Thompson con la grabación de la voz de cabina y su pacto mefistofélico con Harry Reilly, y como era predecible la cara de Travis se puso roja de indignación. Fue cobrando una expresión más pensativa sin embargo a medida que ella le explicaba su dilema ético.

—A ver si entendí bien —dijo—. No tienes que dejar el caso a menos que tu testimonio sea vital para la defensa de Pennsteel, ¿correcto? Y tu testimonio no sería necesario si tu parte de la conversación estuviese grabada. ¿Correcto?

—Correcto. Pero no estaba.

Travis se rascó el cuello.

—Leí un poco sobre las grabaciones de voz de cabina anoche. Graban las transmisiones de los micrófonos de los auriculares pero también graban ruidos ambiente de un micrófono en el techo de la aeronave. El micrófono de cabina capta el ruido del motor pero también cualquier cosa que resulte audible dentro de la cabina.

Dana miró interesada.

—De algún modo tu voz tenía que ser audible en la cabina. ¿Correcto? Quiero decir, Vic Sullivan podía oírla.

—Sí, pero...

—Yo trabajé en un caso hace un par de años; nuestro cliente grabó al otro mientras hacía una admisión de culpa pero después se olvidó y grabó dos horas de música arriba. Contratamos un ingeniero de sonido, hizó sus pases mágicos y al final recuperamos la grabación, tan clara como el agua.

Dana se lo quedó mirando.

—¿Quieres decir que un ingeniero de sonido tal vez pueda encontrar mi voz en la grabación de cabina?

Se encogió modestamente de hombros.

—Travis. Es una idea genial.

El rostro de Travis se iluminó de placer cuando ella sacó el casete del portafolio y se lo alcanzó.

—¿Podrías empezar con esto enseguida?

—Voy a hacer lo posible.

—Como siempre —dijo ella con una sonrisa que a Travis le hizo ocultar tímidamente el rostro mientras se iba.

Unas horas después esa tarde, de pronto, un fuerte aroma a loción de después de afeitarse invadió su oficina y cuando Dana subió la vista vio a Clifford Austin parado en la puerta.

—¿Tienes un minuto?

—Claro, pasa.

Austin se sentó y cruzó la pierna pero la raya del pantalón, filosa como un navaja, seguía completamente recta. Era una persona formal con una manera de ser altiva que jamás estaba en mangas de camisa dentro de la oficina, ni siquiera detrás de su escritorio a las diez de la noche. No se presentaba en una oficina simplemente para charlar; Dana sabía que lo traía algún tema importante.

—¿La factura del caso Palazzo? —se aventuró a decir Dana.

—Sí.

Comenzó a formular una defensa de la reducción que había hecho de la tercera parte pero él la sorprendió ignorándola.

—Ése es un crédito muy grande para tener pendiente a la vez que se empiezan a acumular honorarios sustanciales por el caso del Valle Alpino.

—Charlie siempre fue un pagador confiable que nunca dejó de cumplir los plazos.

Austin dibujó una línea delgada con sus labios.

—Pennsteel siempre lo fue —dijo—. Charlie Morrison nunca fue confiable en nada. Salvo, tal vez, en la destrucción de evidencias.

Dana enrojeció indignada.

—Eso es mentira, y tú lo sabes bien. Si hubiese algo de verdad en eso hace tiempo que el colegio de abogados ya lo habría expulsado.

—Cualquiera que tenga la experiencia que tú tienes en la justicia sabe que lo que es verdad y lo que es demostrable no siempre son lo mismo.

Dana se paró.

—¡*Cliff!*

Se oΩo un ruido incierto y los dos giraron la cabeza hacia la puerta.

—Perdón —dijo Travis, rojo como una remolacha y a punto ya de retirarse.

—¿Qué pasa? —dijo ella con sequedad.

—Me comuniqué con ese tipo Broder.

A ella se le hizo un blanco.

—¿Quién? Ah, Broder; sí. ¿Dónde está?

—Todavía está acá. Está planeando quedarse por un tiempo. Oh, y dice que no quiere tu dinero. De hecho ...

Travis se acomodó fútilmente el cuello de la camisa.

—Sugirió algo acerca de dónde lo podías poner.

Dana abrió bien grandes los ojos, después soltó una breve carcajada de perplejidad mientras Travis se alejaba.

—Volvamos a los negocios, ¿de acuerdo? —dijo Austin como si lo que Travis había interrumpido hubiesen sido sólo negocios. En un mes a este paso, ¿a cuánto supones que van a ascender los honorarios por el Valle Alpino?

Ella se volvió a sentar, aún furiosa pero sin dejar que eso interfiriera con los cálculos. Tenía siete personas trabajando en el caso a una facturación promedio de uno cincuenta la hora.

—Dos cientos mil —dijo por último—. Sin contar mi tiempo.

—Y sin contar tampoco los gastos al contado.

—¿Entonces por cuánto quieres que sea el depósito por honorarios?

Pero Austin volvió a sorprenderla.

—En vez de un depósito insistamos para un pago inmediato de la cuenta final del Palazzo.

—¿Cuál es la diferencia?

—Dana, me decepcionas.

Apoyó las manos sobre las rodillas y se puso de pie haciendo palanca.

—Un depósito nos deja expuestos a disputas por honorarios. En tanto que un pago final pondría fin al asunto Palazzo definitivamente.

Dana lo miró fijo mientras se dirigía hacia la puerta. Había entregado una facturación correcta y honesta por el caso Palazzo y al hacerlo había puesto en peligro la relación con Travis y no tenía la menor intención de presionar de esa forma a su cliente para que la pagaran.

—Cliff, quiero agregar un tema en la agenda de la próxima reunión de socios.

—Ya conocemos tus opiniones sobre facturación, Dana —dijo Austin con fastidio—. Muchos de nosotros las podemos recitar hasta dormidos.

—No, no me refiero a eso. Me refiero a las horas facturables de los asociados. Tenemos que reestructurar todo el sistema. Reducir el requerimiento anual mínimo. Eliminar todo crédito para horas que excedan, digamos, las dos mil doscientas. Restablecer un poco el equilibrio en la vida de estos muchachos.

Austin meneó la cabeza con una expresión que pretendía pasar por una exasperación afectuosa.

—Conoces el viejo adagio: si no está roto no lo arregles.

—Pero Cliff, está roto.

—No es lo que dicen las cifras de las ganancias.

Luego la cortó antes de que pudiera lanzar otro argumento.

—¿Sabes, Dana? Algún día te vas a dar cuenta de lo provechosa que es para ti está sociedad. Tú traes clientes, ganas juicios, pero si tuvieses que manejar el estudio jamás podríamos pagar los sueldos a fin de mes. Esto es un negocio. Tu talento te exime de tener que manejarlo tú misma, pero por favor, no estorbes nuestros esfuerzos por hacerlo por ti.

Todavía flotaba en el ambiente el aroma de la loción *aftershave* cuando sonó el teléfono de Dana.

—El señor Morrison —anunció Celeste por el intercomunicador.

—Charlie —dijo Dana tras levantar el teléfono—. Te acabas de perder a nuestro viejo amigo Cliff Austin.

—¿Oh? ¿Cómo está el almidonado? ¿Ya lo terminó de cubrir del todo el Rigor Mortis?

—Casi.

—¿Cómo va la investigación? ¿Tienes alguna mala noticia que no me puedas ahorrar?

—Me temo que sí.

Charlie escuchó sin hacer ningún comentario mientras ella le describía la conferencia de prensa de Ira Thompson y su entrevista con Harry Reilly.

—Bueno —dijo él tratando de sonar optimista una vez que ella concluyó—. Nos conseguiste los datos de radar y el derecho a hacer una presentación ante la JNST. Si dan puntos a la parte que tiene el mejor abogado, seguro que ganamos.

Dana sonrió por su intento de optimismo.

—Pero ésa es la cuestión, Charlie. Yo no puedo ser su abogada si tengo que testificar por la conversación con Vic.

Charlie aspiró con un lento silbido.

—Código de ética, ¿no?

—Eso me temo.

Él ni siquiera dudó.

—Entonces no vas a testificar.

—Y entonces perdemos nuestro derecho a la presentación ante la JNST.

Siguió un largo silencio.

—¿Charlie?

—Sí, acá estoy. No hay manera, ¿no es cierto?

La misma sensación que tenía Dana.

—Deja de ocuparte de mis cosas.

—¿Eh?

—De preocuparte. Es para eso que me pagas, ¿te olvidaste?

—De acuerdo.

—Además, tal vez encontremos una solución. Travis está buscando un ingeniero en sonido para que trate de captar mi voz en la grabación de cabina. Si está ahí no tengo que testificar.

Charlie soltó una carcajada.

—¿Por qué no lo dijiste primero antes de que me deprimiera?

—Porque tienes que pensar en un consejero legal substituto si eso no funciona.

—No. Yo no tengo que pensar en nada. Para eso te pago. Hablando de lo cual... —se oyó un ruido a papeles del otro lado del teléfono— recibí un mensaje de Dan Casella ayer. O tal vez anteayer.

Dan Casella era la estrella del estudio Foster, Bell & Mc Neill; él y Dana habían cruzado armas varias veces en distintos casos.

—¿Casella? ¿Para qué te llamó?

—No sé, algo del accidente. Le puedes devolver la llamada por mí?

—Claro.

Dana colgó con una nueva preocupación. Últimamente, desde que se había casado con una de las asociadas del estudio, ella y Casella estaban cruzando más bien sus caminos que armas, pero de todos modos se advirtió a sí misma: antes que nada siempre fue un adversario.Y ya tenía demasiados.

Sin darse cuenta estaba mirando la cara de Whit en la foto familiar que había arriba del armario y abruptamente giró la silla para otro lado.

Casi al final de la jornada llegó un paquete de la oficina de Harry Reilly, una pila de hojas con los datos de radar que de inmediato envió a John Diefenbach. Al rato vino Travis para informar que había conseguido al ingeniero en sonido y que ya estaba trabajando en la cinta.

—Genial, gracias —dijo Dana y volvió a concentrarse en su trabajo.

Travis se demoró en la puerta.

—¿Alguna otra cosa?

—No pude evitar oír.

Se aclaró la garganta.

—Cuando tú y Cliff se estaban gritando...

Hizo un movimiento involuntario de culpa con la cabeza.

—Me preguntaba qué quiso decir... con lo de Charlie Morrison.

Dana reflexionó por un segundo, luego dijo:

—Cierra la puerta.

Travis la cerró y se apoyó de espaldas como si se tratase de una barricada.

—Sabías que Charlie era uno de nuestros asociados.

—Sí. Siempre me pregunté por qué se habría ido.

—Tuvo que manejar la producción de documentos en un caso de Austin. Le llevó tres semanas registrar los archivos de todos nuestros clientes y terminó enviando casi tres mil páginas de documentos. Pero treinta minutos después otro abogado lo llama a Austin quejándose de que no había conseguido el documento que estaba buscando. Era una especie de diario de quejas escrito a mano —el original por supuesto, y no se habían hecho copias.

Nuestro cliente juró que se lo había entregado a Charlie y Charlie juró que jamás lo había visto. Austin optó por creerle al cliente y ése fue básicamente el fin de la carrera de Charlie acá.

Travis se quedó mudo por un segundo.

—Es así de simple, ¿no es cierto? —dijo por fin con un hilo de voz—. Un día estás arriba y al día siguiente...

Se interrumpió y miró hacia el piso.

Dana irguió la cabeza.

—¿Travis...? ¿Pasa algo?

Sonó el teléfono pero ella dejó que Celeste lo atendiera.

—¿Conmigo? No.

—Si es la factura del caso Pallazo, olvídate.

—No es nada.

Volvió a sonar el teléfono y esta vez Celeste tampoco atendió.

—Tengo que volver a mi trabajo —terminó Travis.

Dana lo observó mientras se iba, y cuando el teléfono sonó por cuarta vez se dio cuenta de que ya eran las cinco y que Celeste se había ido a su casa.

—¿Hola? —dijo apresurándose para que no respondiera el contestador.

—¿Dana? ¿Es en vivo o es una grabación?

—¡Angela!

—Eh, sé que tus horarios te tienen a mal traer pero apiádate de una vieja amiga. Hazme el favor. Tengo que hablar contigo.

—Lo siento.

—Sé buena. Nos vemos en el Morgan's en veinte minutos.

—Oh, Angela, no creo que...

—No te puedes confundir. Voy a ser la única que no esté hablando en francés con un Dictaphone. Hasta luego.

Angela Leoni era otra raza de abogada —hablaba a los gritos, se vestía con colores llamativos, le gustaba jugar fuerte, se había educado en colegios de segundo nivel y en las calles de la vida. Ejercía junto con un hombre llamado Frank Doyle o al menos lo hizo hasta que a él lo enviaron a prisión. Con la ayuda de un doctor adicto a la heroína que firmaba lo que fuera por cien dólares había armado una estafa de seguros que le había dejado dos millones de dólares. El dinero ya se había esfumado lo mismo que su licencia de abogado. Pero mientras él cumplió su condena, Angela no sólo mantuvo vivo su estudio, sino que incluso lo hizo prosperar. Ahora él había vuelto supuestamente como su paralegal pero ella le tenía que pasar la mitad de las ganancias. Se había acostado con él durante quince años, y era la mejor amiga de su esposa y de sus hijos.

Dana sonrió con nostalgia mientras colgaba. Nada le hubiese gustado más que tomar un trago con su amiga Angela, pero apenas le alcanzaban las horas del día para el trabajo, menos aún para las cosas que la hacían feliz.

Un ruido a ruedas por el pasillo le anunció que venía el carrito del correo y el mensajero del piso entró con varios paquetes, incluyendo el sobre del negocio de fotos de Joplin.

Dana lo abrió con un grito de alegría. Del paquete cayeron sobre el escritorio seis fotos: cinco con un paisaje desierto de agua verde-azulada y una toda oscura de la cara indignada de Katrina. Desconcertada, dio vuelta el sobre y lo sacudió pero no había nada más.

Agarrado al sobre había una nota de Jack Joplin: "Señorita Svenssen: el resto de las fotos no estaban sacadas. ¿Ya lo sabía? Además debería haber usado un flash para la foto de interior. Si quiere que trate de aclararla, avíseme".

Dana puso los negativos a contraluz. Tenía razón. Salvo esas seis las demás no estaban sacadas. Lo que quería decir que Kirstie debió haber puesto un rollo nuevo en la cámara.

—¿Pero entonces, dónde estaba el rollo que ella había sacado?

Levantó el teléfono y llamó a la Hostería Fulmer, pero el teléfono de Karin sonó unas doce veces hasta que se conectó la centralita.

—No contesta nadie en ese número, señora.

—¿Podría, por favor, hacerles llegar el mensaje de que me llamen lo antes posible? Es urgente.

—Cómo no, pero acaban de salir para Ocean City. No creo que vuelvan antes de las nueve o las diez.

Dana les dejó el mensaje de que llamaran a la noche sin importar la hora. Colgó y miró el reloj. Recién eran las cinco y media; ante ella se extendían largas horas de ansiosa espera.

Suspiró corto y profundo, juntó sus cosas y salió.

CAPÍTULO 16

Alguna vez fue verdad eso de que el único edificio adecuado para un estudio jurídico en Filadelfia era aquel cuya planta baja estaba totalmente ocupada por un Banco, quizá con un lustrabotas y un puesto de diarios justo en la esquina. Pero todo eso había cambiado con el nuevo tipo de construcción de los ochenta Boutiques y restaurantes a la calle eran ahora el tipo estándar de los edificios de oficinas. Aunque por lo general eran un pésimo negocio para los dueños, eran un verdadero regalo del cielo para los directivos de los estudios jurídicos. Se alentaba a los leguleyos más jóvenes a que frecuentaran los restaurantes del lugar a la hora del almuerzo e incluso que fueran en la *happy hour* siempre y cuando volvieran a sus trabajos antes de la tercera copa.

Cuanto más cerca de su trabajo se pudiera mantener a los abogados mejor para el estudio. Era el mismo modo de pensar que llevó a Jackson, Rieders a instalar un gimnasio dentro de las oficinas: tenerlos en forma, tenerlos contentos, tenerlos cerca.

El Morgan's era un restaurante de segunda que servía hamburguesas por ocho dólares para el almuerzo y pasta pasada de hervor para la cena, pero era la meca de los fanáticos de la *happy hour*. Antes de poder atravesar la entrada Dana se vio aprisionada por una multitud de hombres y mujeres jóvenes que se extendía desde la puerta, siguiendo por los cuatro escalones de granito, hasta el fondo del vasto ambiente del restaurante. De no ser por la barra y los trajes a medida, podría haberse tratado del piso comercial de la Bolsa de Nueva York.

Angela estaba parada en una silla en una de las pocas mesas del lugar, revoleando los brazos para saludar a Dana mientras unos hombres cercanos lanzaban miradas evaluativas de sus pechos ubicados convenientemente a la altura del ojo. Angela era bajita y con curvas, con una boca generosa y abundante pelo negro en un peinado abultado, y llevaba un top estilo Madonna debajo de un saco muy ajustado. Con el aspecto de una colegiala católica de Nuestra Señora de los Tacos Altos era una prueba viviente de que era imposible borrar de la chica su infancia de Filadelfia Sur.

Saltó al piso y saludó a Dana con un abrazo que hubiese sido más apropiado realizar parada desde la silla; incluso con los altos tacos apenas llegaba al mentón de Dana.

—Ya pedí. Todavía tomas esos tragos flojitos, ¿no es cierto?

—Genial, gracias —dijo Dana mientras tomaba asiento—. ¿Cómo estuviste todo este tiempo? Se te ve bárbara.

Angela se sentó y cruzó las piernas exagerando la postura.

—Sí, bueno, no todas podemos ser altas, rubias y finas, así que trabajamos con lo que tenemos. ¿Y tú cómo estás? ¿Cómo están Whit y las dos bellezas?

Había veces que las preguntas seguidas de Angela eran una bendición.

—Genial. Están en la playa esta semana con mi hermana y sus chicos. Cuéntame: ¿La viste a Mirella últimamente?

Mirella Burke también era abogada y una amiga en común. Las tres se habían conocido hacía quince años en un curso para abogados recién recibidos y habían entablado el tipo de amistad inmediata e inverosímil que suelen entablar las tropas de combate en las trincheras.

Angela negó con la cabeza, disgustada.

—Ni me hables, es tan difícil de ubicar como tú. Está dirigiendo una investigación grande sobre droga y si no está en el gran jurado está por ahí con los federales.

Su expresión cambió de repente cuando algo alrededor captó su atención.

—Oh, mira, ahí está Dan Casella. Hace muchísimo que no lo veo. En realidad nunca lo vi tanto como me hubiese gustado. ¡Qué desperdicio! ¡Que terminara casándose!

—Oh.

Dana se dio vuelta y vio a Casella en la barra.

—Justamente lo tenía que llamar. Discúlpame, Angela. Enseguida vengo.

—Claro —gritó Angela cuando se iba—. Déjame por el primer macho que ves.

Casella se dio vuelta en la barra con un trago en la mano y por encima de una docena de cabezas Dana preguntó en voz alta:

—Dan, ¿tienes un minuto?

Casella la ubicó y con suavidad fue abriéndose paso entre la multitud. Cuando era un abogado joven e iba a los tribunales, la gente solía decir que era un diamente en bruto, pero ahora, con cuarenta años y en la plenitud de su forma sus facetas estaban bastante bien pulidas. Impecable y vestido con un traje azul a rayas finas y una corbata tejida, era la excepción viviente a la regla de Angela; no quedaba en este muchacho ni rastros de su infancia de Filadelfia Sur.

—Hola, Dana. ¿Cómo estás?

—Te iba a llamar.

Él le hizo una sonrisa estudiada.

—Es lo que siempre me dicen las damas.

Nunca había tenido demasiado encanto para ella en sus días de donjuán y menos ahora que era un hombre de familia. Pero lo respetaba como abogado; no había nadie mejor en la ciudad para desenredar crímenes comerciales complejos.

—No, en serio —dijo ella—. Charles Morrison me pidió que te devolviera el llamado.

—¡Ah! Pensaba que tal vez eras tú con quien necesitaba hablar. Estás en la boca de todo el mundo esta semana. ¿Te traigo un trago?

—No, gracias, ya me están por traer uno.

Un hombre con un portafolio chocó contra ella y murmuró una disculpa por encima del hombro. Casella señaló con el mentón un lugar libre contra una pared y ella lo siguió.

—¿De qué se trata? —dijo ella con ligereza—. No me digas que Pennsteel está envuelto en algún fraude espectacular.

Ésl bajó la voz y dijo en un tono ominoso:

—Por todos los cielos, espero que no.

Dana se apoyó más contra la pared.

—¿Qué se supone que significa eso?

—El viernes pasado el presidente del directorio de Pennsteel dijo, y cito casi textualemente, "porque mantenemos los más altos estándares de cooperación ciudadana, porque nos preciamos de ser buenos vecinos y porque no queremos ver que los chicos de esta comunidad pierdan más diversión de verano de la estrictamente necesaria, Pennsteel se encargará de toda la limpieza y las reparaciones necesarias para reabrir el Valle Alpino tan pronto como sea posible". Fin de la cita.

Dana lo miró fijo a los ojos y trató de ocultar su horror.

—¿Representas al parque de diversiones?

—Sí, y créeme, no están para nada divertidos. ¿Tienes idea de cuánto cuesta una semana de agosto en este negocio? Estamos hablando de megadólares en lucro cesante.

La cabeza de Dana empezó a dar vueltas con los acontecimientos de los últimos días. Se suponía que Austin tenía que reunirse con su socio Bill Moran para que supervisase la limpieza. Ella había llamado a Moran una vez —¿el lunes?— y había dejado un mensaje, pero ya era miércoles y no había dado señales de vida. Pero ella tampoco, y no sólo era su caso sino que también había sido idea suya prometer una limpieza.

—Dan, lo siento. Tenía la intención de ocuparme personalmente del asunto, pero hubo un trillón de cosas...

—Y va a haber un trillón más. Pero te voy a decir algo, Dana. Para nuestro propósito no nos importa mucho de quien sea la culpa. Pennsteel prometió una limpieza. Hubo agravio y ahora hay un contrato. La única pregunta es quién va a dar el primer paso, si Pennsteel o yo.

—Pennsteel —dijo ella de inmediato—. No presentes demanda todavía. Danos la posibilidad de ocuparnos de esto.

—Ven a verme el lunes a la mañana al parque con tu gente. A las diez. Y vamos a ver a qué instancia podemos pasar.

Casella fue a sentarse a una mesa con sus socios y ella a su lugar junto con Angela.

—Disculpa.

—¿Problemas?

—¿Qué otra cosa podría ser?

—Hombres —exclamó Angela con desdén—. No puedo vivir con ellos, no puedo litigar sin ellos.

Un camarera fue tejiendo diestramente un camino hasta la mesa y apoyó el vino con soda de Dana y el whisky con hielo de Angela. Dana buscó su billetera pero Angela ya había puesto veinte dólares en la bandejita.

—Yo invito.

—No, por teléfono dijiste...

—Una treta para atraerte hasta aquí. Esto es trabajo, no diversión.

Mientras la camarera devolvía el cambio Dana tomó un sorbo y se preguntó de qué podría tratarse. Doyle & Leoni se ocupaba de divorcios, de penas por conducción bajo los efectos del alcohol y daños personales menores. En quince años la práctica de Angela jamás se había cruzado con la suya.

—Bueno, acá va la cosa —dijo Angela una vez que la camarera se fue—. Me enteré de que representas al helicóptero que chocó el otro día en el parque de diversiones.

Dana saltó en la silla. Esto era lo último que esperaba.

—Pennsteel, correcto.

—Bueno, los hijos de Frankie estaban ahí, justo en el lugar del accidente.

Frankie era Frank Doyle, su antiguo socio y eterno amante.

—¡Oh, no! ¿Les pasó algo?

—Totalmente traumatizados. No te das una idea.

Dana pensó que alguna idea tenía ya que sus hijas también habían estado ahí.

—Me refiero a físicamente.

—Estuvieron vomitando, no pueden dormir, el psicólogo dice que con toda seguridad es un síndrome de estrés postraumático. Les quedaron cicatrices para toda la vida.

Dana no pudo evitar soltar una risa corta de asombro.

—Angela, recién pasaron cinco días. Ni siquiera pueden tener cicatrices todavía.

—¡Eh!, los psiquiatras te lo pueden decir, créeme. Los chicos ya tuvieron dos sesiones. Y les espera por delante un largo tratamiento. Por eso, necesitamos saber qué vas a hacer al respecto.

—¿Qué voy a hacer *yo*? —Dana repitió con toda la carga posible.

Angela hizo un chasquido de impaciencia con la lengua.

—Ya sabes; el helicóptero.

—Bueno, no sé. ¿Qué va a hacer la avioneta al respecto?

—Nos dijeron que no tenía seguro.

—Ah, estás buscando dinero.

—Vamos, Dana. No te hagas la linda.

—Vamos tú, Angela. Sabes que no puedes recuperar nada por heridas emocionales sin impacto físico.

Técnicamente era cierto, aunque las cortes de Pennsylvania hacía un siglo que estaban forzando esa regla. Dejaron marcada una excepción para un demandante que presenció el accidente de un miembro de la familia, después para uno que no vio el accidente pero que oyó el ruido de los frenos, e incluso para un demandante que quedó traumatizado cuando un elefante de un circo defecó en su falda; la corte pensó que la defecación misma bastaba para satisfacer el requisito de impacto físico. No se podía prever cómo se podía doblegar y forzar la regla en este caso en el que cientos de chicos habían presenciado un horrible accidente.

Obviamente ésa era la idea que Angela tenía en mente.

—Me parece que me las puedo arreglar bien con eso —dijo y tragó un sorbo grande de whisky.

—Pero no hiciste ni la más mínima investigación. ¿Cómo puedes pretender que Pennsteel te dé dinero cuando no tienes ni la más remota idea de quién fue la culpa? Si es que fue de alguien.

—Mira.

Angela se apoyó sobre los codos y se inclinó hacia adelante.

—No queremos tener que presentar una demanda. Y creo que tú tampoco.

Hasta un ciego podía leer lo que había entre líneas en esa frase. No querían demandar porque Doyle no podía poner su nombre en ningún papel; demasiada atención y alguien podría notar que estaba ejerciendo sin licencia. Y Pennsteel lo que menos quería es que cientos de personas le iniciaran demandas después de haber leído sobre el caso Doyle en los diarios.

Dana se hundió hacia atrás en la silla.

—¿Qué propones?

—¿Qué propones, tú? —dijo Angela iniciando la esgrima.

Nadie quería jamás ser el primero en aventurar una cifra en este tipo de escaramuzas.

—No propongo nada sin antes informarme con más detalle. Ni siquiera sé de cuántos chicos estás hablando, o qué edad tienen, o dónde estaban o qué vieron.

—Te puedo dar toda esa información.

—Y necesito un informe del psicólogo.

—Hecho.

¿Hecho? ¿Qué clase de psicólogo escribía un informe a base de dos sesiones a cuatro días del accidente? Pero Dana ya sabía la respuesta. La misma clase que ayudó a Doyle a engrosar su cuenta con dos millones de dólares con los fraudes de aseguramiento.

Dana dejó el vaso en la mesa. De repente se sentía harta de todo. De pronto quiso que las cosas fueran distintas, que no se tratara simplemente de un juego que todos jugaban con plata fácil.

—Pensándolo bien, Angela, sigue adelante y presenta una demanda. Nosotros nos vamos a manejar de acuerdo con las reglas. Ya sabes, mantenernos dentro de lo que sea honesto.

Un silencio helado se estableció en la mesa.

—Estás cometiendo un error, Dana.

—Bueno, no va a ser el primero esta semana.

Se puso de pie.

—Almorcemos de verdad un día de estos, ¿de acuerdo?

Dio media vuelta y se abrió camino por entre la multitud en línea recta hacia la puerta. Probablemente estaba cometiendo un error. Tal vez Doyle se echara atrás, pero también existía la posibilidad de que siguiera adelante y abriera las compuertas a una avalancha de demandas similares.

Y no todos serían fraudes. Subió al ascensor y se dejó caer contra la pared. No dudaba de que muchos de los chicos que estuvieron ahí ese día estuvieran traumatizados. Los que vieron a sus amigos horriblemente carbonizados, los que pasaron treinta minutos aterradores atrapados en la montaña rusa. Y quizás incluso sus hijas.

CAPÍTULO 17

Esa noche tarde finalmente llamaron, tan llenas de exuberantes comentarios que sus voces se superponían en la lucha por la preeminencia. Habían ido a Ocean City y Katrina ganó un oso panda de peluche en los juegos, aunque para eso tuvo que disparar durante una hora un chorro de agua con una pistola adentro de un tubo; según el cálculo de Dana, el panda terminó costando cinco dólares. Las dos habían hecho caso con la pantalla solar, lo juraron, pero los hombros de Trina estaban rojos y a Kirstie se le estaba pelando la nariz. Trina estuvo toda la mañana sentada al borde del mar y cuando se paró, la parte de abajo de la malla estaba llena de arena mojada. Kirstie todavía se burlaba de ella sin piedad por eso.

—Kirstie —dijo Dana cuando al fin se detuvieron para respirar—. Cuando sacaste la cámara de mi cartera el sábado, ¿tenía el rollo puesto?

—Claro, mamá. ¿No te acuerdas? Tú misma sacaste las fotos.

—Dulce, haz memoria, por favor. ¿Te acuerdas donde pusiste ese rollo?

—Claro, mamá. Lo puse en el cajón de las verduras, por supuesto.

—¿En dónde?

—En la heladera. Ahí es donde el abuelo Svenssen dice que hay que guardar los rollos. Él es químico, ma; él sabe de estas cosas.

Dana se paró y estiró el cable del teléfono hasta que llegó a la heladera. En el cajón de las verduras, entre la lechuga y un paquete de zanahorias, había un rollo naranja y negro de película.

Soltó una carcajada. Ahí había estado todo este tiempo, donde a nadie se le habría ocurrido buscar. Seguro, intacto y listo para revelarlo mañana por la mañana. Cerró la heladera y se recostó feliz sobre el sofá del cuarto de estar.

—¿Dónde está papá? —preguntó Trina.

—Sí, llama a papá.

En menos de un segundo el estado de felicidad de Dana se evaporó.

—Justo ahora está trabajando en la biblioteca —dijo, una mentirosa locuaz incluso con sus propias hijas—. Hoy parece que tiene un buen día con la escritura. Ni siquiera quiso parar para la cena.

—Ah, entonces no lo interrumpas —dijo Kirstie enseguida.

—No, vamos a hablar con él cuando no se le ocurra qué escribir —agregó Trina.

—Las amo mucho a las dos, las llamo pronto.

Colgó, avergonzada por mentir, pero aún más avergonzada por lo avergonzada que estaba de Whit.

La luz del constestador estaba titilando, se inclinó hacia adelante y apretó el botón de play.

—Eh, tío —dijo una voz no familiar en un dialecto que rara vez se oía en la Valley Forge Mountain—. ¿No nos íbamos a encontrar hoy a las ocho? ¿No me vas a dar más bolilla o qué?

Obviamente número equivocado. Estaba por apretar el botón de borrar cuando se oyó otro mensaje.

—Eh, Whit, ¿dónde está el hombre que me enseñó a ser una leyenda con las mujeres?

Obviamente el número correcto.

Se quedó mirando fijo el teléfono por un instante y después se paró enérgicamente. La oscuridad de afuera la atraía y abrió los ventanales del living y salió a la galería. El aire estaba tan pesado por la humedad que sentía como si estuviese vadeando un río mientras caminaba por el borde de la pileta. El sudor brotaba de su cuerpo como una capa brillosa que hacía que la tela de la blusa y las medias largas se le pegaran a la piel. Fue hasta el vestuario y encendió las luces, después se quitó la blusa y la falda y por último las medias.

El aire no se sentía más fresco con la piel desnuda, pero cuando se metió en la pileta el agua fluía por su cuerpo como una brisa polar. Tomó aire y se sumergió en las oscuras profundidades, nadando todo el largo de la pileta hasta que volvió a salir con un géiser de agua platinada. En el cielo titilaban las estrellas y de espaldas dejó el cuerpo ingrávido flotando en la pesadez del aire.

Se acordó de otras noches de verano como ésta. Muy tarde de noche, después de acostar a las chicas, cuando Whit ya la estaba esperando en la hamaca con una botella bien helada de Chardonnay, se desnudaban y se arrojaban, como si sus mismos cuerpos fueran líquidos, al agua fría. Tres metros más abajo se encontraban con las bocas y saboreaban el vino y las sustancias del deseo y salían del agua y hacían el amor en un nido de toallas. A veces incluso despertaban ahí, con las piernas y los brazos entrelazados con el resplandor rosado del alba.

Salió de la pileta y se quedó parada mientras chorreba agua clorada sobre las lajas, con la mirada perdida en el valle. Miles de luces que se esparcían débiles por debajo de ella, y el rugido apagado y distante de la autopista que llegaba hasta la cima como envuelto entre gasas y algodón.

Pareciera que estamos en la cima del mundo, le había dicho a Whit el día que eligieron el terreno.

Pero la cima del mundo sólo era un punto del globo que giraba tan rápido y lejano sobre su eje que Dana ya no distinguía el arriba del abajo. Lo único que sabía era que Whit se había ido. Dos días y ya casi tres noches, sin decir una sola palabra.

Levantó la ropa, entró en la casa y borró los dos mensajes del contestador.

Esa noche cuando al fin empezaba a hundirse en el sueño, el teléfono de la mesita de luz hizo estallar la oscuridad en mil pedazos.

—Escuche —dijo la voz sin introducción alguna o preámbulo. —Haga de cuenta que no sabe de quién viene, ¿de acuerdo? Me quedé mal por lo de esta mañana, así que le voy a hacer un regalo.

Dana se sentó en el borde de la cama. Era Harry Reilly de la JNST, aunque si él no quería mencionar su nombre no lo iba a hacer ella por él.

—De acuerdo —dijo ella lentamente.

—Es necesario que sepa esto. Los del FBI y el BATF iniciaron su propia investigación del caso, y quieren mantenerla absolutamente en secreto.

—¿El FBI y la Oficina de Alcohol, Tabaco y Armas? ¡Dios Santo! ¿De qué se trata?

Dana encendió la lámpara y se esparció un charco de luz sobre la mesita.

—Encontramos algo en el lugar del accidente. Debe de haber salido disparado, estaba a unos ciento diez metros de donde chocaron y estaba apenas chamuscado. No tiene nada que ver con la causa del choque pero tal vez sea una pista que usted quiera seguir.

Tomó una lapicera y la mantuvo suspendida sobre un block de notas.

—Se trata de MP-5K.

La lapicera no estaba preparada para ese tipo de información, ni su voz.

—¿Se ref... se refiere a armas? —preguntó tartamudeando.
—Me refiero a armas automáticas ligeras.
—¿Qué hacía Loudenberg con armas automáticas?
—Eh, nadie dijo que salieron del Skyhawk.
—Vamos. Usted sabe que es imposible que el presidente de Pennsteel estuviese involucrado en tráfico ilegal de armas.
—Yo no sé nada —dijo y colgó.
Dana, sin poder abrir los labios, hizo lo mismo. Nunca nadie sabía nada. A eso se reducía lo que llaman la carga de la prueba.

CAPÍTULO 18

Whit se despertó con un fuerte dolor en la nuca y náuseas, como en la peor de las resacas que jamás había tenido. Por eso no lo sorprendió demasiado ver que estaba tirado al lado de un inodoro, aunque en el mareo del despertar sí le pareció raro que la tapa estuviese cerrada y que el cuarto estuviera en una total oscuridad.

Se levantó y extendió un brazo en cada dirección para ubicarse. Con los dedos rozó una pared de cada lado, a un metro más o menos de distancia. Rotó noventa grados y repitió el movimiento y volvió a encontrar dos paredes, al frente y atrás, a la misma distancia entre sí. Empezando a dudar del inodoro, tanteó en el piso, pero eso era, o eso o algún tipo nuevo de silla de diseño europeo.

Tenía que ser un bañito. Debió llegar hasta ahí antes de desmayarse y después alguien debió haber apagado las luces sin darse cuenta que estaba ahí. No se acordaba de cómo había entrado pero lo importante ahora era salir.

Al pararse sintió que lo aplastaba el mareo como una ola de mar y cuando se inclinó hacia adelante para agarrarse de la puerta los dedos tocaron la solidez de un muro. Se estiró más pero seguía siendo la superficie lisa de una pared de plástico. Se tambaleó sobre sus pies hasta que el mareo cedió, después presionó las dos manos contra la pared y las fue subiendo hasta el techo. Las cuatro paredes se curvaban sin interrupción para formar el cielo raso.

El baño no tenía puerta porque no era un baño. Debía de ser una letrina portable, esas letrinas que hay en las esquinas de París o en las bodas al aire libre. No tenía dificultad en entender que se hubiera desmayado en el baño de un bar, pero no lograba imaginar cómo había terminado metido en un Porta Potti por más borracho que estuviera.

¿Se había emborrachado? Tenía un vago recuerdo de que arrancaba con las manos la cabeza de un hombre, lo que debía significar que había estado totalmente dado vuelta.

No ahora se acordaba. Estaba despierto y completamente sobrio. Iba para su casa cuando le robaron la camioneta.

Le robaron la camioneta pero el ladrón se entregó y el tipo que se llamaba Ike dijo "un leve desvío", cuando otro tipo estacionó atrás.

Ahora entendía. Era la víctima de una broma pesada orquestada por algunos estudiantes. Whit ubicó el frente de la letrina y tanteó de nuevo la pared y esta vez con los dedos sintió la ranura que marcaba la puerta. Sí. Buscó el picaporte y empujó con el peso del cuerpo la puerta. Pero no había picaporte.

Tal vez era una letrina para zurdos. Cambió de mano y buscó de nuevo.

Tampoco había picaporte.

Buscando más atentamente tanteó con los dedos tres agujeros pequeños donde se suponía que debía encajar el picaporte.

¿Qué clase de broma era ésta?

Golpeó la puerta con el puño y gritó:

—¡Eh! ¡Abran la puerta! ¡Déjenme salir!

Esperó un momento escuchando con atención pero no oyó nada. Golpeó de nuevo y gritó más fuerte. De nuevo nada.

Hacía un calor sofocante. Se quitó el saco y se abanicó con él, después se subió a la tapa del inodoro y tanteó el techo hasta que encontró una ventilación en la pared de fibra de vidrio. Pero cuando metió los dedos por las ranuras no había ventilador, sólo una tapa de malla tejida.

Tal vez no se trataba de una broma. Tal vez era una venganza del novio de Brandi. Buscó en su memoria el nombre del muchacho.

—¡Sean! —gritó y volvió a golpear la puerta—. ¡Sean! ¡Abre la puerta! ¡No es lo que tú piensas! ¡Ella sólo quería hablar con alguien!

Esta vez oyó algo, una explosión rítmica de aire. Quizás un sollozo. ¿Sean sobrecogido por el remordimiento?

—¡Sean, déjame salir! ¡Ella te ama a ti!

Se oyó el mismo sonido, esta vez más fuerte a través del techo. Una risa transmitida electrónicamente a través de un parlante en la ventilación.

—Lo siento, pero no adivinó —dijo la voz.

—¿Quién es? —preguntó Whit—. ¿Qué quiere?

—De usted nada, así que siéntese y relájese. Lo vamos a soltar en cuanto tengamos lo que queremos.

Whit miró ciegamente hacia el techo. No era Sean, no era un grupo de estudiantes. Un recuerdo irrumpió de la nada, la imagen de un rostro juvenil y bronceado coronado por un pelo blanco brillante.

—Está cometiendo un error —gritó—. Se equivocó de persona.

Hubo un largo silencio. Whit imaginó a sus raptores mirándose entre sí desconcertados al darse cuenta de la equivocación.

—Lo siento, profesor —al fin dijo la voz—. No hay ninguna equivocación.

CAPÍTULO 19

Mientras Dana dormía esa noche un pensamiento afloró desde las profundidades; como algo que habían arrojado en su mente y que reposó pesado e inmóvil en ese fondo oscuro hasta que la marea lo elevó y lo empujó de vuelta hasta la superficie. Irrumpió en su conciencia con tanta fuerza que la despertó y la obligó a sentarse erguida en la cama.

El rollo.

Hizo a un lado las sábanas y corrió por las escaleras hasta la heladera. Ahí, a la luz de una bombita de cuarenta vatios estaba el rollo de película, oculto en un lugar en el que a nadie se le hubiese ocurrido buscar.

Y de hecho alguien había estado buscando.

Envolvió el rollo con el puño y se sentó a oscuras en el cuarto de estar. Era el cuarto en que habían destrozado los álbumes de familia; el mismo día que le robaron la cámara del auto; el día siguiente a que un carterista sin rostro le arrebatase del hombro el estuche de la cámara y desapareciese en medio de la multitud.

Alguien había estado tratando de conseguir el rollo desde el viernes y ella había estado demasiado ciega como para darse cuenta. Aunque Whit había intuido algo. "Nos robó una banda de ineptos", le había dicho el sábado. No se habían llevado nada de valor, porque el robo fue sólo una maniobra para disimular lo que realmente buscaban. El ladrón no quería la laptop cuando rompió el vidrio del auto, quería la cámara que le vio poner en el estuche de la laptop. Y el carterista no se equivocó; no era la billetera, era la cámara lo que quería.

Abrió el puño y miró el rollo a la luz pálida de la luna que se filtraba por la ventana. Las fotos tal vez mostraran signos de una falla mecánica o de sabotaje; lo seguro era que mostrarían el daño del fuselaje y las posiciones relativas de las dos aeronaves. Tal vez con eso se podía calcular el ángulo de impacto.

Y tal vez alguien no quería que eso ocurriera.

Se abrazó a sí misma muy fuerte. Podía tratarse de un montón de gente, empezando por Ira Thompson y terminando por su propio cliente.

Y existía otra posibilidad. Podía haber algo en el rollo, otra cosa que alguien no quería que se supiera. Algo relacionado con el tráfico de armas automáticas.

Caminó por la casa con el rollo apretado en el puño hasta que la niebla grisácea del amanecer empezó a colarse por las ventanas. Tenía que revelar el rollo pero no podía confiar en un laboratorio comercial, ni siquiera en su negocio preferido. Necesitaba un experto para que analizara las fotos y le dijera lo que había en ellas. Ya conocía a los mejores peritos del país; cualquiera de ellos podría hacerlo. Pero necesitaba alguien independiente, sin relación con el caso o el cliente o los aseguradores, y todos esos expertos ya estaban contratados.

Todos salvo uno.

Cuando llegó la mañana, se vistió con la ropa más vistosa que encontró, un traje amarillo limón y una blusa estampada con motivos tropicales, después se subió al Taurus alquilado y salió del garaje. Se detuvo antes de llegar a la calle. No había nadie estacionado afuera y no vio nada por el espejo pero igual bajó y simuló inspeccionar las llantas antes de seguir.

Las puertas del negocio de vidrios abrieron a las siete y cinco y ella ya estaba ahí con el motor encendido, primera en la fila y lista para entrar en el garaje de reparaciones.

—Buenos días, señora Endicott —dijo el gerente desde atrás del mostrador en cuanto ella bajó del auto—. Tenemos el Mercedes afuera listo. Le voy a decir a Herb que lo traiga.

—Genial —dijo ella pero antes de que él levantara el teléfono, se acercó al mostrador y le dijo en voz baja:

—En realidad, no lo necesito hasta la tarde. ¿No me podría conseguir otro auto de alquiler para ahora?

—Pero, señora Endicott...

Dana miró el óvalo bordado en la camisa.

—Voy a pagar extra, Les.

El gerente se encogió de hombros y se dijo que no hay más tonto que un tonto con plata.

—¿Dónde está el baño?

Le indicó con el dedo y ella entró con el portafolios en la mano y trabó la puerta. Se quitó el saco y se fijó en que el rollo todavía estuviese seguramente alojado entre las tazas del corpiño antes de ponerse la ropa que traía apretujada en el portafolio. Se hizo un rodete con el pelo e inhaló profundamente frente al espejo. Perfecto: shorts color caqui, zapatillas, una remera azul marino y una gorra de béisbol. Una mujer diferente, esperaba, en caso de que la hubieran estado siguiendo esta mañana.

Les tuvo que mirar dos veces cuando la vio venir.

—¿Señora Endicott? —le preguntó—. Tenemos listo ese Buick beige para usted.

—Gracias. Tomó su cartera y se fue corriendo hasta el auto.

El aeropuerto de Bucks County no sólo era privado sino que era prácticamente secreto; nada salvo una pista detrás de un perímetro de abetos: probablemente una parada recluida que le permitía a algún neoyorquino rico visitar su casa de fin de semana sin tener que exponerse a la mirada inoportuna de la gente del lugar. Dana dio la vuelta dos veces, con dudas. No había torre de radio, sólo una pista larga y lisa, un cobertizo de metal corrugado y un galpón Quonset.

Pero después vio el jeep. Estaba estacionado cerca de una de las puntas de la pista, al lado de una casa rodante apoyada sobre unos ladrillos en un lote polvoriento de tierra.

Dana estacionó al lado de la casa rodante y de abajo salieron arrastrándose dos perros que se lanzaron sobre las llantas en un frenesí de agudos ladridos. Bajó la ventanilla y gritó con su antigua vocecita de nena:

—Hola, perritos. ¡Qué buenitos que son! —hasta que el ladrido cesó y las colas empezaron a agitarse.

Cuando bajó del auto estaban parados mirándola con la cabeza levantada, fue hasta la casa y llamó golpeando sobre la puerta de aluminio. Adentro, la pileta de la cocina estaba llena de platos sucios y sobre la mesada un ventilador que giraba despacio le lanzó en la cara una ráfaga de aire caliente sin interrumpir su periplo.

—¿Hola? —gritó y volvió a golpear.

Por detrás de la niebla de la puerta de alambre tejido se asomó una mujer. Tenía pelo corto en puntas y llevaba puesta la parte de arriba de un bikini y un pantalón buzo.

—Diculpe. Estoy buscando a Andy Broder.

La mujer abrió la puerta y la mantuvo entornada. La parte de arriba del bikini eran dos triángulos de tela sujetados por un metro de tiras; los pantalones eran grises del tipo Rocky Balboa. Se le marcaban los tríceps en la parte de atrás de los brazos y tenía el tipo de abdomen tabla de lavar que sueñan con tener los hombres.

Mientras tanto la mujer estudiaba a Dana con el mismo detalle.
—No dijo que esperaba a alguien —respondió secamente.
—No me está esperando —dijo Dana, pero sintiendo que la mujer se merecía algún tipo de explicación, agregó:
—Es por un trabajo.
La mujer se encogió de hombros exhibiendo sus deltoides.
—Está trabajando en su avión —dijo al final—. Del otro lado de la terminal.
No había la menor pizca de humor en su voz, de modo que Dana supuso que el galpón Quonset y el cobertizo de metal debían incluir una terminal.
—Gracias.
La puerta se cerró con un golpe.
Dana cruzó el campo con los perros que trotaban pisándole los talones. El resplandor del sol daba contra los techos de metal de los edificios y las zapatillas levantaban nubes de polvo. El pasto estaba amarillento y seco y el aire caliente y cargado con la lluvia que tanto se hacía desear.
Pero a pesar del calor, Dana sintió un escalofrío de temor. Podría haber cometido un error colosal al venir acá. Perfectamente podía ser que Ted Keller fuera quien estaba detrás del rollo y Andy Broder su colaborador. Tal vez simplemente estaba por entregar en sus manos lo que no habían podido robar.
Se oyó un ruido metálico y lo siguió hasta el cobertizo que tenía las puertas abiertas de par en par. Adentro había un Piper Cub, pero no era de ahí de donde venía el ruido. Dio la vuelta por atrás.
Aferrada al piso de asfalto había una avioneta de un solo motor de ala alta. Era un Cessna 172 Skyhawk, como el de Loudenberg, salvo que la pintura azul y blanca se estaba descascarando toda. Por debajo asomaba un par de piernas en jeans y botas. De nuevo sonó el ruido metálico debajo del motor.
—Disculpe —dijo ella.
De abajo de la panza del avión asomó una cabeza.
—Estoy buscando a Andy Broder.
A la cabeza le siguió el cuerpo que quedó parado del lado del avión en que ella estaba.
—Ya lo encontró.
Estaba vestido igual que la otra vez, salvo que había cambiado la camisa blanca por una azul de trabajo. Pero ella estaba distinta y él la miró con la cara en blanco hasta que Dana se quitó la gorra y sacudió el pelo para que cayera sobre sus hombros.
—Dana Svenssen —dijo él.
Había una cierta ironía en su voz. No precisamente despre-

cio, pero si él hubiese tenido diez años menos, ella lo habría tratado de insolente.

—¿Puedo hablar con usted un segundo?

—Nosotros ya hablamos —se dio media vuelta y fue del otro lado del avión.

Ella lo siguió.

—Así que usted también vuela un Skyhawk —dijo forzando la naturalidad.

—Sí. Habría tenido dos expertos al precio de uno si me hubiese contratado.

—Bueno, en realidad por eso estoy acá. Quiero contratarlo.

—¿Por qué?

Tomó una llave inglesa del piso.

—Soy apenas un par de días mayor que el otro día.

—Es para un proyecto especial.

La cabeza y los hombros desaparecieron adentro del motor; cuando volvió a hablar, su voz resonó contra el metal.

—El mismo trato que antes. A menos que me garantice que voy a testificar, no me interesa.

—Pero este proyecto tal vez no llegue a los tribunales.

—Entonces no me interesa.

La paciencia de Dana se estaba agotando y elevó la voz.

—¿Me podría dejar al menos que le explique?

—Ya tuvimos esta conversación.

—¡Ésta no!

El grito pareció rebotar contra el metal y recorrer toda la pista. Broder sacó la cabeza del motor, los músculos del costado de la boca estaban tirantes.

—Bueno, eso sí que me llamó la atención.

Dejó caer la llave al piso.

—Tiene cinco minutos. Venga a mi sala de conferencias.

Se agachó para esquivar el ala del avión y ella, confundida, lo siguió hasta que él se sentó en el suelo, a la sombra, y golpeteó en el pasto a su lado.

—Tome asiento.

Ella, sintiéndose una estúpida, se sentó con las piernas cruzadas estilo indio del otro lado de la mesa imaginaria.

—Bueno, ¿de qué se trata este proyecto especial?

Dana hizo una exhalación mientras pensaba por dónde empezar.

—La semana pasada —dijo— me rompieron el parabrisas del auto para robarme y entraron en mi casa. Ah, y alguien trató de robarme la cartera.

—Una mala racha.

—No, no lo creo. Creo que alguien está tras algo que tengo.

—¿Algo como qué?

Dana volvió a dudar. Se lo veía juvenilmente atractivo ahí recostado sobre un codo, como uno de esos galanes de las revistas de amor de Kirstie. Era ridículo pensar que él podría ayudarla, pero a la vez era igual de ridículo creer que podría hacerle daño.

—Tengo un rollo de fotos —dijo—. Fotos del accidente antes de la segunda explosión.

De golpe se sentó derecho con los ojos muy abiertos.

—¿Cómo las consiguió?

—Las saqué yo.

Soltó un silbido y se sentó aún más erguido.

—No se anda con vueltas.

Uno de los perros se tiró sobre el pasto a su lado y él lo acarició distraídamente mientras decía:

—Se van a ver las posiciones relativas. Quizá los ángulos de impacto. Podríamos incluso tener evidencia de si hubo alguna falla por fatiga. O algún tipo de sabotaje. ¡Santo Dios! ¿Sabe lo que eso podría significar?

—Por supuesto que lo sé. Podría probar qué causó el accidente.

—¿Entonces quién anda detrás del rollo?

—Si lo supiera —dijo irritada— no lo necesitaría a usted.

—De acuerdo, retroceda. ¿Quién sabe que usted sacó esas fotos?

—No se lo dije a nadie, pero me pueden haber visto cientos de personas. El accidente ocurrió a las diez y veinte. Yo llegué a las diez y media. Debe de haber pasado, no sé, ¿media hora?

Se acordó de su loca carrera por el parque, su horrenda espera abajo de la montaña rusa mientras bajaban a los chicos, el reencuentro con sus hijas y por último el ascenso a la vuelta al mundo.

—Tal vez más —dijo al fin—. Tal vez hayan sido las once y cuarto cuando saqué las fotos.

—De manera que quienquiera que la haya visto o ya estaba en el parque o llegó dentro de la hora. Y tiene que ser alguien que sabe qué produjo el choque, o no se estaría molestando por robar evidencia.

Dana arrancó una brizna de pasto y la partió cuidadosamente por el medio.

—¿Correcto? —dijo él con los ojos puestos en ella.

Dana levantó los dos brazos y se enroscó el pelo formando un rodete bien alto y lo sostuvo ahí mientras pensaba.

—Tal vez quieran el rollo por alguna otra razón sin relación alguna con la causa del choque.

—¿Por ejemplo?

Bajó los brazos y dejó que el pelo cayera de nuevo sobre sus hombros.

—Esto es confidencial, ¿de acuerdo?

—Presumo que toda la conversación lo fue.

Dana hizo un sonido de fastidio, pero no por él. Se había olvidado de dar la charla de rigor sobre confidencialidad a los peritos.

—Sí. Es verdad.

—¿Entonces?

—Abrieron una investigación sobre armas con relación al accidente.

Broder lanzó un silbido y se meció sobre los glúteos. Después de unos segundos dijo una sola palabra:

—Paramilitares.

A Dana un escalofrío le recorrió la espalda.

—No —dijo incrédula.

—Yo diría que sí. Me crucé con varios de esos personajes en el servicio. En Alaska, también. Nadie cree más en vivir libre de todo gobierno que los de Alaska. ¿Y sabe cuál es su actividad número uno? Bueno, número dos, después de jugar a los soldados en los bosques. Tráfico ilegal de armas. Así mantienen el armamento al día y además se consiguen algo de dinero al contado por izquierda.

Hacía treinta y tres grados a la sombra pero Dana quedó helada. No desde la explosión en Oklahoma, había dicho el periodista el sábado a la mañana y ella se había indignado por la analogía.

—No —dijo por último—. Tal vez en Alaska, tal vez en Montana, pero no acá. Además, ¿qué podía haber en los rollos que les fuera a importar a los paramilitares? Los federales ya habían encontrado las armas y ya sabían a nombre de quién estaba registrada la avioneta y quiénes eran sus ocupantes. A una tropa paramilitar no le importaría la causa del choque. Nadie les iba a andar pidiendo indemnización a ellos.

—Tal vez no —concedió él—. Antes de especular tanto, ¿por qué no nos enteramos qué hay en las fotos que usted tiene?

Ésa había sido la idea que la había traído hasta acá y escucharla en labios de él fortaleció su resolución.

—Por eso quiero contratarlo.

—¿Para hacer exactamente qué? —preguntó él con una sonrisa afectada, repitiendo adrede la frase que le había lanzado en la reunión del lunes.

—Para que me ayude a revelar el rollo, analizar las fotos, revisar los otros datos y reconstruir el accidente. Luego tratar de descubrir quién anda tras las fotos.

Después agregó burlándose:

—Y sin ninguna garantía de que testificará.
Él se rió.
—¿Entonces?
—Eh, ¿dónde firmo? Soy suyo.
Y se inclinó hacia ella.
—¿Dónde está el rollo? ¿Lo trajo con usted?
Dana dudó por un segundo y después dijo que sí con un movimiento de cabeza.
—Entonces, a ponerse en marcha.
Él ya estaba parado y había dado la vuelta al hangar antes de que ella pudiera levantarse.
—Andy, espere, ¿qué está...?
—Tiene suerte. Me las arreglo bastante bien en el cuarto oscuro.
Estaba cruzando el campo en dirección a la casa rodante.
—Voy a conseguir uno y me las voy a ingeniar para que me dejen entrar. Tal vez esta noche.
—Andy, espere.
Dana empezó a correr para alcanzarlo.
—Esto es demasiado importante para actuar a las apuradas.
—A usted nadie podría acusarla de eso —le dijo por encima del hombro mientras se dirigía hacia el auto— ya que estuvo sentada arriba del rollo durante toda la semana.
—No. Quiero decir; sólo tengo este rollo.
Él se detuvo.
—Ah, entiendo.
Con indolencia él se cruzó de brazos y se apoyó sobre el baúl del auto.
—¿Entonces, qué quiere hacer? ¿Llevarlo al primer negocio de fotos que encontremos?
—Por supuesto que no.
—¿Entonces?
Él señaló el auto y ella entendió por qué había cruzado como un loco todo el campo. Pensaba que el rollo estaba adentro.
Ella se dio vuelta y metió la mano en el cuello de la remera para extraer el rollo. Cuando se dio vuelta lo tenía en la mano.
Los ojos de Broder se demoraron en la hendidura entre los pechos aun después de tener el rollo en la mano.
De repente el calor resultó insoportable. Ella fue hasta la puerta del auto.
—Será mejor que vuelva a la oficina.
Él la siguió.
—Recuerde; las fotos son sólo una parte del rompecabezas. Necesito más si quiere que reconstruya esto. Los datos de radar, por empezar.

—Le voy a mandar el informe en cuanto lo tenga.

Ella se sentó al volante, pero no hacía menos calor adentro que afuera.

—¿Y con respecto a ese cuarto lleno de cerebros que juntó el lunes? ¿Puedo servirme de ellos?

—Sólo a través de mí.

Él mostró sus hoyuelos.

—¿Qué? ¿Tiene vergüenza de mí?

—Mire —dijo cortante—; no sé quién está tratando de conseguir el rollo. Podría ser cualquiera. Incluyendo a los que estaban en ese cuarto.

Él apoyó un brazo sobre el techo del auto.

—¿Cómo sabe que no soy uno de ellos?

La pregunta del millón. Dana esperaba que su respuesta valiese lo mismo.

—Porque no le importó perder la chance de ser parte de la investigación.

—Podría haber sido una treta.

—Pensé en esa posibilidad.

—¿Y?

—Decidí que no eras tan inteligente.

Él se rió, una breve explosión de deleite.

—Te llamo a la noche —dijo ella—. Muchísima suerte.

Y señaló con la mirada la casa rodante.

Dana se dio cuenta de que no había cables de teléfono.

—Te llamo yo —dijo él.

—No. Tampoco quiero que en la oficina sepan que estás metido en esto.

—Me refería a tu casa.

—Ah.

Uno de los perros trotó hasta Broder y él le hizo unas vigorosas caricias mientras Dana pensaba.

—De acuerdo —dijo al final, buscando en la cartera una lapicera—. Me puedes encontrar en este número.

Broder metió la mano por la ventanilla.

—Tengo papel —dijo ella con sequedad.

—Así no lo pierdo.

Presionando más de lo necesario, ella escribió el número de la casa en azul sobre el dorso de la mano.

Los dos perros se pararon en dos patas y metieron el hocico por la ventanilla.

—Buenos chicos —dijo ella y acarició a los dos, después se puso los anteojos de sol y sacó las llaves.

—Una última cosa. Tus honorarios. ¿Pensaste en eso?

Un destello maligno brilló en sus ojos.
—Un momento. ¿Quieres decir que yo pongo mi precio?
Ella frunció fuerte la boca y arrancó el auto con un rugido.
—Cien dólares la hora.
—No entiendes nada, ¿sabes?
Ella metió el cambio y aceleró.
—¡Estos perros son unas señoritas!
Andy todavía se estaba riendo en el espejo retrovisor cuando Dana entró en la ruta.

CAPÍTULO 20

A las once y media estaba en su escritorio y encontró a Mirella Burke en el suyo a las doce.

—¿Para qué quieres saber sobre esa mierda?

Mirella podía hablar como la Reina de Inglaterra cuando quería pero su acento preferido era el de Carolina del Sur vía Filadelfia Norte. Era una mujer negra de cincuenta años que se recibió estudiando de noche mientras criaba tres chicos sola. Ahora era Asistente de la Fiscalía de los Estados Unidos y madre de tres profesionales salidos de las mejores universidades del país.

Dana le respondió con unos vagos murmullos sobre legislación de control de armas y juntas de asesores.

—Uh —dijo Mirella muy poco convencida.

Pero a la hora ya le había mandado por fax toda la información. Dana estaba parada al lado de la máquina y se devoró cada página mientras iban saliendo. La MP-5K era un arma de diseño alemán de sólo treinta centímetros de largo pero de mucha precisión hasta los doscientos metros. Por la línea de fax también llegó una foto granulada y era lo suficientemente clara como para que se viera la culata y la típica línea del peine. El arma tenía quince vueltas de municiones y podía dispararlas todas en espacio de dos segundos. Era más precisa y más poderosa que el Uzi, volviéndola el arma preferida de la mayoría de los equipos de fuerzas especiales del mundo. Su tamaño compacto y su superficie lisa hacían de ella un arma muy fácil de ocultar, ideal para criminales y terroristas.

Si resultaba lo peor en este caso y ella tenía que retirarse —bueno, pensaba, mientras miraba con espanto la foto, tal vez no fuera para nada lo peor que podía llegar a ocurrir.

* * *

Esa tarde una expresión lúgubre cubría las caras más jóvenes alrededor de la mesa cuando llamó a una reunión a todo el equipo. Todos habían oído la conferencia de prensa de Thompson el día anterior y miraban a Dana con unos ojos enormes y atentos.

—Lyle, ¿ya hay alguna conclusión con respecto a los estándares de cuidado de los pilotos?

—Sí.

Se acomodó los anteojos más arriba en la nariz y dio vuelta una hoja de su agenda.

—El apartado 91 de la Regulación de Aviación Federal requiere que los pilotos ejerzan una vigilancia constante para ver y evitar otras aeronaves.

—¿Y qué implica esa vigilancia?

—Las cortes han concebido tres reglas al respecto. Primero, la vigilancia requiere que el piloto vea y evite a menos que sea irrazonable hacerlo. Segundo, ver y evitar a menos que sea más que irrazonable. Y tercero, ver y evitar a menos que sea físicamente imposible hacerlo.

—La tercera suena bastante dura —dijo Travis.

—Sí —dijo Sharon—. ¿En qué caso podría ser físicamente imposible?

—Básicamente en condiciones meteorológicas extremas —respondió Lyle.

Dana recordó el cielo del viernes. Estaba despejado y límpido y de un azul que parecía el mar.

—Katie —dijo pasando la ronda— cuéntanos lo que encontraste en los expedientes de Pennsteel.

La joven trató de animarse, pero cerca del noveno mes de embarazo estaba hinchada y apenas podía con su cuerpo. Monótonamente describió los expedientes de entrenamiento y mantenimiento que había juntado del departamento de aviación. Pennsteel requería que sus pilotos realizaran cursos para mantener su nivel de práctica cada seis meses, y tenían que tener un título terciario y cuatro mil horas de vuelo, al menos quinientas en el tipo de aeronave que fueran a volar. Los dos pilotos que volaban con Vic el viernes cumplían con esos requisitos. El departamento de mantenimiento excedía los requerimientos de FAA sobre inspecciones de rutina y reparaciones. El JetRanger había sido sometido a un chequeo total de sistemas una semana antes del accidente.

Eran las mejores noticias del caso que oían hasta ahora, pero la mano aterrada de Brad Martin estaba levantada en el aire al segundo que Katie terminó.

—Sin ánimo ofensivo, Dana, pero ¿con eso qué? Ya estamos

muertos. Thompson tiene todas las armas necesarias en la grabación de cabina.

—Eh —dijo Travis gruñendo— sabes que no fue así como ocurrió.

—Seguro, ¿pero cómo vamos a probarlo?

—Estamos trabajando en eso, ¿de acuerdo?

Brad resopló, aún no covencido, mientras Travis lo miraba echando chispas.

Dana miró a todos. La mitad de los abogados más jóvenes estaban apoyados sobre la mesa con la frente en las manos; la otra mitad estaba hundida en la silla con la espalda vencida. La moral del equipo en un caso importante era un asunto delicado. Demasiado optimismo no servía de nada; si un abogado no podía ver los problemas particulares del caso, no podía atemperarlos. Pero una actitud derrotista tampoco servía. Creer que era imposible ganar un caso por lo general terminaba siendo una profecía que se cumplía. Buscó algo optimista y como era de esperar terminó por elegir a Travis.

—¿Cómo te está yendo con la investigación de Loudenberg?

—Precisamente —dijo con una sonrisa— preparé unas diapositivas.

Una ola de sorpresa sacudió la sala mientras él preparaba un proyector, bajaba una pantalla y apagaba las luces.

—Bill Loudenberg —anunció mientras proyectaba la primera diapositiva sobre la pantalla. Era la foto de una foto, pero la calidad era buena. Un hombre rubio de cara sobria vestido con equipo de cazador anaranjado y un rifle en la mano al lado del cuerpo de un ciervo de ocho puntas.

"Nació en 1947 en Montrose, Pennsylvania. Y salvo por tres años en el ejército, incluyendo una misión en Vietnam —la pantalla mostró un joven delgado de uniforme, una imagen que le recordó a Dana el muchacho que había visto en la bolsa de cadáveres— vivió ahí toda su vida. Durante los últimos años residió en Rural Route 2, Montrose, en el condado de Susquehanna.

El proyector mostró una foto de la calle principal de Montrose seguida de un mapa con un círculo marcando el lugar en la parte norte del estado.

—Casado, esposa Dottie. Hijos Bill Jr., veintitrés, Donald, edad diecinueve, Louise, quince.

Luego vino una foto familiar, Loudenberg sentado al lado de su mujer con los tres chicos parados atrás de ellos. A juzgar por el tamaño de los chicos, la foto debía de tener cinco años.

—Ningún inmueble propio. Alquilaba una casa con granero y treinta acres.

La foto mostró una casa en mal estado por las inclemencias del tiempo con un porche desvencijado, con un techo de chapa pintado a la que le siguió una diapositiva de un granero en un estado calamitoso. Plantadas en el jardín había siluetas de caricaturas de mujeres recortadas en madera con calzones a lunares. Dana se acomodó en la silla. ¿Loudenberg vivía en una casa en ruinas y alquilada pero volaba un Skyhawk?

—¿A nombre de quién estaba la avioneta? —preguntó Dana.

—De él y de nadie más. La compró el año pasado y pagó al contado. Unos cuarenta mil dólares.

—¿De qué vivía?

Travis pasó a la siguiente diapositiva, el frente de un negocio sobre la autopista con camiones nuevos estacionados en la calle.

—Era el gerente de una ferretería del lugar.

—¿Tenía alguna coparticipación?

—No.

—¿Entonces de dónde sacó el dinero?

—Una herencia, de acuerdo a su asistente en el negocio. No hay ningún registro de un testamento a nombre de Loudenberg en los tribunales del condado, pero podría haber estado a otro nombre o haber sido en otro condado. Usó todo el dinero para comprar la avioneta.

—Ordenemos un informe de crédito —dijo Dana.

—Ya lo intenté. Por lo que averigüé, este tipo pagó siempre al contado todo lo que tenía. No está en ninguna base de datos.

—Prueba con su esposa, María —le dijo a la paralegal—. Busquemos el testamento condado por condado. Sal del estado si es necesario.

María asintió y tomó algunas notas mientras Dana hacía otro tanto. Un hombre sin nada recibió de golpe una transfusión de dinero al contado imposible de rastrear y la usó para comprar una avioneta. ¿Y tal vez armas?

—El mejor amigo de Loudenberg y compañero de caza era Jake Ziegler —dijo Travis—. El dueño del negocio de armas del lugar.

En la pantalla apareció una foto del negocio de Ziegler y Dana sintió una oleada de malestar. La conexión con las armas estaba apareciendo por todos lados.

—El señor Ziegler rehusó ser entrevistado —dijo secamente Travis mientras en la foto siguiente se veía un hombre cubriéndose la cara con el brazo—. Y también se rehusaron la señora Loudenberg y su hija Louise.

Sobre la pantalla apareció otra foto de la granja, esta vez con las persianas cerradas.

—Y también su hijo Bill Jr., que vive en una casa rodante en el fondo de la propiedad.

Ahora se vio la cara de un muchacho serio, con un mentón poco marcado que se confundía con la papada y con una mirada furtiva y temerosa.

—Sin embargo su esposa Judy estaba feliz de hablar.

La siguiente diapositiva mostraba a una chica joven y simple que sonreía a la cámara entre dos mechones duros de pelo decolorado.

—Desgraciadamente, Bill Jr. volvió y la entrevista llegó a su fin.

Todo el salón estalló en carcajadas.

—¡Travis! ¡Podrías haber salido lastimado! —gritó Dana, aunque no pudo dejar de reírse con todo el resto.

—Bueno, abandoné el lugar con bastante rapidez. Pero creo que valió la pena correr el riesgo.

Dana notó el suspenso deliberado en su voz.

—¿Por qué lo dices?

En la pantalla apareció una foto de anuario de un joven buen mozo de rasgos finos.

—Creo que Donny, el hijo menor, estaba al volante cuando chocaron.

Dana se sobresaltó.

—¿En serio? —dijo y un rumor de excitación se esparció por la sala.

Si podían probar eso, tal vez no hiciera falta probar nada más. Un adolescente inexperto como piloto sería un fácil anzuelo para capturar al jurado.

—¿Tenía licencia de piloto?

—No, ni siquiera de estudiante. Pero Judy dice que todas las veces que Bill voló este verano, Donny fue con él. Piensa que tal vez Bill le estaba enseñando por su cuenta.

La siguiente diapositiva mostraba una franja de tierra de pastoreo con la hierba cortada al ras.

—Tenían una pista en la casa detrás del granero. Un vecino oyó despegar la avioneta en la madrugada el viernes.

Travis había terminado con las diapositivas y apagó el proyector.

Dana preguntó:

—¿Cuánto lleva volar desde Montrose hasta el Valle Alpino en un Skyhawk?

—Depende de la velocidad del viento, pero probablemente un poco más de una hora.

—El choque fue a las diez y veinte y amaneció alrededor de las cinco y media —dijo ella—. De manera que, ¿qué hicieron las tres horas restantes?

—Eso es consistente con los vuelos de instrucción —dijo Travis.
—De acuerdo —dijo ella—. Digamos que Donny estaba piloteando el avión ese día. ¿Cómo lo probamos?
—No hay manera —dijo Brand enseguida—. Sin nada que quede del accidente, ¿cómo alguien podría decir quién piloteaba?
Travis pensó unos segundos.
—Podemos tratar de conseguir el diario de vuelo de Loudenberg. Calcular los puntos de partida y llegada, después ver si había alguien por ahí; alguien que recuerde haber visto al chico en los controles.
—Y podríamos hablar con los amigos de Donny —sugirió Sharon—. Ver si alardeaba de que volaba la avioneta.
—¿Problemas de rumores? —preguntó Dana.
—Debería poder encajar en la declaración contra una excepción de interés —dijo Lyle—. Estaría violando las regulaciones de FAA al volar sin licencia.
Todos empezaron a hablar. Los abogados jóvenes alrededor de la mesa estaban tomando notas y consultándose entre sí en voz baja y Dana podía ver que su energía mental ascendía y cobraba impulso. Esta escena frente a ella; ésa era la razón por la que se había unido a un gran estudio jurídico. No había ningún abogado independiente o pequeño estudio en todo el país que pudiese ofrecer la clase de equipo o de intenso trabajo de intercambio de ideas que permitiese manejar un caso de esta magnitud. Jackson, Rieders tenía un montón de falencias pero éste era su punto fuerte. A veces le hacía bien recordárselo.
—¿Qué hacía Donny? ¿Trabajaba?
—Por el verano trabajaba para el padre en la ferretería. Recién terminaba su primer año en BuckNell.
—Oh.
Dana sintió una puntada de tristeza. Buckweel era una universidad privada de renombre. El muchacho debió ser en quien la familia cifraba sus esperanzas de una vida mejor y más brillante.
—¿Estaba becado?
Hubo un tenso silencio tras el cual Travis admitió:
—No sé.
—Está bien —se apuró a decir Dana para ahorrarle la incomodidad.
—Lo que pasa es que hiciste un trabajo tan bueno que hasta te iba a preguntar a quién votaron en la última elección.
—No sé, pero todos están afiliados al Partido Republicano —declaró entre estallidos de risa.

* * *

Después de la reunión, Travis siguió a Dana hasta su oficina y estaba ahí cuando Celeste dijo:

—En el teléfono está una secretaria de Pennsteel. Dice que es urgente.

—Comunícala.

Dana levantó el tubo mientras Travis se quedó en la puerta tapando la entrada.

Un silencio, después la voz de urgencia de la mujer:

—Señorita Svenssen, acaba de venir un señor que insistió en dejar unos papeles a algún directivo de la empresa. Lo recibió el señor Haguewood y él me aconsejó que la llamara a usted.

Dana sintió una sensación familiar de angustia.

—¿Una convocatoria judicial y una demanda?

—Aparentemente.

—¿Qué nombres hay en la primera página?

—David A. Greenberg y Andrea M. Greenberg, su mujer.

Eso por lo que hacía a la promesa de Ira Thompson de avisar antes de presentar la demanda. Travis dio media vuelta sobre los talones y maldijo por lo bajo.

—¿Qué juzgado?

—La Corte de Causas Comunes, Condado de Filadelfia.

—No en el condado de Montrose, donde residen los Greenberg, ni en el condado de Lehigh, donde están las oficinas de Pennsteel; ni siquiera en el condado de Northampton, donde ocurrió el accidente. En cambio Thompson presentaba la demanda en Filadelfia, donde los jurados creen que el sistema judicial es una sucursal de la Lotería del Estado de Pennsylvania. Los montos promedios de los veredictos de los jurados de Filadelfia suelen ser tres veces más grandes que los de los condados de los alrededores.

—¿Me puedes mandar una copia por fax, por favor?

—Por supuesto.

—Thompson es una víbora —dijo Travis con amargura después que Dana cortó. Ella se encogió filosóficamente de hombros.

—Incluso si nos hubiese dado un aviso por adelantado, no nos habría servido de nada. No hay nada que podamos hacer para impedir que demande.

Pero Travis no se podía apaciguar.

—Me alegro de que esto ocurra —dijo con rabia en la mirada—. Ahora sabemos que no podemos confiar en él para nada.

A las cinco y un minuto entró Celeste con la cartera en la mano y su cárdigan sobre el brazo; en verano se vestía al revés, con un pulóver contra el aire acondicionado de la oficina y se lo sacaba para el viaje en ómnibus hasta su casa.

—Tuvo dos llamados misteriosos hoy —dijo—. El primero que llamó no quiso dejar ni su nombre ni su teléfono. Lo único que dijo es que no se olvide de mirar el noticiario esta noche.

Si era otra conferencia de prensa de Ira Thompson, Dana pensó que prefería perdérsela.

—¿Y el otro quién era?

—Otro anónimo. Llamó tres veces. No quería dejar su nombre, tampoco quería dejar un mensaje en su contestador. Sólo dijo que va a volver a llamar.

—Un vendedor —dijo Dana y la despidió para que se fuera a su casa.

Pero después, cuando sonó el teléfono y vio que era una llamada de afuera, sintió un vacío de terror en la boca del estómago. ¿Terroristas, paramilitares? Tres veces. A la cuarta vez la llamada pasaba automáticamente al contestador.

Levantó el tubo antes de que terminara de sonar la cuarta vez.

—Recibí tu mensaje —dijo Charlie Morrison—. ¿Cuál es la *crise du jour*?

El alivio recorrió su cuerpo como una corriente cálida de sangre.

—Bueno, la *crise du jour* es que Thompson presentó demanda.

—Sí, Haguewood me lo dijo. No pierde un segundo, ¿no es cierto?

—No. Pero no te llamé por eso.

Dana le empezó a contar del llamado de anoche de Harry Reilly, pero antes de que ella terminara, él le dijo:

—¡Dios mío! Espera un momento.

Dana no se dio cuenta de que no era una manera de decir hasta que oyó un click en el teléfono. Un segundo después volvió a oír su voz.

—¿Dana, estás ahí?

—Sí, Charlie, yo...

—¿Mike?

—Sí, señor —dijo una tercera voz.

—Dana, éste es el señor Mike Pasko, Director de Seguridad y Servicios Especiales de Pennsteel. Dile a Mike lo que acabas de decirme.

Ella dudó.

—No sé, Charlie. Reilly dijo que era estrictamente confidencial.

—Sí, bueno. Mike es nuestro hombre para esas cosas.

—Señor Pasko, esto es absolutamente confidencial.

—Entiendo. No va a salir de mí.

—Los investigadores de la JNST encontraron una caja de armas automáticas entre los restos del accidente.

—¿Marca y modelo?

—MP-5K —dijo ella—. No está claro de cuál aeronave provenían.

—Para mí está muy claro —dijo Charlie enardecido—. Mike, ¿qué clase de gente transporta esa clase de armas?

—Los tipos malos, señor. Señorita Svenssen, ¿tengo razón en que la preocupación principal es exonerar a la tripulación de Pennsteel?

—Sí, supongo que...

—Entonces, permítame que vaya al helipuerto de Nueva York y hable con el equipo que inspeccionó el JetRanger antes de que despegara el viernes, para preguntarles si vieron algún tipo de carga a bordo.

—Buena idea —dijo Dana impresionada—. Si encuentra a la gente, pídales los nombres y direcciones, así mando a alguien para que tome sus declaraciones. Pero por favor no mencione la palabra armas a nadie. Deje que describan lo que vieron con sus propias palabras.

—De acuerdo.

—Gracias, Mike —dijo Charlie.

Mike cortó y Charlie dijo:

—Es un hombre útil en tiempos de crisis. Úsalo.

—De acuerdo.

—¿Alguna otra mala noticia que no me puedas ahorrar?

Encarado de ese modo, Dana tuvo que pararse a pensar. El rollo, los robos. Todas cosas malas, pero suponía que podía ahorrárselas.

—No, con eso alcanza por hoy.

—Bien. Eh, ¿qué tal una pausa de todo este trabajo sin diversión? ¿Por qué no nos juntamos con Whit y Mary, los cuatro para cenar este fin de semana? Tal vez ir al teatro. Hace mil años que no nos vemos.

Dana cerró los ojos. Había logrado casi todo el día mantener a Whit alejado de sus pensamientos, pero ahora que había aparecido sintió el ardor de una herida reciente.

—Buena idea —dijo con alegría—. Déjame que revise agendas y te llamo de nuevo.

—De acuerdo.

Colgó y quedó con la mirada perdida, viendo por la ventana cómo se hundía el sol sobre las aguas del Schuykill.

CAPÍTULO 21

Whit se había puesto en calzoncillos para defenderse del calor y la ropa la había enrollado para usarla de almohada sobre el piso donde estaba la capa más fresca del aire caliente y viciado. Tenía un inodoro —qué considerado de parte de Ike, los rehenes de las embajadas rara vez tenían tantas ventajas— y un jarra térmica de agua de dos litros que si bien no estaba fría no dejaba de estar mojada. Le traían comida una vez por día, después que oscurecía y aunque no podía ver los arcos dorados del envoltorio, había pasado demasiado tiempo con dos chicas en la ruta como para no reconocer la comida de McDonald's por el olor. Siempre llegaba caliente, lo que probablemente significaba que había un McDonald's cerca. Eso limitaba su ubicación a un millón de lugares posibles.

Cuando le anunciaban la cena, lo hacían por el altoparlante que estaba en el techo: "Vamos a abrir la puerta ahora, profesor, lo suficiente como para darle la comida. Córrase hacia el fondo al lado del inodoro. Va a haber dos armas apuntándolo mientras se abre la puerta. Si hace algún movimiento, van a disparar".

Siempre era la voz de Ike. Había una rectitud militar en su manera de hablar, sin rodeos ni medias tintas. Tampoco malicia, ni nada que se pareciera a la compasión.

Cuando se abrió la puerta, Whit miró con los ojos entrecerrados por la ranura y captó una mezcla fugaz y sombría de imágenes. Una mano y una bolsa en primer plano y detrás una serie de líneas verticales, como postes de teléfono o los postes de un arco de fútbol. A la distancia, un destello anaranjado.

—Profesor.

La voz de Ike entró por el techo y arrancó a Whit de sus cavilaciones. Ya había cenado; a menos que le fueran a ofrecer un brandy y un cigarro, no se imaginaba qué podrían querer ahora.

—Tenemos un trabajito para usted, profesor. Vamos a abrir la puerta y le vamos a pasar un papel. Siéntese sobre el inodoro, mire de frente a la puerta y léalo en voz alta. Le recuerdo de nuevo que va a haber dos armas apuntándolo y si se mueve, van a disparar.

—¿Cómo voy a leer a oscuras?

—Habrá luz.

Se sentó sobre la tapa del inodoro y cuando se dio cuenta de que lo iban a filmar con una cámara de video, dijo:

—Un momento, dejen que me vista.

La camisa y el pantalón todavía estaban empapados. Se los puso tal como estaban, húmedos y pegajosos, y volvió a sentarse. Se abrió la puerta de golpe y un reflector lo golpeó en los ojos, con tanta fuerza que tuvo que cubrírselos con los antebrazos. Oyó que le traían el papel, lo tomó y lo usó para cubrirse el rostro. Ike estaba hablando en voz baja, lo que quería decir que al menos había otra persona. Otro ruido —¿el chirrido de un cámara filmando?— llegaba desde unos metros más arriba. Y por detrás, muy tenue, el rugido del tráfico de la autopista.

Gradualmente se le adaptaron las pupilas, y alejó el papel para ver qué decía, intrigado sobre el valor que habían adjudicado a su vida. Pero lo que vio escrito le hizo soltar el papel y enceguerse de nuevo.

—¿Quiénes son? ¿Qué tiene que ver todo esto con nosotros?

—Sólo léalo.

—Pero mi mujer no va a saber de qué están hablando.

—Ella va a entender.

Ahora comprendía claramente cuánto valía su vida—nada. Mientras Dana tuviera algo que ellos querían y mientras él poseyera el dudoso poder de convencerla de que se lo entregara, su vida valía algo. Pero en cuanto terminara de grabar el video, se iba a desvalorizar más rápido que un auto nuevo recién sacado de la agencia.

—Mejor tomo un trago.

Se dio media vuelta y trató de destapar el termo de agua.

—Apúrese.

La voz de Ike llegó desde la derecha a más o menos cuatro metros del hombre que tenía la cámara.

Whit arrojó el termo en esa dirección y oyó el impacto; después se lanzó hacia adelante y golpeó al cameraman en la mitad del cuerpo. Lo oyó gritar y caer al suelo. Whit saltó por encima de él y se echó a correr a toda carrera.

Durante un minuto no se oía sino el chillido de sus pulmones tratando de respirar mientras sus pies retumbaban por el campo. Los ojos se fueron adaptando a la oscuridad mientras corría y se dio cuenta qué tipo de lugar era ése, al mismo tiempo que percibió que alguien lo seguía de muy cerca.

Una carrera en línea recta no lo iba a llevar a ninguna parte. Pero tenía que haber una salida. Al girar la cabeza buscándola divisó el destello de una cabellera blanca que estaba por alcanzarlo. Miró hacia adelante lo más intensamente que pudo. A diez metros divisó una pared blanca.

Dobló en ángulo recto hacia la derecha, pero detrás de él Ike trazó una diagonal para intersectarlo. Whit lo vio venir, flotando en una horizontal, el pelo blanco iluminando su paso como luces de aterrizaje. Venía en cámara lenta, pero Whit padecía la misma gravedad y no pudo apartarse a tiempo. Ike lo tiró al piso y Whit resbaló por la tierra dos metros hasta que su cadera chocó contra algo duro de metal. Un dolor agudo como un grito le corrió por toda la pierna pero rodó para un costado y se paró en cuclillas, en el mismo momento que oyó un clic muy cerca.

—No se mueva —dijo Ike jadeando como si no fuera suficiente con el ruido del arma.

Pero tal vez no lo era. De nada les servía muerto, no hasta que hicieran el video y un disparo acá lo oiría mucha gente.

Se oyó otro par de pisadas, era el otro hombre que se acercaba. Whit esquivó a los dos y se largó de nuevo a la carrera hacia un lado. Uno de los dos lo agarró del brazo. Giró y tiró un golpe y oyó el sonido satisfactorio de hueso contra hueso. Pero un segundo después recibió un puñetazo en el estómago y con un gemido los pulmones se le vaciaron de aire. El otro hombre dio la vuelta y lo tomó de atrás e Ike lanzó más puñetazos a su abdomen y un golpe final y paralizante al plexo solar.

Su visión se llenó de estrellas y se le durmió el cuerpo y al filo de la inconsciencia se liberó un recuerdo, el eco de una voz familiar que gritaba:

—¡Por todo los cielos, lo golpeaste muy fuerte!

Bastante fuerte, pensó él, al borde del desvanecimiento, y cayó al suelo.

CAPÍTULO 22

Esa misma noche bastante tarde, Dana apagó las luces de su oficina, asomó la cabeza en un par de oficinas abiertas para decir hasta mañana y subió al ascensor. Apretó el botón del garaje y saludó con un efusivo adiós al personal de limpieza.

En cuanto se cerraron las puertas, apretó otro botón y bajó en el piso treinta y nueve. Las luces en el área de recepción estaban bajas y no se veía a nadie. Fue hasta las escaleras de incendio, cerró la puerta con suavidad y subió trotando un piso. La puerta de la escalera del piso cuarenta estaba cerrada pero la misma llave que abría la puerta del búnker abría ésta.

Se le ocurrió el plan esa mañana después de retirar el Mercedes y de estacionarlo en el lugar de costumbre en el garaje del subsuelo. Quienquiera que estuviese tras el rollo de fotos sabía dónde vivía y qué auto tenía; no era una tarea muy difícil averiguar dónde estacionaba. Desde allí la podían seguir hasta cualquier lugar donde tratara de ocultarse o de encontrarse con alguien.

Pero no podían seguirla hasta aquí. Incluso si lograban pasar por la guardia de seguridad de la recepción, incluso si buscaban en todos los pisos, no la podrían encontrar acá porque ella era la única que tenía la llave.

Cerró la puerta y giró la llave. La vista nocturna de la ciudad se extendía panorámicamente en derredor por las ventanas del lugar. Se veía el aviso giratorio en la cima del edificio PECO, los contornos art déco de Liberty Place, el resplandor dorado de la torre Bell Atlantic.

Los baños estaban terminados excepto por los signos de los géneros sobre las puertas. Eligió el más cercano como el de damas y entró; se desvistió y se lavó lo mejor que pudo en la pileta. De pronto la idea de Travis de traer catres le pareció brillante y abrió uno y extendió el juego de cama improvisado.

Estaba por empezar el noticiario de las once y a desgano encendió el televisor y se sentó en el borde del catre para oír a Ira Thompson transmitiendo sus últimos alegatos.

Habían pasado ya diez minutos de noticias cuando el periodista declaró animadamente:

"El abogado de Filadelfia Peter Seferis hoy presentó una acción conjunta contra la cooporación Pensteel por el trágico accidente del viernes en el parque de diversiones el Valle Alpino".

Dana se puso de pie mientras se veían imágenes de Seferis parado en la escalinata de la Corte Federal con un traje Briani, recién afeitado a las cuatro de la tarde y listo para las cámaras.

"Estamos hablando de cientos, quizá de miles de chicos" —declamaba— "que no sólo presenciaron una pesadilla horrorosa sino que temieron por sus vidas. El daño emocional y psicológico que sufrieron estos jóvenes es incalculable".

Su demanda solicitaba daños por un monto desconocido pero se estimaba que superaba los mil millones de dólares.

Dana se quedó mirando fijo la pantalla incluso después que apareció el mapa meteorológico. Conocía a Peter Seferis. No era experto en aviación ni en psiquiatría y ni siquiera en casos de lesiones a personas. Su especialidad era amenazar con acciones legales conjuntas. Rara vez lograba obtener la certificación del grupo conjunto y tampoco lo iba a lograr esta vez. Las reglas no permitían que un caso procediese según un grupo clase cuando prevalecían intereses individuales; el daño psicológico de cada chico habría que determinarlo caso por caso. No obstante, a Seferis no le iba mal; los demandados por lo general ponían grandes sumas para llegar a un arreglo con los reclamos del supuesto demandante, además de un pago de honorarios bastante generoso a cambio del cual Seferis acordaba cerrar el expediente y abandonar todo contacto con los posibles miembros del grupo clase. Si no era una buena práctica legal al menos era un buen medio de vida.

Pero estaba total e indignantemente mal. Ya lo de Angela Leoni estaba mal pero esto era demasiado. Los abogados estaban transformando un horrible accidente en un festín abierto para todo el que quisiese servirse de él. De alguna manera iba a convencer a Charlie Morrison de que la apoyara. Ningún acuerdo con Seferis. Esta vez iba a presentar batalla.

Apagó el televisor pero antes de acostarse a dormir fue hasta el teléfono y marcó el número de su casa. Uno de los hombres misteriosos ya había quedado develado; esperaba que develar al otro fuera igual de fácil. Cuatro mensajes nuevos, informó el contestador automático y los dos primeros colgaron.

El tercero era de Kirstie y Trina, las dos hablando a la vez.

"¿Papi? Papi, contesta, déjame, no. Papi, somos nosotras. ¿Nos llamas? ¡Te quiero! ¡Te quiero!"

Sintió un sobresalto de pánico al mirar las luces de la ciudad. ¿Y qué si alguien estaba en su casa y contestaba al oír las voces de las chicas y les preguntaba dónde estaban? ¿O rastreaba la llamada mientras hablaban con el contestador?

Escuchó el cuarto mensaje, alguien que volvió a colgar.

Marcó de nuevo y se conectó con el Servicio de veinticuatro horas de atención al cliente. Cinco minutos después cortaron el servicio telefónico de su casa.

CAPÍTULO 23

Cuando Whit volvió en sí, estaba de vuelta en la celda e Ike no esperó mucho para volver por él.

—Le vamos a dar otra oportunidad, profesor —dijo por el altoparlante.

La pelea le había dejado un dolor en el abdomen y gusto a sangre en la boca, pero se puso enseguida de pie en cuanto abrieron la puerta y le alcanzaron de nuevo el papel. Se tomó su tiempo para estar listo. Su memoria se parecía más a un viejo y polvoriento archivo que a una base de datos de una computadora de alta velocidad y le llevó unos minutos saber qué planeaba. ¿Se acordaría Dana? A eso apostaba.

—Profesor —dijo Ike apurándolo.

—Sí, de acuerdo.

Se sentó derecho de cara a la cámara y leyó el texto.

"Dana, me tiene secuestrado un grupo de hombres armados que me van a matar si no haces lo que te piden. Sabes lo que quieren. Ponlo en un sobre de ocho por once y llévalo a la estación de tren Paoli mañana a la mañana. A las siete cincuenta y ocho toma el tren SEPTA R5 entrante y siéntate en el tercer vagón. Pon el sobre en el portaequipaje de arriba. Bájate en Penn Center y no mires para atrás. En cuanto verifiquen el contenido me van a soltar ileso. No intentes contactarte con la policía. Se van a enterar si lo haces y ni tú ni las chicas me volverán a ver".

Después que se extinguió la luz y la puerta estuvo cerrada, Whit se volvió a desnudar, se mojó todo el cuerpo y volvió a su sopor sobre el suelo para repasar lo que había leído. Había unas pistas y un error, y una gran tranquilidad: que las chicas estaban a salvo.

El error era que Dana ya no iba a trabajar en tren. Alguna vez había vivido y respirado de acuerdo con los horarios del R5 pero eso fue antes de que su práctica alcanzara tales picos de fiebre que no podía estar desconectada ni siquiera un minuto. Y como ella nunca usaba su celular si alguien la podía oír, ahora sólo iba a la oficina en auto.

Primera pista: los secuestradores no habían mantenido un buen contacto con Dana.

Segunda pista: lo que querían, sea lo que fuere, no se autenticaba por sí mismo.

Tercera pista: se enterarían si contactaba a la policía. ¿Podría tratarse de policías corruptos? Últimamente la policía de Filadelfia estaba pareja con la de Nueva York en corrupción y con la de Los Angeles en ineficiencia, de manera que no resultaba para nada descabellado, pero finalmente decidió que se trataba de una amenaza sin fundamento.

La pista más importante sin embargo era la que le llegó cuando Ike le dio el puñetazo final: la voz de algún modo familiar que había oído cuando estaba a punto de desvanecerse. Recordaba dónde y cuándo —en el auto de Ike después que el negro vino de atrás y lo aporreó— y recordaba la frase: "¡Por todo los cielos, lo golpeaste muy fuerte!". Lo que no podía recordar era quién la había dicho. Se repitió la frase una y otra vez hasta que la grabó a fuego, pero no le venía a la mente ni el nombre ni la cara. Era como recordar la melodía de una canción sin la letra, sólo con las notas y un ritmo.

Conocía esa voz.

Tenía largas horas por delante para recordar de dónde.

CAPÍTULO 24

El viernes por la mañana Dana plegó el catre, se vistió con su remera y sus shorts y subió seis pisos por la escalera. En el armario al lado de su oficina tenía otra muda de ropa, un hábito fijo desde una vez en que tuvo que trabajar dos días seguidos. La fatiga del segundo día le molestaba menos que el hecho de que se notara que llevaba la misma ropa que el día anterior. Sus listos colegas la paraban y le preguntaban mirando de reojo: "Eh, Dana, ¿dónde pasaste la noche?"

Tomó la percha y subió con la ropa dos pisos más hasta el gimnasio del estudio donde se duchó, se secó el pelo y se vistió. Guardó la ropa de ayer en un bolso de gimnasia y partió de riguroso traje negro.

Travis estaba desayunando en su escritorio cuando pasó por su oficina de camino a la suya.

—¿Dana?

Se puso de pie y corrió por el pasillo tras ella, con una servilleta al cuello.

—Te estuve buscando anoche...

—¿Qué pasa?

Dana tomó el correo para ella y entró en su oficina.

—Un montón de cosas.

Travis se sentó y cuando se dio cuenta de que todavía tenía la servilleta, sonriendo se la sacó de un tirón.

—Está la cuestión de la acción conjunta...

—Seferis, sí, ya sé. ¿Ya se comunicó con Pennsteel?

—No sé.

—Llama y averigua. Y que Lyle empiece con los temas de certificación del grupo clase. Dile a Brad que quiero un comunicado de prensa diciendo que Pennsteel no va a aceptar este tipo de extorsión. Nuestro corazón está con cada uno de los niños que sufrió un trauma en el parque el viernes, pero deberían recordar que Pennsteel es también una víctima en todo esto. Y en todo caso, una acción conjunta de clase es totalmente inapropiada, como el señor Seferis bien sabe.

Travis estaba tomando notas tan rápido como podía.

—¿Qué más? —preguntó Dana.

—Tenemos otro juicio nuevo. Un par de chicos de nombre Doyle.

Dana cerró los ojos por un segundo. De modo que Angela Leoni había tenido el coraje de hacerlo.

—¿Dónde?

—Causas Comunes de Filadelfia, igual que Thompson. En realidad, todos los alegatos de negligencia están sacados *verbatim* de la demanda de Thompson.

—No me sorprende. Las indemnizaciones no se dan a base de la creatividad o la originalidad del texto; un montón de fallos por un millón de dólares salieron de demandas hechas cortando y pegando.

—¿Algún comunicado de prensa acompañó a ésta?

—No por el momento.

Ése debe de haber sido el trato que hizo Angela; presentaba la demanda pero iba a hacer lo posible por mantener el nombre de Frank Doyle fuera de los diarios. Con eso habría minimizado el riesgo de los imitadores si no hubiese sido por lo de Seferis.

El correo de Dana contenía un análisis preliminar de John Diefenbach y pasó el resto de la mañana tratando de descifrarlo. Diefenbach había analizado los datos de detección y rangos de radio de cuatro fuentes diferentes: el sensor ARTS III del aeropuerto internacional de Filadelfia; la antena QARSA de la Estación Aeronaval de Willow Grove; e increíblemente un crucero Aegis que navegaba por la costa de New Jersey en dirección a la Estación de Armas Navales Earle. Cada uno de estos lugares tenía un emisor que lanzaba energía electromagnética al espacio aéreo y cuando daba en un blanco parte de esa energía rebotaba hacia la antena receptora. El rango de blanco se fijaba midiendo el tiempo que le llevaba a la energía viajar desde el emisor al blanco y de vuelta hasta el receptor; se podía determinar su velocidad calculando el cambio de rango en el tiempo.

Fue una tarea fácil para Diefenbach rastrear al JetRanger porque estaba equipado con una radio que respondía con su propia señal a todos los emisores que pudieran interrogarlo. Dado que la señal estaba codificada con un número de cuatro dígitos especialmente asignado por el Control de Tráfico Aéreo, era como si el JetRanger escribiera en el cielo su propia firma. Trabajando en cuatro dimensiones —latitud, longitud, altitud y tiempo—, Diefenbach pudo rastrear la ruta de vuelo del JetRanger en una línea recta desde Wall Street hasta el Valle Alpino.

Por el contrario, rastrear al Skyhawk fue un desafío. La avioneta no estaba equipada con un *transponder*, por lo menos no en funcionamiento, y los datos del radar eran débiles y para nada concluyentes. Retrocediendo desde el punto exacto de la colisión, Diefenbach tomó unas pocas señales aisladas a seiscientos metros de altura que podrían haber sido del Skyhawk. Según ciertas presunciones y extrapolaciones trazó tentativamente un curso para el Skyhawk desde el noreste de Pennsylvania hasta el Valle Alpino.

La parte narrativa del informe de Diefenbach terminaba ahí. Los supuestos cursos de vuelo estaban descritos en una serie complicada de gráficos, en papel liso y en transparencias sobre mapas topográficos. Dana entrecerró los ojos y giró las páginas para un lado y para el otro pero no lograba saber qué era lo que estaba mirando.

Cerró los ojos, se frotó las sienes y trató de concentrarse. Pero su cerebro trabajaba como una radio scanner, surcando cien frecuencias distintas en busca de una señal pero sin encontrar ninguna que fuera lo suficientemente fuerte como para sintonizarla.

Fue hasta las máquinas expendedoras en el piso de arriba y se tomó una Coca Diet como único almuerzo. Cuando volvió sobre el escritorio había un fax. Era una comunicación de cinco páginas y en la primera hoja había una nota de Mike Pasko, de Pennsteel:

> "Srta. Svenssen: Localicé a los dos empleados que realizaron la inspección del JetRanger en Nueva York y estuvieron en la cabina unos minutos antes del despegue. Me tomé la libertad de redactar las declaraciones que le adjunto. Posteriormente le enviaré los originales firmados y autenticados".

Dana miró rápidamente las hojas con molestia. Pasko no tenía por qué tomarse la libertad de redactar las declaraciones; le había dicho con toda claridad que enviaría a un abogado para que lo hiciera. Leyó las dos declaraciones, las dos jurando que no había nada más grande que un portafolio a bordo del JetRanger cuando partió de Nueva York el viernes pasado. Las dos declaraciones eran intachables.

Llamó en seguida a Pasko.

—Dana Svenssen. Buen trabajo —dijo.

—Me alegra haberla podido ayudar. La cuestión ahora es en qué otra cosa le puedo ser útil.

—No sé. ¿Qué más hace usted?

—Mi departamento se especializa en seguridad e investigaciones de todo tipo. Tenemos contactos frecuentes con las agencias de seguridad del gobierno. También mantenemos un cierto nivel de vigilancia permanente de saboteadores conocidos, espías industriales y de determinados grupos terroristas.

Ante la palabra "terrorista" se levantó de la silla y fue hasta la ventana desde donde la vista se extendía a lo largo del curso plateado del Schuykill hasta la fachada griega y dorada del Museo de Arte. Ayer no habría permitido que un extraño realizara una investigación privada en su nombre, por más profesional y razonable que fuera la persona, pero hoy las cosas eran diferentes.

—Señor Pasko...

—Mike.

—Mike. Ahora que sabemos de dónde no vinieron las armas, querría averiguar de dónde salieron.

—Estoy de acuerdo.

—Quisiera saber qué es lo que el FBI y el BATF creen que están investigando. Y ¿por qué es tan confidencial?

—Me voy a ocupar de eso inmediatamente.

Esa tarde Celeste entró con el entrecejo fruncido.

—Hay un chico en el hall —dijo indignada—. Con un envío que se niega a entregar si no es a usted personalmente.

Dana se levantó y dio la vuelta más larga, la que le brindaba una visión del área de recepción desde varios metros de distancia. Era fácil ver al mensajero. Estaba sentado descaradamente sobre el escritorio, obligando a la agitada recepcionista a estirar el cuello para verle la cara. Llevaba puesta una musculosa y jeans cortados, tenía el pelo mojado peinado hacia atrás y unos anteojos negros.

Se levantó del escritorio de un salto en cuanto Dana se acercó. Nerviosa, ella miró el paquete que llevaba en las manos. Medida estándar y no debía contener más que una o dos hojas. Demasiado delgado para ser algo más peligroso que una citación judicial. Dana extendió la mano y él le dio el sobre y salió corriendo hacia los ascensores.

Lo abrió y sacó un simple pedazo de papel. Era una nota escrita a mano: "Te espero en quince minutos en la esquina de la 16 y Market".

—¿Qué...?

Se dio vuelta para buscar al mensajero.

Ya estaba en el ascensor, contemplando la cara de desconcierto de Dana con una creciente sonrisa. Un segundo antes de que se cerrara el ascensor asomaron sus hoyuelos.

Unos minutos después Dana subió al mismo ascensor y mientras bajaba, se ató un pañuelo de seda negro alrededor del pelo y se puso un par de anteojos oscuros. Salió al calor intenso del mediodía, del cemento y el asfalto y fue trazando un sendero sinuoso e indirecto hacia el sudeste, a través de edificios de oficinas y demorándose unos momentos en el lobby del Ritz-Carlton antes de llegar a la 16 y sumarse a una cola de un puesto de helado italiano. En una zona de prohibido estacionar, sobre la calle Market, había parado un Jeep descapotado.

—¿Qué crees que estás haciendo, Broder? —dijo en cuanto subió al jeep.

—¿Quién, yo?

Puso primera y entró de lleno en el tránsito.

—Eres tú la que desapareciste anoche. Y después tu línea de teléfono estaba muerta. ¿Cómo podía saber que no estabas muerta tú también?

—¿Qué? —exclamó Dana.

Pero después se acordó. Le había dado el teléfono de su casa, y no sólo no había estado ahí anoche sino que habían desconectado el servicio.

—Oh, lo siento. Me quedé en la ciudad anoche.

—Gracias por avisarme.

—Bueno, ¿cuál es la emergencia?

Dio vuelta en la esquina y la miró.

—Tengo una pregunta: ¿dónde demonios estabas?

—Ya te dije... —empezó a decir Dana impacientándose.

—No anoche. Cuando sacaste las fotos.

—¿Las revelaron? ¿Cómo salieron?

—Como si estuvieras colgando de no sé qué mierda en el cielo.

Dana sonrió.

—No precisamente. Estaba arriba de la vuelta al mundo. ¿Encontraste algo que pueda servir?

—¿Arriba de la vuelta al mundo? —repitio él.

Le llevó más de un segundo darse cuenta de lo que había en el tono de su voz. No era sólo sorpresa; había una especie de admiración, y Dana se ruborizó de placer por lo inesperado de esa reacción.

—Eso no fue nada —dijo—. Deberías haberme visto bajar descolgándome después que desapareció el operador.

Al oírse a sí misma jactarse se ruborizó aún más.

—¿Dónde están las fotos? ¿Las tienes acá?

—Sí.

Andy volvió a mirar hacia adelante.

—Vamos adonde estuviste anoche para verlas. ¿Para qué lado es?

Dana se mordía el labio mientras miraba pasar los edificios de la ciudad. El búnker era el único lugar donde se sentía a salvo; era su última fortaleza.

—Vamos —dijo él—. No perdamos más tiempo con esto. Ya perdimos una semana.

—Ya sé, pero ...

—¿Trabajamos juntos o no?

El pelo mojado ya se le había secado y ahora caía suelto y libre al viento tórrido. Dobló hacia el oeste en el boulevard JFK, y a medida que fue acelerando el viento le arrebató el pañuelo de la cabeza y lo enroscó en el caño de arriba del jeep. Dana quiso atraparlo pero se soltó de la barra y se fue volando por los desfiladeros de la ciudad.

—¿Y?

Dana podía ver su reflejo en los anteojos de Broder. Ahora su pelo, claro y salvaje, también se agitaba al viento.

—Sí.

Media hora más tarde, Dana estaba esperando en el cuarto piso cuando oyó el timbre del ascensor y salió Broder. Abrió la puerta del búnker y él entró de un salto y se subió los anteojos sobre la frente. Se quedó parado dejando que sus ojos recorrieran todo el espacio.

—¿Qué es este lugar?

—Es mi sala de conferencias imaginaria —dijo ella burlándose de él.

Broder se rió y apoyó de un golpe un sobre arriba de la mesa de trabajo.

Adentro había una pila de fotos. La primera era de tres chicas extrañas haciendo muecas para la cámara agarradas de los hombros. Dana se aclaró la garganta.

—¿Andy?

Él estaba del otro lado de la sala, agachado delante de una heladera en miniatura.

—Ah, te iba a preguntar.

Dana se quedó mirando a las chicas desconocidas. En las remeras tenían escrito “Colonia de Campamento”.

—Oh, me había olvidado. Mi hija sacó unas fotos al principio del rollo.

Pasó otras cinco fotos que había sacado Kirstie; todas escenas de un alegre día de verano en un parque de diversiones: chicos dando vueltas en juegos con el pelo en la cara; una de las chicas mayores a cargo del grupo nerviosa y abrazada a un chico que tiraba patadas al aire; Trina con los ojos cerrados lamiendo una nube rosa de caramelo de algodón.

—Hermosa niña —dijo Broder, ahora parado detrás de ella.

—También es mi hija.

—¿En serio?

La siguiente imagen surgió con un contraste total y lúgubre. El JetRanger y el Skyhawk estaban enmarañados en la montaña rusa en una posición que resultaba imposible incluso con la prueba fotográfica frente a los ojos. La avioneta estaba sobre un costado con un ala hacia arriba. Parcialmente visible detrás del ala estaba el helicóptero, colgando de uno de los patines. Alrededor de las dos aeronaves resaltaba en agudo relieve el esqueleto de la montaña rusa. La imagen era tan clara que Dana podía distinguir los rostros cubiertos de hollín de los bomberos subidos sobre la estructura de metal.

Una imagen horrible pero una buena foto, especialmente considerando que la había sacado con una cámara automática desde una góndola que se mecía. Había una docena más de fotos como ésa y Dana las fue mirando cuidadosamente una por una antes de volverse hacia Broder con ojos inquisidores.

—¿Benefician o perjudican?

—Todavía no puedo saber. ¿Cuándo vas a tener la información de radar?

—Oh; ya la tengo.

Sacó el informe de Diefenbach del portafolio y se lo alcanzó y Broder se sentó a horcadillas sobre una silla y lo empezó a leer.

Dana también se puso a trabajar en la computadora del otro lado del cuarto. Entró la clave de acceso e ingresó en la base de datos de María para confirmar si los tres juicios ya estaban cargados y los datos de respuesta agendados y marcados. Le mandó otro email a Bill Moran recordándole la reunión con Dan Casella en el parque el lunes por la mañana. Brad Martin le mandó un email con un borrador del comunicado de prensa y ella lo editó, lo revisó y lo envió de vuelta con instrucciones de despacho para que salieran con los diarios del domingo.

Al anochecer ya había hecho todo lo que podía hacer por módem. Su estómago crujía furioso, recordándole que en todo el día sólo lo había alimentado a base de café y una Coca Diet. Miró a Broder. Todavía estaba trabajando con los datos de radar y ahora estaba tomando notas y haciendo cálculos en una libreta del estudio.

—Voy a bajar a traer algo de comer —dijo ella.

Él subió la cabeza.

—No. Voy yo.

—¿Por qué?

—Te siguen a ti, no a mí.

Ideó una cierta forma de llamar a la puerta para cuando volviera y con desdén Dana cerró la puerta con llave una vez que se fue. Anoche le pareció prudente esconderse acá; ahora que estaba Broder, todo se había vuelto un pueril juego de espías.

Se sentó para recibir dos nuevos emails que acababan de entrar, el primero era de Travis.

> "Dana: La investigación sobre créditos de la mujer de Loudenberg arrojó resultado cero. Acabo de llamar a su asistente de la ferretería. La última vez que hablé con él parecía bastante charlartán pero esta vez tenía la boca sellada. ¿Te parece que Thompson puede haberse contactado con él? ¿Qué debo hacer ahora?"

Dana se quedó mirando la pantalla. En el espacio de unos segundos ya no le parecía que se tratara de un simple juego de niños. Travis era tan ansioso y tan ingenuo. Rápidamente escribió:

> "Quiero que empieces a redactar respuestas a las demandas. Sería conveniente que desarrollásemos una buena fórmula; algo me dice que la vamos a usar mucho. Hasta que no terminemos con eso, olvidémonos de Loudenberg".

Apretó la tecla de enviar.

Para cuando oyó en la puerta los golpes que habían concertado, ya era de noche y la única luz que había en la sala eran las de la ciudad y el destello verdoso de la pantalla de la computadora. Dana susurró antes de sacar la traba:

—¿Andy?

—Sí.

Giró la llave y él entró sin perder un segundo con dos bolsas de almacén y una pizza.

—¿Te vio alguien bajar en este piso?

—No. Esperé hasta que vino un ascensor vacío y apreté otros tres pisos.

Se sentó y empezó a comer la pizza mientras ella recorría el perímetro del salón. Se alzaban edificios en todas las direcciones y cada una de las oficinas con las luces encendidas parecía una pecera. Del otro lado de la calle se veía otra joven abogada maquillándose en su escritorio. Era como estar del otro lado de un cuarto de interrogatorios detrás de un espejo transparente. ¡Cuántas veces la habrían visto así a ella!

—Vamos; siéntate y come —dijo Andy.

Se sentó y mordisqueó apenas una porción de pizza, pero se paró enseguida para abrir las bolsas de almacén. Gaseosa, papas fritas, doughnuts; salvo la leche y el cereal no había sino comida de cumpleaños de chicos. Con una dieta así no iba a mantener ese cuerpo de muchacho musculoso por mucho tiempo. Acomodó todo en la cocina improvisada y volvió a la mesa a desplomarse en la silla, extenuada. Broder había vuelto a trabajar con el informe del radar mientras terminaba la pizza.

Dana tomó las fotos del accidente y volvió a estudiarlas, exigiendo los ojos en busca de alguna respuesta, pero al cabo de unos minutos lo único que veía eran puntos negros y amarillos que flotaban en la oscuridad.

—Estás agotada.

Se apoyó contra el respaldo y se sacó el pelo de la cara.

—Mira bien —dijo riéndose con pesar—. Se llama crisis de los cuarenta. Algún día hasta tú vas a tener que enfrentarla.

—Basta ya con eso de la edad. ¿De qué estás hablando? Estás en tus treinta y yo también.

—En el extremo opuesto.

Andy llevó los ojos al techo.

—¿Por qué no duermes un poco?

A la sola idea de dormir, el catre del otro lado del cuarto empezó a hacerle señas como si fuese un lecho de plumas.

—¿Cuándo te vas? —le preguntó.

Él se inclinó sobre las notas.

—No te pienso dejar sola.

—Andy...

—Olvídate —dijo—. No te pienso dejar sola.

—Te contraté para que reconstruyas el accidente, no para que seas mi guardaespalda.

—¿Y? Te llevas dos al precio de uno.

—No te necesito.

—No me importa. Mira, pon el catre en el baño si te molesta, traba la puerta. —Yo palmo acá.

Dana levantó una ceja.

—¿Palmo?

Él sonrió y volvió al trabajo.

Dana hizo lo que él dijo y llevó un catre al baño de damas. Muy despacio cerró la puerta y empujó el catre contra ella, después se sacó la ropa y se recostó de espaldas. Pero incluso con la puerta cerrada le inquietaba dormir desnuda, así que se levantó, se puso la remera y se acostó de nuevo.

Más tarde en la semiconciencia del dormitar, se preguntó cómo sabía Broder su edad, pero antes de resolver el acertijo se hundió de lleno en el sueño.

CAPÍTULO 25

La celda de Whit estaba tan bien sellada contra la luz que la única manera en que podía medir el paso del tiempo era por el largo de su barba. La última vez que se había afeitado había sido el miércoles a la mañana, con una maquinita descartable en el departamento de Brandi. Pasándose la palma transpirada por la cara barbuda calculó más o menos tres días, por lo que ahora sería la noche del viernes. La cita de esta mañana ya había llegado y ya había pasado; sin embargo acá estaba. Tenía que adivinar si Ike estaba confirmando el contenido del sobre o si Dana sencillamente no había aparecido. "No quiero tomarme molestias contigo" —le había dicho el lunes a la noche, y no se podía negar que todo esto era una molestia.

Afuera oyó la voz de Ike y de nuevo recordó la tercera voz, la que había oído cuando estaba a punto de desmayarse, la que sabía que conocía. Se golpeó la frente y, aunque la mano quedó empapada de sudor, no logró activar su memoria.

—Profesor —dijo Ike por el altoparlante—. Necesitamos que lea otra declaración.

¿Otra? ¿Quería decir que no había respondido a la primera?

—¿Qué es esto? ¿Una segunda parte? —gritó Whit al techo. —¿*Baño letal 2*? ¿*Transpiración mortal 3*?

—Sí, acertó.

No había lugar para el humor en el ejército de este individuo.

El error debía de ser de ellos. No se iban a tomar la molestia de otro video si Dana los había dejado colgados con el primero. Debían de haber hecho algo mal, de lo contrario no le darían otra oportunidad.

Era otra oportunidad para él también.

Piensa, se acicateó mientras se vestía y preparaba el rostro para el video. Recuerda. Ésta sería la última oportunidad que tendría. Se abrió la puerta, le alcanzaron la hoja y se le inflaron las venas de la cabeza en su esfuerzo por recordar.

—¿Listo? —preguntó Ike.

—Sí —dijo—. Listo.

CAPÍTULO 26

Los ojos de Dana se abrieron a la total oscuridad y cuando levantó la muñeca y miró la hora, el reloj marcaba las cuatro menos cuarto. Ahí estaba de nuevo —el rumor de alguien hablando en voz baja. Dobló el catre y fue en puntas de pie hasta la puerta del baño y muy despacio la entornó.

Broder estaba parado del otro lado del salón de espaldas a ella y con su celular en la mano.

—Sí, si puedes tenlo listo —estaba diciendo—, voy a estar ahí en una hora. Disculpa que te haya despertado.

Cortó y se estaba dando vuelta cuando la vio en la puerta.

—Oh, lo siento. Supongo que te desperté a ti también.

—¿Qué pasa? ¿A dónde vas?

Tomó un doughnut de la caja que estaba sobre la mesa.

—Voy a sobrevolar el Valle Alpino —dijo mientras daba un mordisco—. Voy a ver si puedo reconstruir las rutas de vuelo.

Se ayudó a tragar el doughnut con un trago de café.

—Me parece que ya casi lo tengo.

Dana abrió enormes los ojos y salió disparada del baño.

—¿Cómo? Muéstrame.

—Primero tengo que probarlo volando, cerciorarme de algunas corazonadas.

—Entonces yo también voy.

Broder la miró desde donde estaba y esta vez sus ojos la captaron de cuerpo entero, desde los muslos adonde le llegaba la remera por todo el largo de sus piernas desnudas hasta los pies. Sonrió.

—Por mí no hay ninguna objeción.

Roja de furia se metió de nuevo en el baño.

—Dame cinco minutos para que me vista.

Cerró la puerta, después la abrió de nuevo de golpe.

—Ni se te ocurra irte sin mí.

* * *

Todavía era de noche mientras dejaban la ciudad en dirección norte y una media luna menguante y amarilla relucía pálida en el cielo.

—Mira esto —dijo Broder señalándole una foto con una mano mientras mantenía la otra en el volante del jeep—. ¿Ves el patín derecho?

Dana abrió la guantera y acercó la foto a la luz. Podía ver una línea que cortaba longitudinalmente el patín del helicóptero. Era más que un línea, era un tajo que desgarraba el metal.

—Sí.

—El corte de una aleta.

—¿La hélice de la avioneta? —Escéptica Dana observó en detalle el Skyhawk. —No sé. Podría haberse cortado con los rieles de la montaña rusa antes de darse vuelta. Ni siquiera podemos ver si la hélice está dañada.

Él bufó antes de responder.

—La hélice tiene casi dos metros de diámetro. No la puedes ver porque no está ahí.

—Tal vez se salió cuando el avión chocó contra la montaña rusa.

—Mira de nuevo el patín. ¿Ves el otro tajo?

Dana miró con mayor atención. Había, paralela a la primera, otra línea más tenue. Era más una abolladura que un tajo.

—La primera aleta golpeó el patín y lo abrió. Una milésima de segundo después lo golpeó una segunda aleta. No tan fuerte, porque para entonces la hélice se estaba desprendiendo de la avioneta y la aleta sólo lo rozó.

Dana casi lo podía ver, podía imaginar la trompa de la avioneta contra el helicóptero, con las aletas de la hélice cortando todo lo que se ponía en su camino.

—Mira la foto del caramelo de algodón —dijo él.

—¿Qué?

—La foto de tu hijita.

Pasó las fotos buscándola hasta que la encontró.

—Mira el cielo en el fondo.

Entrecerró los ojos para enfocar mejor y un segundo después dijo sorprendida:

—Pensé que era un pájaro.

—Sí, yo también.

A lo lejos detrás de Katrina estaba la joroba de una montaña cubierta de pinos y arriba en el cielo un avión con la trompa apuntando hacia arriba.

—La voy a ampliar más para poder leer el número de la cola y estar seguro de que es el Skyhawk. Pero suponiendo que lo sea, está haciendo un ascenso de locos ahí.

—¿Para atravesar la montaña?

Broder asintió con la cabeza.

—Pero la montaña debe tener menos de quinientos metros —dijo ella—. Diefenbach calculó que el Skyhawk estaba a seiscientos cincuenta metros.

—Sí, ya sé.

—¿Y entonces?

—Me parece que se equivocó.

Dana se quedó esperando, pero él seguía con los ojos en la ruta y la boca cerrada.

—¿No me quieres decir por qué? —le preguntó para incitarlo.

—Todavía no.

—¿Por qué?

—Porque si estoy equivocado —dijo y se estiró por encima de su falda para cerrar la guantera—, eres la última persona del mundo con la que quiero quedar como un idiota.

Se apagó la luz y la oscuridad le cubrió el rostro.

El cielo estaba aclarando y la luna era de un blanco pálido para cuando Dana subió a la avioneta de Broder. A su lado en el asiento colocó un termo de café, después se puso por sobre los hombros el arnés y miró por el parabrisas. Ya había volado en avionetas de un solo motor, pero jamás en el asiento del copiloto. La perspectiva era diferente.

Broder también estaba diferente. Lo miró mientras estaba abajo, dando una vuelta de inspección alrededor del avión. Había cambiado su musculosa de mensajero por unos jeans y una remera y cuando subió a la cabina parecía más un piloto responsable y serio que un niño chistoso y travieso. Chequeó todos los sistemas, después desplegó las cartas de navegación, calculó la dirección y la escribió en su plan de vuelo.

Aunque era obvio que no había nadie, abrió la ventanilla y gritó: "Despejen" —después encendió el motor con un chisporroteo. La hélice lentamente comenzó a dibujar un círculo y el motor empezó a chillar a medida que ganaba velocidad. La avioneta fue avanzando con un bamboleo. Al final de la pista giró la trompa y mientras subían las revoluciones por minuto Broder chequeó los medidores y los magnetos y graduó los instrumentos.

—Salimos —gritó y abrió el paso del combustible. La avioneta empezó a avanzar por la pista balanceándose hacia los lados y estremeciéndose con las vibraciones del motor.

—Eh —gritó Dana—. ¿Terminaste de arreglar eso que estabas haciendo la semana pasada?

Él le mostró el destello de sus dientes blancos por debajo de los anteojos negros.

—Ya es un poco tarde para preguntar, ¿no?

Ella le respondió:

—Todavía estamos en tierra.

Pero al momento de decirlo ya no lo estaban. Las ruedas abandonaron el suelo, él tiró de la palanca y treparon hacia el cielo en dirección oeste.

Adelante todavía se veía la luna. Las cimas de los árboles se precipitaron y el horizonte se inclinó al doblar lentamente hacia el norte. El Sol los saludó mientras ascendía al cielo desde el oriente.

Dana quedó impactada por la imagen.

—Mira —dijo señalando—. El Sol está saliendo al mismo momento que se pone la Luna. Y nosotros acá, atrapados entre los dos.

—¿Atrapados? —dijo Broder—. De ninguna manera.

Se quitó los auriculares y se los dejó colgando al cuello.

—Quiere decir que el mundo es nuestro.

—Sí, tienes razón.

—Eh, es cuando estamos acá arriba. Sabes, mucha gente dice que Alaska es la Última Frontera, pero para mí, te lo juro, es esto. El cielo. Es acá donde uno encuentra su camino. No hay semáforos, no hay señalización, no hay líneas amarillas ni carriles. No hay calles salvo las que te forjas tú. Y no hay reglas salvo las que vas haciendo a medida que avanzas.

Lo ilustró inclinando la avioneta hacia la izquierda y fijando rumbo hacia el nordeste.

Dana observaba la tierra que se retraía debajo de ellos. Los campos dorados pasaron al color plateado del trigo y después todo desapareció en la negrura de los bosques.

—Es hermoso acá arriba —dijo.

—Sí. Volar es la segunda emoción más placentera que conoce el hombre.

A Dana le daba miedo preguntar por la primera.

—¿Cuál es la primera?

—Aterrizar.

Ella se rió.

—Escuché ese chiste de otra manera. Volar no es peligroso, lo peligroso es aterrizar.

—Yo no siento ningún peligro. ¿Sabes por qué? Porque acá arriba siento que todo está bajo mi control.

Dana lo observaba mientras hablaba. En todos estos años había conocido un montón de jóvenes llenos de brío —los pasillos de Jackson, Rieders & Clark estaban repletos de ellos— pero jamás había conocido uno tan entusiasmado con su trabajo.

—Debe de ser fascinante amar lo que uno hace —dijo por lo bajo.

No lo dijo para que él lo oyera pero a pesar del rugido del motor y el zumbido impetuoso del viento, la oyó.

—¿No te gusta ser abogada?

—Muchas veces no. ¿Quieres café?

Dijo que sí con la cabeza y ella se volteó para tomar el termo y sirvió dos tazas de café humeante.

—¿Y cuando empezaste?

—En esa época me encantaba.

—¿Y qué pasó?

—No sé. No es fácil de explicar.

Dana tomó un sorbo de café mientras buscaba una buena analogía.

—Supongamos que manejas una aerolínea. Tu negocio depende de levantar pasajeros en un lugar y depositarlos en otro. Y supongamos que un par de veces al día algo anda mal en el Control de Tráfico Aéreo y no dejan aterrizar a nadie. Entonces, tú que eres una aerolínea respetuosa de la ley...

—Momento, ahí puede que no te siga.

—Sobrevuelas en círculo el aeropuerto, esperando permiso para aterrizar. Pero mientras tanto las otras aerolíneas deciden que "¡va!, la pista está libre, la entrada despejada, ¿qué me impide aterrizar?" Los pasajeros vitorean, todos los que tienen billetes de tu aerolínea y están esperando subir a tu avión van corriendo a cambiarlo, mientras que los pasajeros que tienes en el avión arman un motín porque no quieres romper las reglas y hacer lo mismo que las otras aerolíneas.

—De acuerdo. Pero hay una sanción para los que aterrizaron.

—Una palmada en la mano si es que se la dan y fácil de digerir de todas maneras porque sus ganancias se cuadriplican. Mientras tanto tú estás ahí arriba dando vueltas con tu avión y los pasajeros provocando disturbios por los pasillos y para colmo te llega una orden de tus superiores por radio: "Tenemos que duplicar nuestros vuelos para que los accionistas estén contentos, ah, y me olvidaba, tenemos que reducir el gasto de combustible, cuídalo ¿sí?"

—A ver, dame una ayuda —dijo—. ¿Cómo pasa todo eso?

Dana tomó otro sorbo de café.

—Nuestro sistema legal no funciona —dijo—. Los que obedecen la ley salen perdiendo y los que las pasan por alto y aprovechan las fisuras que hay en el sistema progresan inexorablemente. ¿Y la justicia? Ahí, en alguna parte volando entre las nubes. Nunca baja a la Tierra.

—Suena bastante sombrío.

—Sí.

Terminó de beber el café.
—Lo es.
—Pero de todas maneras sigues en eso. Porque los decentes ni siquiera tendrían una chance si no tuvieran un buen abogado.
Dana rió con tristeza.
—Sigo en esto porque tengo cuentas que pagar y dos nenas que educar.
—Vamos, no se podría decir que vives con lo justo.
—Sí, pero ¿conoces la definición del salario de supervivencia? Diez por ciento más de lo que ganaste el año pasado.
Él la estaba observando de cerca.
—Eres una mujer complicada.
—No, para nada. Sólo tengo una vida complicada.
Tras un minuto él señaló por la ventana.
—Mira.
Ella miró por encima del hombro de Broder.
—¿Qué? No veo nada.
—Desapareció la Luna —dijo—. ¿Ves? Ya no estás atrapada.

En media hora los restos carbonizados del Valle Alpino se hicieron visibles. Por sobre las arboledas incineradas asomaba el disco vertical de la vuelta al mundo y la columna vertebral de la montaña rusa. Eran apenas unos minutos pasadas las seis. Debajo de ellos no se movía ni un alma y el cielo les pertenecía por completo.
Broder aminoró y lentamente fue trazando círculos concéntricos alrededor del parque de diversiones y los terrenos adyacentes. El parque se extendía sobre el valle y una cadena de montañas bajas formaba un reborde que lo rodeaba por todos lados salvo por el este. Con un ojo controlaba el altímetro y con el otro la carta y a cada minuto más o menos volvía la vista para estudiar el terreno.
Tras el cuarto círculo dijo:
—Ahora vamos a retroceder un poco y seguir las huellas del helicóptero.
Volvió a acelerar y apuntó la trompa hacia el nordeste y unos minutos más tarde hizo un giro de ciento ochenta grados.
—Bien, nuestra altitud es de setecientos cincuenta metros. Es a esta altura donde el radar coloca al JetRanger en este punto. Tenemos una dirección de 2-10 sudoeste hacia la central de Pennsteel.
Dana buscó entre los asientos el informe de radar de Diefenbach. Broder había trazado una ruta con lápiz sobre el mapa topográfico y ahora que la estaba volando Dana la podía seguir

sobre el papel. No había montañas al este y el Valle Alpino aparecía con claridad adelante y un poco hacia la derecha, o al norte.

—Mira ahora —dijo él al irse acercando al parque.

Inclinó el avión y giró unos grados hacia el norte y después volvió a enderezar. Ahora el parque estaba justo adelante en línea recta.

—¿El JetRanger viró hacia el norte? —preguntó ella siguiendo el mapa—. ¿Cómo puede ser?

Broder señaló la ventanilla izquierda con el mentón y ella se inclinó hacia él para ver. En hileras prolijas de casas y calles, al sur del parque, se extendía un barrio residencial bastante grande.

—Chequéalo con el tío Ted —dijo—. Te apuesto a que su departamento de aeronáutica tiene la política de volar lo más alejado posible de las áreas residenciales. Para reducir las quejas de ruidos. Seguro que también tienen la política de reducir la velocidad sobre áreas densamente pobladas. El radar nos dice que el JetRanger hizo eso, justo acá.

Un pensamiento horrible surcó de pronto la mente de Dana.

—¿Me estás diciendo que el helicóptero acá se desvió y chocó con la avioneta?

—Imposible. En este punto la avioneta estaba más o menos trescientos metros más abajo. Por los menos según mi teoría. Volvamos atrás y volemos la ruta de Loudenberg.

Volvió a rumbear hacia el nordeste y de nuevo hizo un giro de ciento ochenta grados para el lado del Valle Alpino. Esta vez voló más al norte y casi paralelo a como había volado antes.

—Espera un minuto —dijo Dana, fijándose en el altímetro—. Estás a setecientos cincuenta metros. Es la altura en la que estaba el helicóptero. Dijiste que ubicaste la avioneta trescientos metros más abajo.

—Acá no, sino —echó un vistazo al mapa de Diefenbach y abruptamente bajó la trompa— acá.

Dana se reclinó contra el respaldo mientras la avioneta bajaba. Cuando finalmente se nivelaron de nuevo, el altímetro marcaba cuatrocientos cincuenta metros al nivel del mar. Dana volvió a mirar los informes del radar y pasó las hojas.

—No te sigo —dijo—. Diefenbach coloca la avioneta en un curso constante a seiscientos metros.

—Eso es porque los únicos ecos de radar buenos provenientes de la avioneta se captaron a seiscientos metros. Diefenbach supuso un rumbo constante a esa altitud que es una buena suposición el noventa por ciento de las veces. Pero yo creo que seiscientos fue sólo una posición de paso para el Skyhawk en una oscilación entre cuatrocientos cincuenta y setecientos cincuenta.

—Pero entonces habría señales de eco de esas altitudes.

Broder sonrió.

—No necesariamente, doctor Watson. En este terreno no se consiguen buenos ecos por debajo de los quinientos metros. Hay demasiado ruido de los blancos en tierra.

—Está bien —dijo ella, todavía escéptica—. ¿Pero ningún eco a los setecientos cincuenta?

—Porque la avioneta volaba tan cerca del helicóptero que ingresó dentro de su firma de radar. El receptor captaba un solo eco.

Esto último coincidía con lo que había oído. Dana recordaba que Diefenbach le había advertido que sólo podría rastrear las dos naves hasta el punto en que se acercaran a treinta metros uno del otro; más allá de eso mostraban una sola señal en la pantalla.

—Imagínate esto —dijo Broder—. Ahora estamos en un Skyhawk a cuatrocientos cincuenta metros. El JetRanger está trescientos metros más arriba. Los dos tenemos el mismo rumbo pero nosotros estamos más al norte y un poco detrás. Yo coloco el helicóptero justo allá.

Señaló al cielo vacío, arriba y adelante, casi en línea vertical.

—Ahora mira lo que pasa.

Broder mantuvo el altímetro constante a cuatrocientos cincuenta metros pero la tierra pareció alzarse debajo de ellos.

—¡La montaña! —exclamó Dana—. ¡La de la foto de Trina!

—Correcto. Loudenberg no estaba prestando atención a la elevación del terreno. Se pone un poco nervioso y empieza un ascenso justo... —Broder tiró la palanca hacia atrás abruptamente— ...acá.

La trompa de la avioneta se inclinó hacia arriba y el indicador de velocidad vertical subió de golpe.

—Está tan empinado en este punto que de repente se da cuenta de que puede quedar en un ángulo crítico.

—¿Y qué significa?

—Cuando el ángulo de ataque del ala se pone muy empinado, pierdes empuje. A menos que baje la trompa y aumente el impulso en más o menos treinta segundos, nos vamos a pique.

—Entonces hazlo —le dijo urgiéndolo.

Con una sonrisa empujó hacia adelante la palanca y aceleró. El chillido del motor ascendió una octava con el incremento de potencia. La trompa se niveló, el altímetro marcaba setescientos metros.

—Hay un par de golpes de radar no identificados acá a los setecientos metros. Digo que son del Skyhawk. De modo que esquivamos la montaña, casi nos caemos y ascendimos doscientos cincuenta metros. Todo esto ocurrió en un minuto. Fue durante ese mismo minuto que el JetRanger viró hacia el norte. Así que dime, ¿dónde está el helicóptero ahora?

Dana cerró los ojos y trató de verlo. El JetRanger arriba desacelerando e inclinándose hacia el norte. El Skyhawk volando un curso paralelo y ascendiendo de repente doscientos cincuenta metros.

—La misma posición cincuenta metros arriba de nosotros —dijo—. Casi justo arriba de nosotros.

Broder asintió.

—Ahora imagina que eres Loudenberg. No viste al helicóptero haces ese viraje hacia el norte y te preguntas dónde se metió. Mira.

Dana se dio vuelta y estiró el cuello hacia la izquierda pero tenía bloqueada esa parte del cielo. Trató de mirar directo hacia arriba y después arriba hacia la derecha. Desde todos los ángulos el ala le bloqueaba la visión.

—Éste es uno de los mejores aviones ligeros de todos los tiempos —dijo Broder—. Pero el montaje del ala en la parte superior no permite mucha visibilidad hacia arriba. Loudenberg no podía ver el helicóptero.

—Genial —exclamó Dana con un quejido—. Loudenberg no podía ver ni esquivar, de modo que está exonerado. Pero, ¿y la tripulación del JetRanger? Deberían haber sido capaces de ver y esquivar el avión. El cielo estaba límpido ese día.

—Sí, el peor fondo sobre el cual detectar una nave. Con cielo gris o blanco tienes más contraste con la silueta oscura del avión. Pero con el azul no. Y agrégale el resplandor del sol. A las diez A.M. con el avión hacia el sudeste la tripulación del helicóptero tenía todo el sol de frente para ese lado. Y cuando el avión subía desde abajo, no hay forma alguna de que lo hayan podido ver.

—Pero lo deberían haber oído.

—No se oye nada arriba de un helicóptero. Hay tanto ruido en la cabina que tienes que usar un supermicrófono simplemente para poder hablar por radio.

—Entonces Loudenberg debería haber oído...

—Estuvo oyendo los rotores del helicóptero todo el tiempo. Sabe que está ahí en el cielo en alguna parte. Pero en términos de medir la distancia; ponte esto.

Le alcanzó los auriculares y Dana se los puso. Oía un fuerte crujir de estática y una babel distante de voces en la radio. La boca de Broder se movía. Se sacó uno de los auriculares.

—¿Qué dijiste?

—Te dije, créeme, el oído no es un sentido en el que se pueda confiar cuando estás volando.

Dana quedó pensativa mientras le devolvía los auriculares.

—Pero todavía hay cincuenta metros de distancia vertical. ¿Cómo fue que chocaron?

Ahora debajo de ellos se extendía el Valle Alpino. Broder se inclinó hacia la derecha y dio otra vuelta sobre el parque.

—Bueno, ésta es mi teoría —dijo—. Supongamos que soy Loudenberg y que estuve siguiendo al helicóptero durante un rato.

—¿Deliberadamente? —preguntó Dana incrédula.

—Sígueme un poco la corriente —dijo Broder—. Esa montaña me agarró desprevenido, subí demasiado rápido, casi me vengo abajo. Perdí un poco mi posición y ya no puedo ver al helicóptero. ¿Qué hago entonces?

Incrédula Dana dijo:

—Subes un poco más.

—Bingo. Subo la trompa y para cuando veo lo que hay arriba, ya es demasiado tarde. Mi hélice golpea primero. Una aleta corta el patín derecho del helicóptero, después golpea la segunda aleta. La hélice se sale, el avión hace una espiral. El ala derecha sube y queda atrapada en el rotor principal del helicóptero.

—Los tanques de combustible están en las alas.

—Exacto. El rotor golpea el ala derecha y enciende el tanque. Ésa es la primera explosión. Mientras tanto, el rotor principal sale disparado y el JetRanger se precipita como una piedra.

—¡Con el Skyhawk todo enredado abajo de él!

Dana apretó la cara contra el vidrio. Justo abajo estaba el parque de diversiones. Se quedó callada unos momentos, repasando toda la escena en su mente. Al final sacudió la cabeza.

—No, ésa no puede ser la manera en que ocurrió. ¿Por qué la avioneta iba a volar deliberadamente tan cerca del helicóptero?

—Lo tipos malos lo hacen todo el tiempo. Es así como entran en nuestro espacio aéreo. Siguen una nave que vuela legítimamente y se meten en su huella de radar, y nadie se entera jamás de que están ahí. Pasa lo mismo con la poca elevación. Vuelo rasante. Si vuelas bien bajo, eres invisible en la pantalla de radar.

—Pero éstos no eran vuelos internacionales —dijo ella—. Y Loudenberg no tenía ninguna razón para ocultarse. Nadie lo seguía.

Ella volvió a negar enfáticamente con la cabeza.

—Jamás le voy a poder vender esa teoría a un jurado.

Broder endureció el rostro y miró hacia adelante.

—Ahora entiendo por qué el sistema legal no funciona.

—¿Por qué?

—Porque ustedes los abogados no miran más allá de lo que resulta verosímil para un jurado.

—¿Y qué otra cosa voy a estar mirando?

—La verdad —dijo él—. Primero fíjate qué ocurrió y después preocúpate por cómo haces para vendérselo al jurado.

Se quedaron en silencio mientras Broder, enojado, siguió dando vueltas sobre el parque.

Dana fue la primera en ceder.

—Supongo que tengo que averiguar más sobre Loudenberg. Tal vez tenga que ir yo misma a Montrose.

—Montrose no.

—¿Qué?

—No fue de ahí que despegaron, por lo menos no en el último tramo del viaje.

Dana tomó los informes de radar y los hojeó apresuradamente.

—¿De dónde entonces?

—De un lugar que se llama Laporte.

—¿Dónde queda?

Broder se quitó los anteojos y la miró con ojos bailarines.

—Vayamos a averiguar.

CAPÍTULO 27

Laporte era un pequeña ciudad en el condado de Sullivan, aproximadamente —según midió Dana en el mapa con los nudillos— a ochenta kilómetros al sudeste de Montrose. Dana había oído hablar del condado de Sullivan. Uno de sus socios, ya jubilado, tenía una casa de verano ahí en las montañas, en una pequeña ciudad llamada Eagles Meare. Era la joya del condado, una ciudad victoriana de tres calles y casas también victorianas de tres pisos, de madera y piedra, todas rodeando la costa de un lago privado. Los residentes de verano eran todos de Filadelfia y Nueva York, cuyas familias veraneaban ahí desde hacía tres o cuatro generaciones y que todavía tenían en el porche los muebles de mimbre de la abuela. Se quedaban todo el verano, pero desde el 1° de septiembre hasta la primavera era una ciudad fantasma, visitada sólo por los hombres de las comunidades vecinas que completaban los cheques de desempleo con magros sueldos por cuidar las casas vacías y por trabajitos de reparación.

El condado de Sullivan era uno de los condados menos poblados del estado. Al socio de Dana le gustaba contar una historia ilustrativa. Cuando compró la casa a un primo suyo, el abogado que presidió la operación representaba simultáneamente al vendedor, al Banco y a la compañía de seguros, por no mencionar a la Asociación de Propietarios de Eagles Meare. También era abogado del condado y fiscal de distrito; de hecho era el único abogado del condado. El socio de Dana bromeó con él durante la transacción "¿No le gustaría tener un socio? No le vendría mal una ayuda acá arriba". A lo que el abogado le respondió amargado: "Un socio, ¡diablos! ¡Lo que necesito es un adversario!"

La escasa población del lugar resultaba evidente desde el aire. Densas gradas de bosques recorrían el terreno montañoso, interrumpidas ocasionalmente por un acre de tierra desbrozada que revelaba una casa, una pickup al frente y una pila de leña en el fondo. Los caminos eran todavía menos frecuentes; no era fácil entrar o salir de este condado.

Andy dio varias vueltas durante diez minutos, mirando alternadamante el mapa y el terreno, pero no había signo alguno de un aeropuerto, de una pista de aterrizaje, o siquiera de un campo abierto lo suficientemente nivelado como para aterrizar una avioneta.

—No puede ser acá —dijo Dana.

Andy dio otra vuelta que lo llevó sobre un valle angosto y sinuoso. Debajo se veían las espiras de una autopista solitaria con las pendientes de las montañas densamente arboladas a cada lado. Había algunos claros, pero su tamaño apenas permitía un poco de luz a una casa o una cabaña.

—¿Estás seguro de que marcaste todo bien en el mapa?

—Si hay algún error está en los datos del radar, no en mi navegación.

—Debe de ser maravilloso estar tan seguro de uno mismo.

—Sí, es genial. —Comentó él. —Mira allá abajo.

Por unos kilómetros el camino trazaba una curva muy suave, lo más parecido a una línea recta en un radio de treinta kilómetros.

—Te apuesto que ésa es la pista de Loudenberg.

—¿Dónde?

Dana apretó la frente contra el vidrio.

—¿La ruta?

—Sí.

Dana recorrió con la vista el terreno empinado.

—¿Pero y después? No podía dejar la avioneta así nomás estacionada en el medio de una autopista.

—Debe de haber un pequeño claro al lado del camino por ahí. Bajemos a averiguar.

—¿Bajemos quiere decir sobre la ruta? —exclamó Dana—. Broder, acuérdate por favor de que esto es un avioneta, no un helicóptero.

Él se rió.

—Y tú acuérdate de que estás volando con alguien que en Alaska trabaja como piloto de maleza. Cuando hizo falta aterricé sobre témpanos.

Subió la trompa un poco y dio una vuelta trescientos metros más arriba para controlar si había tráfico, después esperó que pasara un camión desvencijado y bajó de nuevo hacia el valle. Cuando adelante apareció el tramo de camino más recto, aminoró la velocidad y se deslizó lo más bajo posible sobrevolando la superficie de la ruta. Las manos de Dana se aferraron a los costados del asiento para sujetarse, pero las ruedas principales tocaron suavemente el suelo y un segundo después las siguieron las de la trompa.

—¿Ves? —dijo él—. Es fácil.

A la izquierda, más adelante, se divisaba un claro y él movió los timones y el freno para doblar. La avioneta se sacudió con fuerza cuando dejaron el asfalto y la luz del sol se ensombreció a medida que crecían la frondas de los árboles por encima de ellos. Las ramas se arqueaban arriba y las puntas de las alas casi rozaron los troncos antes de que la avioneta se detuviera.

—Apenas hay lugar acá para que maniobre un Skyhawk —dijo.

—No es un mal lugar para esconderlo entonces.

Dana miraba por la ventanilla los densos bosques que los rodeaban.

—Bajemos a mirar.

El claro era reciente. La maleza estaba formada por zarzas y espinos mal cortados que luchaban por recuperar su terreno. Quedaban tres troncos cortados con sierra casi al ras del suelo. Andy se sentó para estudiar el terreno.

—¿Algún signo de que la avioneta de Loudenberg haya estado aquí? —preguntó Dana.

—La tierra es tan dura y seca que ni podría decir que mi avioneta estuvo acá.

Dana recorrió el perímetro del claro y tras unos minutos encontró lo que buscaba: una tenue huella que llevaba desde los bosques hasta la ladera de la montaña.

—Vayamos a ver —dijo y empezó a subir.

Tal vez no era más que una huella de ciervos. Sobresalían las rocas y las raíces, y los arbustos le arañaban los tobillos y las pantorrillas, tanto que empezó a arrepentirse de los shorts y las zapatillas. A mitad de camino, Andy la pasó.

—No tan rápido —le dijo en voz baja—. Si es un campamento paramilitar debe haber guardias apostados.

Dana no podía creer que ahí hubiera un campamento. Los bosques eran tan silenciosos; en realidad no podía creer que hubiera nada ahí. Pero lo dejó que guiara el camino; con jeans y botas de trabajo era mejor para ir abriendo la huella. Él caminaba con pasos largos que no hacían ninguna concesión a lo empinado de la pendiente, excepto por los músculos de los glúteos que se contraían y se relajaban a medida que escalaba. Dana seguía de atrás con los ojos fijos en las copas más altas de los árboles.

Al acercarse a la cima la luz empezó a crecer y enseguida vieron otro claro adelante de ellos. Andy saltó rápidamente hacia un costado del camino pisando con la mayor suavidad posible para amortiguar el ruido. Con cuidado, Dana lo siguió dando la vuelta a unos arbustos hasta que los dos tuvieron una visión despejada del claro.

En medio del campo había una construcción de madera de techos bajos. Estaba pintada de un color pardo y el techo plano estaba cubierto con ramas de siempreverdes que casi ocultaban por completo el disco del satélite que había montado sobre él. Había dos ventanas en la pared de atrás y las dos estaban cerradas. No había signos de moviento ni adentro ni afuera.

—¿Inspeccionamos? —preguntó Andy murmurando.

Dana asintió con un movimiento casi imperceptible de cabeza y los dos se levantaron medio agazapados y dieron una vuelta por el bosque hasta el otro lado del claro. Un campo de pasto quemado llevaba hasta el frente de la cabaña. De este lado había otras dos ventanas y una pesada puerta de acero. Todo estaba en silencio.

Andy señaló hacia la construcción y alzó las cejas como interrogando. Dana observó durante otro minuto antes de asentir. Mientras él sostenía levantada una rama, Dana pasó por debajo y salió del bosque.

La sombra oscura de un hombre se asomó de golpe adelante de ella.

Andy la agarró de la cintura y la arrojó al piso debajo de él. Se quedaron congelados, con los oídos alertas y el corazón que latía a toda velocidad, pero no ocurrió nada. Lentamente se levantaron y Dana alzó la cabeza. El hombre todavía estaba a la vista pero estaba inmóvil y después que se tranquilizó se dio cuenta de que era un muñeco de madera terciada de dos dimensiones.

Esperaron observando con cautela, pero cuando vieron que nada se movía en la cabaña y no se alzaban de la tierra más hombres de madera, se pusieron de pie y dieron una vuelta por delante de la figura. Estaba perforada con agujeros de bala.

—Un blanco de tiro —dijo Andy.

Unas líneas borrosas de tiza en el pasto marcaban los carriles de tiro y entre los yuyos había otra media docena de blancos humanos.

—Inspeccionemos la cabaña —dijo Dana.

Corrieron por el campo abierto y se pegaron contra la pared, después se arrimaron al borde de la ventana. Dana se puso de rodillas abajo del marco y se alzó lo suficiente como para echar un vistazo de un segundo y volvió a ocultarse.

—¿Hay alguien?

—Todo despejado.

Los dos se levantaron. Adentro había un solo cuarto con dos camas marineras a la izquierda, una mesa de fórmica y sillas de vinilo justo en frente, un televisor y un sofá a la derecha.

—Parece una cabaña de caza.

Dana se acordó que Loudenberg era cazador y por un segundo se convenció de que sólo se trataba de eso. Sin centinelas ni búnker ni cercos de alambres de púas, nada parecía indicar que se tratara de un campamento paramilitar.

Pero los cazadores no practican tiro con siluetas humanas, y tampoco tratarían de camuflar la cabaña para que no se vea desde el aire.

Andy hizo un siseo al respirar como soprendido y un segundo después Dana oyó lo mismo que él había oído, el clic del martillo de un arma justo detrás de ellos.

—Sabes, amor —dijo Andy mientras con una mano le pellizcaba una nalga—. No creo que sea éste el lugar.

Dana lo miró. —No —dijo con un hilo de voz—. Dijo que había una cama doble y chimenea.

—¡Manos en la cabeza! Y dénse vuelta muy despacio.

Andy se sobresaltó como sorprendido y Dana hizo lo mismo. Rotaron juntos con las palmas en la cabeza.

Había dos hombres con armas apuntándolos. Dana reconoció la empuñadura hacia adelante y los cartuchos curvos y un escalofrío le corrió por la espalda.

—¿Eh, qué pasa?

—Ésta es propiedad privada, muchachito —dijo el de la izquierda, un hombre de mentón poco marcado y escaso pelo rubio.

—Oh, dios mío, Ralph —gritó Dana—. ¿En qué lío nos metiste?

—Miren, señores, lo lamentamos mucho —dijo Andy—. La verdad es que nos acabamos de enterar que éste no es lugar que buscamos. No teníamos la menor intención de entrar en una propiedad privada, créanme.

El que habló antes subió el arma pero el otro siguió apuntando.

—¿Quiénes son ustedes? ¿De dónde vienen? —preguntó.

—Soy Ralph Bellamy. De Wilkes-Barre. Y la señorita es... bueno preferiría no tener que decir su nombre.

—¿Por qué?

—Bueno, es casada, ya saben. Pero no queríamos molestar a nadie. Sólo buscábamos un lugar para estar unas horas a solas. Ustedes saben cómo son estas cosas. Un amigo me habló de una cabaña acá arriba pero debemos de haber tomado el sendero equivocado.

El hombre rubio se rió y el otro le lanzó una mirada fulminante.

—Vamos —dijo Andy tratando de engatusarlos—. No tengo lugar propio, no tengo más que un camión. Y mírenla; se pueden dar cuenta de que no es el tipo de mujer que se pueda conformar con eso.

—Ralph. Cállate.

El rubio la miró detalladamente, después señaló con el arma hacia el bosque.

—Vamos, desaparezcan.

—Un momento —dijo el otro—. Mejor esperemos a ver qué dice el jefe.

—¿Quién está a cargo acá, Zack?

El rubio miró fijo a Andy.

—Ustedes dos no vieron nada acá, ¿de acuerdo?

—¡Sí, señor!

Andy tomó a Dana de la mano.

—¡Gracias!

Atravesaron rígidos el claro y no miraron hacia atrás hasta que llegaron a la línea de árboles. El arma del otro también estaba levantada ahora pero movía la cabeza irritado.

—Vámonos de acá —dijo Andy—. Antes de que cambien de idea.

El bosque los cubrió con un manto de oscuridad mientras corrían por la huella. Era tan empinado para descender como lo había sido el ascenso y Dana perdió pie y resbaló dos metros encima de rocas y raíces hasta que Andy corrió y la sujetó del brazo. Dana se puso de pie temblando y él se adelantó para guiar el camino.

—Esas armas —dijo él por encima del hombro.

—MP-5K, ya sé. El rubio, el que nos dejó ir.

Dana lo había reconocido de las diapositivas de Travis.

—¿Qué?

—Es el hijo de Loudenberg, Bill Jr.

—¡Dios mío!

La luz tenue del bosque empezó a brillar. El claro de la ruta estaba cerca y Dana apuró el paso al ver el destello del fuselaje por entre los árboles.

Pero Andy se paró en seco y el pecho de Dana se pegó a su espalda. Ella se asustó y estaba a punto de lanzar un grito de sorpresa cuando él se dio vuelta y le cubrió la boca con la mano.

Dana lo miró con furia en los ojos.

—¡Mira! —le susurró Andy, señalando con el mentón a la vez que retiraba la mano.

Había tres hombres alrededor de la avioneta, cada uno meciendo en la mano un arma automática. Uno de ellos se acercó al Skyhawk y los otros levantaron las armas apuntando a la cabina mientras el otro subía. Cuando bajó tenía algo en la mano.

—Maldición —dijo Andy por lo bajo—. La llave.

El hombre saltó a tierra y gritó algo a los otros dos. Vieron un destello de luz en la boca de las armas y el rugido de una explosión retumbó contra la ladera de la montaña.

Dana cayó al suelo y Andy encima de ella. Los rápidos estallidos de los disparos resonaban contra el fuselaje y se oyó como el romper de un trueno cuando explotó una de las ventanas.

Andy la tomó de la mano y la arrastró desesperado a través del bosque. Una raíz que sobresalía del suelo la hizo tropezar y se tambaleó hacia adelante y cayó de bruces sobre la tierra. Andy la tomó de la cintura y la levantó urgiéndola a seguir.

Cesaron los disparos y en el silencio repentino se agazaparon lo más posible. Se apretaron uno contra el otro bajo la capa de arbustos y se esforzaron por escuchar las débiles voces que oían detrás.

—Los dos tipos del campamento nos van a describir —dijo Andy—. Y nos van a buscar.

Dana miró hacia atrás por donde habían venido. El terreno era tan duro y seco que no habían quedado huellas. A menos que la tropa incluyera a un rastreador indio, no logarían seguirlos.

—Podríamos ir hacia la ruta —dijo él—. Parar a alguien para pedir ayuda.

—Pero ahí es donde nos van a buscar primero.

—O podemos internarnos más en el bosque y ocultarnos.

Una difícil opción entre la seguridad sin ayuda en los bosques y la ayuda sin seguridad en la ruta.

—Vamos a la ruta —dijo ella.

—De acuerdo, pero mejor sigamos un par de kilómetros por el bosque y salimos más abajo.

Dana asintió.

Se pusieron de pie y anduvieron a un trote ligero por el duro terreno. Dana se olvidó de los shorts y las zapatillas y corrió sin pensar en las ramas que le azotaban los tobillos y los brazos. Trató con tanto esfuerzo de no hacer ningún ruido que se olvidó de respirar. Sus pulmones estaban por estallar cuando se acordó de tomar aire.

Andy iba trazando una huella en dirección oeste, y después de media hora asomaron la cabeza por entre una mata de arbustos que bordeaban dos carriles de asfalto.

Era sábado por la tarde en un tramo solitario de ruta en el medio de uno de los condados menos poblados de Pennsylvania. Dana no esperaba encontrar el tráfico de Filadelfia a la hora pico pero tampoco tenía pensado esperar media hora sin que pasara ni un solo vehículo.

Estuvieron acuclillados detrás de los arbustos, Andy mirando la ruta en una dirección, Dana en la otra y cuando se les acalambraron los músculos se pusieron de rodillas e intercambiaron posiciones. Dana tenía la imagen de cada hoja de cada árbol impresa en el cerebro hasta que por fin se oyó el débil ruido de llantas sobre el asfalto.

Un camión se asomó por la curva de la ruta, en realidad una

camioneta azul vieja y polvorienta con la caja cerrada que venía despacio. Andy se tensó listo para saltar y hacerle señas pero algo hizo que Dana se estirara y lo sujetara mientras pasaba la camioneta.

La camioneta se detuvo en la banquina unos metros más adelante y del bosque, de atrás de un árbol que ella había estado mirando durante media hora, salió un hombre con un arma automática colgando del hombro.

El hombre habló brevemente con el conductor, después se perdió de nuevo en su puesto de guardia entre los árboles. El vehículo siguió y Dana y Andy se escabulleron lo más silenciosamente posible del lugar donde se ocultaban y volvieron al bosque.

—No pueden cubrir toda la ruta —dijo ella—. No son tantos.

—No sabemos cuántos son. Y no sabemos cada cuánto están apostados o cada cuánto tiempo hacen las rondas con la camioneta.

—No nos van a buscar toda la vida.

—No. Sólo hasta que nos encuentren.

Dana se adelantó para pensar. Si él tuviese razón, esconderse no les serviría de nada. Sólo tenían dos opciones y una era huir corriendo tan lejos y tan rápido como pudieran.

Se dio vuelta.

—Tenemos que volver a la avioneta.

—¿La avioneta? Está toda perforada. Incluso si pudiésemos llegar hasta ella, no hay modo de que podamos salir volando de acá.

—No, no volar. Pedir ayuda por radio.

—Se llevaron la llave, ¿no te acuerdas?

—¿No puedes hacer el contacto de algún modo?

—Sí, tal vez. Si tuviera una hora, más o menos.

Dana caminó apesadumbrada algunos pasos durante unos minutos y de repente volvió a darse vuelta.

—¿No nos van a venir a buscar después de un rato, la FAA o alguien? ¿No es lo que hacen cuando se cae un avión?

Andy negó con la cabeza.

—No presenté un plan de vuelo. Por lo que concierne a los demás debo de estar volando de regreso a Alaska.

Dana lo miró, confundida.

—Pero yo te oí por teléfono esta mañana. ¿No estabas hablando con alguien?

—Con Carly, sí. Pero sólo para pedirle que llene el tanque por mí.

Carly. Debía ser la fisicoculturista de la casa rodante. La que no tenía línea de teléfono.

—Un momento —dijo ella de repente—. ¿Cómo hiciste para llamarla? No tiene teléfono.

Sus mejillas se ruborizaron un poco y luego admitió con una risa tímida.

—De acuerdo, me agarraste. Tiene un celular.

—¿Entonces por qué me dijiste...?

—¡Eh!, no es la peor mentira que dije en mi vida para conseguir el teléfono de una chica.

Activó al máximo el poder de sus hoyuelos pero Dana se alejó de él ultrajada. Su primera intuición había sido correcta y debería haberla obedecido. Era un chico irresponsable y precipitado sin ninguna noción de la gravedad de las circunstancias. Debería haber acudido a Doug Wetherby o a Ed Stolz en busca de ayuda. Habrían manejado toda la cuestión profesionalmente y sin jugar juegos adolescentes controlados por la testosterona.

Pero a la vez le vino otro pensamiento tan fulminante que le extinguió la ira. Corrió y lo agarró de los brazos.

—¡Andy! Tengo mi celular. ¡Está en mi cartera en la cabina!

Él abrió grandes los ojos. Pero un segundo después sacudió la cabeza.

—Nunca vamos a lograr burlarlos.

—Nos están buscando a nosotros; no están vigilando una avioneta que no puede volar.

—Y con toda seguridad no va a funcionar. ¿Qué chances hay de que haya una torre de transmisión celular por acá?

Ella pensó un segundo.

—Es la única chance que tenemos.

CAPÍTULO 28

Habían dejado un hombre vigilando la avioneta. Desde los arbustos lo observaron quitarse la gorra y secarse el sudor de la frente. Era Billy Loudenberg, llevando a cabo tarea de castigo sin aceptarla como un soldado. Se apoyaba con pereza sobre la punta del ala con el arma colgando suelta al hombro apuntando hacia arriba.

Andy recorrió de un vistazo el claro y el bosque que lo rodeaba.

—Es demasiado peligroso —volvió a decir.

Pero Dana se daba cuenta de que estaba pensando en los detalles, tratando de idear un plan.

—¿Corro yo hasta la avioneta o corres tú? —se apresuró a decir ella.

Andy resopló resignado.

—Voy a ir hasta el otro lado y voy a tratar de alejarlo. Si lo engaño, corre hasta la avioneta, toma el teléfono y vuelve acá y espera. Pero no te muevas hasta que vaya hacia mí.

Se paró y empezó a dar la vuelta corriendo agazapado. Dana se levantó y se preparó con las caderas hacia arriba como un corredor profesional, lista para salir disparando en cuanto dieran la señal.

Desde lo profundo del bosque, del otro lado del claro, se oyó la voz de Andy. No se entendió lo que dijo pero el tono era de conversación puntuado con algunas risas, como si le estuviera hablando a ella.

Loudenberg enderezó de inmediato la espalda y puso el arma en posición. Rotó la cabeza estudiando lentamente el claro. Cuando se oyó la voz de Andy por segunda vez, se internó corriendo en el bosque.

Dana espero, contó hasta tres y arrancó. Se movió con cautela a través de los arbustos pero cuando llegó al claro salió corriendo a toda velocidad. Saltó a la escalerita, abrió la puerta y se tiró sobre el asiento.

Su cartera todavía estaba donde la había dejado sobre el piso, al lado del termo de acero de café. La tomó por la correa y saltó al suelo y ya estaba a medio camino del bosque cuando se acordó del sobre de papel madera de Andy. Adentro tenía las fotos. Las que estos personajes habían estado buscando toda la semana.

Cambió violentamente de dirección, volvió hasta la avioneta y saltó de nuevo a la cabina. El sobre estaba atrás, al lado de la revaluación que Andy había hecho de los informes de radar. Tomó las dos cosas y estaba bajando de la cabina cuando oyó un clic atrás de ella.

—Muy bien, señorita, con mucha calma las manos sobre la cabeza y dese vuelta muy despacio.

Era Zack, el compañero de Loudenberg. Dana subió la cabeza y vio su reflejo en la ventana delante de ella. Estaba parado bien derecho con el arma apoyada contra las costillas y el dedo en el gatillo.

—Está bien, no dispare.

Dejó caer la cartera y los papeles y llevó su mano derecha hacia adelante mientras ponía la izquierda en la cabeza y avanzaba despacio hacia atrás de rodillas. En el vidrio lo vio relajar su postura en cuanto ella empezó a obedecer.

Tiró una patada a la punta a la empuñadura del arma y empujó la punta hacia arriba, después se dio media vuelta con el termo en la mano izquierda y se lo aplastó con un ruido metálico contra los huesos de la cara. Un gruñido apagado y un manantial de sangre y Zack se desplomó al suelo.

Mientras caía detrás de él surgió el caño de otra arma y Dana soltó un grito ahogado de furia y frustración.

Bajaron el arma y al subir la vista Dana vio la cara de Andy.

—Caramba —dijo—. No hacía falta que le rompieras la nariz.

Dana exhaló aliviada con un estremecimiento. Tomó los papales y la cartera y saltó al suelo.

Billy Loudenberg estaba tirado a unos metros.

—Toma —dijo Andy alcanzándole el arma y mientras ella la sostenía con manos temblorosas, Andy agarró unos cables de la caja de herramientas y ató a los dos hombres juntos, de cara al piso, pie con pie y después les ató las manos atrás de la espalda. Se sacó la camisa, la desgarró por la mitad y usó la tela para amordazarlos.

—Esto nos va a dar un poco de ventaja.

Recogió el arma del otro hombre y se encaminó hacia el bosque.

Dana metió las fotos y los papeles en la cartera, se enganchó la correa al hombro y, sujetando con torpeza el arma contra el pecho, fue corriendo tras él.

Mantuvo los ojos pegados a los músculos de su espalda. Después de veinte minutos de dura carrera por el bosque, al ver que lo único que se oía era el eco de su respiración entrecortada, Dana aprovechó para aminorar el paso. Andy la esperó hasta que estuvieron juntos. Su respiración no mostraba signos de agitación pero los hombros y el pecho brillaban de sudor, y el pelo estaba más enrulado y húmedo.

Dana sacó el teléfono y lo encendió. En la pantalla se encendió el mensaje de Fuera del Área de Conexión.

—Te dije —fue el comentario de Andy.

Dana trató de calmarlo dirigiéndole una seductora mueca con los labios, pero al mover la antena apareció una débil señal en la pantalla. Se miraron uno al otro, después hacia la dirección en donde apuntaba la antena.

—Voto a que es para allá.

Dieron media vuelta y se pusieron a andar.

Al caer el sol las montañas largaban unas sombras lúgubres sobre los bosques, pero cuando el último rayo de luz occidental se filtró oblicuo entre los árboles, dio de lleno contra un espejo líquido y azul. Adelante por entre los árboles se veían los reflejos de un lago.

Siguieron a cubierto por el bosque y lo circundaron. Sobre la costa oeste un pequeño claro ya dormía bajo el manto del crepúsculo. Estaba bajo un dosel de arces, y la superficie estaba cubierta por césped y rodeada por laureles silvestres.

—¿Será seguro?

Andy recorrió con la vista la costa y Dana bajó el arma y se dejó caer sobre la hierba. Se oían grillos y el croar de las ranas entre los juncos del pantano. Dana se recostó de espalda y se quedó observando cómo las últimas nubes se tornaban grises antes de perderse en la negrura.

De repente Dana dijo en un estallido de voz:

—¿Ralph Bellamy?

Andy se sobresaltó, la miró y dijo riendo:

—Eh, fuiste tú la que me llamó Ralph.

—Era lo menos que te merecías después de la historia que inventaste. No puedo creer que esos tipos se la creyeran.

—Sabes lo que dicen; las mejores mentiras son las que no se alejan demasiado de la verdad.

Dana enrojecía a la par que descifraba el significado.

—Me parece que necesito tomar algo —dijo en voz baja.

Se puso de pie y se arrodilló a la orilla del lago. El agua parecía tan fresca y pura que se inclinó y hundió toda la cara en ella, después se volvió a sentar sobre los talones y se sacudió el agua del pelo.

Andy estaba detrás de ella, observándola.

—¿No tienes sed?

Andy recorrió con la mirada toda la costa, luego bajó el arma y se estiró sobre el abdomen para beber.

Volvieron a ponerse a cubierto debajo de los arces y Dana probó de nuevo el teléfono pero la señal no era más fuerte que antes. Se abrazó las rodillas y por entre las ramas del laurel se puso a observar el juego de la última luz del sol sobre el agua. Se veía la orilla del otro lado del lago y más allá los contornos azulados de las montañas. Era tan hermoso aquí arriba y tan difícil de reconciliar esa hermosura con los hombres de los que estaban huyendo...

La expresión de Andy era tan seria y solemne como la suya. Estaba sentado con el mentón sobre una rodilla levantada. Tenía la espalda encorvada en una actitud de agotamiento que también reflejaban sus ojeras.

—Siento mucho lo de la avioneta —dijo ella—. Supongo que no sabías en qué te estabas metiendo cuando te ofreciste a ayudarme en todo esto.

Andy sonrió y se encogió de hombros y de pronto a Dana le pareció increíblemente joven. Estiró una mano y le acarició el rostro y fue casi una sorpresa sentir el roce de la barba de un par de días.

—Anoche no dormiste nada, ¿no es cierto?

Él le tomó la mano, se la llevó a la boca y la besó en el cuenco de la palma.

Por el brazo le corrió un escalofrío. Con mucha suavidad, quitó la mano.

—¿Por qué no tratas de descansar un poco?

—Dana...

—Yo vigilo. Tú, duerme.

Estaba demasiado extenuado para discutir. Se recostó sobre el césped y cerró los ojos.

Cuando estuvo segura de que estaba dormido, levantó la mano y se quedó mirando el lugar donde la había besado.

CAPÍTULO 29

Dobló lentamente la esquina y se detuvo en la larga curva del camino de entrada. Enfrente se veían cinco pisos iluminados, pero el terreno estaba casi vacío. Estacionó a un costado y extrajo de abajo del asiento un gorro negro de lana tejido y una mochila de lona. Se cubrió con la gorra el pelo blanco y se puso la mochila al hombro.

A la altura de los árboles se paró para ponerse los anteojos y la noche cobró una luminosidad sepia. Siguió la línea de los árboles, una figura negra moviéndose contra una pared negra hasta que llegó al fondo del área cercada donde volvió a cruzar el parque. El portón estaba cerrado con una cadena y un pesado candado. Pasó los dedos por la cerradura y después metió un pico eléctrico. Se oyó el débil chirrido de un gozne cuando empezó a abrir el portón hacia adentro, se detuvo y sacó la lata de aceite que llevaba en la mochila. Unas gotas y se abrió silenciosamente.

Mantuvo los ojos sobre el suelo, lleno de pedacitos de metal y colillas de cigarrillo hasta que llegó al borde del pozo, después bordeó el perímetro unos cien pies hasta la escalera. Los rieles de los costados cedían y temblaban bajo su peso mientras descendía siete metros bajo tierra.

La cabina azul turquesa de dos metros de alto se erguía en la esquina nordeste. Abrió la caja más chica que había detrás y encendió el micrófono.

—Profesor, vaya para atrás al lado del inodoro. Dos armas van a estar apuntándolo cuando se abra la puerta. Si hace algún movimiento en dirección a la puerta, van a disparar.

—Sí, sí, ya sé todo eso —dijo una voz—. ¿Tiene alguna otra noticia para mí?

El hombre apagó el micrófono y abrió la mochila para sacar la comida y el agua. Era una maniobra complicada entrarlas sin el arma de Tobiah apuntando a la puerta, de modo que habló un rato con un Tobiah imaginario mientras abría la cadena que rodeaba la cabina.

Pero el profesor no intentó nada.

—¿Qué pasa? —preguntó en cuanto se abrió la puerta—. ¿Qué le hicieron a mi esposa?

El hombre canoso cerró la puerta y volvió a poner el candado.

—Big Mac. Espero que sea con queso —gritó el profesor.

Él rió entredientes mientras empacaba y empezaba a subir la escalera. En la mochila sonó el teléfono y cuando llegó arriba lo abrió.

—Sí, señor.

—¿Qué pasa ahora?

Quería abreviar el asunto: su contacto no conocía la ubicación del lugar y no tenía intenciones de que la averiguara.

—Más malas noticias —dijo.

—¿Que desapareció? Ya sé.

Pensativo, el hombre entrecerró los ojos. De manera que el contacto estaba intentando un contacto por su lado. El poder no había cambiado de manos tanto como esperaba.

—Sí, señor. Y considerando eso, recomiendo que clausuremos la operación.

—¡No!

Al oír que volvía el tono de desesperación el hombre sonrió satisfecho.

—No, escúcheme; yo la voy a encontrar.

—Manténgase en contacto —dijo y apagó el teléfono.

CAPÍTULO 30

Se oyó el murmullo del agua, como el de olas que sacuden un bote. El aire estaba inmóvil y caluroso, pero el sonido del agua resultaba refrescante; con su solo susurro parecía engendrar una brisa agradable.

Dana abrió los ojos y se preguntó cuánto habría dormido. El cielo estaba cubierto de estrellas y una media luna ascendía por sobre las copas de los árboles, pero la atmósfera todavía estaba tan pesada y densa que la noche no podía estar muy avanzada. Hacía tanto calor que el aire resultaba casi irrespirable.

Estiró los brazos y se dio vuelta sobre la espalda. Tirados al lado suyo había un par de botas, jeans, calzoncillo y medias. Se sentó derecha y miró por entre las ramas de los arbustos. La luna bañaba con un resplandor dorado la superficie del lago y entre sus destellos se veía la silueta oscura de un hombre.

Lentamente, se puso de pie y se acercó hasta el laurel. El hombre estaba de espaldas a ella y resplandecía desde los hombros hasta donde la blanca curva de las nalgas desaparecía en el agua. Los destellos de la luna se reflejaban en olas mágicas de luz y oscuridad, de aire y agua, y la visión la hipnotizó. Tanto que cuando él desapareció en el agua con el sonido de un pez, creyó casi que se trataba de un espejismo.

Pero unos segundos después emergió de la superficie a tres metros de distancia. El lago era menos profundo ahí y sólo le llegaba hasta los muslos. Se sacudió como un spaniel, de la cabeza despedía una fina lluvia, pero los músculos de su cuerpo, fibroso y duro, estaban tan firmes como si estuviera quieto.

El calor de la tierra trepaba desde el suelo y ascendía resbalando por las piernas de Dana y se condensaba como una pesada carga sobre sus hombros. Tenía los pechos inflamados y palpitantes, y en la pelvis y entre las piernas sentía latir el pulso de la sangre. Se sentía pesada, hinchada y a punto de estallar.

Andy volvió a zambullirse y donde había estado quedó sólo el agua rizada con brillos de plata.

Dana tenía tanto calor y se sentía tan abrumada que movía las manos sin entender cómo. La remera se despegó de su cuerpo y pasó por la cabeza. Los shorts se abrieron y cayeron a sus pies. Seguía sintiendo el mismo calor. El corpiño se desenganchó y se escaparon sus pechos doloridos, su bombacha se deslizó hasta el suelo con el ruido de la seda.

Volvió a surgir del agua, esta vez de frente y a seis metros de distancia lo oyó contener la respiración. Él no se movió pero remolinos de agua nacían de su cuerpo, cada vez más anchos hasta que rozaron la playa. Dana tenía los pies clavados en el suelo pero el calor era tan intenso que tenía que moverse. Dio un paso torpe y tentativo hacia él.

Salió del agua y estuvo frente a ella con sólo tres pasos. De los hombros caían chorros de un agua tan fría y húmeda que cuando Andy la apretó contra él, de su cuerpo se levantó un vapor que hasta parecía sisear. Eran de la misma altura y todo coincidía, desde los ojos hasta los dedos del pie. Las manos de Andy sobre el pelo de Dana, su boca estaba en su cuello, su nombre atragantado en su garganta.

Ella lo envolvió con sus brazos y lo besó. Era como nada que conociera, o nada que hubiese podido imaginar. En sus brazos sentía tener algo sólido pero lo sentía a la vez tan húmedo que le parecía sujetar un líquido. Pasó las manos por su espalda y con las yemas de sus dedos lo tragó, bebiéndolo en sorbos gigantes de deseo.

Pero también era un gas y combustible y se encendía. Trituró sus labios contra los de ella, y hundió la lengua profundo y con fuerza en las cavidades de su boca. Buscó sus pechos y tomó los pezones en su boca, uno tras otro, sorbiendo como un hombre sediento. Su erección le rozó el cuerpo, una vez, y luego con más fuerza mientras presionaba por entrar. Se le debilitaron las rodillas; la urgencia de abrirse a él era casi irresistible.

Tomó su cabeza entre las manos y la alejó de los pechos pero él la interpretó mal y la besó de nuevo en la boca. Abajo la búsqueda se volvió más insistente. Un segundo más y ella misma lo empujaría a entrar. Haciendo un esfuerzo se liberó lo suficiente como para decir casi sin aire:

—Andy, ¿tienes...?

—Oh, sí.

Entre intensos jadeos Andy enganchó un pie detrás de la rodilla de Dana y ambos cayeron al suelo. Hurgó en el bosillo del jean hasta que encontró lo que buscaba y con un grito de alivio ella giró sobre su espalda.

El agua que manaba del pelo de Andy la cegaba y chorreaba en su boca. Él era todo un duro líquido de fuego ahora y ella lo bebía tragándolo hacia sus profundidades. Subió las piernas y lo envolvió por la cintura. Lo podía sentir en el núcleo de su propio cuerpo y pronto pudo sentir algo más —el agarre firme del ascenso. Gimió en voz alta y los ojos de él se encendieron y su boca se abalanzó sobre la de ella. La subida era cada vez más empinada y más intensa hasta que ahí estaba y con un grito se deslizó y cayó hacia el otro lado en una lluvia de infinitos fragmentos de luz.

Él llegó un segundo después casi con un gruñido que reverberó como el grito de apareamiento por los bosques desiertos y silvestres.

La noche se había hecho más profunda. En las cimas de los árboles soplaba una brisa y al fin, a medida que sus corazones se sosegaban, empezó a refrescar. El giró hacia el costado y la acercó a él y durmieron toda la noche uno en brazos del otro.

La temperatura descendió treinta grados durante la noche y Dana se despertó temblando. Sobre el lago flotaba arremolinada una niebla blanca y fantasmal y desde lo profundo del bosque llegó el grito escalofriante y misterioro de un pájaro. Se apoyó sobre un codo y se le cortó el aliento cuando una sombra ondulante apareció entre la niebla.

Era un ciervo parado a la vera del lago con las patas delanteras bien separadas y la cabeza inclinada hacia el agua, bajo el ancho ornamento de sus astas. Por debajo de su piel parda se podía apreciar el estremecimiento que provocaba en sus músculos la tensión; sabía que ella estaba ahí. Pero mantuvo su terreno y bebió todo lo necesario antes de irse saltando por el bosque.

Al lado de Dana estaba la forma espectral y blanca de Andy. Estaba enrollado hacia el otro lado, con un codo doblado como almohada y la otra mano metida entre el brazo y la cara. Estaba despeinado y sus gruesos mechones largos y oscuros le caían sobre las mejillas.

Recorrió con los ojos todo su cuerpo. No se parecía en nada al cuerpo delgado y de miembros largos que había conocido durante veinte años de su vida. El de Andy era firme y compacto; le recordaba un explosivo en un contenedor con una etiqueta que dijera PELIGRO: contenido bajo presión.

No lograba reconocerse del todo en esta escena, acá con este joven jactancioso que le puso los pelos de punta en cuanto se conocieron y que no veía la hora de despachar de vuelta a Alaska. Desde el principio se había dado cuenta de que podía volverla loca, pero ahora sabía en cuántos sentidos.

Era la luz fría de la mañana. Ya no era la locura del claro de luna, ningún trance hipnótico inducido por el calor al que pudiera culpar por su comportamiento. Porque las contracciones del deseo pulsaban en ella con la fuerza de un cuchillo y de repente entendió cómo debieron de sentirse antes que ella un millón de hombres. Trabajé tan duro, di tanto. Ésta es mi recompensa. El bien y el mal ya no se aplican a mí. Me merezco esto, lo quiero.

Cerró la distancia que los separaba y su propio estremecimiento lo despertó cuando ella lo tomó en su boca. Se movía con golpes largos y lujuriosos y cuando la cadera de él empezó a retozar de excitación ella se levantó y lo montó y todos los pensamientos dejaron su mente, todos excepto uno: ¡Sí!, ¡Sí, me merezco esto, lo quiero!

Después se pusieron de pie, golpeándose los brazos y pateando contra el suelo por el frío de la mañana. Tenían la ropa húmeda por el rocío y el aliento de ambos brotaba como bocanadas gemelas de humo mientras se apresuraban a vestirse. Andy ya no tenía camisa y cuando empezó a cerrar la bragueta del jean, Dana le corrió la mano y lo hizo ella misma.

Él hizo una sonrisa perezosa y satisfecha.

—Supongo que ahora vas a pensar que no valgo nada.

—¿A cien dólares la hora? No creo.

Él rió y la tomó en sus brazos para besarla. El calor que sentía entre sus brazos era tan agradable que se entregó a él, y al final debió hacer un esfuerzo para separarse.

—¿Arrepentida? —le preguntó en voz baja reteniéndola.

—No —respondió sorprendida—. ¿Por qué debería estarlo?

Él le miró la mano izquierda que reposaba sobre la cadera.

—Oh.

Su anillo de bodas de pronto pareció desencajar y fuera de lugar en su dedo, como alguna clase de cáncer mutante.

—Estoy separada —dijo—. No sé porque no me lo saqué antes.

Tiró del anillo con fuerza pero no pasaba por el nudillo. No había salido del dedo desde que Whit se lo había puesto quince años antes: sus articulaciones debían de haberse hinchado desde entonces.

Él se agachó para atarse las botas.

—¿Cuánto hace?

—Pareciera como si fuera desde siempre.

Al segundo se dio cuenta de que le preguntaba cuánto hacía que estaba separada pero no corrigió la respuesta; por el momento era lo que sentía.

—¿Dónde vives?

—No sé.

Otra verdad.

—Eh.

Dana le sonrió.

—¿A qué vienen tantas preguntas? ¿No te diste cuenta de que me abstuve de preguntarte sobre tu amiga?

Andy se enderezó.

—¿Quién? ¿Carly?

—¿Se llama así? Pensé que era Charlie Atlas.

—Sí, tiene su físico —dijo apreciativamente—. Volamos juntos en la infantería de marina.

—¿Es piloto?

—Sí. Y si anoche hubiese estado acá y nos hubiese visto desnudos, ¿sabes arriba de quién habría saltado?

A Dana se le aflojó la mandíbula.

—¿Es...?

—Por lo menos la última vez que hice la prueba. Y te aseguro que probé.

Dana quedó con la boca abierta un rato y finalmente largó la carcajada.

Emprendieron de nuevo el camino con las armas al hombro, dejando atrás el lago para volver a internarse en el bosque. Lentamente, el sol fue subiendo y filtrando su delicada luz por entre las copas de los árboles y gradualmente fue desapareciendo el frío.

Dana sacó el celular y volvió a probar.

—¿Ya sabes a quién vas a llamar? —le preguntó Andy mientras ella esperaba que se iluminara la pantalla.

—Una amiga mía de la Fiscalía. Mirella Burke. Estamos fuera de su jurisdicción pero va a saber a quién contactar y qué botones tocar.

Todavía seguía brillando la señal de Fuera del Área de Conexión.

La temperatura fue subiendo mientras seguían caminando. Aunque todavía era el principio de la mañana ya se percibía que hoy iba a ser una réplica de ayer y de los cincuenta días de sequía y de la ola de calor. Cada quince minutos Dana paraba para volver a intentar. Pero todo seguía igual y además ahora empezaba a preocuparse por la batería. La vez siguiente esperó media hora antes de probar de nuevo pero todavía la señal era muy débil para hacer la conexión.

—Probemos para allá —dijo Andy y cambió la dirección que llevaban.

Dana mantuvo los ojos en la pantalla cuando cambiaron de ángulo. En seguida la señal empezó a hacerse más tenue.

—Andy, no. Para ahí no.

Cuando vio que no contestaba miró para arriba y se dio cuenta hacia dónde se encaminaba, hacia la ladera empinada de una montaña. Inclinó bien la cabeza para ver mejor. Arriba se veía la roca pelada de una cima, la más alta de toda el área.

Guardó el teléfono y lo siguió trecho a trecho del duro ascenso. Llegó a la cumbre jadeando y sin aire y volvió a encender el teléfono.

Los dos observaron con atención mientras se encendían las señales de la pantalla y finalmente sus ojos se abrazaron de triunfo.

CAPÍTULO 31

Mirella Burke abrió la puerta con un empujón de su considerable trasero y volvió al cuarto de interrogatorios con un vaso alto de agua helada en cada mano. Dana la miró con pura gratitud y bebió un sorbo largo. El protocolo de la policía local para rescates de zonas boscosas era envolver a las víctimas con frazadas y obligarlas a tomar café caliente, incluso con treinta grados y cuando las víctimas habían sonado una alarma de incendio durante horas. Dana estuvo muerta de sed desde que llegó.

Andy también. Tomó el vaso y lo bebió sin sacar la cabeza para tomar aire. Alguien le había dado una camisa blanca nueva de un talle más grande. Le caía con pliegues bien marcados en los hombros y le sobraba como si se inflara alrededor del cuerpo.

Mirella anunció:

—Señor Broder, hay un agente en el hall que quiere hablar con usted sobre su avioneta.

Apoyó el vaso sobre la mesa.

—¿La encontraron?

—Eso es lo que dice el agente.

Le tocó el hombro a Dana antes de salir.

—Vuelvo enseguida.

Mirella cerró la puerta una vez que salió y se dio vuelta con las manos en las caderas.

—¿Estás bien, nena?

Habían pasado dos horas esperando que el equipo de rescate los divisara, una hora viajando en la avioneta y el auto sin chapa y otras dos horas acá, en el Edificio Federal de Scranton. En el cuerpo le estaban empezando a aparecer los rasguños y los moretones en lugares que no recordaba haberse lastimado, sentía que la nuca se le partía con golpes sordos y todavía esa sed inextinguible.

—Sí, estoy bien —dijo.

—¿Qué tal otro sándwich o alguna otra cosa?

—Mirella, por favor. Siéntate y explícame qué está pasando.

La cara de Mirella se ensombreció al sentarse. Su rostro poseía la belleza de una reina africana, con pómulos finamente cincelados y ojos exóticamente rasgados y con el cabello sedoso sujeto atrás en la nuca con un *chignon*. Pero demasiados años de subsistencia a base de malas comidas habían dejado su marca. La silla moldeada de plástico de las reparticiones gubernamentales no estaba hecha para Mirella. Sobresalían rollos de su cuerpo que se desparramaban por los cuatro costados de la silla.

—Bueno, siguieron las coordenadas que tu muchachito les dio y encontraron su avioneta, toda baleada como dijeron ustedes.

—¿Y qué pasó con el campamento?

—Bueno, hay una cabaña ahí arriba, es cierto. Pero eso es todo.

Dana dejó caer la cabeza en sus manos y se masajeó la frente. No había supuesto que esos hombres iban a quedarse tranquilamente sentados esperando que llegara el FBI, pero ahora se daba cuenta de que era lo que hubiese deseado. Volvió a mirar a Mirella.

—¿Y qué hay de Billy Loudenberg? ¿Ya lo agarraron?

—No hay nadie en la granja.

—Entonces busquen en los hospitales al otro, a Zack. Le rompí la nariz; con toda seguridad lo llevaron a una sala de emergencias ayer.

Mirella miró hacia otro lado.

—Sí, alguien se está ocupando de eso.

—¿Alguien?

Dana se empujó hacia atrás en la mesa y se levantó.

—Mirella, ¿por qué no le dan prioridad a todo este asunto?

—Eh, es domingo, y en esta oficina hay mucho trabajo. Para muchas de estas personas éste es el primer domingo libre en meses.

La voz de Dana se alzó con incredulidad.

—¿Hay un grupo paramilitar ahí por el campo con armas automáticas y esta gente no quiere perder su día libre? Mirella, tú viajaste tres horas para llegar hasta acá, y ni siquiera es tu distrito.

—Eso es porque tú estabas en problemas, querida. Pero esta gente, lo único que tiene es que algunos graciosos balearon una avioneta y eso es simplemente un delito a la propiedad. ¿Cómo van a justificar una cacería a gran escala cuando no tienen ninguna evidencia de paramilitares? Date cuenta, Dana. Ni siquiera estaban uniformados.

Dana comenzó a caminar por el cuarto. A ella también le había llamado la atención eso mismo. Todas las historias que contaban en los noticiarios acerca de movimientos paramilitares mostraban fotos de hombres en uniformes camuflados de fajina pero los de las montañas usaban remeras y jeans. Uno incluso tenía unas Reebok.

—¿Y qué me dices de las armas automáticas que trajimos? —dijo volviéndose hacia Mirella.

Se encogió de hombros.

—Las llevaron al laboratorio. Pero, por todos los cielos; un montón de delincuentes tienen ese tipo de armas.

—¿El campo de tiro, y esos blancos?

—No había ni huellas de eso.

—Pero había marcas de tiza en el pasto. Debería quedar alguna especie de residuo que pudieran estudiar.

—Dibujar en el pasto no es ningún crimen.

—¡Mirella! ¿Y el satélite en el techo? Deben tener algún sistema de comunicación en la cabaña.

—Sí, se llama televisión.

—No.

—¿Te crees que tienen cable ahí en medio del bosque?

Dana le clavó los ojos hasta que Mirella bajó la mirada.

—¿Qué está pasando? —le preguntó con insistencia.

—Deja de hacerte la nenita.

Golpeó la mesa con las manos y se puso de pie.

—Yo acá también soy sólo un huésped y te digo lo que me dicen.

Dana tensó la boca y señaló con el brazo hacia la puerta.

—Entonces ve ahí afuera y dile a tu anfitrión que quiero hablar con él. Ahora.

Andy volvió antes que Mirella, vio la cara de Dana y preguntó:

—¿Qué pasó?

—Nada —dijo con amargura—. Exactamente eso es lo que están haciendo para atrapar a esos tipos; nada. Y no logro que nadie me dé una respuesta directa, ni siquiera mi mejor amiga.

Luego dijo obligándose a salir de ese estado:

—¿Y con tu avioneta?

—Arreglé con un mecánico para que vaya hasta allá y haga lo posible para que levante vuelo. Va a llevar un par de días.

Se abrió de nuevo la puerta y entró Mirella seguida de un hombre delgado y ascético. Lo presentó como Dick Lomax, su colega, el Asistente de la Fiscalía de los Estados Unidos en la oficina de Scranton.

Lomax se quedó de pie con la espalda apoyada contra la puerta. Tenía ojos tan claros que se veían opacos en la escasa luz del cuarto.

—Señor Lomax —dijo Dana—, tal vez nos pueda explicar exactamente qué pasos está dando su oficina para apresar a los hombres que nos atacaron.

—No estoy en libertad de hacer eso. Estamos llevando a cabo una investigación.

—Si usted se refiere a la que están realizando sobre nuestros agresores —le retrucó Dana—, por el momento yo no llamaría a eso precisamente una investigación.

—Me refiero a más que eso.

Dana se quedó a la espera pero la boca de Lomax estaba tan herméticamente cerrada como su cara. Dana miró a Mirella.

—¿De qué está hablando?

—Querida, hace rato que están investigando a esos personajes.

—Entonces vayan y arréstenlos antes de que usen sus armas con alguien más.

—Nadie va a salir herido —dijo Mirella.

—Nos hace falta más tiempo para compaginar todo —dijo Lomax.

—¿Más tiempo? —dijo Dana furiosa—. ¿Qué es esto? ¿Otro arreglo como esos Hombres Libres de Montana? Ustedes los dejan hacer lo que quieren durante seis meses así nadie los acusa de uso excesivo de la fuerza.

Los ojos claros de Lomax despidieron un destello.

—Al diablo —dijo por lo bajo—. Arréglese usted con ella.

Puso la mano en el picaporte y estaba por abrir la puerta.

Dana se metio en el medio.

—No, arréglese usted conmigo, señor Lomax, o mañana voy a convocar a una conferencia de prensa y decir a todo el mundo lo que ocurrió, allá arriba en la montaña y acá en esta oficina.

Lomax volvió a cerrar la puerta.

—Eso no debe ocurrir. Ya elegimos un gran jurado. No puede hablar con nadie.

A Dana le llevó unos segundos darse cuenta de lo que le estaba diciendo y sorprendida abrió bien grandes los ojos.

—No puede detenerme.

—Es infomación para el gran jurado —dijo Lomax.

—¡Nosotros mismos lo presenciamos! No puede obligarnos a ocultar cosas que vimos y oímos por nosotros mismos con la excusa del gran jurado.

—Esto es una investigación de un crimen muy serio.

—Sí, y nosotros tenemos que defender demandas por mil millones de dólares.

Mirella había posado su mano sobre el brazo de Dana.

—Vamos, necesitan nuestra ayuda tanto como nosotros la de ustedes.

Dana le lanzó una mirada de furia.

—¿Qué estás haciendo, Mirella? ¿Quieres jugar en los dos equipos?

—Escúchame un poco, si no entiendes cómo son las cosas, Lomax va a pedir una orden judicial a tu nombre en cuanto muevas un pie.

—Muy bien, presenten una orden —Dana contestó gritando. —Y después cuando la viole encarcélenme por desacato y van a ver cómo en veinticuatro horas hago que todo el fuero civil aparezca protestando en todos los canales de televisión. Entonces tal vez alguien se dé cuenta de quiénes son las verdaderas víctimas.

Los ojos de Mirella se encogieron como dos granos brillantes de café.

—Espera acá. Tomó a Lomax del brazo y lo arrastró hasta el corredor.

Dana se dejó caer en una silla a esperar. Andy estaba sentado en la cabecera del otro lado con el mentón en las manos, observándola.

Volvieron en un par de minutos.

—Déme un mes —dijo Lomax—. Para entonces vamos a tener la acusación lista y usted va a poder gritar por ahí lo que quiera sobre el asunto.

Dana miró a Andy pero Mirella interceptó la mirada y lanzó otro tiro.

—Nena, igual faltan dos años para tu juicio. No tienes a nadie atrás que te esté clavando los dientes.

Dana negó con la cabeza. Mirella no entendía sobre litigios civiles. La mayoría de los casos se peleaban y se ganaban o perdían antes de que empezaran los juicios. Dana sabía que su verdadera batalla no era convencer al jurado de que Pennsteel no tenía culpa alguna en el accidente. Era convencer a todos los posibles demandantes. Y esa batalla había que pelearla muy pronto.

Mirella se acercó y le habló suavemente.

—No te lo pediría si no fuera importante. Esta vez tienes que confiar en mí.

Un mes. Dana cerró los ojos y calculó. Le iba a llevar una semana, tal vez dos reelaborar los datos para confirmar la teoría de Andy sobre la ruta del Skyhawk. Otra semana o dos después y ya podría armar una simulación computadorizada bastante impresionante que ilustrara el accidente. Iría un paso más allá que Thompson; haría una presentación a gran escala con gráficos y todo.

—De acuerdo —dijo al final—. Un mes.

Se paró y se apoyó sobre Mirella.

—Y sin ninguna prórroga. ¿De acuerdo, nena querida?

CAPÍTULO 32

A las dos estaban en un auto rojo alquilado, en el peaje de la autopista en dirección al sur. Andy iba al volante en silencio mientras Dana cavilaba incesantemente sobre la escena con Mirella y Lomax. Dijeron que necesitaban armar el caso pero desde su punto de vista con lo que tenían ya les alcanzaba para varios casos: el testimonio de dos ciudadanos creíbles como testigos oculares; la evidencia física de la avioneta y las armas; y buenas pistas para encontrar a dos sospechosos que con mucha probabilidad se darían vuelta y testificarían contra el resto. Sin embargo no sólo no fueron y arrestaron a los criminales sino que impusieron a los testigos una orden de silencio de un mes. ¿Por qué la demora y por qué el silencio?

—¿Alguna teoría? —preguntó Andy, leyéndole la mente.

Giró en el asiento para verlo mejor.

—Tengo dos, y no sé cuál es peor.

—Pruébalas conmigo.

—De acuerdo, número uno, Lomax está tratando de atrapar a peces más gordos que estos tipos, y por algo mucho peor que contrabando de armas y disparos a una avioneta. Tal vez están planeando poner una bomba en algún lado, algo horrendo como lo del Edificio Federal de la ciudad de Oklahoma. Y Lomax necesita atraparlos in fraganti. O por lo menos mucho más cerca del acto de lo que están ahora.

—Suena razonable. ¿Cuál es la segunda teoría?

—Hay algún tipo de encubrimiento y Mirella y Lomax son parte de él.

Andy subió una ceja.

—¿Qué están encubriendo?

—Bueno, por empezar están encubriendo el desastre del trabajo policíaco que están haciendo. Mirella me mintió por lo menos dos veces acerca de lo que estaban haciendo para investigar el asunto y para arrestar a Billy Loudenberg y al otro tipo, Zack.

—Realmente no me la imagino a tu amiga Mirella ligada a un grupo paramilitar de extrema derecha.

—No —admitió Dana—. Pero un encubrimiento no sólo sirve para ocultar un crimen; también podría ser para esconder una macana de alguien. Tal vez Lomax atrapó a estos tipos antes y sin tomarse el tiempo para averiguar en que andaban les dio inmunidad o algo así. O que esas armas salieron de algún armario del FBI. Sería bastante engorroso para el Departamento de Justicia si alguien se enterara.

Andy siguió manejando en silencio unos kilómetros más, luego dijo:

—¿Te puedo preguntar algo?

—¿Qué?

—Si crees todo eso, si crees algo de todo eso, ¿por qué no les dijiste de los rollos y los robos?

—Porque nuestra historia ya me parecía bastante increíble sin esos detalles. Pensé que me tomarían por loca y harían lo posible por librarse de mí si además les decía que alguien me estaba siguendo y llamando por teléfono y entrando en mi casa para robarme un rollo de fotos.

Se encogió de hombros.

—Aunque parecería que desde el vamos me tomaron por loca y finalmemte se libraron de mí.

Él la interrumpió:

—¿Llamándote por teléfono?

—Sí, alguien llamó a la oficina varias veces y no quiso dejar su nombre. —¿Cuándo fue?

—El jueves. Y había dos o tres mensajes en blanco en el contestador de mi casa el jueves a la noche.

—Oh —dijo tímidamente—. Ése pude haber sido yo.

—Andy —gritó ella molesta—. ¿Por qué no dejaste un mensaje?

—No sabía cuál era tu situación entonces.

—¿Cuál situación?

Él le acarició la mano.

El anillo de bodas de nuevo. Dana enterró las dos manos entre las piernas.

—Ésa no era ninguna razón para que no dejaras un mensaje. Desde el jueves éramos una abogada y un perito trabajando juntos en un caso y eso era todo.

—Tal vez eso era todo en lo que tú estabas trabajando —dijo él mostrando sus hoyuelos—. Yo estaba trabajando en otra cosa, además.

Ella lo miró de golpe como soprendida.

—¿Por qué no les dijiste tú a los del FBI que esos tipos estaban detrás de los rollos?

Él estaba mirando un camión adelante que avanzaba a paso de tortuga y en ese momento decidió pasarlo. Sólo después le respondió.

—Porque no creo que sea así.

—¿Qué?

—Como dijiste tú. No tiene sentido. ¿Qué les importa las fotos del accidente? La ATF tine las armas, la FAA tiene el número de cola del Skyhawk, la policía tiene la cédula de identidad de Loudenberg y de su hijo. No hay nada en esas fotos que los pueda perjudicar.

—¿Pero y si las fotos muestran que la culpa fue de la avioneta?

—Al diablo. Como dijiste, ¿quién los va a demandar?

Dana alzó los brazos al cielo.

—¿Pero entonces qué significa todo eso? ¿Que otro grupo de criminales entró en mi casa y me rompió el vidrio del auto?

Dana sacudió la cabeza enfáticamente.

—Tal vez así sean las cosas en la Última Frontera, pero es un poco extraño para Pennsylvania.

—El otro día lo de los paramilitares te parecía un poco traído de los pelos.

—Sí, bueno... —dijo Dana y volvió la cara hacia la ventanilla—. El otro día todo parecía diferente.

Filadelfia todavía estaba a ochenta kilómetros cuando se acordó de chequear los mensajes. La batería del celular estaba descargada pero enchufó el cable auxiliar en la salida debajo del tablero y marcó el número de su oficina.

Habían entrado un centenar de llamados durante esas cuarenta y ocho horas desde que se había ido. Laboriosamente fue escuchando uno por uno, pasando rápidamente a aquellos que podían esperar y escuchando con atención aquellos que no. Había varios mensajes de Travis Hunt, cada uno un poco más desesperado que el anterior, hasta que al final escuchó el que más temía.

"Dana —dijo con voz de desgraciado—, hablé con el ingeniero de sonido. Le pasó todo tipo de programas de filtro a la cinta de cabina, y lo siento, pero no está. Me refiero a tu voz. Bueno, lo siento".

Lanzó un grito de protesta.

—¿Qué? —preguntó Andy

Le explicó brevemente, apretó replay y le pasó el teléfono, después se desplomó contra el respaldo del asiento. Así era al final. Su palabra contra la distorsión de los hechos de Ira Thompson. Iba a tener que ser testigo y eso significaba que no podía aconsejar legalmente a Pennsteel. Qué ironía, en realidad. Andy y ella arriesgaron su vida este fin de semana y todo por un caso que ya ni siquiera era de ella.

Andy escuchó el mensaje de Travis y le devolvió el teléfono a Dana.

—Déjame ver si entendí —dijo—. ¿Querías probar tu conversación con ese tipo Sullivan o querías probar que el helicóptero no hizo un descenso?

—Las dos cosas. Van juntas.

—Sí. Pero a la vez son distintas.

Dana lo miró sin comprender entrecerrando los ojos.

—No necesitas la conversación para descartar lo del descenso —dijo—. Lo único que necesitas es la grabación.

—¿Qué?

—La cosa es así. Cuando quieres hacer un descenso vertical en un helicóptero, haces lo que se llama un descenso colectivo. Bajas la palanca colectiva que cambia la inclinación de todas las aletas del rotor principal simultáneamente. Eso hace un ruido bastante característico.

Dana se enderezó.

—¿Lo bastante característico como para que se oiga en la cinta de grabación de cabina?

—Sí, demonios, eso es lo que estoy tratando de decirte.

—De manera que si no está ahí...

—Entonces el helicóptero mantuvo su altitud.

—Andy, ¡es genial!

Esto era algo que a ninguno de los otros expertos se le había ocurrido y la catapultó a otra idea.

—Si se realizara esa maniobra en otro JetRanger, ¿uno podría llegar a oírla grabada en la cinta?

—Sí. Después podrías hacer que tu sonidista la compare con la cinta de cabina del accidente.

Al minuto se comunicó con la esposa de Ted Keller que le avisó, mientras él cortaba el pasto, que tenía una llamada.

—Ted, ¿escuchaste alguna vez hablar de algo así como una maniobra de descenso colectivo?

Le lanzó una rápida mirada a Andy para confirmar que lo decía bien.

Hubo una pausa de silencio y al segundo Ted dijo explotando:

—¡Qué idiota!

—¿Qué?

—¡Cómo no se me ocurrió antes! Si Ron hubiera hecho lo que dicen se tendría que poder oír.

—¿Hay alguna posibilidad de que tomes otro JetRanger y...?

—Por supuesto. Voy a cancelar mi vuelo de la mañana y es lo primero que voy a hacer en cuanto llegue.

Al colgar miró a Andy con ojos de un brillo deslumbrante.

Decidieron volver al búnker de guerra del piso cuarenta pero Dana quería pasar primero por la casa para buscar algo de ropa. Bajaron en el peaje de Valley Forge y ella le indicó que fuera hacia el oeste y que subiera el camino cuesta arriba hasta la casa. Estacionaron en la entrada e ingresaron por la puerta principal.

Andy se paró en el hall y se quedó observando con curiosidad todos los detalles.

—Cuéntame de nuevo cómo era eso de que tienes que seguir trabajando para poder pagar las cuentas.

Dana puso cara y empezó a subir la escalera pero él la detuvo sujetándola del brazo.

—Espera acá. Deja que dé un vistazo primero.

Mientras esperaba Dana fue hasta la calle para recoger el correo y cuando volvió preguntó en voz alta:

—¿Todo bien?

—Sí —se oyó la voz de Andy—. ¿Puedo ducharme?

—Haz de cuenta que estás en tu casa.

Dana fue hasta la cocina y tiró el correo sobre la mesada.

Por la ventana de atrás se veía lo seco y marrón que estaba el césped del parque. El nivel de agua de la pileta había bajado tres pulgadas e incluso las plantas estaban algo marchitas. Oyó abrirse una de las duchas de arriba; se imaginó a Andy bajo la lluvia y se excitó como nunca.

Sacó una botella de agua mineral de la heladera y tomó unos sorbos mientras revisaba el correo. Cuentas, catálogos, una invitación a una fiesta para el señor y la señora Endicott. Inclinó la botella de nuevo para beber y cuando la alianza de matrimonio golpeó contra el vidrio fue hasta la pileta, se enjabonó bien el dedo y pegó un tirón. Todavía estaba atascada. Iban a tener que cortarla en una joyería.

Siguió revisando el resto de la correspondencia. Más catálogos, volantes, un par de videos de marketing envueltos en un simple papel madera. Tomó uno y buscó el logo de la compañía en el remitente, pero no había dirección. Lo único que decía era el nombre de ella y con un sobresalto reconocío la letra de Whit.

Lo miró azorada. ¿Una carta de despedida en video? Jamás hubiera esperado algo así de él. Una curiosidad morbosa hizo que lo abriera y lo pusiera en la video del cuarto de estar.

El video había sido grabado con una sola cámara el jueves a la noche; la fecha y la hora aparecían en la parte de abajo de la pantalla. Unos segundos de lluvia estática y apareció Whit. Estaba despeinado y demacrado como si recién se hubiese levantado tambaleando de la cama y estuviera por sumergirse de nuevo en ella. Dana dio un paso atrás y se cruzó de brazos. Qué semana salvaje debía de haber tenido.

Pero enseguida se le subió el corazón a la boca y las manos se aferraron a los brazos como bandas de tomar la presión. La cinta llegó a los ruidos del final y ella inmóvil observaba la nieve que recorría la pantalla en el estupor de la incredulidad.

¿Qué podía hacer? ¿Qué podía hacer? El rollo ya estaba revelado. El tren de la mañana del viernes ya había pasado.

¿Qué habrían pensado después que ella no apareció? ¿Se habrían dado cuenta de que ella no había recibido las instrucciones? ¿O llevaron a cabo sus amenazas el viernes a la noche? No; tenían que haberse dado cuenta. Debían de haber tratado de comunicarse con ella de nuevo.

Claro; el segundo video. Fue corriendo a la cocina. El otro paquete era idéntico al primero: sin sello ni marca de cancelación postal. Sólo su nombre escrito a mano por Whit.

Oyó los pasos de Andy en la escalera de atrás y agarró los dos videos y fue corriendo hasta el hall del frente y subió por las otras escaleras hasta el dormitorio. Cerró la puerta con llave y fue directo a la video.

El segundo video estaba grabado el viernes a la noche. Whit tenía el pelo pegoteado y la camisa parecía que la hubiesen metido en agua y la hubiesen escurrido a mano. Tenía la cara toda oscura, o ensombrecida por la barba o eran magulladuras.

Abajo, Andy la estaba buscando.

—¿Dana?

No se atrevía a subir el volumen. Se acercó más al televisor y pegó el oído al parlante.

“Se acaba el tiempo —leyó Whit. Tenía la voz áspera como si le doliese la garganta o tuviese muchísima sed. —Si no se cumple la entrega, estos hombres me van a matar. Tienes que seguir sus instrucciones con precisión.

”Pon el objeto en un sobre de papel madera de ocho por once. Llévalo al predio para ferias del Devon Horse Show el sábado a las 7:15 P.M. Ve sola; te van a estar observando todo el tiempo. Compra una entrada, siéntate y pon el sobre en tus rodillas”.

—¿Dana? ¿Dónde estás?

La voz de Andy venía de la escalera.

“Durante el entreacto recorrre la feria y entra en un negocio que se llama Horsin’ Around. Adentro vas a ver una mesa con libros a la venta. Uno se llama *Enciclopedia del caballo*. Pon el sobre adentro del libro que está abajo de todo. Vete enseguida y siéntate en las gradas. Quédate ahí hasta las nueve.

"Sigue las instrucciones con total precisión y pronto me van a liberar una vez que hayan verificado el contenido. Dana, no te desvíes de las instrucciones en ningún sentido o me matan".

La pantalla se puso en blanco.

Fue corriendo hasta el teléfono y lo levantó pero no tenía tono; la línea estaba desconectada. ¡Idiota! Se gritó a sí misma y volvió a colgar de un golpe. Miró como loca alrededor hasta que ubicó la cartera, la vació en la cama y agarró el celular. No tenía batería pero había una de repuesto en el ropero.

Andy estaba en el hall.

—¿Dana? ¿Estás ahí? ¿Qué pasa?

La batería conectada, el celular encendido en la mano y la voz de Whit que resonaba en su cabeza: *No contactes a la policía.*

Lo típico. Seguramente los secuestradores lo decían siempre y la mayoría de la gente igual llamaba a la policía.

Ellos se van a enterar si lo haces.

¿Cómo? ¿Tenían algún contacto con las fuerzas de seguridad? ¿Era ése el encubrimiento? Pero no podía ser que Mirella estuviera implicada en esto. Adoraba a Whit, siempre lo había adorado.

La consecuencia va a ser que ni tú ni las chicas me volverán a ver.

Ésa era la amenaza que la dejaba paralizada. No podía hacerlo, no en el estado actual de su matrimonio. La chicas sabían cómo eran las cosas entre ellos —los chicos siempre saben, por más que los padres traten de ocultarlo. Si sucedía lo peor y llevaban a cabo la amenaza, jamás podría volver a mirarlas a la cara. Su papá habría muerto porque su mamá no había querido seguir las instrucciones para salvarlo.

—Dana, ¿qué pasa?

Andy forcejeó con el picaporte.

—Ábreme.

También la noche del sábado ya había pasado pero sabía que la exposición del caballo duraba hasta el domingo a la noche. ¿Lo sabrían ellos también e irían de nuevo a probar otra cita? *No te desvíes de las instrucciones*. Pero su única esperanza era que ellos mismos se desviaran.

—Dana, ¡abre la puerta!

Estaba golpeando contra la puerta con los dos puños.

Dana apagó el teléfono y abrió la puerta.

Andy estaba con el puño levantado para golpear de nuevo. Lo único que tenía puesto era una toalla alrededor de la cintura y tenía el pelo bien negro y en puntas por la ducha. Lentamente bajó el puño.

—¿Qué pasa? ¿Pasa algo malo?

Dana se dio media vuelta y agarró el sobre de las fotos que estaba sobre la cama.

—Necesito los negativos —dijo—. Y todas las copias que hiciste.

—¿Para qué?

—No te puedo explicar ahora. Sólo dame los negativos y las copias.

La cara de Andy cobró una expresión de irritación y cruzó obstinadamente los brazos sobre el pecho.

—Sabía que esto iba a pasar.

—¿Qué?

—Que ibas a tener alguna especie de ataque de culpa en cuanto llegaras al feliz hogar de tu familia. Así que ahora quedo afuera, ¿no? Fuera del caso, fuera de la cama.

Dana tuvo que apretar fuerte el puño para no perder el control.

—Esto no tiene nada que ver contigo, Andy.

—Veo que no hace mucho que se fue. Así que yo sólo soy el amante del despecho, ¿no es cierto?

—Por favor.

Sentía como si algo estuviese a punto de quebrarse.

—Sólo dime dónde están los negativos y el resto de las copias.

—No —dijo él terco como una mula—. No hasta que me digas qué está pasando.

Y entonces se quebró. Se lanzó contra él tirándole puñetazos contra el pecho.

—Dámelo —gritó—. Dame el rollo.

La agarró de las muñecas.

—Basta —dijo apretando los dientes—. Deja de jugar conmigo.

—¡Yo!

Dana luchó por soltarse y él la sujetó más fuerte.

—Eres tú el único que cree que todo esto es no es más que una aventura loca y divertida. ¡Total al que raptaron es a mi marido!

Andy se puso blanco al mismo tiempo que ella se echaba a llorar.

—¡Dios mío!, Dana, lo siento.

Abruptamente le soltó las muñecas y ella hundió la cara en sus manos. Él la rodeó con un brazo y la apretó contra el pecho.

—Déjame que te ayude.

Dana se aflojó en él, vaciada, demasiado débil para discutir o para negarse al alivio de su apoyo. Estaba tan pero tan cansada.

—Por favor —dijo él en un susurro.

Dana llevó la cabeza hacia atrás y buscó sus ojos y lentamente asintió con un gesto.

CAPÍTULO 33

Andy se llevó el auto alquilado y estuvo de vuelta en la casa a las seis y media con ocho tiras de negativos y las copias de cinco por siete. Dana metió todo en un sobre de papel madera en blanco y cerró el gancho de bronce.

—No se van a poner muy contentos cuando vean que ya revelaste el rollo —dijo él—. Van a pensar que te quedaste con un juego de copias.

Andy estaba sentado al pie de la cama matrimonial de Dana mirando de nuevo el segundo video.

—No hay nada que pueda hacer al respecto.

—Te podrías quedar con un juego de copias.

—No. No puedo correr ese riesgo.

Se encerró en el baño y se dio una ducha rápida. Cuando salió, el espejo estaba empañado y tuvo que frotar una partecita para poder verse. Sus ojos le devolvían una mirada desconsolada y cuanto más los miraba más desesperados se ponían. ¿Dónde estaría Whit ahora? En algún sótano, encerrado en alguna celda subterránea soportando el abuso y sin duda un trato infamante y todo por su culpa.

Y todo por nada si ella entregaba todo.

Abrió de golpe la puerta del baño.

—¿Hay alguna manera de que se puedan dar cuenta? ¿Hay algún tipo de marca en los negativos que diga cuántas son las copias y de qué tamaño?

Andy se dio media vuelta y la miró.

—No.

Dana quedó atrapada en la indecisión, dudando parada en la puerta del baño.

—Entonces tal vez me quede con las de ocho por diez —dijo, pero un segundo después se mordió el labio de vuelta por la incertidumbre.

—Buena idea —dijo Andy—. De hecho es una idea tan buena que ya guardé unas de once por catorce en el piso del auto.

—¿Tú qué?

Pero ella sabía lo que había dicho y sabía con exactitud todo lo acertada que había sido la maniobra, además de astuta y exasperante.

—¿Conoces el viejo refrán? "Maldito seas si lo haces, maldito si no lo haces". —Los hoyuelos se hundieron. —Por como veo las cosas, si estamos condenados de las dos maneras, más vale hacerlo.

Dana hizo un gesto de exasperación y entró en el vestidor para ver qué ponerse. Algo llamativo, decidió. Dijeron que la iban a estar observando, así que prefirió facilitarles la cuestión. Eligió un vestido de verano con la espalda descubierta de color rosa coral brillante y lo puso sobre la cama.

Andy estaba viendo de nuevo el primer video.

—¿Siempre es así? ¿Como crispado?

—Por Dios —le gritó Dana—. Está amenazado de muerte. Cualquiera estaría nervioso en su lugar.

—Perdón.

Abrió el cajón de la ropa interior, le dio la espalda y se puso la bombacha por debajo de la bata.

—¿Qué deduces de los lugares que eligieron?

Sacó el casete de la video.

—El tren R5 y la exposición de caballos. ¿Alguna conexión?

—No sé. Buscó un corpiño pero lo dejó cuando se acordó del vestido sin espalda que había elegido.

—¿Lo tomas a veces?

—Lo tomaba antes. Y siempre vamos a la exposición de caballos. Mi hija mayor es fanática de los caballos.

—Ajá.

Había algo en su tono. Ella se dio vuelta hacia él del otro lado de la cama. —¿Por qué?

—¿Tu marido sabía del rollo de fotos?

—Eres el único al que se lo conté.

—Ajá —dijo de nuevo.

—¿En qué estás pensando, Broder?

Tomó el vestido de la cama y entró en el vestidor para cambiarse.

—No sé. Me estaba acordando de algo. Cuando era chico, tal vez doce años, me agarraron prendiendo fuego en un campo cerca de mi casa. Despojado de mis derechos y sin más excusa como defensa que la curiosidad y el aburrimiento, mi mamá me encerró en mi cuarto. Era una de esas escenas de espera a que venga tu papá y vea lo que hiciste.

Dana se puso el vestido y ajustó el broche atrás del cuello.

—¿Y?

—Pero yo tomé la decisión de que no iba a esperar. Agarré mi cantimplora, mi navaja y bajé por la canaleta del desagüe y me fui al bosque. Cacé un conejo y comí moras y dormí bajo las estrellas tres días. Me divertí como no me divertí nunca. Y para cuando el grupo de búsqueda me encontró mi familia estaba tan feliz de verme de nuevo que nadie dijo nada del incendio.

—No te sigo.

Dana llevó los brazos hacia atrás y empezó a subirse el cierre en la parte inferior de la espalda.

—Estaba pensando que... tal vez te alegre ver de nuevo a tu esposo.

Dana abrió la puerta. Andy estaba parado afuera observando su reacción.

—A ver si entendí —dijo ella—. ¿Piensas que Whit simuló su propio secuestro? Así yo lo aceptaría de nuevo.

—Es una teoría.

—Con una pequeña falla.

—¿Cuál?

—Fue él el que me dejó.

La falda del vestido formó una ancha campana cuando Dana bruscamente dio media vuelta y se dirigió a la puerta del cuarto.

—Espera; tienes abierto el cierre.

Antes de que ella pudiera escapar, él le subió el cierre y la tomó de los hombros.

—Discúlpame —dijo—. Soy un idiota por haber dicho eso. Pero por lo menos no soy tan idiota como tu marido.

Dana salió girando de nuevo con los ojos que echaban chispas de furia pero algo en la mirada de Andy la retuvo de decir lo que fuera que estaba por decir. Sonreía con su sonrisa habitual y desesperante pero detrás de los hoyuelos había una cierta intranquilidad, un dejo de temor y fue suficiente para que Dana se echara en sus brazos.

—Deja que vaya contigo —dijo mientras se abrazaban.

—No. Van a estar vigilándome. Tengo que estar sola. Por favor, Andy. Espérame acá.

Al final cedió con un suspiró de consentimiento contra sus labios antes de besarla.

El evento de esa noche era una competencia de salto de primer nivel y el estacionamiento del Devon Horse Show estaba repleto al máximo. Los vecinos estaban sentados en sillas de jardín en los cordones con carteles que decían ESTACIONAMIENTO $ 5. Dana paró al lado de un viejito en shorts escoceses y una camiseta sin mangas. Su entrada de autos ya estaba llena pero le hizo señas de que lo estacionara en su jardín entre un jazmín y un cantero de geranios y tomó el dinero con una sonrisa desdentada.

La luz se estaba yendo del cielo, los grillos cantaban en el césped y por todos lados se sentía el olor a almizcle de los caballos. El perímetro de la feria estaba completamente cercado por los cuatro costados y en el portón de entrada se estaba formando un embotellamiento de gente. La mayoría de la gente estaba vestida de sport, con jeans y shorts, pero para muchos la velada era un evento social importante; estaban sentados en palcos y bebiendo champán y vestidos de acuerdo con la ocasión, las mujeres con tacos altos y sombreros y los hombres de chaqueta sport y elegantes pantalones de gamuza.

A pesar de la multitud, no había cola en la boletería y Dana se apresuró a comprar la entrada justo cuando uno de los jinetes pasaba a su lado con unas botas brillantes hasta la rodilla y un saco elegantemente confeccionado. En la ventanilla había dos grandes damas del comité de caridad que patronizaba el evento y sus cabezas plateadas se balanceaban sincronizadamente en una deliciosa conversación. Dana se aclaró la garganta dos veces hasta que al final dijo:

—Disculpen. Una entrada por favor.

Una de las mujeres le dirigió una mirada de total desconcierto.

—¿Una entrada? ¿Para qué?

—Para la competencia de hoy.

La otra mujer frunció los labios y señaló un cartel que decía: ENTRADAS AGOTADAS.

—No, no quiero un lugar reservado —dijo Dana—. Solamente una entrada general. Ustedes venden entradas generales ilimitadas, siempre lo hicieron.

—No, y nunca lo hicimos —contestó con la mandíbula contraída—. Para las finales sólo hay asientos reservados.

—Les debe quedar algún lugar.

Pero la mujer se dio vuelta para retomar su conversación.

Dana se alejó de la ventanilla con las rodillas flojas. Si no podía entrar al espectáculo, entonces tampoco podía entrar el que tenía que recoger el rollo —a menos que hubiese comprado la entrada antes.

No podía correr el riesgo. Ya había faltado a una cita; si algo salía mal esta vez no debía ser por ella.

—¿Alguien tiene una entrada de más? —gritó entre la multitud—. Necesito una entrada.

Nadie la miró. En la calle dirigiendo el tráfico había un policía; podía citarla ante la justicia por lo que estaba a punto de hacer. Pero igual gritó a viva voz.

—¡Pago cien dólares por una entrada!

De repente la asedió una docena de personas con entradas en la mano agitándolas frente a su cara. Terminó negociando con un muchacho que tenía una remera de Smashing Pumpkins y que enseguida se metió la plata en el bolsillo de los shorts mientras decía: "¡Guay! Mejor, en realidad no tenía ganas de ver esta estupidez!"

El asiento que le vendió estaba en el estadio, en el tercer nivel. Logró ir abriéndose camino por la escalera, entre vendedores de salchichas con cestos de mimbre.

—Discúlpeme, disculpe, permiso, perdóneme, gracias —decía mientras esquivaba una hilera de catorce rodillas huesudas.

Se sentó con su vestido rosa brillante y sobre su regazo colocó el sobre con el rollo. Ya habían encendido las luces en el Dixie Oval, iluminando una elaborada pista de obstáculos y los cinco cuidadores que estaban alisando la tierra delante de cada uno de ellos. Del otro lado de la pista había otra grada. Alguien desde allí podía estar observándola para confirmar que había venido sola y que había traído el sobre. Apuntando en su dirección había una docena de binoculares y se quedó mirándolos uno por uno hasta que se le nubló la vista. Tenía que haber alguien ahí, tenían que intentarlo de nuevo esta noche, tenían que poder entrar a pesar de que las entradas estuvieran agotadas.

Por el altoparlante se oyó crujir un anunció que impulsó a la gente a tomar sus asientos entre el bullicio del entusiasmo. Sonó una fanfarria de clarines a la vez que una colorida guardia de cadetes de la escuela militar entró marchando al óvalo. Los espectadores ojeaban los programas y anotaban meticulosas predicciones en los márgenes. Dana siempre hacía lo mismo cuando venía con Kirsten y Katrina, pero no esta noche.

Tenía el celular en la cartera y le dolían tanto los dedos de las ganas de sacarlo y llamar a las chicas que tuvo que clavarse las uñas en las palmas para no hacerlo. Quienquiera que fuese el que andaba detrás del rollo de fotos sabía dónde vivía, qué auto usaba y quién era su esposo. ¿Pero sabía de sus hijas y podían rastrear la llamada para encontrarlas?

Como la mayoría de los abogados, Dana tenía una base de conocimientos muy despareja. A través de los distintos casos se había convertido en una experta en campos tan inverosímiles como destilación de licores, restauración de Obras Maestras, en contaduría LIFO. Durante la preparación del juicio del Hotel Palazzo había aprendido lo suficiente acerca de electricidad como para poder recablear toda su casa y solicitar un carnet del gremio. Pero nunca había tenido un caso relacionado con telecomunicaciones y no conocía las respuestas a las preguntas que la estaban torturando. Aquí estaba ella con un aparato de comunicaciones caro y de ultimísima generación pero no se atrevía a tocarlo y contactar a alguien.

Una explosión sostenida de aplausos la sobresaltó. Era el final de la primera mitad y el principio del entreacto. Las gradas se vaciaron y la gente se volcó hacia la zona de la feria en la parte norte del complejo y ella se dejó llevar por la multitud. Ya el sol se había puesto y estaban encendidas las luces artificiales y en alguna parte se oía el lamento de una gaita. El olor a grasa caliente y a Cocacola atraía a la muchedumbre que se agolpaba en los puestos de refrescos, pero Dana continuó hasta la mitad del gran salón.

Las cabinas de los vendedores estaban hechas como casas en miniatura, apenas más grandes que una casa de juguete. La librería Horsin' Around era una casita azul y roja con los aleros del techo muy decorados. Había un montón de gente apretujada que para poder hojear los libros trataba con mucho esfuerzo de pasar por la puerta doble. Aferrando con fuerza el sobre Dana se puso detrás de ellos.

El negocio era del tamaño de una atiborrada cocina, con la mercadería expuesta en exhibidores de revistas a lo largo de dos paredes sin decoración alguna y sobre una mesa larga sobre la otra pared en la que estaba la única ventana. La gente avanzaba por el lugar arrastrando los pies con pasos cortos. Delante de ella había una mujer de voz dulce con tres chicos, una pareja joven tomada de la mano y una pareja de gente mayor gritándose entre sí.

Ubicó la *Enciclopedia del caballo* en la hilera del fondo de libros apilados sobre la mesa en la pared de la ventana. Era un libro del tamaño de una mesita ratona mucho más grande que el sobre de fotos. Había sólo ocho copias pero a cuarenta y ocho dólares era muy improbable que se hubiesen agotado antes del entreacto.

Lanzó una mirada en todas direcciones y rápidamente metió el sobre entre las páginas del libro de la copia de abajo de la pila.

Afuera se oyó que anunciaban por el altoparlante el final del entreacto y la última serie de saltos. Dana volvió a su asiento y se quedó allí como indicaban las instrucciones hasta las nueve, después se paró y dejó el estadio.

Había una última cosa que debía hacer y tenía que hacerla acá donde era más improbable que los raptores monitorearan la línea.

Entró en una cabina telefónica al lado de la boletería.

—Con los O'Donnel's, por favor —dijo y esperó que la conectaran.

Cuando oyó la voz de su hermana se le aflojaron la rodillas de alivio.

—Oh, Karin, gracias a Dios que estás ahí.

—Eh, estábamos preocupadas. ¿Sabías que tu teléfono está cortado?

—Karin, necesito que hagas algo por mí.

—Bueno, dime.

—Empaca, deja la hostería, lleva las chicas a lo de papá y mamá y quédate ahí hasta que te llame. Y no le digas a nadie adonde te fuiste.

Karin se quedó callada por unos segundos. El espectáculo había terminado y Dana tenía la mirada perdida entre el río de caras que pasaban por al lado de la cabina en dirección al estacionamiento.

—¿Es en serio?

—Estoy aterrada. No te puedo explicar ahora pero si existe la más mínima posibilidad de que las chicas estén en peligro...

—Mamá y papá van a estar desesperados.

—Ya sé. Disculpa...

—Vamos a llegar alrededor de la medianoche. Llámanos a esa hora. ¿De acuerdo?

—Karin, gracias.

Dana colgó y se apoyó contra la pared de vidrio. Estaban bien; las chicas estaban bien.

Andy estaba esperando en la puerta principal cuando Dana llegó.

—¿Estás bien? —le preguntó en cuanto entró por la puerta.

—No sé —dijo con dolor y empezó a subir la escalera—. Ni siquera sé si estuvieron ahí esta noche. Lo más probable es que no hayan ido. Con toda seguridad el sobre todavía está ahí adentro del libro.

Desde abajo de la escalera él respondió tranquilamente.

—No. Ya lo tienen.

Dana tuvo que aferrarse de la baranda para no caerse al darse vuelta hacia él.

—¿Cómo sabes?

—Tenía la esperanza de poder ver al tipo que tenía que recogerlo.

—¿Estuviste ahí? Pero, no imposible, las entradas estaban agotadas.

—No por atrás, por las caballerizas.

Andy subió la escalera hacia ella.

—Y lo único que me costó fue cinco minutos de limpiar los establos.

—¿Qué?

—La mejor manera de pasar inadvertido es parar y ponerse a hacer un poco de trabajo manual. La gente trata de evitar hasta el más mínimo contacto con el personal de limpieza. Pero, de todos modos, si yo pude entrar, estoy seguro de que ellos también pudieron. Ellos son los bandidos.

—Por una sola vez aunque sea —dijo Dana con las mandíbulas contraídas de ira—, ¿podrías hacer lo que te pido?

—Creo que lo hice —dijo con una sonrisa—. Dos veces.

Dana se lo quedó mirando.

—¿Bueno, ¿viste al que tenía que recogerlo?

—No.

La sonrisa se esfumó.

—Detras de ti entraron unas cincuenta personas y para cuando entré yo, el sobre ya no estaba.

Dana se dio media vuelta y miró por el ventanal las luces que titilaban en el valle y la luz de la luna que se reflejaba sobre el agua negra de la piscina. Estuvieron ahí, los raptores estuvieron ahí. Eso quería decir que Whit estaba vivo, al menos tenía que significar eso.

Pero algo no encajaba.

—Espera un segundo —dijo ella, mirando de vuelta a Andy—. ¿Cómo llegaste a la exposición? Yo tenía el auto.

—Usé la camioneta que estaba en el garaje.

La cara de Dana se quedó petrificada y se lanzó por la escalera corriendo hasta el garaje. Encendió la luz y un grito se le atascó en la garganta al ver la vieja camioneta baqueteada.

—Ésa es la camioneta de Whit —dijo atragantada—. Cuando se fue iba en la camioneta.

—Dios mío; ni se me ocurrió. Tenía las llaves puestas. Y la puerta del garaje también.

—La trajeron de vuelta acá. ¿Y qué mejor lugar? Si la hubieran dejado en cualquier otro lugar la policía podría haberla encontrado y empezar a hacer preguntas.

Andy le tocó la espalda y el tacto de sus dedos contra la piel la hizo estremecerse.

—Haz una valija —dijo él—. Salgamos enseguida de acá.

Andy salió del garaje marcha atrás con las luces apagadas. Era más de medianoche y pasaron al lado del auto alquilado y bajaron la montaña en total oscuridad. No había autos en la ruta hasta que llegaron a la 202, en donde se veía un hilo de luces arriba en el puente. Para la bajada que iba hacia el norte había que doblar a la izquierda casi al final del puente, pero Andy de golpe pegó un volantazo de noventa grados hacia la derecha y subió a toda velocidad hacia el sur.

—No —dijo Dana—. La ciudad es para el otro lado.

—Sé cuál es el camino. Y si quieres que tus amigos también lo sepan, voy directo para ahí.

Dana se llevó una mano al corazón.
—¿Nos están siguiendo?
—No si puedo impedirlo.
Se quedó en el carril de la derecha y mantuvo la aguja del cuentakilómetros en noventa. Había poco tráfico pero algunos autos se les pegaban atrás y los pasaban. Andy llevaba los ojos de un espejo al otro y cuando pasaron la salida del Gran Valle dijo:
—No mires ahora, pero me parece que tenemos compañía.
A Dana se le cortó el aliento y empezó a darse vuelta.
—¡No mires, te dije!
Parpadeó y siguió con la vista al frente.
—¿Qué ves?
—No estoy muy seguro.
Miró una décima de segundo por el espejo retrovisor.
—Un auto oscuro, grande, tal vez un Lincoln.
—¿Estás seguro de que nos está siguiendo?
—No hay ninguna duda de que nos está siguiendo. La cuestión es si lo hace a propósito. Pero hay una manera de averiguarlo.
—Apretó el acelerador contra el piso y dobló el volante hacia la izquierda. Había un auto en el carril de al lado y él le pasó por delante muy cerca y se salió de la ruta con un quejido de los viejos armotiguadores de la camioneta y un furioso bocinazo del auto que iba atrás. Dana se golpeó la cabeza contra el techo cuando la camioneta rebotó en la franja del medio, se hundió en el badén y volvió a subir del otro lado. Otro bocinazo enfurecido los saludó cuando entraron de golpe en el carril que iba al norte.
—Ahora puedes mirar —gritó mientras maniobraba entre el flujo del tránsito.
Se dio vuelta. El conductor de atrás sacudía el puño pero nadie había imitado su vuelta en U. Del otro lado de la autopista un Lincoln azul marino pasaba en dirección sur. Inocente o no, ya no los seguía.

CAPÍTULO 34

Tres metros cuadrados. Veintitrés coma cuatro metros cúbicos. Miles y miles de cubos de espacio de un centímetro dentro de la letrina y el rostro de Dana flotaba lejos de su alcance hasta en el último de ellos.

La barba de Whit ya tenía cinco días, tenía que ser la noche del domingo y aunque no sabía qué hora era sabía en sus huesos que era demasiado tarde. Demasiado tarde para el rescate, demasiado tarde para el remordimiento, ya había pasado el tiempo para la reconciliación, y la culpa no era sino suya.

La vida repartía oportunidades, una por cliente, y lo único que diferenciaba el éxito del fracaso era lo que uno hacía con su oportunidad cuando le llegaba. Él había tenido la suya y no había hecho nada. El segundo video fue un regalo, una oportunidad de señalarle a Dana la identidad del tercer hombre y la había desperdiciado y todo porque no lograba recordar.

Era una locura. Podía recordar un millón de otras cosas acerca de Dana, de hacía miles de años —lo que se dijeron cuando se conocieron, la ropa que tenía puesta cuando la desnudó por primera vez, el olor de su pelo cuando la besó en el viento de una noche de tormenta. Pero no podía recordar una voz que él sabía —estaba seguro— que pertenecía a alguien que ella veía con frecuencia. En una época sabía todo de ella pero ahora —en un determinado momento de su vida le había perdido el rastro. Era como uno de esos amigos a los que uno les manda tarjetas para las fiestas todos los años hasta que un año uno se olvida de madársela; al año siguiente la tarjeta que uno envió le vuelve con un sello que dice "Dirección desconocida".

Agarró la jarra y tomó un sorbo largo de agua tibia. Piensa, se urgió a sí mismo. Recuerda. Miles de cubos le atravesaron el cerebro como pelotitas en un bolillero de bingo y de todas ésas al fin una imagen de pronto se puso en foco.

Era una imagen de brindis, de copas levantadas refractando la luz, el cristal lleno de un líquido efervescente que formaba prismas alrededor de la mesa. Estaban las familias políticas, Karl con una sonrisa de oreja a oreja, y Anna preocupada con Trina bebé que se retorcía en su falda. Karin estaba con su ex marido y los chicos estaban riendo debajo de la mesa. La cámara de la memoria hizo una recorrida por la sala y se detuvo en un primer plano de Dana. Se estaba riendo, radiante de felicidad y de repente Whit se acordó. Fue la cena para festejar que la habían elegido miembro de la sociedad.

¿Pero dónde estaba él en esta escena de alegría? La cámara dio media vuelta y lo encontró sentado con los brazos cruzados obligándose a sonreír y preguntándose con ánimo sombrío qué debían de estar pensando de él los demás.

La incorporación de Dana en la sociedad era un motivo genuino de celebración. Había ganado el respeto de sus empleadores, y su futuro económico estaba ahora asegurado. Una educación de primer nivel para las chicas quedaba garantizada; podían construir la casa que habían soñado.

Y lo único que él podía pensar mientras brindaba era: ¿Y yo?

—No todo tiene que referirse siempre a ti, ¡Whit! —Dana le había dicho una vez, pero de algún modo siempre había creído que había una cuota fija de buena suerte destinada a cada matrimonio y cada logro de Dana implicaba un fracaso suyo. Es por eso que no podía recordar, por eso que le había perdido la pista a lo largo de los años. Cada recuerdo que tenía de ella era un éxito y un recordatorio oprimente más de su propio fracaso.

Rígidamente se paró y trató de estirar los músculos acalambrados. Era demasiado tarde para todo, incluyendo la visita nocturna de Ike y su compañero.

A esta altura Whit sabía que lo dejaban solo durante el día. También imaginaba que no podría hacerse oír por más que gritara y que había una cadena con candado alrededor de la letrina, de modo que aunque se apuntalara con los brazos en las paredes y pegara patadas a la puerta, no cedería. En esto tenía que darle crédito a Ike: como escondite éste era excelente.

No es que eso tuviera demasiada importancia ya que su estada estaba llegando a su fin. Si Dana había hecho la entrega y Ike se mantenía fiel a su palabra, su liberación era inminente. Si no lo había hecho o Ike no pensaba mantener la palabra, entonces le esperaba otra clase de liberación. El ángulo en el que un hombre finalmente yace.

Afuera oyó voces, se quedó quieto y trató de escuchar. Unos segundos después la voz de Ike dijo por el parlante.

—Profesor, vamos a abrir la puerta para pasarle la comida. Vaya para atrás al lado del inodoro. Va a haber dos armas apuntándolo. Si hace algún movimiento en falso le van a disparar.

Ike recitó las instruciones con voz monótona; estaba casi tan cansado de esa rutina como Whit.

Esta vez no le lanzaron una bolsa de papel sino una caja. Whit tanteó los bordes y levantó la tapa. Adentro estaba la esfera suave y redonda de una manzana, un sándwich —lo olió— de pavita y dos galletas dulces. Lo reconoció como la caja de cena estándar de la exhibición hípica.

—¿No consiguieron nada más ahí? —gritó por el techo—. Si fueran tan amables de informarme.

No hubo respuesta. Le dio un mordizco al sándwich y se preguntó si ésta sería su última cena.

Por fin Ike volvió a hablar a través del techo.

—Profesor, tenemos otro mensaje que queremos que lea.

En el tono de agotamiento se filtraba un sentimiento nuevo. ¿Compasión? No, peor aún, se sentía incómodo.

—¿Mi mujer no apareció? —preguntó Whit de manera directa.

—Sí, fue. Siguió las instrucciones.

Fue. Siguió las instrucciones. Se concentró tanto en esas palabras que casi no escuchó lo que Ike le estaba diciendo.

—Pero hay un problema con lo que entregó. No está en el estado que esperábamos. Por eso le tenemos que pedir que lea otro mensaje.

Whit apoyó la frente contra la pared mientras Ike repasaba el procedimiento de grabación. Dana había ido, había seguido las instrucciones, le estaban dando otra oportunidad y eso significaba otra oportunidad también para él.

Ike recitó las mismas instrucciones con la misma monotonía pero de repente Whit empezó a escuchar otra voz en su mente y se paró de un salto.

Desde algún remoto lugar de su memoria de pronto recordó al tercer hombre.

—¡Estoy listo! —gritó.

CAPÍTULO 35

Miss Texas estuvo vomitando desde que sacó la cabeza de la almohada el lunes por la mañana. Travis le trajo galletitas de sal y *ginger ale* en la bandeja del desayuno, y ella se estaba reanimando un poco hasta que él le dijo que tenía que ir a la oficina e inmediatamente empezó a vomitar de nuevo, esta vez encima de Travis. Para cuando terminó de cambiarse ella se volvió a dormir. Era tan hermosa que a veces no podía entender que algo así pudiera salir de su estómago.

Le dio un besito en la frente y bajó las escaleras. Había un murmullo de voces en el living donde el decorador se había puesto a trabajar con su equipo para montar las cornisas para el cortinado. Ya habían extendido una alfombra persa nueva sobre el piso y había telas de tapicería por todas partes. Iban a hacer el living primero, después el comedor, después el comedor diario, no —se corrigió Travis— el cuarto de estar, porque el decorador había dicho que comedor diario sonaba demasiado de clase media. Para cuando ya habían dicho y hecho todo, la cuenta andaba por los cincuenta mil dólares.

Miss Texas dijo que no le importaba esperar para amueblar la casa, no tenía por qué invitar a su madre, y que podía prescindir de eso aunque fuese algo que ninguna de sus dos hermanas hubiese soportado jamás. Pero a Travis de repente se le ocurrió que por qué hacerla esperar si tenía buenas posibilidades de sacar un crédito. Y lo sacó la semana pasada —intereses altos pero cuotas chicas— con la primera cuota grande sólo en seis meses. Para cuando llegase iba a tener los intereses de coparticipación en la sociedad como garantía y podría refinanciarlo en mejores condiciones. "Puedes invitar a toda tu familia y a la mitad de tus amigas si quieres, preciosura" —le había dicho.

—Traten de no hacer mucho ruido —le dijo al decorador mientras tomaba su portafolio en el hall—. El clima la tiene un poco mal.

El clima los tenía mal a todos. Era otro de esos días tremendos, tan caluroso que parecía Dallas en agosto durante la práctica de pretemporada de las ligas universitarias de fútbol. Salió del garaje y subió al máximo el aire acondicionado. El informe meteorológico de la radio anunció que seguiría la ola de calor y sequía, pero —el primer rayo de esperanza en semanas— con veinte por ciento de probabilidades de precipitaciones para el jueves.

Travis se preguntaba si hoy habría algún rayo de esperanza en la oficina. El informe del sábado del ingeniero en sonido había sido devastador. A pesar de todas las prudentes afirmaciones y lúgubres predicciones Travis había tenido la certeza de que lograría encontrar la voz de Dana en la cinta. Pero ahora, nada.

Llegó a la oficina, recogió el correo del escritorio de la secretaria y cuando dio la vuelta en la esquina se encontró con Brad Martin en medio de un ataque de pánico.

—Oh, Dios mío —Brad estaba caminando tan descontroladamente por su pequeña oficina que parecía literalmente rebotar contra las paredes.

—¿Viste eso? ¿Viste lo que esos boludos nos hicieron? ¿Qué hacemos ahora?

Tomó un diario medio deshecho y Travis logró que se quedara quieto un segundo como para poder arrebatárselo de las manos.

—No es culpa mía —gritó Brad mientras Travis leía—. Mandé el comunicado de prensa exactamente como me dijo Dana. Si la culpa es de alguien es de ella. Debería haber sabido que...

—Vuelve a tu trabajo —le dijo Travis mientras lo empujaba fuera de su oficina y enseguida cerró la puerta. En la primera página del *Sunday Inquirer*, en la mitad inferior, había otra nota sobre la acción conjunta de Peter Seferis, esta vez destacando la respuesta de Pennsteel a la demanda. Habían sacado todas las frases de Dana que expresaban su condolencia con el sufrimiento de los chicos ese día en el parque y sólo citaban: "Pennsteel no va a aceptar este tipo de extorsión".

El resto de las noticias de esa mañana no fueron mejores. Se habían grabado los videos de las entrevistas a los testigos oculares pero no tenían ningún valor: aunque todos habían visto caer la avioneta y el helicóptero, nadie los había visto chocar. Y el aviso solicitando filmaciones del accidente hacía siete días que salía en diez periódicos diferentes y no se había recibido respuesta alguna. No lo podía creer. Debía de haber cien cámaras ahí ese día y ningún Zapruder entre toda esa gente.

Travis se hundió miserablemente contra el respaldo de la silla. No había nada que refutara la teoría de Ira Thompson excepto el testimonio de Dana, lo que significaba que Jackson, Rieders

& Clark debía retirarse del caso. Lo que a su vez significaba que Travis perdería su excelente posición en el equipo y su segundo puesto en el juicio para no hablar de la oportunidad de facturar otras mil horas antes de fin de año. Iba a terminar siendo el Hombre Invisible del estudio. Terminarían dejándolo de lado como posible socio, con una deuda de cincuenta mil dólares y un bebé en camino.

Se dio vuelta hacia la computadora y leyó el último mensaje de Dana, el email del viernes a la noche. Pero aunque lo leyó entero dos veces no lograba entender el sentido. ¿Por qué debería dejar de lado a Loudenberg? Ése era su proyecto número uno.

Trató de comunicarse con ella de nuevo pero su secretaria no sabía dónde estaba y cuando llamó a la casa escuchó una grabación informándole que la línea estaba fuera de servicio. ¡Qué extraño!

Otro lugar en el que podía estar: la Baticueva donde solía ocultarse el equipo de Pallazzo cuando la oficina estaba demasiado alborotada. Buscó en los cajones hasta que encontró el pedacito de papel con el número de teléfono no registrado, pero no contestó nadie aunque dejó que el teléfono sonara un largo rato.

Cuando sonó el suyo más tarde lo levantó enseguida con la esperanza de que por primera vez en el día fuese ella y no Miss Texas. Pero no era ninguna de las dos.

—Eh, ¿Travis? —dijo Judy Loudenberg—. Desapareciste.

—Oh, hola, Judy. Disculpa. Estuve tan ocupado estos días.

—¿Tan ocupado como para no poder llamarme un segundo algún día?

—Bueno, Judy, no sé si es una buena idea que te llame, después de cómo me miró Billy la otra vez y todo eso.

—Bueno, pero ¿a que no sabes una cosa? Billy se fue. Todo el mundo se fue. Tengo el lugar todo para mí sola.

—¿Adónde se fueron?

—Dottie se fue a lo de su hermana en Birghamton y se llevó al crío. Billy no tengo ni idea.

—¿Siempre hace eso, irse sin decirte adónde?

—Su papá hacía lo mismo. Dottie dice que no me preocupe por eso, es algo de hombres que hacen en el bosque. Pero no *impooorta* —su voz se volvió alargada y pegajosa—. ¿Por qué no vienes a visitarme?

—Me encantaría, Judy, pero estoy tan ocupado.

Ella lo interrumpió canturreándole:

—Yo sé algo que tú no sabes, ja ja ja, sé algo que tú no sabes.

Travis preguntó enseguida:

—¿Sobre si Donny piloteaba la avioneta?

Pero ella siguió con el cantito:

—Bill viajó fuera del país el mes pasado.

—¿Adónde?

—No sé, pero tuvo que sacar el pasaporte.

—¿Qué tiene eso que ver con el accidente?

—Bueno, eso lo tienes que averiguar tú, ¿no?

Travis se quedó mirando la pila de trabajo sobre el escritorio, el email de Dana, el artículo del *Inquirer* y por último la foto de Miss Texas sobre el armario.

—¿Estás libre esta tarde? —le preguntó.

—No, pero te puedo hacer precio —dijo con una risita—. Hasta luego.

CAPÍTULO 36

Sonó el teléfono dentro de la cabeza de Dana como si fuera un pico contra una roca y se sentó en el catre. La luz del sol entraba por la ventana y Andy estaba levantado trabajando en la mesa.

—¿Lo dejo sonar? —preguntó.

Dana asintió con la cabeza y ese leve movimiento bastó para que se le partiera en mil pedazos. Lentamente subió el brazo y miró la hora en el reloj.

—¡Diez y media!

—Ya era casi de madrugada cuando te dormiste. Me pareció que tenía que dejarte dormir.

El teléfono siguió sonando y ella lo escuchaba con creciente terror. Nadie sabía que estaba acá salvo su familia y ellos tenían órdenes estrictas de no llamar. Ayer a la noche muy tarde su padre se los había llevado a todos a la casa de un amigo en Chesapeake donde a nadie se le ocurriría buscarlos. Estaba decidida a no dejar que nadie rastreara tampoco las llamadas de ellos.

Por fin el teléfono dejó de sonar. Era un número equivocado, se dijo, o alguien que buscaba a María.

Se paró y fue lentamente hasta el baño pensando en todo el trabajo que tenía que hacer hoy. No había hablado con Charlie Morrison desde el jueves y aunque le hubiesen prohibido hablar de lo ocurrido en Laporte, necesitaba contarle todo lo que sabían ahora sobre el modo en que había ocurrido el accidente. También tenía que darle malas noticias: los nuevos juicios promovidos por Peter Seferis y Angela Leoni, la amenaza de Casella.

Dan Casella. Un vago recuerdo se agitó con la mera mención de su nombre e instantáneamente le estalló con un pánico total.

Salió disparada del baño y corrió hasta el teléfono y marcó el número de la oficina de Bill Moran.

—No está, señorita Svenssen —le informó su secretaria.

—¿Fue a encontrarse con Dan Casella en el Valle Alpino?

—Bueno, no, no creo. En realidad se tomó un fin de semena largo para ir a la playa.

Dana colgó de un golpe, después lo volvió a levantar y marcó el número de Casella, esperando con toda su fuerza que él y Moran se hubiesen conectado y ya hubiesen arreglado algo.

—No está, señorita Svenssen —dijo la secretaria de Casella.

—¿No sabe dónde está? ¿O a qué hora va a volver?

—Tenía una reunión a la mañana y llamó para decir que tenía que pasar por tribunales antes de volver para acá.

Dana cerró los ojos.

—¿Hay alguna manera en que lo pueda contactar? ¿Cuál es el teléfono de su auto?

—Me temo que no está con su auto hoy.

—Por favor; si llama de nuevo, dígale que tuve una emergencia esta mañana, que me puedo encontrar con él cuando quiera, donde sea. Por favor, dígaselo personalmente, no lo agende.

—Se lo diré —le prometió cortésmente.

Dana colgó y se apretó la cabeza con los puños. Demasiado tarde. Había dejado plantado a Casella en el parque de diversiones; ya estaría yendo enfurecido a tribunales para presentar la demanda contra Pennsteel.

Marcó de nuevo para llamar a las oficinas de Pennsteel.

—Habla Dana Svenssen. Necesito hablar urgentemente con el señor Morrison.

—Oh, señorita Svenssen. El señor Morrison estuvo tratando de comunicarse con usted toda la mañana.

Segundos después oyó la voz de Charlie.

—Dana, acá esto es un infierno.

—¿Qué?

—Ahora no te puedo explicar. ¿Puedes venir enseguida para acá? Te necesito.

Pennsteel tenía una docena de fábricas y plantas de armado en viejos edificios industriales que despedían capas constantes de humo negro sobre los techos de viviendas modestas, pero sus oficinas centrales estaban ubicadas en un bucólico parque de modernas construcciones. Estaban rodeadas de espacios verdes impecablemente cuidados, con bancos de plaza debajo de cada árbol y una familia de cisnes que vagaba ociosamente por estanques artificiales. Dana nunca dejaba de asombrarse por la controlada serenidad del entorno; le recordaba las novelas de Jane Austen, o los parques de una clínica psiquiátrica.

Hoy todo era diferente. No había ningún espacio libre en el estacionamiento y tuvo que dejar el Mercedes sobre el pasto junto a una docena más de autos. Se oían voces furiosas entonando una y otra vez alguna clase de estribillo y en la entrada principal se veían unas luces azules y rojas.

Subió la colinita. Había cinco patrulleros estacionados en la plaza principal y tres camionetas de noticiarios con sus cámaras. Una multitud de madres y chicos estaban dando vueltas a la fuente frente a de la puerta de entrada. Varias personas tenían pancartas escritas a mano que proclamaban: PENNSTEEL TIENE UN CORAZON FRÍO Y DURO COMO EL ACERO Y PROTEJAN A NUESTROS CHICOS DE LA INSENSIBILIDAD DE LAS GRANDES EMPRESAS.

Un hombre estaba parado estratégicamente entre una hilera de cámaras de televisión y la estructura de un globo terráqueo abierto que era el logo de Pennsteel. Estaba elegantemente vestido con ropa Armani y Gucci y hablaba con una voz que era constante y efectivamente ronca mientras gritaba en favor de sus clientes y todos aquellos que se encontraban en la misma situación. Era Peter Seferis.

Dana apretó las mandíbulas en lucha contra los golpes que sentía en la cabeza y atravesó con esfuerzo la multitud hasta que pudo oír lo que decía a los periodistas. Por lo que él sabía esta protesta se había producido espontáneamente cuando los padres de las víctimas del Valle Alpino leyeron las declaraciones insensibles y desconsideradas que Pennsteel había comunicado a la prensa después que él presentara su demanda a la justicia.

Pero a pesar de que él no tenía ninguna responsabilidad en esta demostración, entendía plenamente los sentimientos de los padres y apoyaba todos sus esfuerzos para expresarlos en concordancia con los derechos contenidos en la Primera Enmienda. Pennsteel tiene que oír, Pennsteel tiene que ver, Pennsteel tiene que pagar.

Ése era el cántico que entonaba la multitud: “Pennsteel tiene que pagar, Pennsteel tiene que pagar”.

Una fila ancha de guardias de seguridad privada bloqueaban la entrada al edificio, pero una secretaria mayor estaba esperándola detrás de ellos del lado de adentro e hizo que la dejaran entrar. La mujer dio media vuelta sobre el pivote de sus finos tacos y la condujo por el ascensor hasta el último piso y luego por un corredor hasta un par de puertas de roble. Abrió una de las puertas y se hizo a un lado.

Era el salón para las reuniones de directorio de Pennsteel y había una docena de personas sentadas alrededor de una mesa larga y reluciente. La secretaria ocupó su lugar en la otra punta a la vez que el señor Morrison se ponía de pie para ir a recibir a Dana. La tomó del codo y le dijo en voz baja:

—Nos está por llegar al cuello.

—Ya sé. Acabo de ver afuera.

—No es todo. El parque de diversiones presentó hoy una demanda.

Dana hizo un respingo.

—Charlie, eso es totalmente culpa mía. Debería haber...

—Shh. Déjame hablar a mí.

La condujo a una silla a su lado.

—Caballeros y señorita Dolan, para aquellos que no la conozcan ya, ella es Dana Svenssen, de Jackson, Rieders & Clark, nuestros consejeros externos.

No hubo sonrisas de bienvenida. Oliver Dean presidía la reunión en la cabecera con una expresión severa, en total contraste con la benigna que ostentaba su retrato sobre la pared detrás de él. A sus flancos tenía un hombre mayor con cara hosca de cuáquero y una mujer casi tan vieja como él con un sombrero de plumas de faisán posado sobre su cabeza. Ted Keller no podía quedarse quieto en su asiento al otro lado de la mesa y Tim Haguewood y John Schaeffer echaban chispas por los ojos justo enfrente. El rostro más amigable del salón era el del retrato que colgaba al lado del de Dean. Era Sullivan capturado en una de sus anchas sonrisas irlandesas.

—Señorita Svenssen —dijo Oliver Dean—. Tuvimos una charla con Ken Llewellyn, nuestro director de relaciones públicas.

Su mirada recorrió la mesa hasta posarse sobre un hombre de figura redonda con un elaborado peinado de peluquería.

—Uno del entorno de Haguewood —le susurró Morrison a Dana al oído.

Lweellyn asintió con la cabeza sin que uno solo de sus pelos se moviese. Frente a él había tres carpetas de diferente color y cuatro lapiceras en perfecto orden.

—Hablé con mis contactos en cada una de las cadenas y todos afirmaron lo mismo: recibieron llamados anónimos informando que hoy habría una marcha organizada a nuestra central. La protesta aparentemente fue motivada por una declaración que apareció en el *Inquirer* del domingo que dice: —Sacó un recorte de la carpeta roja y los golpes que sentía Dana en su cabeza crecieron cuando comenzó a oír sus propias palabras que le volvían para torturarla: —"Pennsteel no va a tolerar este tipo de extorsión. Esta acción es totalmente inapropiada como muy bien sabe el señor Seferis".

La ira endureció los rostros alrededor de la mesa. Era sólo un fragmento de lo que había dictado, con la omisión de todas la acotaciones de solidaridad compensatoria, pero no podía negar que lo había dicho. Se aclaró la garganta y se preparó para confesarlo.

—Sí, es exacto —dijo Charlie antes de que pudiera hablar—. Yo aprobé el comunicado de prensa. ¿Qué problema hay? Es la verdad.

Dana lo miró. Jamás lo había aprobado, ni siquiera se lo había mostrado.

—Deberías haber hecho que pasara por Ken —dijo Haguewood.

—¿Para qué? No se trataba de una de esas declaraciones para solicitar la buena voluntad de la comunidad.

Al tiempo que Llewellyn empezaba a crisparse y Haguewood a farfullar encolerizado, Oliver Dean intervino.

—Tal vez si lo hubieses compartido con Ken —sus cejas se arquearon marcadamente— ahora estaríamos gozando de una mayor buena voluntad que la actual.

Pero Charlie no mostraba arrepentimiento alguno.

—No podíamos en absoluto prever que Seferis iba a armar un truco publicitario de esta envergadura. Pero sabíamos positivamente que si hacíamos algún tipo de admisión, cualquier tipo de declaración conciliatoria, la tergiversaría y la usaría en nuestra contra. Dana nos dio una declaración estricta basada en las consideraciones legales del caso y yo la apoyé. Aún lo hago.

Dirigió una mirada desafiante a cada uno de los presentes y uno por uno fueron esquivándola hasta que llegó a Oliver Dean quien lo miró al pasar mientras se dirigía con un gesto a la secretaria que estaba del otro lado de la mesa. Ella se puso de pie con una pila de papeles que fue repartiendo a todos lo presentes. Dana tomó el suyo y lo hojeó rápidamente. Era la demanda de Dan Casella en representación del parque de diversiones, pero no solamente presentada ante la justicia sino ya oficialmente entregada a Pennsteel. Era lo suficientemente listo como para no seguir a Ira Thompson con respecto a la jurisdicción; la había presentado en la Corte de Causas Comunes del Condado de Northampton. Los jurados del Condado de Filadelfia tal vez fueran pródigos con la plata ajena pero El Valle Alpino era uno de los empleadores más importantes del Condado de Northampton: de los posibles miembros del jurado todos conocerían al menos a alguien que se perjudicaría con el cierre del parque.

Sin embargo no era la jurisdicción lo que preocupaba a los ejecutivos de la compañía.

—¡Diez millones de dólares! —dijo exasperado John Schaeffer recorriendo con el índice el párrafo final de la demanda.

—Y esos son sólo los daños hasta la fecha. También reclaman un lucro cesante de veinte mil dólares diarios. Seis meses y llegará a otros cuatro millones. Catorce millones a un interés diario del seis por ciento.

Estas precisiones provenían naturalmente de Tim Haguewood, director de finanzas.

—No va a durar seis meses —dijo Charlie—. Ni siquiera va a durar seis semanas. Esto es una tormenta en un vaso de agua.

—A mí más bien me parece un huracán en el trópico —dijo Haguewood y varias sillas más allá se oyó a Llewellyn reír entredientes.

Oliver Dean estaba todavía en la segunda página y más preocupado por lo que allí veía que por la demanda por daños.

—Dice aquí que renegamos nuestra promesa de limpiar el parque.

Lanzó miradas a su derecha y a su izquierda a su lado donde estaban los dos directores, después lanzó una mirada de indignación moral a Charlie y Dana.

—¿Hicimos eso?

—No, señor, de ninguna manera —dijo Charlie con firmeza. —Tenemos la total intención de cumplir nuestra promesa. Pero es necesario que nuestra gente vaya allí y haga una evaluación y una estimación de costos. En este sentido no se trata sino de una cuestión de logística.

—De logística que nos cuesta veinte mil dólares diarios —dijo Haguewood—. ¿No es hora de que alguien mueva el culo?

Oliver Dean le susurró un "Tim" de reprobación pero en ese momento Dana levantó la mano. Le dolía tanto la cabeza que se le nublaba la vista pero tenía que hablar. Era el momento de desenvainar la espada o de sucumbir. —Caballeros, todo esto...

—Está muy bien —la interrumpió Charlie— para buscar culpables y adivinar a posteriori. Pero no nos olvidemos de algo. Todos estuvimos de acuerdo el día del accidente que el modo correcto de actuar era ofrecer una limpieza. Pero a la única que vi actuar de acuerdo con las circunstancias fue a Dana. En veinticuatro horas tenía a seis abogados trabajando full time en el caso. En tres días tenía contratados a una docena de expertos en aviación de todo el país. Cinco días después del accidente nos consiguió el derecho de hacer una presentación ante la JNST antes de que se dé a conocer cualquier informe sobre el accidente.

—Y diez días después del accidente nos llega esto.

Haguewood arrojó la copia de la demanda de Casella con los labios fruncidos.

Charlie empujó hacia atrás la silla y se puso de pie.

—¿De qué se está hablando acá? De una demora de un par de días. ¿A cuánto puede llegar eso?

Chasqueó los dedos en dirección a Haguewood como esperando que sacase una calculadora y diera la respuesta.

—¿Cien mil dólares como máximo? ¿Hace falta que les recuerde que hace sólo once días Dana logró un fallo que le ahorró a la compañía millones de dólares?

Charlie empezó a caminar por detrás de las sillas.

—¿Qué vamos a hacer entonces? Crucificarla por unos pocos dólares y perder la mejor consejera legal que jamás tuvimos? ¿O quizás dejar de contar moneditas para brindarle el verdadero apoyo que necesita?

Tim Haguewood cerró furiosamente la boca para no morder el anzuelo y Charlie se dio media vuelta para enfrentar al triunvirato en la cabecera de la mesa.

—Si no recompensamos la lealtad con la lealtad y la apoyamos en esto, entonces la compañía está moralmente en bancarrota como esa gente ahí afuera afirma que estamos.

Uno de los presentes tosió nerviosamente para aclararse la garganta y otro se movió en el asiento pero nadie dijo nada hasta que Oliver Dean dijo:

—Acepto tu planteo, Charlie.

Pero Haguewood tenía un último tiro para disparar.

—¿Qué sentido tiene apoyarla para defender un caso indefendible? Todos oyeron la grabación de cabina y por más que ella diga lo que diga —un rápido movimiento del dedo en dirección a Dana— no hay manera en que podamos dar vuelta eso.

—Sí, la hay.

Esta voz era nueva en el debate y los ojos de todos se movieron para ver de quién provenía. Ted Keller se puso de pie y se quedó en una rectitud militar al pie de la mesa.

—El JetRanger no bajó en ningún momento la altitud que llevaba. Lo podemos probar. De hecho, ya lo hicimos.

Dana le lanzó desde la silla:

—¿Ted, volaste un JetRanger esta mañana? ¿Ya tienes los resultados del ingeniero en sonido?

—Sí. Y confirma que no hay nada en la cinta del accidente que se asemeje al sonido de los motores de la grabación de hoy.

—¿De qué están hablando? —preguntó Dean.

Dana se volvió entusiasmadamente hacia él.

—Señor Dean, podemos probar que el helicóptero mantuvo su altitud. Podemos probar que la avioneta volaba abajo de él y que ascendió de golpe y lo chocó. —Miró a Charlie.

—En unos días tendremos lista toda la parte visual y podremos demostrar exactamente cómo y por qué ocurrió.

Miró a lo largo de toda la mesa.

—Miren, la JNST acordó oírnos, la prensa está pidiendo a gritos información, ¿por qué no matamos dos pájaros de un tiro?

¿Por qué no programamos una presentación pública, invitamos a la JNST, a los abogados demandantes, los periódicos y las cadenas de televisión y les mostramos de una vez y para siempre por qué Pennsteel no tiene ninguna rsponsabilidad en todo esto?

El salón permaneció en silencio hasta que el cuáquero hosco sentado al lado de Dean dejó caer su mandíbula inferior y declaró:

—Bueno, por todos los cielos, ¿por qué no?

Dean miró a la mujer del otro lado y vio que las plumas del sombrero se estremecían por el gesto afirmativo de la cabeza que lo sostenía.

—¿Charlie? —dijo Dean.

—Me parece una buena idea.

—Entonces sometámosla a votación. ¿Todos a favor?

Como la ola de un partido de fútbol, las manos se levantaron en un efecto de dominó alrededor de la mesa terminando por último con la mano reacia de Haguewood.

—Tengo otra sugerencia —dijo Dana—. Una que podría ayudarnos con las noticias de las seis de la tarde de hoy.

Volvieron los gestos de preocupación a los rostros cuando recordaron los bárbaros que asediaban en las puertas.

—Permítanme que me contacte con Harry Reilly ahora mismo y acuerde la fecha de nuestra presentación, después uno de ustedes, ¿tal vez Ken?, puede bajar y anunciarla a los periodistas.

—Una idea excelente —dijo Dean—. Pero Charlie, ¿por qué tú y Dana no hablan esta vez con las cámaras?

—Sí, señor.

Se levantó la sesión.

Una hora después también se había levantado la reunión afuera de las puertas de Pennsteel. Dana se puso en contacto con Harry Reilly y él estuvo de acuerdo en reunir a su gente y oír su exposición el jueves. Charlie bajó con ella y estuvo estoicamente parado a su lado mientras Ken Llewellyn convocaba a las cámaras y a los periodistas. El ejército de madres y niños estrechó filas alrededor de ellos y abuchearon y chiflaron mientras habló Dana, hasta que de repente Peter Seferis se dio cuenta de que los micrófonos estaban captando lo que decía y entonces hizo callar a la multitud para poder oír lo que en pocas horas oiría todo el mundo.

Cuando se hizo silencio Dana estaba diciendo: "...evidencia irrefutable de que la tripulación del helicóptero no tuvo culpa alguna en el accidente. Esta terrible tragedia fue causada enteramente por las imprudentes tácticas de vuelo del piloto de la avioneta. El jueves demostraré para satisfacción de todos cómo ocurrió exactamente este hecho horrendo. E invitamos a todos a que vengan. A todos ustedes. A todos los que están aquí, a todos los perjudicados y a todos los abogados que estén contemplando la posibilidad de un litigio en su nombre. Por favor vengan y vean ustedes mismos. Descubran los hechos antes de encontrar culpables".

Apagaron las cámaras, las guardaron en las camionetas y con su partida la multitud pareció perder ímpetu. Seferis se fue y pronto las madres estaban metiendo a los chicos en minivans en cuanto se dieron cuenta de que todavía les esperaba preparar la cena.

Mientras Charlie acompañaba a Dana hasta la puerta, le dijo:

—Realmente hoy nos asombraste. ¿Pero en serio tienes tanta confianza en que podemos ganar este caso?

—Sí.

Levantó el mentón y entrecerró los ojos intrigado.

—Tal vez tienes un arma secreta que no nos mencionaste.

—Tal vez.

Al llegar a la puerta le dio la mano.

—Gracias por lo que hiciste hoy, Charlie. Realmente te jugaste por mí y sabes que no me lo merecía.

—No digas tonterías.

Molesto, se estiró para poder abrirle la puerta.

—Además soy yo el que debería darte las gracias. Hoy me brindaste una oportunidad única.

—¿Cómo?

—¿Viste esta carrera por el puesto de Vic de la que te hablé? Bueno, en realidad se limita a Haguewood y a mí. ¿Notaste los dos viejos que estaban al lado de Ollie?

—Sí.

—Son los votos indecisos del directorio. Y a menos que me equivoque acaban de decidirse por mí.

CAPÍTULO 37

Travis paró en Montrose para comprar unas cervezas, unos sándwiches y papas fritas y Judy Loudenberg casi se desmaya en el estribo de su casa rodante cuando él le propuso un picnic.

—¿Hay algún lugar especial que prefieras? —le preguntó pero resultó que ella era una chica de ciudad y en los dos años que llevaba de felicidad conyugal jamás se había aventurado más allá de la casa de sus suegros. Hacía demasiado calor para ir caminando muy lejos de modo que terminaron comiendo sobre una sábana a la sombra del granero.

—Eres un hombre tan dulce —declaró mientras por el mentón le chorreaba aceite de oliva—. Lo supe desde el primer momento que te vi. Se nota que sabe cómo tratar a una dama, dije.

—¿Le dijiste a quién? —preguntó Travis mientras tragaba.

—A mí misma, tonto. Dije, éste es un hombre que a una chica le regala flores y bombones. Quizás una alhaja o ese tipo de cosas. Que alguna que otra vez le dice que es hermosa.

—¿Billy no hace nada de eso?

—Casi nunca. Había una sola cosa que quería hacer conmigo y últimamente ya ni siquiera quiere hacerla.

Lo miró por debajo de sus largas pestañas e intentó sonreírle sugestivamente. Le sobresalían los dos dientes del frente y Travis notaba el esmalte picado y sucio.

—¿Últimamente quieres decir desde el accidente?

—No, desde antes. Como si tuviera un problema grande. Como si tuviese cosas importantísimas de que preocuparse y ni siquiera me las pudiese contar. Un gran negocio o algo así.

—¿Piensas que tiene que ver con este viaje que hizo?

—No tengo idea.

Se metió el resto del sándwich en la boca y lo bajó con un trago de cerveza.

Travis obligó a su mano a rozarle el pelo. Al tacto le pareció un estropajo.

—Apuesto a que sabes mucho más de lo que me cuentas.

—Apuesto a que tú también —dijo ella entre risitas y le tapó la boca con la suya.

Él ya había terminado su sándwich pero el gusto a cebolla y orégano de la boca de Judy casi le hacen vomitar. Retuvo la respiración y trató de responderle el beso sin separar demasiado los labios para que la lengua de Judy no lo penetrara. Se recordó a sí mismo que esto no tenía nada que ver con Miss Texas. Era puramente laboral y Miss Texas siempre le había dicho que no hacía falta que le contara acerca de su trabajo.

Judy se dejó caer sobre la sábana y Travis le abrió otra lata de cerveza.

—¿Entonces de qué se trataba esta historia de Bill padre saliendo del país?

—No sé. —Tomó un trago. —Algún tipo de negocio dijo Dottie. Tuvo que sacar el pasaporte, como te dije.

—¿Un negocio de la ferretería?

—¡No, pavote! —Dijo ella con un grito y lo golpeó en la rodilla. —Tenía otro negocio dando vueltas. Con socios y tratativas y todo eso. Billy también.

—Tal vez eran ésas las preocupaciones de Billy. Tener que ocuparse de los negocios de su padre.

—Tal vez.

Inclinó bien la lata para tomar un trago largo. De repente lanzó unas risitas haciendo que la cerveza le saliese por la nariz. Después enderezó la lata y volvió a apretar sus labios contra los de él. De nuevo él contuvo el aliento y se dio otra arenga: James Bond jamás dudó en seducir a una mujer a cambio de información y jamás vomitó por eso. F. Lee Bailey tal vez hizo lo mismo en sus años mozos; Johnie Cochran probablemente todavía lo hacía.

Durante toda la hora siguiente Judy no lograba decidir qué era lo que más quería —si juguetear o emborracharse— de manera que cada vez que se tiraba encima de Travis, éste le ponía otra cerveza en las manos. Se levantó una vez para ir atrás del granero a orinar y cuando volvió no tenía puestos los pantalones, sino sólo los faldones de la camisa que apenas la cubrían. Pero no parecía esperar que él hiciera nada al respecto, de modo que le pasó otra cerveza. La vació y se tiró de espaldas sobre la sábana con las pierna abiertas. Un minuto después no existía más para el mundo.

—Judy —le susurró tocándole el hombro—. ¿Judy?

Hizo un ronquido, giró de costado y hundió la cara en el pasto.

Lentamente Travis se puso de pie y dio la vuelta al granero y atravesó el terreno hasta la casa rodante. Empezó por el dormitorio. Los estantes de la cómoda estaban empotrados en la pared y revisó uno por uno. Del lado de Billy había ropa interior, medias y un par de cuchillos de caza, remeras, camisas de trabajo y jeans. Básicamente lo mismo del lado de Judy, salvo por algunos corpiños gastados y slips de bikinis. No había cartas, ni fotos ni documentos. Nada debajo de la cama —estaba apoyada sobre una plataforma.

Lo mismo en la cocina y en el living. No había papeles de ninguna clase excepto una *TV Guía* vieja.

Desde la casa rodante hasta la casa de los Loudenberg se extendía un campo. Travis miró para ambos lados y después fue en una carrera hasta el porche en ruinas del frente.

La puerta estaba cerrada. Dio la vuelta a la casa y apretó la cara contra cada una de las ventanas. Sólo se veía una casa vacía —el living y el comedor al frente divididos por un tramo de escalera, la cocina y el lavadero al fondo.

El mosquitero de una de las ventanas del living cedió cuando él se apoyó contra ella y miró detenidamente los ganchos. Uno estaba salido. Tomó de abajo el mosquitero y lo sacudió hasta que el otro gancho se soltó y todo el mosquitero se cayó al piso. Rogando tener la misma suerte con la ventana apoyó las dos manos y empujó hacia arriba. La suerte lo acompañaba. No estaba trabada y subió lo suficiente como para poder entrar.

Aterrizó rodando sobre un tapete rústico en medio del living. Al lado del sillón había un revistero pero sólo tenía números viejos de *Field and Stream*. Fue hasta el comedor, pasó junto a la mesa cubierta de las flores marchitas del velorio y después hasta la cocina. Entre el desorden arriba de la mesada había unos sobres y los revisó pero sólo encontró tarjetas de condolencias y cuentas de luz y gas vencidas.

Subió la escalera que rechinaba a cada paso que daba. En el descanso había un baño con accesorios oxidados y el linóleo del piso levantado. Un dormitorio tenía una cama doble con una típica colcha hecha de retazos. El de al lado era probablemente el cuarto de la hija, todo en guinga rosa. El último debió ser el de Donny. Tenía camas gemelas y una cómoda rústica.

Travis buscó en cada uno de los cajones y armarios, debajo de las camas y detrás de los muebles. En alguna parte tenía que haber un pedazo de papel que explicase la procedencia de la herencia de Loudenberg o documentase su viaje fuera del país o incluso aludiese a sus negocios.

Pero no había nada.

El pánico hizo que un sudor frío brotara de su cuerpo. Si no encontraba algo —si no hacía algo por dar vuelta el caso de una manera rotunda hoy, podía despedirse de su participación en la sociedad. No podría cumplir con los cuotas del crédito, el Banco se quedaría con la casa y Miss Texas volvería con su madre antes de que hubiera tenido tiempo de venir a visitarla.

—¿Travis?

Fue corriendo hasta la ventana del baño. Todavía sin sus pantalones Judy estaba caminando alrededor del granero.

Travis fue hasta la pileta y se tiró agua fría en la cara, después abrió el botiquín buscando una aspirina o algo por el estilo.

—Travis, ¿dónde estás?

No había tiempo. Cerró de un golpe la puerta del botiquín y el mueblecito se soltó de la pared.

Qué curioso. Volvió a abrir la puerta. En lugar de estar sujetado a la pared con tornillos había un par de clavos doblados. Tiró de los clavos y sacó el botiquín.

—¿Travis?

Corrió hasta la ventana con el botiquín en la mano. Judy se había puesto los pantalones. En menos de un minuto vendría a buscarlo. Volvió rápidamente hasta el lavabo y estaba por poner de vuelta el botiquín en su lugar cuando vio la bolsa pegada con cinta a la tacha de la pared. La despegó y miró asombrado a través de la nebulosa del plástico.

Había otra bolsa en el depósito de agua del baño, ésta con una doble envoltura de plástico y una tercera bolsa en la cañería que iba hasta la bañera. No había tiempo de contarlo, pero sin duda eran más de cincuenta mil dólares.

Bajó a toda prisa la escalera. Por la ventana del comedor vio a Judy espiar por la ventanilla abierta de su auto. Agarró unas flores del ramo del velorio y salió por la puerta. Dio la vuelta a la casa y atravesó el campo con las manos atrás de la espalda.

—Así que la Bella Durmiente al fin se despertó.

—¿A dónde te habías metido? —le preguntó Judy con las manos en las caderas.

Sacó el ramo robado con un floreo.

—Sólo estaba cortando unas flores para ti.

Judy quedó boquiabierta por unos segundos y después se lanzó sobre él y lo abrazó.

—¡Eres el hombre más dulce del mundo, Travis Hunt!

—No todo lo dulce que te mereces —le respondió y mientras la abrazaba con un solo brazo tiró por la ventanilla el fajo de dólares adentro del auto.

CAPÍTULO 38

Ya eran las cuatro de la tarde cuando Dana se fue de Pennsteel de vuelta a Filadelfia. Casi veinte horas desde que había entregado el rollo de fotos —tal vez Whit ya estaba libre y por fin había terminado lo peor de esta pesadilla.

Bastaba pensar eso para mantener a raya el dolor que le estaba perforando la cabeza y pasó toda la hora del viaje hablando por teléfono. Primero, a Dan Casella para pedirle disculpas y programar una reunión para el día siguiente; después a Bob Kopec, un especialista en medio ambiente de Harding & McMann, para contratarlo como supervisor del proyecto de limpieza del parque. Después llamó a Norm Wiececk a UAC y lo puso al tanto de la presentacion del jueves ante la JNST. Como era de prever, dijo que era una pésima idea salir al público con cualquier tipo de evidencia tan pronto, que al final todo les jugaría en contra y además —¿cómo podían armar todo en tres días? Dana pasó quince minutos tratando de darle confianza y después llamó a Don Skelly de Geisinger.

—Qué bárbaro —gritó al oír las noticias—. Va a ser para alquilar balcones. ¿Dónde planea hacer semejante barullo?

—Estaba por preguntarle si podíamos usar de nuevo el auditorio.

—¡Qué casualidad! Estaba por ofrecérselo.

—¿Me lo puede preparar, Don?

—Quédese tranquila.

Dana se encontraba empantanada en medio del tráfico en la autopista de entrada a la ciudad cuando se acordó de chequear con Celeste, que ya se había ido a su casa. En el contestador había un mensaje de Mike Pasko de Pennsteel.

—Señorita Svenssen, le pido disculpas por el retraso —dijo cuando ella lo llamó—. Pero mis fuentes habituales rehusaron compartir cualquier información acerca de sus investigaciones. De hecho rehusaron incluso confirmar si había una investigación.

—Me lo temía —dijo Dana.

—Pero por supuesto eso ya nos dice algo.

—¿Qué?

—Que debe haber un informante.

Oyó una bocina y recién entonces se dio cuenta de que estaba yendo por la línea del medio y se apresuró a volver a la derecha. Si Lomax tenía un informante entre los paramilitares, tenía que protegerlo; tenía que asegurarse de que nadie despertara la sospecha de la milicia de que estaba siendo investigada. Tenía sentido.

—Otra información —continuó Pasko—. La investigación no la está llevando a cabo el FBI ni el BATF. La que maneja el asunto es la DEA.

¿La agencia que se encarga del tráfico de drogas? No tenía ningún sentido.

La camioneta de Whit estaba estacionada en un espacio reservado para uno de los socios de Dana que estaba de vacaciones, y cuando ella metió el auto en su lugar habitual, Andy bajó de la cabina.

—Hola. —Ella se le puso al lado mientras los dos se dirigían hacia el ascensor.

—¿Todo bien en el laboratorio de fotos?

—Sí.

Había algo en su voz. Dana se detuvo y una nueva ola de terror la golpeó al verle la cara.

—¿Qué pasa?

—Pasé por tu casa cuando volvía. —Tenía algo en la mano. —Hay otro video.

"Dana —Whit tuvo que aclararse la garganta antes de decirlo de nuevo. "Dana..."

Por falta de uso, o por la sed o tal vez la enfermedad casi, no le salía la voz.

La fecha y la hora en la pantalla mostraban que había sido grabado hacía apenas unas horas y Whit todavía estaba vivo. Dana se aferró a ese pensamiento mientras estaba congelada frente a la pantalla de la video del búnker.

"Sabes cuál es el problema. Estos hombres no me pueden soltar hasta que estén seguros de que cumpliste con lo demandado. Por consiguiente debo permanecer acá indefinidamente hasta que puedan estar seguros de tu total acatamiento. Si vas a la policía o el objeto sale a la luz de cualquier manera que sea, ellos se van a enterar y me van a matar",

"Dana..." Ella contuvo la respiración cuando Whit bajó el papel y habló directamente a la cámara. "Te amo".

Soltó el aire con un suspiro. Andy trató de abrazarla pero ella lo apartó y se lanzó sobre el botón de rebobinar. Volvió a mirar el video con el puño en los labios y lágrimas en los ojos. Indefinidamente, dijeron. Hasta que puedan estar seguros. ¿Qué significaba eso? Faltaban dos años para el juicio.

Fue corriendo hasta la mesa de trabajo y buscó entre los papeles hasta que encontró la pila de las copias. Nunca debería habérselas quedado. Ellos sabían. De algún modo sabían. Salió disparada hacia la puerta y tenía la mano en el picaporte cuando Andy habló.

—¿No te estás olvidando éstas?

En una mano tenía una caja larga y angosta y en la otra un rollo de papeles.

—¿Qué es eso?

—Las diapositivas que hice esta tarde y las ampliaciones.

No se había dado cuenta y volvió y las tomó. Esta vez ya tenía la puerta abierta cuando él dijo:

—¿Y no te olvidas nada más?

Entonces algo la golpeó como un puñetazo en el estómago. No sabía adónde llevarlas. Se apoyó contra la puerta. Las fotografías se le resbalaron de las manos y mientras ella se deslizaba lentamente hacia el piso gritó:

—No hay nada que pueda hacer para salvarlo.

Andy la tomó del brazo y la sostuvo.

—Shh. Lo vamos a salvar. Sólo tenemos que encontrar otra manera.

—No hay otra manera —dijo gimiendo contra su hombro—. Incluso si supiera dónde ir nunca creerían que no nos quedamos con algo.

—Tenemos que descubrir quiénes son y por qué están haciendo esto.

—Sabemos quiénes son.

—¿Lo sabemos?

Ella se separó y lo miró a los ojos.

—"Si vas a la policía se van a enterar y me van a matar" —citó él.

Dana abrió bien grandes los ojos.

—Fuimos a la policía ayer y él todavía está vivo.

—Lo que significa que no tienen ni idea de lo que ocurrió allá arriba, Dana, creo que antes tenía razón. Los raptores no tienen nada que ver con esos tipos de Laporte.

Pero ella no quería creer eso, no cuando había un pensamiento más esperanzado.

—No, significa que son sólo amenazas.

—Bueno, tu esposo las toma bastante en serio. Quiero decir que está tan nervioso como en el primer video.

Dana lo miró sin comprender.

—Ya sabes —la manera en que crispa las manos y la cara.

Dana lo empujó tan fuerte que tuvo que balancearse en los talones para no perder el equilibrio.

—¿Dónde está? —gritó ella—. ¿El primer video? Tengo que ver el primer video.

Lo encontró sobre la mesita de la video y lo puso en el reproductor.

Nuevamente apareció la cara granulada de Whit y oyó su voz ronca.

"Dana, me tienen secuestrado un grupo de hombres armados que no tienen intenciones de hacerme daño pero que se verán forzados a matarme si no cumples con sus demandas. Tú sabes qué quieren".

—¡Ahí!

Volvió a rebobinar y observó la mano izquierda de Whit mientras hablaba. El índice estaba doblado y con la uña golpeó un diente, después la levantó para rascarse la cabeza.

Dana se alejó de la pantalla tapándose la boca con la manos.

—¿Qué es? —preguntó Andy—. ¿Qué pasa?

—Me está hablando.¡Está usando nuestro código secreto para hablarme!

—¿Un código secreto? ¡Dana! —gritó—. Es genial.

—No; es terrible.

Se cubrió el rostro con las dos manos mientras le brotaban lágrimas de los ojos.

—No me lo acuerdo. Me lo olvidé por completo.

Pasó los videos uno tras otro, una y otra vez hasta bien entrada la noche. Andy dormitaba en el catre del otro lado del salón y por eso miraba con el volumen bajo. Piensa, se rogaba a sí misma con las manos bien apretadas. "Acuérdate".

"Dana, me tienen secuestrado un grupo de hombres armados que no tienen intenciones de hacerme daño pero que se verán forzados a matarme si no cumples con sus demandas". El índice doblado. "Tú sabes qué quieren". Con la uña se golpea un diente. "Ponlo en un sobre de ocho por once". Levantó el dedo y se rascó el pelo.

Ahí. Eso fue una referencia al pelo, una descripción del pelo de alguien. Estaba casi segura de eso. Estaba describiendo el pelo de alguien. ¿Pero qué tenía que ver el diente con el pelo? No tenía sentido.

Nunca le encontraría el sentido. Era sólo un juego, un tonto pasatiempo de amantes. En vez de hablarse como bebitos se hablaban como si fueran espías. Nunca tuvieron la intención de que el juego sobreviviese más de un semestre.

Pero de algún modo Whit todavía se acordaba.

Era imposible. Era ella la que mantenía archivos mentales de los cumpleaños y números de teléfono; era ella la que podía recitar de memoria las Leyes Federales del Código de Procedimiento y todos los versos de "Doce días de Navidad". Era Whit el que no se acordaba su número de identificación personal del cajero automático o los nombres de los vecinos después de cinco años. ¿Cómo podía todavía acordarse del código y ella no?

Desesperada sacó los ojos de la pantalla.

No pienses en Whit. Esas palabras eran un encantamiento que usaba para resguardarse de la infelicidad desde que su matrimonio había empezado a andar mal, pero lo había tomado demasiado al pie de la letra. Había olvidado al Whit que había conocido una vez, había olvidado su noviazgo, incluso había olvidado su aspecto de entonces. ¿Cómo podía esperar acordarse de un sistema complejo de señas de hacía veinte años?

Miró los videos una vez más en secuencia pero no sirvió de nada. Lo único que podía hacer era seguir las instrucciones de los captores. No iba a acudir a la policía; no daría a la luz el rollo, no se lo mostraría a nadie.

Apagó el televisor y se acostó en el catre pero no podía apagar el cerebro. Cada vez que cerraba los ojos, volvía a ver los videos cada vez más rápido y más fuerte hasta que Whit le gritaba: *Si no cumples con lo que te piden, las chicas nunca me volverán a ver, se acaba el tiempo, no te desvíes; ¡me van a matar!*

Abruptamente se sentó en el catre y apoyó los pies en el suelo. Andy estaba dormido del otro lado del cuarto y su piel brillaba blanca en la tenue luz que entraba por la ventana. Fue caminando sin hacer ruido hasta él y se quedó mirando cómo subía y bajaba su pecho con el ritmo de la respiración. Dormía como dormía Travis Hunt, como un niño, el sueño pacífico de una conciencia liviana. Era hipnótico, el destello de la piel a la luz de la luna, el sonido de su respiración en medio del silencio.

—Andy —le susurró.

Él se movió y giró hacia ella.

—¿Hmm? —musitó. —¿Quieres que te ayude a recordar?

—No.

Ella cayó de rodillas a su lado.

—Quiero que me ayudes a olvidar.

Andy abrió súbitamente los ojos y estiró un brazo y la atrajo hacia el catre.

CAPÍTULO 39

Whit dormitaba con el perfume de rosas viejas en la nariz, una fragancia dulce y mohosa que le recordaba los cajones llenos de bolsitas perfumadas de una vieja dama sureña. Soñaba con capullos rosados que se abrían en capas de seda y que lentamente se transformaban entre suspiros en un rosa damasco y blanco como la nieve. Ingrávida, Dana reía y flotaba sobre los pétalos mientras su vestido de novia se hinchaba al viento. Su cabello era su velo de novia, y ondulaba exuberante y formaba charcos alrededor de sus pies. Llevaba sus manos hasta su tocado y arrancaba otro capullo de rosa de la corona de flores. De nuevo los pétalos flotaban desde sus dedos y de nuevo el aroma dulce de antiguas rosas llenaba la cabeza de Whit. Estiraba una mano pero eran torpes e inútiles y los pétalos se escurrían entre sus dedos. Se apagaba la risa de Dana; la fragancia empezaba a esfumarse. "¡No!", gritó y se estiró anhelante hacia ella. Pero no podía alcanzarla, miró hacia abajo y vio que no tenía manos.

Se despertó con un violento tirón. Su cuerpo estaba apretado entre el inodoro y la pared y se le habían dormido las manos, aplastadas bajo el tórax. Se dio vuelta y se sentó, pero todavía le costaba respirar. Qué sueño tan estúpido. No había nada en la letrina que oliera a rosas y mucho menos su cuerpo. De hecho, si no se bañaba pronto él mismo iba a empezar a arrancarse pedazos del cuerpo.

Se pasó la mano por la barba pero ya no tenía mucho sentido medir el paso del tiempo. Ike había dejado bien en claro que su liberación no era inminente y Whit sabía que ni siquiera podía contar con morir pronto, no en tanto siguieran trayéndole agua y comida. El peligro mayor era morir de aburrimiento. Había memorizado cada centímetro cuadrado de la letrina; había pensado en Dana tanto como había podido; y cada vez que trataba de llevar su mente a otra parte, terminaba en el último lugar en el que hubiese querido que se posara: en el *Ángulo de reposo* de Stegner.

Durante todo el verano, cuando todavía habría servido de algo, no había podido poner su mente en el proyecto que le hubiese salvado la vida; ahora, cuando resultaba inútil, era en lo único que podía pensar. Ojalá pudiese tomar una hoja del libro y abandonar todo como lo hacían los dos personajes principales. Ah, sí, ahora se acordaba: era de ahí que venía el perfume a rosas. Stegner empleaba la rosa como una metáfora del casamiento de Oliver y Susan: era un breve y hermoso florecer cuando todavía podían ver en el otro un mundo lleno de promesas y esperanza, seguido por un rápido marchitarse una vez que la desilusión echaba raíces y ya no podían sostener su amor. Whit se puso de pie, se estiró y por primera vez en veinte años se preguntó por qué no habían podido. ¿Porque no era posible o porque dejaron de intentarlo? ¿El ángulo de reposo que al final enontraron juntos era algo por lo que valía la pena luchar o no era más que el lugar en el que abandonaron la lucha por alcanzar algo mejor? Si era esto último había estado leyendo mal a Stegner durante veinte años.

Se sentó sobre el borde del inodoro mientras por su mente giraban ideas como derviches. Estaba completamente equivocado sobre *Ángulo de reposo*: no trataba sobre la silenciosa dignidad de aprender a vivir con la desilusión; era acerca de dos personas que cometían el error más enormemente grande de sus vidas. El reposo no era el destino del hombre y Oliver y Susan no deberían haberse conformado con él. Se apoyaban uno en el otro como dos líneas que se intersectan, un falso arco lo llamaba Stegner. "Por falta de una piedra clave, escribió, "tal vez el falso arco sea todo lo que se puede esperar en esta vida".

Ahí lo estaba diciendo, todo el tiempo lo estaba diciendo: "Espera más de la vida, no te conformes con menos, nunca dejes de buscar la piedra clave".

Por el altoparlante en el techo se oyó el crujido de la voz de Ike y Whit entrecerró los ojos para no dejar entrar el sonido. Ahora no. No me interrumpan ahora. ¿No se dan cuenta de que al fin estoy trabajando después de veinte años?

—Profesor, querría disculparme por este giro de los acontecimientos —estaba diciendo Ike—. Nunca fue nuestra intención retenerlo tanto tiempo. Espero que lo entienda.

Whit no contestó. Estaba demasiado ocupado tratando de contener los pensamientos de su mente.

—Se ha ganado mi respeto, profesor. Para decirle la verdad, no esperaba que se fuera a comportar con tanta fortaleza, pero me ha sorprendido.

Cállate. Vete. ¿No puede uno trabajar en paz y en silencio en este lugar?

—Soy consciente de su incomodidad. Quizá no podamos proporcionarle otro alojamiento pero nos gustaría mejorar su situación todo lo que podamos dentro de las exigencias de seguridad. Por eso, profesor, dejamos la decisión en sus manos: ¿Qué podemos hacer para que se sienta un poco más cómodo?

Whit miró hacia el techo cuando las palabras empezaron a cobrar sentido.

Ike repitió:

—Profesor, ¿hay algo que podamos hacer por usted?

Whit se puso de pie.

—¡Sí! —gritó—. ¡Ya está! Traíganme papel, una lapicera y una luz para escribir.

Se quedó mirando hacia arriba esperando la respuesta como si su vida dependiese de eso. Aguzó el oído. ¿Ese mumullo significaba que estaban deliberando? ¿Qué estaban haciendo? *¡Maldición, contéstenme!*

—Creo que no hay problema —dijo por fin Ike.

CAPÍTULO 40

—¿Qué hora es? —preguntó Dana.

La luz del sol empezaba a levantarse sobre el Delaware y se encauzaba hacia el oeste por la calles de la ciudad hasta llegar a las ventanas del edificio de oficinas. Ella y Andy estaban acostados desnudos sobre el catre con sus cuerpos entrelazados.

—Sólo las cinco y cuarto. Duérmete.

—No puedo, tengo tanto trabajo. ¡Oh, Andy! Me olvidé de decirte, vamos a hacer la presentación a la JNST el jueves. Van a venir los de las simulaciones computadorizadas y necesito que trabajes con ellos y con Diefenbach para armar algunos gráficos sobre las rutas del choque.

—Seguro. No hay problema.

—Y voy a necesitar que estés ahí para contestar preguntas, tal vez incluso hacer parte de la presentación. No sé; no puedo usar las fotos del accidente así que voy a tener que imaginar...

—Dana; dije que no hay problema. Por favor, ¿te puedes relajar?

—Mmm. Recuérdame cómo.

La aferró con el brazo por la cintura y le besó el cuello.

—¿Nunca pensaste en renunciar?

—¿A mi trabajo? Cada vez más seguido. ¿Por qué?

—Hay una cabaña que no me puedo quitar de la cabeza. Está en Alaska Range, al norte de McKinley, a la orilla de un lago glacial que tiene el tono turquesa más nítido que jamás hayas visto. A treinta kilómetros del vecino más próximo y sólo puedes llegar en avioneta. Un hidroavión en verano, después en invierno el lago se congela y se pone tan duro que hasta puedes aterrizar un 727 arriba. Sales de la cabaña y puedes contar los picos de cincuenta montañas ahí desde la puerta.

Dana abrió grandes los ojos y giró para estar frente a frente.

—¿Por qué me cuentas eso?

—No sé, estuve pensando un montón en eso. Tal vez la compre y viva ahí.

Pasó de lado el peso del cuerpo y lo que siguió lo dijo más pausadamente.

—¿No te gustaría venir conmigo?

Dana exhaló con una breve explosión de sorpresa.

—¿A Alaska?

—Eh, es un lugar maravilloso. Tienes que conocerlo.

—¿Pero yo qué podría hacer ahí?

—También hay abogados en Alaska, ¿sabías?

—¿Y qué clases de clientes representaría? ¿Sin rutas y a treinta kilómetros del vecino más próximo? ¿Qué clase de casos? ¿Disputas de osos grises?

—Pensé que tal vez ya estabas harta de los clientes y los casos y de trabajar en un sistema que no funciona. Y estar despierta toda la noche con una úlcera en el estómago.

Ella estiró el brazo y le acarició el costado de la cara.

—Tienes razón. Tal vez estoy harta. Pero Andy, no me puedo escapar contigo así nomás.

—¿Por qué no? Trabajamos bien juntos, ¿sabes?

Sonrió mientras le acariciaba los pechos.

—Y el sexo tampoco está mal.

Dana le pasó una mano por detrás del cuello y le acercó la cara para besarlo.

—Estoy loca por ti, Andy, tú lo sabes. Pero hay demasiadas diferencias entre nosotros.

Él se fue para atrás frunciendo el entrecejo.

—¿Te refieres a la diferencia de edad? Mira, es a ti a quien le importa, a mí no.

—No, no sólo la edad. Me refiero a mis hijas.

Él trató de ocultarlo pero Dana lo vio en su cara: se había olvidado de sus hijas y le llevó unos segundos responder.

—Traélas. A los chicos les encanta allá.

—¿Y después qué?

—¿Qué quieres, un guión? —dijo él quejándose—. ¿No podemos simplemente tomarlo como viene? ¿Hay que planear hasta el más mínimo detalle?

—Tú no —dijo ella—. Estás prácticamente recién empezando tu vida; puedes estar abierto a todo. Pero yo estoy en la mitad de la mía. No puedo dejarla sin saber qué va a haber adelante.

—Vamos, ¿dónde está tu espíritu de aventura? ¿ésta es la misma mujer que le rompió la nariz a un tipo y se escondió toda la noche en medio del bosque?

Dana se rió y lo volvió a besar.

—Está bien. Supongamos que agarro a mis hijas y me voy contigo y lo intentamos. Y cinco años después la aventura se termina y le ponemos punto final. Tú vas a tener treinta y cinco años con un montón de oportunidades por delante. Pero yo voy a tener cuarenta y cinco, con toda mi experiencia como abogada prácticamente desperdiciada y con dos adolescentes que o ya me odian por haberlas separado de su padre o que empiezan a hacerlo por separarlas de ti. Y así va a ser el resto de mi vida, alienada de mis hijas, estancada en un trabajo de segunda, y tal vez sola para siempre.

Él se sentó en el catre y dobló los brazos sobre las rodillas.

—¿Entonces qué estás diciendo? ¿Que tengo que casarme contigo antes de pedirte que vengas conmigo? ¡Dios mío!

Dana negó con la cabeza.

—No podría casarme contigo aunque quisieras. Porque entonces me preocuparían tus hijos. Él la miró con los ojos en blanco y ella le dijo. —Los que nunca tendrías si te casaras conmigo.

—Podríamos tener nuestros hijos.

—No, no podríamos. Tengo atadas las trompas. ¿Ves? Tu paternidad está por delante, pero mi maternidad hace rato que terminó.

—Ni siquiera sé si quiero un hijo.

—Oh, Andy. —Dana se sentó y lo abrazó. —¿No te das cuenta de cómo eso mismo que dices me da la razón?

Él se soltó y se puso de pie.

—Eh, hazme acordar de que nunca vuelva a discutir con una abogada.

Se fue caminando hacia uno de los baños y ella se paró extenuada y fue hasta el otro. Se cepilló el pelo y mientras estaba parada al lado del lavabo cepillándose los dientes una parte de las señas de Whit le volvió a la memoria. Los golpecitos en el diente con la uña, después levantar el dedo hasta la cabeza y rascarse. Estaba describiendo el pelo de alguien, ¿pero cómo se ligaba lo de los dientes? Agudos, filosos —no encajaba mucho como la descripción del pelo. Al pelo podía describírselo como largo, corto, rubio. Abrió la boca y escupió la espuma del dentífrico.

O blanco.

—¡Andy! —dijo entrando a toda prisa en el búnker—. ¡Pelo blanco, el raptor tiene pelo blanco!

Andy estaba vertiendo una jarra de agua en la cafetera y el chorro se detuvo por la mitad al mirar a Dana.

—Espera un minuto. —Dejó la jarra y tomó el cilindro de las ampliaciones. —Diablos, espera un minuto.

Desenrolló una ampliación del accidente cuando las naves todavía estaban enredades en la montaña rusa. La estructura de acero se veía al detalle con los bomberos que la estaban escalando. Señaló un lugar.

—Ahí.

Uno de los bomberos que estaba trepando tenía toda la cabeza de un blanco brillante. En la chaqueta tenía la insignia de una compañía de incendios de Allentown.

—¿Uno de los bomberos? —Miró la cara del hombre. No tenía arrugas lo que significaba o que estaba teñido o que había encanecido prematuramente. De cualquier manera era su rasgo más distintivo.

Andy hizo un marco pequeño con los dedos para aislar el rostro del individuo sin que se viera nada del accidente de la montaña rusa.

—Podría recortarla y llevarla a la estación de bomberos. Mostrarla a todo el mundo, ver si saben el nombre.

Andy la miró con una pregunta en el rostro. Anoche Dana había decidido seguir estrictamente las órdenes de los raptores y esperar con eso obtener la liberación de Whit, pero ella sabía que era una decisión que nacía de la frustración. Ahora había descifrado al menos parte del código y si podía hacer algo, lo que fuera, para descubrir quiénes eran estos hombres, tenía que hacerlo.

Estiró el brazo y tomó la mano de Andy y la apretó.

—Sí —dijo—. Gracias.

Andy miró la mano apoyada sobre la suya.

—Faltan todavía dos años para el juicio, ¿no es cierto? Como mínimo.

—Es verdad —dijo confundida.

—Bueno, soy capaz de planear con por lo menos ese tanto de antelación. —Una lenta sonrisa fue cubriendo su cara.

—Y para entonces tengo planeado estar por acá.

Dana tomó en sus manos el rostro de Andy, los pulgares al lado de cada uno de los hoyuelos.

—Es un buen plan.

Dana arregló una reunión del equipo para las diez pero a las diez y diez sólo dos de los paralegales y Brad y Katie estaban en el salón de conferencias. Ni siquiera Travis había llegado.

—¿Alguien tiene noticias de Lyle? —preguntó Dana.

—Está enferma —dijo Brad.

—¿Y Sharon?

—Hoy es su día libre —dijo Katie.

Dana miró con desánimo alrededor de la mesa. Faltaban menos de cuarenta y ocho horas para tener armada la presentación y no tenía más que un equipo fantasma. Incluso si trabajaban veinticuatro horas sin parar sería imposible sacar la cosa adelante.

Travis entró como un tornado farfullando disculpas y rápidamente tomó su lugar en la mesa.

—Muy bien —dijo Dana como apertura—. ¿Todos saben de la presentación del jueves?

Todos asintieron.

—La mayor parte de los peritos van a llegar hoy. Tenemos esta noche y mañana para armar una presentación digna de un juicio. Me temo que vamos a tener que usar todo nuestro potencial para atacar lo más contundentemente posible.

Volvieron a asentir, lúgubremente, y Dana repartió las tareas. La gente de la simulación computadorizada ya estaba en un avión viniendo desde Boulder y Brad trabajaría con ellos. Travis trabajaría con Ted Keller y el ingeniero acústico en el análisis de espectro de sonido de las dos cintas de grabación de cabina. Katie se encargaría de los documentos que usarían como muestras y folletos explicativos y supervisaría a Luke con los videos y las fotografías. María estaba a cargo de la logística: se ocuparía de las instalaciones y los equipos y del transporte y el alojamiento para los peritos. En cuanto a Dana, iba a pasar los próximos dos días preparando sus alegatos de apertura y cierre y la narración que acompañaría las muestras explicativas.

—¿Y qué hay de tu conversación con Sullivan? —preguntó Travis.

—¿Planeas mencionarla?

—Sí.

El rostro de Brad se contorsionó con alarma.

—Pero no hace falta. Ahora tenemos el sonido de los motores que prueban que el helicóptero no perdió altura.

—Y ésa es una buena evidencia persuasiva —admitió Dana—. Para la JNST y para Ira Thompson y el puñado de otras personas que la entienden. Pero la audiencia estará llena de gente que no entiende más que lo que ellos creen que dijo Vic. Tengo que hacerles saber que están equivocados.

—Hazlo —dijo Brad exasperado—, y al día siguiente alguien va a presentar una moción para descalificarnos como consejeros legales de Pennsteel.

—Probablemente —dijo ella—. Tenemos buenas razones para refutarla. Pero si perdemos, perdemos.

—¿Después de todo lo que hicimos y por lo que pasamos estos diez días? Mira. —Brad lanzó una mirada desesperada a Travis pero cuando vio que desde ese flanco no llegaba ayuda alguna, trató de controlar el tono de su voz. —Lo que quiero decir es ¿por qué forzar el tema de la descalificación ahora? Si no dices nada de tu conversación con Sullivan podemos seguir con este caso por lo menos hasta el año próximo.

—Si nos pasamos todo el próximo año defendiendo una centena de casos, Pennsteel agotará los diez millones del seguro antes de que lleguemos a juicio. Incluso si ganamos todos lo juicios Pennsteel perderá igual.

Empujó la silla hacia atrás, se puso de pie y se dirigió hacia la puerta.

—El juicio tal vez sea de acá a dos años pero este caso se gana o se pierde el jueves.

El resto del día el teléfono de Dana no dejó de sonar, en su mayor parte abogados mostrando sus armas para impresionarla y periodistas que trataban de sonsacarle un adelanto rápido y deformado de las declaraciones del jueves.

—No me pases mis llamadas, Celeste —le dijo después de defenderse del quinto ataque.

Volvió al trabajo pero antes de que pudiera avanzar empezaron a caer con cuentagotas los peritos. Los programadores de computación, todos con sus laptops de última generación; John Diefenbach cargando con más papeles de informes de radar; el experto en aerodinámica; el experto en visibilidad. Dana saludó a cada uno con una puesta al día de cinco minutos, después los derivó a Celeste que los acomodó en salones de conferencias separados para que hicieran sus llamadas telefónicas y revisaran sus notas antes de la reunión general de las cinco.

Estaba de vuelta en su escritorio e intentando empezar de nuevo con su discurso de apertura cuando el teléfono volvió a sonar, tres veces sin que nadie lo levantara. Celeste había ido a recibir a otros expertos recién llegados. Irritada Dana contestó. —Dana Svenssen, dijo de mal modo.

Dubitativamente una voz preguntó:

—¿Señora Endicott?

—Sí. ¿Quién es?

—Soy Jerome Allen.

—¿Sí?

—Yo corto el césped en su casa.

—Oh, disculpe, pensé... —Trató de recordar cuándo le había pagado la última vez. —¿Hay algún problema?

—No, señora. O sea, bueno, sí; estoy un poco preocupado por Whit, digo el señor Endicott.

En ese momento se dio cuenta; era la voz del mensaje en el contestador. Así que Jerome era su cachorro compañero de andanzas. Se hacían amistades más extrañas de lo que ella suponía yendo de parranda.

—Estuvimos leyendo juntos un par de noches por semana y bueno, las últimas veces no apareció y su teléfono está cortado y quería saber si estaba bien o si le pasaba algo.

—¿Estuvieron leyendo juntos? —repitió Dana.

—Sí, bueno, no exactamente. Quiero decir, no sé leer muy bien. Pero el señor Endicott, él me ayuda mucho. No tiene sentido, dice, enseñar sobre libros si nadie los puede leer. Me trajo un libro y lo estábamos leyendo...

Dana se puso de pie.

—¿Whit le estuvo dando clases?

—Sí, señora. ¿Entonces está bien o le pasa algo?

Las lágrimas le nublaban los ojos.

—Jerome, yo lo siento mucho —dijo tartamudeando—. No sabía que tenían una cita, si no yo misma lo habría llamado. Whit tuvo que viajar inesperadamente.

—Oh. ¿Pero está bien entonces?

—Sí —dijo atorada—. Está bien.

—¿Sabe cuándo va a volver?

Tuvo que inhalar profundo antes de contestar.

—No tiene una fecha definida. Pero espero que pronto.

—Bueno, le agradezco, señora Endicott y disculpe la molestia.

Cortó y ella quedó escuchando el tono hasta que al final pudo sentarse y colgar. ¿Por qué Whit no le contó nada de todo eso? Pero en menos de un segundo ella misma tuvo las respuestas a sus propias preguntas. Porque nunca estaba y cuando estaba hablaban sólo de las chicas y de la casa. Nunca le preguntaba nada sobre él porque siempre tenía demasiado miedo de lo que pudiera responder.

Subió la vista justo cuando Travis llamaba a la puerta.

—Eh, pensé que tenías que saberlo —dijo—. Katie acaba de irse. Vino su esposo y la llevó al hospital.

—¡Oh! —se obligó a sí misma a reaccionar—. ¿El bebé?

—Sí.

—¿Qué hospital?

—Bryn Mawr.

Lo anotó en un pedazo de papel, la misma hoja en la que figuraba el nombre de Katie en una lista de media docena de trabajos.

—Vamos a tener que reemplazarla —dijo con gravedad—. Aunque sólo Dios sabe a quién va a enviar Austin esta vez.

—No te preocupes. Yo me encargo de su parte.

—Gracias, Travis —contestó con una sonrisa cansada y volvió a la computadora.

—Asusta un poco esto de los bebés —dijo él desde atrás.

Dana lo miró por arriba del hombro y la expresión de Travis la hizo girar lentamente la silla.

—Travis, ¿no me digas que...?

—Bueno, tú sabes —su cara mostraba una mueca incierta—. No puedes casarte con Miss Texas, traerla al norte y no darle un bebé.

—¡Oh, Travis! —exclamó y saltó de la silla a darle un abrazo.

Un rato largo después que Travis se fue, Dana estaba sentada en su escritorio en medio de una nebulosa. Parecía que había pasado toda una vida desde su último embarazo y de hecho era toda una vida —la de Katrina. Se dio vuelta para mirar el rostro de su bebita en el retrato del armario y de repente, esa sola imagen bastó para que su mente se remontara a un recuerdo que no revivía desde hacía años, el nacimiento de Katrina que fue también casi su muerte.

Las contracciones empezaron un jueves a la madrugada. Dana supuso que tenía todo el tiempo del mundo —el parto de Kirstie había durado treinta y dos horas en total. Mientras Whit llamó al doctor e hizo la valija, Dana quiso dejar listo el almuerzo de Kirstie y puso una sopa en el fuego, después subió y le preparó tres juegos de ropa para que llevara al jardín, con medias y bombachas incluidas. La niñera llegó a las ocho pero Dana decidió esperar hasta las nueve cuando abría la oficina. Tenía que presentar un escrito de apelación en tres días y no quería dejarlo por la mitad.

Pero había algo más en su demora. Había una clase de heroísmo femenino en el hecho de seguir adelante a pesar de la inminencia del parto; era la modalidad de yuppie moderna de esas mujeres campesinas que parían en medio del campo. Cuánto esperó para llamar al doctor, cuánto se había dilatado para cuando llegó al hospital, si lo hizo con drogas o sin ellas y sobre todo en una sala de parto con la única ayuda de una partera —todas estas cosas eran puntos para una olimpíada de la maternidad.

Whit mantuvo la mano en la panza de Dana tomándole las contracciones durante la media hora que ella estuvo hablando por teléfono con la gente del procesador de texto revisando el último borrador del escrito. "Mejor vayamos", le advirtió cuando terminó de hablar pero ella cortó y volvió a llamar para darles a los paralegales las instrucciones de cómo presentar el escrito. Un llamado más para contarle a Cliff Austin cómo estaban las cosas. Empezó a marcar pero Whit rugió un exasperado "¡Ya!" y tiró tan fuerte del cable del teléfono que rompió el enchufe.

—Está bien —dijo irritada y se puso de pie.

Enseguida sintió una presión como de diez toneladas de peso en la base de la pelvis. No, no podía ser —le había llevado treinta horas llegar al segundo estadio del trabajo de parto con Kirstie y apenas habían pasado tres horas.

No se atrevió a decírselo a Whit, él ya estaba bastante furioso por la demora.

—Me parece que me voy a sentar atrás, fue lo único que pudo decir mientras él la ayudaba a entrar en el auto.

La presión era insoportable y no podía encontrar ninguna posición que la calmara. Tenían media hora hasta el hospital y sabía lo que decían los libros: el segundo estadio de trabajo de parto dura un promedio de cincuenta y cinco minutos para una primeriza y veinte minutos para los bebés sucesivos. Pero era imposible, no podía ser, no podía venir tan rápido.

—Whit —le gritó con los labios pálidos—. Ya viene.

Por el espejito vio la cara de Whit totalmente paralizada. Estaban en una zona rural a mitad de camino del hospital. Frenó en la banquina y cerró los ojos para pensar un segundo. Justo cuando bajó del auto ella rompió bolsa y al abrir la puerta de atrás lo recibió un río de fluido amniótico. La urgencia por parir era irrefrenable; no había nada que pudiera hacer para retenerlo por más que sintiera que se le partía el perineo. Whit palideció pero de algún lugar sacó fuerzas y se ubicó entre sus piernas y allí estaba ayudando a la cabecita a abrirse camino a través del tejido desgarrado. Siguieron los hombros con un fácil deslizamiento y justo cuando ella pensó que lo peor ya había pasado, Whit gritó:

—¡Oh, Dios mío!

Ella se apoyó sobre los codos. El bebé tenía un color azul morado y Whit le estaba desenredando el cordón del cuello.

Un grito se ahogó en la garganta de Dana y vio con horror cómo Whit desenroscaba el cordón y le metía los dedos en la boca para limpiarle la mucosidad. Ahí estaba la beba inmóvil, una forma inanimada entre las piernas de Dana.

Whit la miró, negro de terror, y Dana empezó a sollozar en olas gigantescas. Habían perdido a su beba, su beba tan amada y planeada y todo por culpa suya, sólo suya, y rogó que su corazón reventara con la agonía que lo devoraba.

Pero Whit se inclinó y cubrió el rostro ensangrentado de la bebita con su boca y exhaló suavemente, una vez, y otra vez y otra vez. Dana estaba callada observando sin atreverse a respirar por miedo a robarles el aire. Cuando al fin Whit levantó la cabeza el llanto de la beba inundó el auto.

El neonatólogo dijo que estaba perfecta y al final del día cuando volvió a dormirse después de haber tomado dos veces la teta ya tenía un color rozagante. A Dana le dieron unos puntos y estaba a punto de dormirse también cuando entró Whit para decirle buenas noches.

Todavía estaba shoqueado y le temblaban las manos cuando la acarició, pero habían estado fuertes como una roca en el peor momento. Había salvado dos vidas ese día, la de Katrina y la de ella. Cuando se inclinó para besarla ella le tomó el rostro entre sus manos. "Te amo, Whit Endicott", dijo apasionadamente, con lágrimas que le corrían por las mejillas. "¿Me oyes? Te amo".

Celeste tuvo que repetir su nombre dos veces antes de que Dana reaccionara.

—Llegó otro de los peritos. Lo puse en la 48C.

—Muy bien, gracias.

Salvo por Andy, todos los expertos ya habían llegado. Dana subió dos pisos por escalera y abrió la puerta de la sala de conferencias.

—¿Estás bien? —Él la tomó de la mano y la hizo entrar. —Estuve tratando de comunicarme contigo todo el día.

—¿Por qué? ¿Pasó algo? —Sintió surgir una ola de esperanza. —¿Alguien reconoció al hombre canoso?

—No. —Cerró la puerta en cuanto ella entró. —Nadie lo conoce. Debo de haber hablado con cincuenta tipos y todos dijeron que nunca trabajó en esa estación. Pero alguien notó algo más.

Abrió la carpeta sobre la mesa y sacó la foto. Era una ampliación del bombero canoso recortada como para que sólo se viera su cara y la pesada campera negra con la insignia de la compañía.

—Mira.

Dana siguió el dedo de Andy. La campera estaba abierta y abajo tenía una camisa blanca y pantalones de traje.

—Qué manera rara de vestirse para ser un bombero —murmuró ella.

—No, mira acá. —Del bolsillo de la camisa sobresalía un tubo negro con un cilindro delgado que se extendía hacia arriba.

—¿Qué es?

—Debería haberlo reconocido yo solo —dijo—. Es una carga para tanque de nafta.

A Dana se le aflojaron las rodillas y tuvo que sentarse.

—¿Qué? ¿Cómo?

—Tiene un imán acá al costado. La pegas a un tanque de combustible, le adhieres una cápsula explosiva al cilindro acá y un retardador en el soporte del frente. Después te vas lo más rápido que puedas.

—La segunda explosión.

—Sí. El tanque del helicóptero probablemente estaba todavía intacto. Y fíjate dónde estaba el tipo. —Desenrolló la fotografía original que mostraba la posición del hombre en la montaña rusa, tres rejillas transversales más abajo del JetRanger. —Se dirigía directo al helicóptero.

Dana se quedó mirando la foto.

—Siempre creímos que se había expandido el fuego, que había pasado al otro tanque y que eso había causado la segunda explosión.

—Sí, podría haber sucedido así. Y nadie tenía ninguna razón para sospechar otra cosa. —Andy sostuvo la foto. —A menos que alguien hubiese sacado una foto así.

—Andy —dijo angustiada—. Murió gente.

—Ya sé.

De pronto se sintió helada. Lo que había captado con la cámara de Kirstie no era evidencia sobre el ángulo de impacto o sobre paramilitares o armas automáticas. Era evidencia de un homicidio.

—Después que colocó la carga y bajó a tierra debe de haber mirado hacia arriba —dijo Andy—. Te vio sacando fotos desde la vuelta al mundo. Pero el retardador ya estaba activado y no podía hacer nada para detenerlo. Así que te siguió por el parque y trató de arrancarte la cámara. Y cómo eso no funcionó, averiguó quién eras.

Paralizada dijo:

—Y aparecí en el noticiario esa noche. No debió de ser muy difícil averiguarlo.

—Dana —dijo Andy con urgencia—. Esta gente ya mató una vez. Tal vez no fue su intención pero sí tuvieron la intención de hacer todo lo que hicieron después. No podemos seguir manejando esto como dos estúpidos. Tienes que llamar a la policía antes de que vengan por ti.

Ella negó con la cabeza, aturdida.

—Eso es lo que no entiendo. Era yo la que tenía el rollo. ¿Por qué se llevaron a Whit cuando me podrían haber secuestrado a mí?

—Me temo que no les diste la oportunidad.

Pero había soportado demasiados momentos de vulnerabilidad la semana pasada como para saber que eso no era así. Tenía que haber otra razón.

—Repasemos los hechos —dijo—. ¿Por qué este tipo puso el explosivo? ¿Qué quería destruir? ¿Las armas?

—Tal vez. No tenía por qué saber que se habían caído.

—Pero aun así, ¿creía que eliminaría de ese modo todas las huellas? Todos los pedazos de metal, los sellos del acero, algo habría sobrevivido al fuego. ¿Sabría él eso?

Andy levantó un hombro.

—Tal vez.

—Entonces concentrémonos en lo que sí destruyó.

—Eso es fácil. Los tajos de las aletas en el patín del JetRanger.

Toda la evidencia del ángulo de impacto. La causa de todo el accidente. —Lanzó un ruido de exasperación. —Pero Loudenberg fue la causa de todo eso, así que volvemos a donde empezamos.

—¿Quién sabía todo eso una hora después del accidente?

Andy entrecerró los ojos.

—No te sigo.

Pero los pensamientos de Dana se movían demasiado rápido y llegaban demasiado lejos para que pudiera explicarlos ahora. Visualizó el accidente tal como lo había grabado, antes de la segunda explosión mientras todavía se consumía en el fuego, arriba de la montaña rusa. Nadie sabía entonces ni qué ni quién había causado el choque. Desconocida la causa, ¿quién podía perder más?

No la familia de Loudenberg, sin bienes ni seguro. Ni tampoco Pennsteel, cuyo monto deducible de diez millones, si bien era alto, no resultaba desorbitante. Pero United Aviation Casualty, su principal asegurador, quedaba con mucha probabilidad expuesta por los siguientes noventa millones y Geisinger quedaba comprometida por el resto, por todos los daños por encima de los cien millones de dólares —en un caso donde ya habían llovido demandas por mil millones de dólares. La misma Geisinger que acababa de gastar trescientos millones para construir un nuevo hotel palaciego y un centro de conferencias.

Se acordó de los tres hombres cuando los encontró en el teatro del parque el día después del accidente. Charlie Morrison no paraba de comer pastillas y Norm Wiecek tenía una expresión de lo más sombría, pero Don Skelly sonreía afablemente todo el tiempo, hacía chistes y saltó enseguida para invitar al café pero no al almuerzo.

Skelly fue notificado del accidente a los pocos minutos de ocurrido. Desde King of Prussia podía tener un hombre en la escena del accidente en no más de una hora. Resonaba en su mente lo que dijo en el restaurante el sábado pasado. *No me preocupa este caso*, había dicho. *Sin evidencia física, hay que ver las cosas con sentido común*. Ese día le había parecido una extraña mezcla de veterano experimentado y buen tipo, un hombre de empresa y un hombre común pero, ¿qué más había en esa mezcla ? ¿Conspirador? ¿Saboteador? ¿Asesino?

—Dana, de verdad —estaba diciendo Andy—. Llama a tu amiga Mirella si quieres. Pero llama a alguien.

Miró el teléfono. ¿Qué podía decirle a Mirella? Si nombrara a Don Skelly, el FBI pasaría a visitarlo y Whit estaría muerto una hora después. Si no nombraba a Skelly, lo único que harían sería acelerar su investigación sobre los paramilitares, la opción obvia pero un callejón sin salida que no ayudaría en nada a salvar a Whit.

—No puedo —dijo meneando la cabeza.

—¿Y si te matan?

Pero ella sabía que no corría peligro y ahora sabía por qué. Estaba del lado de Skelly, trabajando para exonerar a la tripulación de Pennsteel y proteger a Geisinger de tener que desembolsar mil millones de dólares. La necesitaba viva y trabajando sin descanso. Lo que quería destruir era el rollo de fotos no a ella.

—No, Whit es él que está en peligro. Andy, tengo que encontrarlo. —Desesperadamente, dijo. —Tengo que poder recordar.

—Hiciste todo lo que pudiste.

Ella cerró los ojos y movió lentamente la cabeza.

—No, no todo.

CAPÍTULO 41

Extendieron una de las dos bolsas de dormir sobre el piso de cemento entre los columnas de acero y se sentaron con las piernas cruzadas como si fuese sobre la lona de un picnic. Andy sirvió un vaso de vino y se lo alcanzó.

Dana dudó.

—Tengo que mantenerme bien lúcida.

—Era tu lucidez la que se interponía en el camino. Atontémonos por una vez.

—¿Entonces por qué no me inyectas directamente Penthotal sódico? —dijo pero tomó el vaso y se bebió el vino.

—Bueno. Cuéntame de nuevo ¿qué te devolvió la memoria hoy?

—Una de mis asociadas se internó para dar a luz y otro me dijo que su esposa está embarazada y empecé a pensar qué lejos estaba todo eso y de repente ahí estaba, en colores y todo.

Volvió a llenarle el vaso.

—Entonces empecemos desde el principio y veamos qué cosa dispara qué.

Esta vez sorbió más despacio.

—¿Así nomás?

—Bueno, probemos así —dijo mostrando los hoyuelos—. Yo soy Barbara Walters, cuéntanos cómo fue la primera vez que viste a Whit.

Dana largó una carcajada que formó una fina lluvia de vino.

—Bueno, Barbara, yo estaba en segundo año en Peen. Él era ayudante de la Cátedra de Lengua y yo me anoté en el semestre de otoño para hacer Literatura Norteamericana. No, mentira. —Se detuvo y bebió unos sorbos. —No, no fue así. Qué curioso, así fue como lo conocí. Pero me olvidé de que lo había visto antes.

Fue en la primavera del año anterior. Dana estaba trabajando medio día en Le Bus, una cocina rodante en un viejo ómnibus de colegio que servía como alternativa culinaria a los almuerzos grasientos de las camionetas que estacionaban en los otros rincones del campus. Con el pelo recogido bajo una gorra revolvía ensaladas de pasta y hacía sándwiches con pan integral mientras los clientes hacían la cola en la vereda y gritaban sus pedidos a través de una de las ventanillas del ómnibus. Había trabajado ahí todo el año vestida con la parte de arriba de un bikini y shorts durante la canícula en septiembre, en parka y botas esquimales durante los días helados de enero.

Fue en marzo cuando empezó a notar una cara nueva entre los clientes del mediodía. Su cabeza flotaba seis pulgadas por encima de la multitud y nunca usaba saco, sólo un par de guantes y una bufanda con dos vueltas alrededor del cuello. Tenía pelo castaño desgreñado que le caía sobre la frente y que lo obligaba a revolearlo todo el tiempo para mantener despejada la cara, pero tenía algo en los ojos, algo en la voz...

"¿Quién es?", preguntó y la especulación recorrió todo el ómnibus. Era un catedrático de Oxford en su año sabático. No, era el poeta residente de este año. No, están equivocados. Miren el cuerpo que tiene. Tiene que ser uno de esos novelistas de Montana. Una sola cosa era segura: tenía algo que ver con el departamento de Lengua.

—Muy bien —dijo Andy—. Así que pensabas en él en el ómnibus de comidas.

Dana lo miró y le alcanzó el vaso para que lo volviese a llenar.

—¿Cuándo se hablaron por primera vez?

Sólo en el otoño, en un viejo Edificio de Humanidades en la treinta y cuatro y Walnut. El segundo año, en literatura norteamericana, en un aula toda húmeda del segundo piso. Imaginó el pasillo e intentó verse a sí misma allí, recorriendo el hall, mirando puerta por puerta con el número grabado sobre el vidrio opaco. A la derecha había un aula vacía. Entró y miró. ¿Era ésta? No se acordaba.

La siguiente aula era más chica y sofocante pero no más familiar, y las lágrimas le nublaron la vista. Jamás iba a poder recordar el código porque ni siquiera se podía acordar del aula donde todo había empezado.

Andy estiró un brazo y le apretó la mano.

—Es el primer día de clases —dijo—. Tienes los libros bajo el brazo y estás caminando por el pasillo...

No, corriendo porque era tarde, vergonzosamente tarde porque por estar en segundo año se suponía que tenía que saber dónde quedada todo. Una voz salió de una de las aulas mientras miraba los números en las puertas.

—Dana Svenssen— dijo una vez, después lo repitió, —¿Dana Svenssen?

Entró abruptamente por la puerta gritando:

—¡Acá estoy!

Y ahí estaba, en el aula. Las ventanas estaban abiertas y la luz del sol se filtraba por entre las hojas de un olmo que había afuera. Había pájaros cantando en las ramas y un auto tocó la bocina en el semáforo. Los pupitres desvencijados, el polvo de tiza —era ahí.

Él estaba pasando lista adelante. Veinte años, con la cara despojada de toda expresión y ahí estaba sentado la primera vez que lo conoció: un hombre grandote, de rasgos inesperadamente duros, con una cara huesuda, llena de ángulos y planos y significados ocultos. Ojos en sombra a la vez penetrantes e impenetrables. Una boca firme que de pronto se cuvaba en sonrisa.

"Así que es usted", dijo entre risitas de la clase. Señaló una silla vacía. "¿No le molestaría sentarse ahí?"

Para entonces se dio cuenta de que el profesor de Literatura Norteamericana del siglo XX era a la vez el hombre misterioso y byronesco de Le Bus con el que había fantaseado durante los últimos seis meses. Roja de furia, fue rápido a sentarse.

Durante el resto de la hora trató de ocultar su vergüenza evitando meticulosamente la mirada del profesor. Pero cuando hablaba con una voz que ella secretamente ya conocía le hacía imaginar que le hablaba a ella sola y de repente fue como si el aula se hubiese vaciado y no quedase nadie salvo ellos dos. Sin darse cuenta lo miró y en ese preciso momento él la miró a ella.

Sus ojos se llenaron de lágrimas al recordar ese momento. Había habido bastantes momentos de atracción sexual instantánea en su vida pero ese día en el aula fue la única vez que lo sintió de esa forma. Era una fuerza tan intensa que podía oír el latido de sus corazones desde la otra punta del aula.

Andy se aclaró la voz.

—El código. ¿Cuándo empezaron a usarlo?

El semestre de primavera. Un día Whit la retuvo después de clase con un pretexto y en cuanto el último alumno cerró la puerta al salir la tomó en sus brazos y le pidió que fuera a su habitación esa noche. Pero ella hizo toda una cuestión del asunto, diciendo que sus compañeros de clase empezarían a sospechar, que se enterarían de todo si él volvía a llamarla aparte de esa manera. "¿Que te escriba una nota?"

A Dana se le iluminaron los ojos. "No, notas no. Señas".

Al principio era un código primitivo. Un tirón del lóbulo izquierdo de la oreja significaba sí, del derecho, no. Pero a medida que fue pasando el semestre inventaron maneras de ampliarlo y refinarlo. Entre sus señales empezaron a aparecer horas y lugares y empezaron a practicar con el resto de los alumnos. *La pelirroja de la tercera fila, la segunda silla, le está escribiendo una carta a su novio*, le decía Dana con señas y Whit le pedía a la pelirroja que compartiera sus pensamientos con el grupo. *El chico de la primera fila, último asiento, no tiene la menor idea de qué estás hablando* y Whit decía, "Conway, ¿en qué difiere la utilización de la metáfora del agua en Twain del uso que hace de ella Melville?" Una vez maliciosamente dijo, *hoy no me puse bombacha*, y esa vez le tocó a Whit ponerse colorado y tartamudear.

—Bien, para —dijo Andy—. Vuelve a repasar esto de describir gente.

—Bueno, el color del pelo ya lo saqué. Señala algo de un determinado color y después se rasca la cabeza.

—¿Pero la seña de la tercera fila, de la segunda silla?

Dana bebió otro vaso de vino y entrecerró un poco los ojos tratando de visualizarlo. Los pupitres en el aula estaban ordenados en cinco filas de cinco y vagamente recordaba una cuenta con los dedos —tres dedos sobre el mentón significaba la tercera fila, si seguían dos dedos significaba segunda silla.

—Muy bien —gritó Andy, se paró y fue hasta la video y puso la película. Era en el último video que Whit hacía esa seña. Tres dedos apoyados sobre el mentón seguidos de un dedo.

—Tercera fila, primer asiento. ¿Correcto?

Dana se mordió el labio.

—Creo que sí.

—Bien, y justo después viene el color de pelo. Castaño. ¿Así que estamos hablando de alguién con pelo castaño que se sentaba adelante y en la mitad del aula?

—¿Es eso? —Dana se puso de pie un poco mareada. —¿Se supone que me tengo que acordar de un persona de una clase de veinticinco de hace veinte años? ¡Está loco!

Se dio media vuelta y miró hacia el centro de la ciudad y el Schuylkill, hacia Filadelfia Oeste donde oculto por un dosel de árboles se hallaba el campus de Penn. Debido al río pocas calles iban desde el centro hasta el campus —Chestnut, Walnut, Souyh Street más allá del Franklin Field, el lugar de los famosos Penn Relays y los no tan famosos Cuáqueros.

Fútbol. Las luces de la ciudad empezaron a nublarse. Cerró los ojos y la imagen que le vino a los ojos era la de un chico en el asiento de adelante al medio en la clase de Literatura Norteamericana. Jason Carraway —un chico grande y tímido con abundante pelo castaño y el mejor lanzador que tuvo alguna vez la ofensiva de los Cuáqueros. Tenía buenas expectativas de llegar a jugar profesionalmente al terminar sus estudios pero antes de que descubrieran su talento, Jason enfrentó un escándalo por copiarse y se suicidó tirándose del techo del Franklin Field. Pobre, qué desgraciado, por supuesto que se acordaba.

Pero sus pensamientos se detuvieron de golpe. Hacía veinte años que Jason había muerto. No había manera de que estuviera implicado en la explosión del parque de diversiones o en el rapto de Whit.

—¿Le encuentras algún sentido? —preguntó Andy.

—Solamente si lo tienen cautivo en un estadio de fútbol.

Se tiró al piso y el cuarto se inclinó y la cabeza oscilaba con él. Todo era demasiado oscuro. Haber recordado el código no había servido de nada; incluso aunque supiese lo que Whit le estaba diciendo no lo entendía. Tomó el vino pero la botella estaba vacía.

—Probemos otra —dijo Andy—. Acá hay una seña que hizo en los tres videos. —Se agachó al lado de ella y levantó la mano, juntó el pulgar y el índice e inclinó dos veces el círculo.

—Ah, ésa es fácil —dijo. —Ésa era la seña de que me encontrara con él para tomar algo en el Rathskeller.

El Rathskeller era un pub oscuro en un sótano donde los estudiantes más grandes de Penn iban a tomar cerveza, a hablar de política y a tener sexo. Había un olor apestoso e indeterminado, mezcla de cerveza, orina y marihuana y al fondo había un baño unisex que era el más célebre de toda la universidad.

Se formaban las parejas, iban al baño y al rato volvían a salir todos desprolijos y obnubilados y siempre el centro de atención por unos minutos.

Dana y Whit evitaban el baño y pasaban la noche en un rincón oscuro hablando de libros y poesía, pero no podía negar que salían un poco más excitados del Rathskeller de tanto ver a los otros. Se acordaba de ir caminando hasta el departamenteo de Whit, tomados de la mano bajo la luz de la luna hablando y riendo juntos. Vagaban por las calles, apretaban las narices contra las vidrieras, se paraban para señalar las estrellas, cualquier cosa que prolongara la deliciosa anticipación —hasta que uno de los dos empezaba a correr arrastrando al otro del brazo en un galope salvaje por las escaleras hasta llegar al departamento. Se tiraban en la cama y se reían hasta quedar sin aliento. Agitados y lagrimeando de hilaridad se miraban y de pronto se ponían sobrios. Whit estiraba la mano y le acariciaba con el pulgar el borde de los labios y ella con los ojos muy abiertos se lo metía en la boca y lo chupaba con desesperación.

—Esto no nos está sirviendo de nada —dijo Andy interrumpiéndola—. Vuelve al Rathskeller.

Sí, el Rathskeller era fácil de recordar porque fue ahí donde actuaron una de las peores escenas de su relación.

Dana cumplía veintiún años y habían quedado en encontrarse en el Rathskeller para tomar su primer trago legal. Ella llegó temprano y decidió darle una sorpresa. Feliz, mostró su documento de identidad y pidió dos cervezas bien heladas, después las puso sobre la mesa y se sentó a esperarlo.

Era marzo de su último año. Ella iba a estudiar derecho, él se iba a presentar a un puesto universitario, estaban enamorados y vivían casi juntos, pero él nunca había mencionado qué iba a pasar después de mayo. Para ella el futuro siempre estaba acechando, indicándole el camino, llamándola y susurrándole al oído con apremio: ¿Adónde vas? ¿Qué va a pasar después? Visualízalo, planea, haz que suceda. Mientras que para Whit, como para todos los demás muchachos que ella conocía, el futuro era un espectro tenue y distante que jamás hablaba.Cuando una muchacha decía *amor*, quería decir juntos para siempre; un joven decía *amor* y se refería a un muy intenso ahora. Whit decía que la amaba y ella le creía, pero cuando decía que la quería para siempre sabía que ese para siempre existía de a un semestre por vez.

Para cuando Whit por fin entró por la puerta ya se había derretido todo el hielo de los vasos y caían las gotas por los costados como dejando un surco de lágrimas.

—Dana, mira quien está acá— dijo y trajo a la mesa a su amigo Jack Lucas—. Genial, ya ordenaste— y completó el comentario tomando un vaso para él y el otro se lo pasó a Jack.

—Por Harvard y el profesor Whit Endicott— entonó Jack e hizo sonar el vaso contra el de Whit y se bebieron la mitad de la cerveza.

—¿Disculpen? —dijo Dana.

Whit pasó un brazo alrededor de ella y la besó mientras Jack explicaba:

—Ese hombre que en este momento te pone la pata encima de una manera tan indecorosa acaba de recibir en el día de hoy una carta, escrita en un papel con membrete oficial de Cambridge, firmada por el director del Departamento de Lengua.

"Whit, ¿te hicieron un ofrecimiento en Cambridge?", preguntó y él asintió con un fulgor en los ojos.

Durante los últimos seis meses habían estudiado juntos los catálogos de todas las escuelas de derecho y habían festajado cada carta de aceptación. Ya habían llegado todas —Penn, Columbia, Georgetown y Michigan— y Dana estaba demorando su decisión hasta saber cómo se materializarían las perspectivas de Whit en esas mismas ciudades. Boston nunca había estado en la lista. Por lo menos no en la lista que él había compartido con Dana.

—¿En serio? —le dijo ella a Jack, una forma decorosa de decir *no sabía, Whit nunca me dijo, supongo que no significamos tanto el uno para el otro después de todo.*

—¿Quién hubiese adivinado? —dijo Jack riendo—. Quiero decir, nunca publicó nada, nunca escribe nada sino basura refritada, pero los muy estúpidos igual te quieren a ti. Se fue hacia adelante y le dio una palmada en la espalda.

Whit al menos tuvo la gracia de mantenerse sobrio.

—Dana, pensaba... —comenzó a decir. Pero se detuvo, le hizo una de sus señas secretas, se paró y se dirigió al baño.

Ella se quedó ahí sentada sin poder moverse mientras Bruce Springsteen cantaba. *Nena, nací para correr*, en la jukebox. Si alguna vez quiso tener sexo puro en el Rathskeller, no fue esa noche.

—Disculpa, Jack —dijo y se levantó de la mesa—. Se me hace tarde para el grupo de estudio en la biblioteca.

Tomó el saco y en cuanto estuvo afuera empezó a correr tan rápido que las lágrimas se le secaban en las mejillas antes de poder congelarse en el aire frío de la noche.

Nada mata al amor más rápido que la sospecha de que ya no es correspondido. Media hora más tarde Dana sacó su ropa del departamento de Whit y estaba de vuelta en su cuarto. Una hora después empezó a sonar el teléfono y no contestó y dos horas después cuando él llegó sus amigas hicieron como les pidió y le dijeron que ella no había vuelto.

Se escondió en su habitación durante una semana mientras llenaba formularios de inscripción, solicitaba otra tanda de cartas de recomendación y hacía llamadas de larga distancia para contactar a cuantas personas fuera posible dentro de las facultades. Necesitó de todos sus poderes de persuasión pero al terminar la semana un puesto que iban a dar a otra persona en lista de espera se lo concedieron a ella.

Al día siguiente salió de la residencia para estudiantes y Whit le tendió una emboscada antes de que caminara media cuadra.

—Dana, ¿dónde estuviste? —le gritó corriendo atrás de ella con el saco aleteando al viento—. Me tuviste loco.

—Oh, hola, Whit — dijo ella sin detenerse.

—Escúchame, te habría explicado todo si hubieras venido al baño como te pedí. Nunca mandé una solicitud a Harvard. Al menos no oficialmente. Era una ofrecimiento no oficial. No te lo mencioné porque no lo tomaba en cuenta. Entiende, es un honor; cualquiera se habría entusiasmado con eso. Pero decidí que me voy a quedar acá en Penn.

—Qué bueno, Whit —dijo todavía caminando con pasos largos por el campus—. En el Departamento de Lengua se van a poner muy contentos.

—Tengo una hora libre —dijo—. Te ayudo a que traigas tus cosas a mi departamento de nuevo.

—Gracias, pero me quedo en la residencia.

—Dana, no me hagas esto.

—¿Qué sentido tiene, Whit? Las clases terminan en seis semanas.

—Pero eso es lo que estoy tratando de decirte. No tenemos que terminar porque termina el semestre.

—¿No?, me temo que sí. No te conté, voy a entrar en Stanford.

Lo dejó paralizado en el césped con la boca abierta.

—¿Stanford? —dijo a los gritos mientras ella seguía caminando—. Stanford no estaba en tu lista.

Dana se dio vuelta y lo miró a los ojos.

—Ah, ya entiendo —dijo al caer amargamente en la cuenta—. Así que ésa era la carta que te guardabas en la manga, ¿no? Tu vía de escape por si algún día te dejaba.

Dana dio vuelta la cara y siguió caminando y esta vez él no la siguió.

Terminó el semestre, recibió su diploma y sonrió para la cámara de sus padres; incluso ese verano pasó unas semanas de playa en bikini pero todo el tiempo la acompañaba una sensación muy fuerte de irrealidad. En verdad no había roto, él todavía no se había decidido por Cambridge y ella no estaba empacando para irse a Palo Alto. Durante esos meses la verdad era para ella como era el fururo para un joven: una figura silenciosa y fantasmal en la que podía no pensar.

La realidad la golpeó como una lluvia torrencial y fría en el momento en que bajó del avión en medio del sol californiano. Se había terminado, él ya no estaba y el resto de su vida se extendía ante sus ojos como el blanco vacío de la nada. Iba distraída de clase en clase, imperturbable y casi inanimada mientras en su interior el dolor crecía como un cáncer. Lo extrañaba todo el día y soñaba con él todas las noches y maldecía el estúpido orgullo que había hecho surgir un continente entre los dos. Pero ese mismo orgullo le impedía tomar el teléfono y llamarlo.

Un día de octubre, a cuatro semanas de empezado el semestre de otoño, estaba sentada en la clase de agravios, en un aula repleta de alumnos, cuando de pronto se abrieron las puertas de atrás. Dio vuelta la cabeza junto con todos los demás y se quedó petrificada en el asiento cuando vio que era Whit.

—¿Sí? —preguntó el profesor. Whit, buscando desesperadamente entre el mar de rostros, no contestó y Dana ni siquiera podía abrir la boca.

—¿Lo puedo ayudar en algo? —volvió a decir el profesor.

Con los ojos desorbitados Whit empezó a gritar:

—¿Dana?, ¿Dana, estás acá?

Ella por fin logró recuperar la voz al menos lo suficiente como para proferir un chillido loco de felicidad. Los pasillos estaban atestados de gente así que tuvo que trepar por encima del largo pupitre, pasar entre un montón de libros y papeles y saltar al vacío al final de la fila. Ahí Whit la tomó en brazos y no la soltó durante tres días.

Más tarde trató de contarle —él se había encontrado con una amiga suya que le contó la campaña demencial de Dana por entrar en Stanford, y entonces supo que no era una carta que tenía en la manga sino un esfuerzo desesperado de último momento por salvarse, qué tonto había sido, todo fue su culpa— pero ella le hizo callar con un dedo sobre sus labios.

—Viniste por mí —le dijo—. Es lo único que importa.

—No te creo —dijo Andy—. Tú nunca chillaste.

Hablaba en un tono ligero y burlón, tratando de hacerla reír y conjurar en parte el horror que veía en sus ojos. Pero era demasiado tarde. La cabeza le daba vueltas, tenía revuelto el estómago y las lágrimas le surcaban el rostro. Durante años se había obligado a olvidar todo esto. *No pienses en Whit...* El estribillo se había vuelto su mantra, pero no porque no lo amara, porque lo amaba tanto que no soportaba ver cómo ese amor se marchitaba. La única manera de soportar la perdida era olvidar cuánto perdía.

"¿Whit, dónde estás?" Hundió la cara en las manos y sus hombros comenzaron a sacudirse por la fuerza del llanto. ¿En una celda debajo de un estadio de fútbol, prisionero de un hombre canoso y el fantasma de Jason Carraway? Tenía que encontrarlo y tenía que encontrar un vía de escape para él, pero no tenía guardada ninguna carta en la manga; de hecho no le quedaba ni una sola carta.

"¡Oh, Whit!, quiero encontrarte, quiero escucharte y entender todo lo que dices. Por favor, dame otra señal".

Andy se inclinó al lado de ella y trató de convencerla de que se recostara en el catre pero ella lo hizo a un lado, se tomó las rodillas y se hizo una bola sobre el piso y dejó que los recuerdos de Whit la cubrieran como olas de mar.

"Dame otra oportunidad de irte a buscar".

CAPÍTULO 42

El hombre canoso tomó la curva y paró una vez más al lado del estacionamiento donde las luces no penetraban el perímetro de oscuridad. Como las otras veces se cubrió el pelo con una gorra y se cargó la mochila al hombro antes de bajar del auto. Era la séptima noche consecutiva que venía acá; ya era una práctica habitual.

Pero hoy sería la última noche, por eso la práctica era un poco diferente. Abrió el baúl del auto y sacó una pala, después abrió el compartimento del piso y extrajo el Glock 17. Le puso un nuevo cargador, le enroscó el silenciador y después lo guardó en la cartuchera especial en la espalda, abajo del cuello.

Al llegar a la hilera de árboles se puso los anteojos y atravesó el campo. El tiempo había estado tan caluroso y seco durante tanto tiempo que la noche no lograba extraerle suficiente humedad al aire como para formar rocío. El pasto crujía debajo de sus pies como cáscaras de maní.

Tomó el candado del portón y chequeó el cable detector. No, nadie había entrado desde que él se fue la noche anterior. Aunque el resto de la misión había fallado, el escondite había funcionado a la perfección. Durante siete días el lugar había permanecido intacto.

Pero sabía que no podía permanecer así indefinidamente, del mismo modo que entendía por qué su contacto había finalmente ordenado que se abortara la misión. Por su parte, hacía cuarenta y ocho horas que esperaba este desenlace, desde que recogió el rollo y confirmó que había sido revelado. Ya no se podía sostener la situación. Mucha gente podría haber visto las fotos a esta altura y no había manera de silenciarlos a todos. El único curso de acción posible era contar las bajas y escapar.

Sin embargo lo lamentaba. Durante sus años en las Fuerzas Especiales muchas veces le tocó eliminar personas, amigos, enemigos o simples testigos, pero nunca antes debió matar a nadie que se hubiera ganado tanto su respeto como éste.

Encajó la pala ente las tiras de la mochila y bajó la escalera hasta el fondo del pozo. La tierra estaba dura y reseca, cavar no sería una tarea fácil pero encontró un lugar posible detrás de la letrina y empezó a trabajar.

El profesor lo llamó pero no había tiempo para charlas. Cavó sin detenerse hasta que al llegar a los tres pies la pala dio contra roca sólida y decidió terminar ahí. Aunque lo estándar eran seis pies acá no era necesario: en un mes iban a cubrir todo el pozo con una capa de cemento. Terminó de cavar las esquinas del rectángulo y dio unos pasos hacia atrás para apreciar el trabajo. Un pozo adentro de un pozo. Era como una cajita china. Miró el reloj. Ya casi era la hora.

—¿Ike? ¿Eres tú? —gritó de nuevo el profesor—. No tengas vergüenza ahora. Habla fuerte.

El hombre canoso rió para sus adentros. El profesor había sido toda una revelación. Su sentido del humor no flaqueó en ningún momento y había mostrado tanta fortaleza como la mayoría de los soldados profesionales que había conocido. También recursos, casi logró escapar la primera noche. En otro lugar lo habría logrado.

Sí. Una leve vibración en el receptor que llevaba en el bolsillo. Habían tocado el cable detector del portón como esperaba.

—No te esperaba acá —dijo—. Pensé que teníamos que encontrarnos en veinte minutos en el parque.

Tobiah estaba bajando por la escalera. Estaba vestido todo de negro y con el color de su piel nadie que no tuviese anteojos para visión nocturna lo hubiese visto. Un cualidad útil. Era una de las razones por las que el hombre canoso lo había reclutado, primero para las Fuerzas Especiales y después para el mundo de los grandes negocios.

Tobiah giró lentamente al llegar al pie de la escalera con un arma en la mano.

—Manos en la nuca —dijo.

El hombre canoso se quedó pasmado.

—Tobe... ¿qué mierda?

—Lo siento, señor. Tengo ordenes. Manos en la nuca.

—¿Órdenes de matarme, Tobiah? —preguntó mientras llevaba las manos a la nuca.

—Lo único que nos une a la explosión es tu cara en las fotos.

—¡Ah! Así que como no pueden destruir las fotos, me van a destruir a mí. La cosa es más o menos así, ¿no?

—Me temo que sí, señor.

Sonrió.

—Es obra mía. Te entrené demasiado bien. No sería tan reemplazable si no estuvieras pisándome los talones. ¿Supongo que ahora te van a dar mi trabajo?

Tobiah le señaló con el arma que retrocediera hacia el lado del pozo donde la pared de tierra absorbería el ruido que el silenciador no lograra ahogar.

El hombre canoso obedeció caminando lenta y cuidadosamente hacia atrás con las manos sobre la cabeza.

—Podríamos irnos los dos, Tobe. Oí que estaban contratando gente en Liberia. Hay grandes oportunidades ahí para alguien como tú. Podríamos dejar que el jefe se cocine solo en todo este lío.

—Pensé en esa posibilidad, señor, lo hice —dijo Tobiah mientras seguía caminando.

—¿Pero...?

—Pero me pregunté qué haría usted en mi situación. Y me imaginé que buscaría el ascenso.

El canoso tiró la cabeza hacia atrás y lanzó una carcajada y Tobiah se rió con él. Encorvado hacia atrás era fácil llegar al Glock. Tobiah estaba todavía riendo cuando la bala de nueve milimetros le perforó el cráneo por encima de la oreja izquierda. Demasiado alto y afuera, se dijo severo consigo mismo, y disparó de nuevo directamente entre los ojos antes de que Tobiah cayera al suelo.

Permaneció un momento inclinado sobre el cuerpo velándolo. Era un buen soldado, uno de los mejores que había tenido el privilegio de comandar. Tenía un único defecto, en realidad, uno que empeoraba en vez de mejorar con el tiempo y era la confianza que tenía en su superior. Un error que había resultado fatal para él.

Lo tiró en la fosa y volvió a rellenarla, después escondió la pala detrás de unas vigas de hierro. Iba a ser un buen regalo para el primer obrero que llegase cuando retomaran las obras.

Abrió la mochila y tomó el transmisor que estaba conectado al parlante en el techo de la letrina.

—Profesor, vamos a abrir la puerta ahora para darle la comida. Retroceda hasta el rincón al lado del inodoro. Va a haber dos armas apuntándolo cuando se abra la puerta. Si hace algún movimiento hacia la puerta...

—Le van a disparar —dijo el profesor—. Sí, sí, apúrese, por favor, así puedo volver a trabajar.

El hombre canoso sonrió y abrió la pesada cadena que rodeaba la letrina. El profesor estaba de rodillas usando la tapa del inodoro como escritorio. Apenas miró cuando le pasó la jarra y las cajas y volvió a cerrar la cadena.

Pero un minuto después se oyó la voz del profesor desde afuera.

—¿Qué hice para merecer esto?

—Le sugiero que lo racione cuidadosamente, profesor. No voy a poder venir a visitarlo más. No creo que venga nadie. No al menos por una semana. Mídase y le va a alcanzar bien hasta entonces.

—¿Y qué es esto? —le gritó el profesor—. ¿Ahora me trae videos?

—Son para que los mire después si logra salir con vida, profesor.

—Tengo tanta curiosidad que no veo el momento de salir de acá.

El canoso salió del pozo y sacó la escalera, después cerró el candado del portón. Mientras trotaba hasta el auto la luz sepia del reloj marcaba las tres. Cuatro horas para llegar a Kennedy y tomar el vuelo a Londres. En cuarenta y ocho horas iba a tener un nombre nuevo y un nuevo hogar en las junglas de África. Pero el mismo pelo. Iba a resultar tan raro ahí —quién sabe— tal vez hasta lo tomarían por un dios.

CAPÍTULO 43

Llegó la mañana del miércoles, demasiado pronto. Dana abrió los ojos y vio un sol fuerte y gris atravesar con su rayos un dosel de nubes vaporosas. Andy apareció a través de una niebla similar del otro lado del cuarto. Estaba guardando sus papeles y vagamente se acordó de que él tenía una reunión en Geisinger a la mañana para trabajar con el equipo de simulación. En veinticuatro horas iban a hacer la presentación ante la JNST y el mundo y Dana todavía no tenía idea de qué iba a decir.

Se separaron en el descanso de la escalera, Dana subió hacia su oficina y Andy fue hacia abajo.

—Buena suerte —dijo Dana.

—Tú también. Nos vemos a la noche en el hotel. Y cuidate.

El cielo siguió de un gris cargado toda la mañana y Celeste llegó apesadumbrada y jadeando, quejándose de la insoportable humedad de afuera. El carrito de café hizo su ronda cargado sólo de gaseosas frías y pasaron un email general advirtiendo a todo el mundo que dejaran de juguctcar con los termostatos; el aire acondicionado ya estaba al máximo.

Dana trabajó sin parar en su escritorio, redactando con mucho esfuerzo tres borradores del discurso inaugural, después otros tres del cierre, pero nada la conformaba y por la tarde tiró todo. Dejó la pantalla en blanco y se quedó mirándola tanto tiempo que por momentos le parecía estar cayendo en el vacío.

Se sobresaltó cuando Cliff Austin se anunció con una tos seca en la puerta de su oficina.

—Me llegó el rumor... —comenzó a decir mientras entraba y tomaba asiento.

—Disculpa, Ciff, pero no puedo hablar. Estoy más presionada que si me apuntaran con un arma.

—... de que contrataste a Bob Kopec como coconsejero para el problema ambiental del Valle Alpino.

—Es verdad.
—La última vez que chequeé la lista de abogados de nuestra empresa Kopec no figuraba en ella.
Dana tensó la boca al comprender sus intenciones.
—Sí, y si quieres saber mi opinión, Bill Moran tampoco debería figurar en la lista. Dijiste que tenía tiempo para esto, Cliff, pero ni siquiera se molestó en devolverme los llamados, y dejó plantado al abogado demandante.
—No ganamos nuestro dinero dándoles trabajo a los otros estudios, Dana. No tenías por qué llevar este caso afuera. Y sería mejor que lo traigas de vuelta.
Dana se quedó mirándolo fijo.
—Éste es mi caso —dijo fría de furia—. Y lo voy a manejar como mejor convenga a los intereses de mi cliente. Si tratas de interferir una vez más, si vuelves a hacer amenazas, me voy a ir y me voy a llevar a mi cliente conmigo.
Austin se quedó inmóvil tanto tiempo que Dana creyó por un momento que la broma de Charlie se había vuelto realidad y que el *rigor mortis* ya era total. Pero al final dijo:
—¿Quién está amenazando ahora?
—Es en serio. Sabes que Charlie Morrison no va a seguir con ustedes si yo me voy.
Austin se apoyó en el respaldo y la miró con ojos como hendijas.
—El cliente es Pennsteel Corporation, no Charlie Morrison. Me pregunto cuánto durarías con ellos si Charlie Morrison se fuera. Y me pregunto a la vez cuánto duraría Morrison si el directorio supiese todo lo que sabemos nosotros.
Los ojos de Dana se encendieron.
—Haz eso y Charlie te va a demandar por difamación. ¿Y quieres que te dé una pista de quién va a ser su abogado?
Un golpe incierto sonó en la puerta, y al mirar los dos vieron a Travis en el umbral que pasaba el peso del cuerpo de un pie al otro.
—Lo discutiremos en otro momento.
Austin se paró rígidamente y se dirigió hacia la puerta y Travis casi se cae encima de él al dejarlo pasar. Se volvió hacia Dana con una expresión de pánico en el rostro.
—¿Qué está pasando?
Dana se pasó la mano por el pelo.
—Más de lo mismo. Nada de lo que tengas que preocuparte.
Pero su cara dejaba en claro que iba a preocuparse con su permiso o sin él.
—¿Qué estás haciendo acá? —preguntó Dana—. Pensé que estabas trabajando con el equipo en Geisinger.
—Tuve que volver por algo.

—¿Cómo anda todo allá?

Se encogió de hombros.

—¿Cómo se está perfilando para mañana? No sé. Entre las simulaciones por computadora y la ingeniería de sonido todo parece una pura especulación de alta tecnología.

Dana arrugó la frente.

—Lo que quiero decir es que suena plausible y todo lo que quieras —dijo—. Pero no sé con qué pruebas lo vamos a sostener. Thompson va a decir que sí, que podría haber sucedido de esa manera pero que también podría haber sucedido de otras mil maneras diferentes. Si simplemente tuviésemos algo más.

Era exactamente con lo que ella misma había estado luchando todo el día. Había un agujero del tamaño de un cráter en su manera de plantear el caso, y no se iba a llenar con su propio testimonio sobre la conversación con Vic. La evidencia fotográfica de las marcas de las aletas era lo que hacía falta y esa era precisamene la evidencia que no podía usar.

—Ya sé —dijo Travis—, tal vez me estoy preocupando por nada. —Abrió la puerta. —Vas a sacar algo de la galera como haces siempre.

—¿Yo hago eso?

—Ah, casi me olvidaba por lo que había venido. Katie tuvo el bebé esta mañana. Una nena. Tres kilos doscientos treinta y cinco gramos.

Dana se apoyó en el respaldo.

—Oh, ¡qué hermoso! ¿Las dos están...?

—Bien. Les mandé flores.

—Eres un príncipe, Travis Hunt.

—Bueno, sí. —Enrojeció. —Supuse que la reina estaba demasiado ocupada para pensar en eso.

Bien entrada la tarde las nubes pasaron de una vaga pesadez a una abierta amenaza y empezó a oírse por los pasillos el excitado rumor de que podría llover esa misma noche. Era como si fuese a nevar en Miami. Las secretarias se asomaban a las ventanas de las oficinas vacías y los abogados se visitaban unos a otros con diferentes excusas sólo para obtener una perspectiva distinta de las nubes negras y densas que como olas enormes sobrevolaban la ciudad cubriendo todo el cielo.

Dana abandonó el intento de luchar contra el zumbido de voces que le impedía trabajar y se escabulló por las escaleras hasta el búnker, donde al menos en las horas silenciosas de la noche podría concentrarse en su discurso. Terminó un borrador a eso de las ocho y llamó por teléfono al equipo que estaba en Geisinger para ver cómo les había ido.

Andy contestó.
—Tenemos algunos problemas —dijo.
—¿Qué es ahora?
—Diefenbach no quiere firmar mi reconstrucción de la ruta de vuelo de la avioneta.
—Pero concuerda con sus datos de radar.
—Sí. El problema son los tramos largos en el medio en los que no hay datos. Dice que la única presunción razonable es que la avioneta haya volado en línea recta y pareja a dos mil pies porque eso es lo que haría cualquier piloto prudente.
—Nada de lo que hacía Loudenberg era prudente o razonable.
—Ya sé. El problema es que Diefenbach no.
Dana ya no soportaba la sensación de impotencia y frustración. La reconstrucción de Andy encajaba perfecto, podía cerrar los ojos e imaginarse al Skyhawk a mil quinientos pies siguiendo al JetRanger mil pies más arriba y de repente hacer un ascenso brusco al acercarse a la montaña.
—¡Andy! La foto de mi hija que tiene el Skyhawk al fondo...
—Ni lo pienses —dijo—. Usa las fotos y van a saber que puedes identificar al bombero. No van a parar hasta que te encuentren.
Por el cielo rodaban nubes de tormenta y soplaba un viento que pasaba por las ventanas arrojando los desechos de la ciudad.
—¿Dana?
—Sí, por supuesto, tienes razón —dijo ella—. Voy para ahí a hablar con Diefenbach.
—No esperes ningún milagro de una conversación.
—En media hora estoy ahí.
Dana colgó y fue hasta la mesa de trabajo para juntar las fotos; las de once por catorce, las diapositivas y las ampliaciones.
Afuera las nubes por fin se abrieron y lanzaron un muro de agua que golpeó los vidrios de las ventanas con el estruendo de una explosión. La lluvia ametrallaba los techos hirvientes de la ciudad y se elevaba un vapor como si las sombras de un millón de espíritus se levantaran al mismo tiempo de sus tumbas.
Encontró una bolsa de plástico en la cocina provisoria y metió las fotos para llevarlas a Geisinger, después buscó otra bolsa de plástico para cubrir el traje que iba a usar mañana. La lluvia golpeaba contra las ventanas y retumbaba con un eco ensordecedor por el piso vacío, tan fuerte que casi no oyó el ruido de unos pasos afuera.
Lanzó al instante una mirada hacia la puerta al mismo tiempo que la llave que estaba en la cerradura empezó a girar.
Corrió por el cuarto y tomó la llave. Podía oír que algo se movía dentro de la cerradura. Alguien estaba tratando de levantar el cerrojo.

No podía ser. Nadie sabía que estaba acá excepto Andy y él estaba a veinte millas de distancia. Nadie salvo el equipo del caso Palazzo sabía siquiera que ella tenía acceso a este lugar.

Corrió hasta el teléfono y marcó el número de seguridad de la recepción y durante las diez veces que sonó el teléfono escuchó el ruido a metal raspando el seguro de la cerradura.

Jamás había visto que no hubiera nadie en la recepción, de día o de noche, pero nadie contestaba. Colgó y con la mirada buscó desesperadamente algún tipo de arma en la habitación, aunque más no fuera un par de tijeras pero lo único que se acercaba un poco era un cortapapeles arriba de la fotocopiadora al lado de la puerta. Miró hacia el techo sin terminar, con los cables y las cajas al aire entre las vigas y de golpe le vino a la mente todo el inútil conocimiento sobre electricidad que había adquirido durante el caso Palazzo.

Fue hasta la fotocopiadora y la desenchufó, después cortó el cable con el cortapapeles. Con mucho cuidado sostuvo un extremo y le separó la cobertura plástica. Adentro había dos cables: el cable neutral de color plateado y el cable con corriente de color cobre. Le quitó el aislamiento y dejó seis pulgadas del cable con corriente.

Todavía se oía el ruido de la cerradura y cuando miró vio que el cerrojo empezaba a moverse. Respiró profundo, metio el cable en la cerradura, después se puso de rodillas y metió el enchufe en el tomacorriente.

De afuera llegó un grito que le heló la sangre. Esperó con el corazón en la boca, tratando de oír hasta el más mínimo ruido que viniese del otro lado de la puerta, pero la lluvia caía tan torrencialmente que los vidrios vibraban en las ventanas y después de diez minutos no oyó más nada. Se levantó, fue hasta el teléfono y volvió a marcar el número de seguridad.

—Le pido disculpas porque no estaba en ese momento —dijo el viejo de mejillas como manzanas después que pasó su identificación por debajo de la puerta y ella le abrió. —Alguien llamó en broma y tuve que ir hasta el piso cuarenta y dos para nada.

Dana salió con su portafolio y las dos bolsas de plástico.

—No se preocupe —le dijo—. Me asusté un poco por la tormenta. ¿No le molestaría acompañarme hasta el estacionamiento?

—Con mucho gusto.

Llamó al ascensor.

—¡Mire esto! —exclamó el guardia.

Dana se dio vuelta. Estaba señalando la puerta justo donde el metal de la cerradura estaba todo negro.

—Parece como si la hubieran quemado con un soplete —dijo sorprendido.

—Deben de haber sido los obreros —dijo Dana por lo bajo y entró en el ascensor.

Fue con ella hasta el garaje y esperó hasta que estuviera segura sentada al volante del Mercedes antes de despedirla con una venia y volver al ascensor.

Dana les puso traba a las puertas y trató de calmarse antes de poner la llave. El motor arrancó con el mudo rugido de siempre, familiar y tranquilizador. Dio marcha atrás y estaba por subir la rampa cuando un auto negro apareció de la nada haciendo chirriar las gomas y le bloqueó el paso.

Se abrieron las puertas de golpe y dos hombres bajaron a toda prisa y corrieron hacia ella con los pilotos flameando y la mano izquierda levantada.

Jadeando de terror Dana dio marcha atrás y apretó el acelerador y se alejó treinta pies chirriando en el cemento hasta que el paragolpe de atrás chocó con una columna de acero y se paró el motor. Los hombres corrieron hacia ella y cuando golpearon con las manos el parabrisas ella cerró los ojos y gritó con toda su voz.

Del lado del acompañante oyó un golpeteo suave y al abrir los ojos vio por la ventanilla el rostro de Mirella Burke. Dana abrió los ojos desconcertada y volvió a mirar hacia adelante. Los dos hombres tenían contra el vidrio unas placas del FBI.

—¿Puedo entrar? —gritó Mirella—. Por como manejas prefiero estar ahí adentro contigo que acá en medio de tu camino.

Dana exhaló con un estremecimiento mientras destrababa la puerta. Mirella la abrió y los amortiguadores se hamacaron y gimieron cuando se subió al auto.

—Estás un poco nerviosa hoy —dijo.

Dana se aferró al volante para que sus manos dejaran de temblar.

—¿Qué diablos es todo esto?

—Hace tres horas que estamos tratando de ubicarte. Al final pensé no se va a ir y dejar semejante auto acá solo toda la noche, así que vamos a esperarla. Claro que ahora me doy cuenta de que tú no valoras tanto tu auto.

Dana la miró con los ojos en llamas.

—¿Me puedes decir qué es tan importante como para que me estés persiguiendo de esta manera?

—Eh, querida, baja un poco la máquina. Estoy acá por tu bien, no por el mío. —Una sonrisa le cubrió la cara. —Hoy a la tarde presentamos la acusación, justo antes de que mañana una cierta abogada haga su show, si pescas a qué me refiero.

Dana lo pescó y su alivio se vio instantáneamente sobrepasado por la euforia.

—¡Mirella —exclamó—. ¿Quieres decir que ya puedo hablar públicamente de la conexión paramilitar?

En los ojos exóticos de Mirella apareció el desconcierto.

—Habla públicamente de lo que quieras —dijo—. Pero primero asegúrate bien de los hechos. No son paramilitares. Son narcotraficantes.

Dana la miró fijo.

—Mira tú misma. —Mirella hundió la mano en los pliegues voluminosos de su piloto y extrajo un fajo de hojas.

Dana hojeó la primera página. Estados Unidos de Norteamérica versus Carlos Reyes, Néstor Santiago y otros veinte nombres que jamás había visto antes. Lo que primero le llamó la atención fue el juzgado —Corte de Distrito de los Estados Unidos para el Distrito Este de Pennsylvania. Scranton y Montrose estaban en el Distrito Medio.

Miró a Mirella.

—Es tu caso, ¿no es cierto? Lomax tenía el papel secundario.

—Bueno, como actor la verdad es que no se merece otro.

—Estuviste mintiendo todo el tiempo.

—Reteniendo información, preciosa.

Dana leyó rápidamente la lista de acusados.

—Billy Loudenberg no está acá.

—No, hicimos un arreglito con tu amigo Billy.

Muy despacio Dana dijo:

—Es tu informante.

—Pobre muchacho, no aguantó más después que su padre y su hermano murieron. Vino el día siguiente y confesó todo.

—¿Pero qué...? —Dana pasó velozmente las hojas de la acusación pero no encontraba lo que buscaba. —¿Qué era lo que hacían?

—Distribuían marihuana, cocaína y otras sustancias ilegales. Y a veces como actividad secundaria traficaban armas de asalto.

—No lo puedo creer.

—El muchacho que murió, Donny, es el que los metió en esto. Era un *dealer* de poca monta en el colegio y conoció a unos de más arriba y se lo presentó a su padre. Así que el viejo hace un trato y levanta los treinta acres de trigo y planta marihuana. Hace bastante buen negocio pero tiene la mira en algo más grande. Empezó a volar y se metió en el negocio de la distribución regional. Después se enganchó con algunos de los muchachos más pesados de Nueva York y Miami. Al final manejaba un par de millones de dólares en armas y drogas de una punta a la otra de la Costa Este.

—Esos tipos del bosque, los que le dispararon a la avioneta de Andy...

—Ustedes cayeron en uno de sus depósitos, nena. Esos tipos estaban esperando una entrega, Billy y Zack, junto con los otros tres de Nueva York. Tuvieron suerte en salir de ahí respirando.

—Dana se quedó mirándola sin poder cerrar la boca, después explotó y dijo:

—¿Entonces por qué diablos los dejaste escapar?

—Nosotros queríamos a Reyes y Santiago. Si hubiésemos agarrado a Billy y Zack, habrían desaparecido de la faz de la Tierra más rápido que un topo.

—¿Pero Billy no los nombró en la confesión?

—Claro que sí. ¿Pero sabes con qué rapidez uno de esos abogados caros como tú lo hubiese hecho trizas en un juicio? Necesitábamos algo más que la palabra de un granjero delincuente.

—¿Y ahora tienen más?

—Sí, señora. Por una vez la suerte estuvo de nuestro lado.

—Y de mi lado también, supongo —dijo Dana.

—Bueno, supongo que sí —dijo Mirella indignada—. Después que estuve acá sentada esperándote toda la noche.

—Oh, Mirella, gracias.

Se inclinó para darle un rápido abrazo pero Mirella la atrapó y la sujetó contra su pecho mullido.

—Ahora ¿quieres contarme qué está pasando que hizo que tu linda carita blanca se pusiera verde del susto?

—Claro que quiero —dijo Dana—. ¿Pero nos podemos reunir mañana a la tarde?

Mirella la miró con desconfianza un largo rato y al final asintió.

—Está bien. Supongo que puedo esperar hasta entonces. Mientras tanto... —Miró hacia la columna de acero que crecía desde el baúl del Mercedes. —¿...quieres que te alcance a alguna parte?

Dana dejó su auto abollado en el estacionamiento y los agentes del FBI la llevaron a King of Prussia con una lluvia torrencial. En cuanto el botones del Geisinger Center Hotel la llevó hasta su habitación, llamó a Andy a la suya.

—¡Por fin! —dijo estallando—. Son más de las once, me estaba volviendo loco.

—Sí, ya sé. Disculpa.

—¿Estás bien?

—Sí, estoy bien.

Andy dudó

—¿Puedo ir a tu habitación?

—Por favor —dijo ella—. Ven ya. Y trae a John Diefenbach.

CAPÍTULO 44

Whit cerró su cuaderno y se apoyó contra la pared mientras la lluvia repiqueteaba contra la fibra de vidrio de la letrina. Veinte años de perder el tiempo y quejarse y escribir pavadas quedaban deshechos en dos días de trabajo. Su libro ya estaba terminado. Uno o dos meses para pulirlo y el manuscrito ya podía pasar a la editorial.

"Por falta de una piedra clave", escribió Stegner, "tal vez el falso arco sea todo lo que se puede esperar en esta vida. Sólo los muy afortunados descubren la piedra clave".

Bueno, él finalmente la había descubierto aunque era demasido llamarse afortunado en este momento. Pero al beber un chorro de agua de la jarra brindó a su salud e hizo un voto: si salía de este infierno con vida, iba a encontrar otra piedra clave, una con la que recuperaría a Dana y la conservaría por el resto de sus vidas.

Se tomó el agua y desenvolvió la ración de hoy de comida. Una semana dijo Ike, antes de que alguien lo encontrara. El agua y la comida podrían alcanzar pero la batería de la linterna no. La apagó.

Cayó la oscuridad y la tormenta pareció rugir aún más fuerte. Se puso de pie y se estiró tanto como le permitía el techo, después pasó el peso del cuerpo de un pie al otro. Una de las esquinas de la letrina se bamboleó. Se tomó de las paredes para afirmarse cuando uno de los lados empezó a hundirse. La tierra estaba cediendo por la lluvia.

Por fin. Ahora iba a poder reventar esta jaula. Apoyó las manos en las paredes, levantó los pies y pateó la puerta con toda la fuerza que pudo juntar. No cedía pero la letrina empezó a oscilar, después a inclinarse y de repente Whit empezó a perder el equilibrio y la letrina cayó hacia atrás en el barro.

Se golpeó la cabeza contra la base del inodoro, se sujetó para levantarse medio mareado y tomó la linterna. Cuando la encendió se dio cuenta de que la letrina estaba recostada sobre la parte de atrás con la puerta arriba de él. Apoyó los pies en ella y la pateó tan fuerte como pudo, pero no cedía. Se dejó caer para atrás exhausto.

Una gota de agua le mojó la cabeza y alumbró con la linterna hacia atrás. El parlante que había estado en el techo toda la semana debió de soltarse con la caída, porque ahora entraba luz por la ventilación. Y casi con igual facilidad entraba el agua.

Cayó otra gota y estalló salpicándole la cabeza como la detonación de un bomba minúscula.

CAPÍTULO 45

El jueves a la mañana la lluvia todavía brotaba del cielo y fustigaba los árboles y las ventanas y las calles. Después de sesenta días de calor y sequía la tierra se había cocido demasiado como para poder absorberla y se derramaba en torrentes por las laderas de las colinas y formaba un estanque en la entrada de Geisinger. Una línea ininterrumpida de autos doblaba hacia ahí para entrar en el complejo y cada auto que pasaba debía atravesar la zona inundada como si fuese el foso de un castillo.

Dana observaba los autos desde la ventana del auditorio en el quinto piso. Faltaba media hora para las diez, la hora fijada para la conferencia, pero los equipos de televisión ya estaban instalando las cámaras y la gente ya estaba tomando su lugar en las butacas. A pesar del tiempo la mayor parte de los abogados de Filadelfia acudían al evento. Cada vez que sonaba la campanilla del ascensor se abrían las puertas con un contingente nuevo de espectadores, y en cada contingente había al menos un rostro conocido.

La vez siguiente que se abrieron las puertas la cara conocida fue la de Charlie Morrison.

—Dana —la llamó y fue caminando por el pasillo con las manos enterradas en los bolsillos del piloto mojado—. ¿Cómo ves las cosas para hoy?

—Bien, creo. Aunque lo único que importa es lo que ellos piensen. —Y señaló con la barbilla hacia el auditorio.

—Bueno, piensen lo que piensen, hiciste un trabajo increíble y realmente te lo agradezco. Y espero que tenga muchas oportunidades de demostrártelo.

Dana sonrió.

—Yo también, por tu bien, Charlie.

Al final del pasillo se oyó una puerta y Dana se puso tiesa al ver venir a Don Skelly.

—Eh, Morrison, estás chorreando sobre mi alfombra nueva —dijo y se paró para encender un cigarrillo.

Charlie soltó una carcajada.

—Tienes problemas acuáticos más graves que los míos, Don. Tus desagües a la entrada están todos tapados. Y pareciera que ahí estás construyendo la piscina más grande del mundo. —Señaló la excavación de los cimientos de la torre oeste.

—Sí, ya vi —dijo Skelly con un gruñido—. Pero no te vas a reír si al final resulta que las demoras son por culpa de los fabricantes de acero.

Se volvió hacia Dana.

—Espero que nos represente si por esto terminamos demandando a Pennsteel.

—Me pondría en un aprieto —dijo ella escuetamente.

El ascensor sonó de nuevo y salió Norm Wiececk con la cabeza gacha.

—Maldición, ahí está mi peor mitad —dijo Skelly y dio otra pitada antes de ir a su encuentro.

Charlie estaba observando a Dana.

—¿Te pasa algo con Skelly?

Ella hizo un gesto afirmativo y sombrío con la cabeza.

—Después te pongo al tanto, ¿sí? Ya es hora de que entre a prepararme.

—Por supuesto. Ve.

Abrió la puerta de atrás del auditorio y caminó por el pasillo. Los miembros de la simulación computadorizada estaban al pie del escenario, trabajando en tres computadoras diferentes que iban a proyectar imágenes sobre la pantalla gigante de cine. Había un hombre inclinado sobre uno de los operadores en una de las computadoras pero se enderezó cuando Dana se acercó.

Dana se sobresaltó.

—¡Andy!

Su pelo todavía no era gris pero su traje sí y con una corbata a rayas y una camisa blanca recién estrenada no parecía para nada ese muchacho rebelde con que sueñan las adolescentes que había conocido. Se lo veía capaz, sobrio y profesional.

—Estás genial —dijo pasado el segundo de sorpresa.

—Tú también, para una dama que durmió tal vez no más de dos horas.

Dana bajó la voz.

—¿Diefenbach está todavía a bordo?

—Totalmente —dijo él y señaló con la barbilla a la otra computadora donde estaba Diefenbach dando su total conformidad a las imágenes que aparecían en el monitor.

—Entonces valió la pena.

Andy miró para atrás por encima del hombro y le tomó la mano.

—Dios mío, estás congelada. ¿Te sientes bien?

—Estoy un poco nerviosa, supongo. Echó una vistazo al resto del equipo que estaba trabajando al frente de la sala. —¿Viste a Luke?

—En la cabina con el ingeniero de sonido la última vez que lo vi.

Subió corriendo las escaleras, pasó por detrás del telón y fue hasta la cabina de sonido en uno de los laterales. Por el vidrio se veía la cabeza de Luke flotando entre la del ingeniero y la de Travis Hunt. Golpeó en el vidrio y le hizo una seña para que saliera.

—¿Podrías conseguir un proyector de diapositivas y ponerlo en la cabina de proyección? —le preguntó en cuanto salió.

El muchacho contrajo la cara con desconcierto.

—¿Para qué? No tenemos diapositivas.

—Tal vez sí.

Se encogió de hombros y se fue.

Cuando Dana se dio vuelta Travis la estaba observando a través del vidrio y miró inmediatamentre para otro lado cuando ella lo vio.

Dana miró su reloj. Las diez menos dos minutos. El rumor de las voces en el auditorio crecía y cuando miró por el telón vio una enorme multitud en la sala. Pasó lista uno por uno: los investigadores de la JNST sentados adelante en el medio, con Harry Reilly y Jim Cutler atendiendo solícitamente a un hombre sentado entre los dos que debía de ser un miembro del Consejo de Seguridad; detrás, la propia gente de Dana oficiando de amortiguador; y atrás de ellos Peter Seferis y su brigada de madres, Ira Thompson, Dan Casella, Angela Leoni y cien caras desconocidas.

Oliver Dean y Los Tres Amigos adelante en una esquina, con Charlie a la derecha de Dean y Haguewood y Schaeffer maniobrando para ubicarse atrás de ellos. Otro individuo le estaba hablando muy seriamente a Dean a su izquierda y Dana se asombró de ver a Cliff Austin. Pero un segundo después adivinó sus intenciones: estaba ahí para susurrarle cosas al oído a Dean. Era lo bastante inteligente, eso esperaba, como para no repetir la calumnia contra Charlie, pero podía imaginarlo perfectamente envenenando el propio pozo de Dana, comentando con tristeza los conflictos que ella tenía en el estudio y convenciendo a Dean de que no era ella sola sino todo su equipo el que había armado este programa y que esa clase de recursos solo podían darse en un estudio de la envergadura de Jackson, Rieders. En su interior se encendió un amargo resentimiento.

Pero se extinguió al segundo cuando vio detrás al contingente de Pennsteel y a Don Skelly sentado con una sonrisa de autosatisfacción en el rostro. Sólo verlo la hacía temblar de miedo y repulsión. Tres personas muertas, docenas de heridos, Whit raptado como rehén, todo eso para que Skelly pudiese proteger el balance de Geisinger y preservar este montón de acero y cemento.

Sacó la vista y la dirigió hacia Mirella Burke que avanzaba de prisa por el pasillo con una túnica que flameaba a su espalda como las alas de un murciélago, y en ese momento Dana tomó su decisión. Antes de que terminara el día iba a encontrar una manera de que Skelly quedara expuesto y lo iba a hacer acá enfrente de Mirella y otros cien testigos.

Luke pasó por detrás de ella con un proyector de diapositivas y Dana lo llamó por lo bajo.

—Espera un momento. —Metió la mano en su portafolio y le puso la caja de diapositivas bajo el brazo. —No digas nada, ¿de acuerdo? —dijo—. Yo te voy a avisar si decido usarlas.

—De acuerdo —le respondió y se fue corriendo hacia la cabina de proyección al fondo de la sala.

—Dana —alguien dijo desde el otro lado del escenario—. Son las diez.

Salió al escenario y el bullicio se fue apagando mientras tomaba lugar en el podio. Desde ahí la multitud se veía vasta y hostil, cientos de ojos que la escudriñaban con suspicacia, cientos de bocas listas para el debate.

—Buenos días —dijo al micrófono e hizo oídos sordos al retorno electrónico—. Quisiera dar las gracias a la Junta Nacional de Seguridad del Transporte por enviar una representación hoy aquí y por brindar a Pennsteel la oportunidad de presentar los resultados de su investigación. Y también agradezco a todos los demás por estar aquí.

"Hace trece días un helicóptero de la empresa Pennsteel y una avioneta perteneciente a un particular chocaron en vuelo sobre el parque de diversiones El Valle Alpino. Estuve ahí ese día como sé que algunos de ustedes también estuvieron. Fue la peor catástrofe que vi en mi vida y espero que sea la última que me toque presenciar.

"Ninguno de nosotros sabíamos entonces qué había causado esta terrible tragedia. Ninguno de nosotros podríamos haberlo sabido, ni ese día ni muchos otros por venir. Pero muchos dedos señalaron a un supuesto culpable, y no por casualidad todos apuntaban al que tenía más medios económicos: Pennsteel. Nadie se apresuró a demandar a la parte insolvente, pero sí hubo una estampida virtual para demandar a Pennsteel.

"En tales circunstancias, Pennsteel no tuvo más opción que conducir su propia investigación y descubrir por sí misma la causa del accidente. Hace doce días empezamos ese proceso y ahora, hoy aquí, sabemos la respuesta.

"Sabemos ahora que este terrible accidente no fue obra de la mano de Dios. Para parafrasear a uno de mis colegas que está hoy aquí presente, esta calamidad fue provocada por un acto de una extrema imprudencia e insensible desprecio por la seguridad de la vida humana. Porque se trató de un acto que se merece toda nuestra condena.

"Murieron doce personas y hubo muchísimos heridos y todo porque el piloto del Skyhawk deliberadamente incurrió en maniobras peligrosas y mortales. Fue el equivalente aeronáutico de no mantener una distancia prudente en la ruta, pero mucho peor, porque lo estaba haciendo además con la expresa intención de que la avioneta resultara invisible a la tripulación del helicóptero de manera tal que no tuvieran oportunidad de protegerse.

"La mayoría de ustedes oyó a mi colega proponer la teoría de que el helicóptero causó el accidente porque descendió quinientos pies en el lapso de unos segundos. El radar no apoya semejante opinión, ni tampoco los testimonios de los testigos oculares. Pero él basa su teoría en la grabación de la voz de cabina del helicóptero. Por supuesto usted ya la ha oído, señor Reilly. Creo que todos los aquí presentes también. Pero me pregunto cuántos realmente la escucharon. Porque lo que la grabación en verdad prueba es que el helicóptero no perdió altura antes del accidente.

Reilly se inclinó para susurrarle algo a Cutler mientras éste movía la cabeza en un gesto negativo. Tres filas atrás Ira Thompson estaba sentado en medio de la niebla con la corbata sobre un hombro y los anteojos sobre la cabeza.

—Voy a solicitar a un piloto que hable sobre este punto. Andrew Broder, piloto de helicóptero y aviones ligeros además de ingeniero aeronáutico. Ya le hemos hecho llegar su currículum, señor Reilly, y está en la entrada a disposición de todo el que desee solicitarlo. ¿Señor Broder?

Dana dejó el escenario y Andy se ajustó la corbata y tomó el micrófono.

—¿Podemos ver la primera imagen por favor? —dijo.

Bajaron las luces y se encendió la pantalla de cine del auditorio con la primera simulación computadorizada.

—Ésta es la cabina del JetRanger —dijo Andy mientras un piloto de animación tomaba asiento en la cabina y asumía los controles—. Para hacer un descenso en esta aeronave que sea suficiente para recorrer la distancia vertical teorizada aquí, el piloto debe ejecutar una maniobra que se llama un descenso colectivo. —La figura animada tomó la palanca y la bajó.

—Esto cambia el ángulo de ataque de las aletas del rotor principal. Lo que a su vez disminuye la altura y el poder de los motores. —La simulación pasó del interior de la cabina a un imagen de exteriores que mostraba al helicóptero de perfil cuando las aletas rotaban y la aeronave comenzaba a descender.

—El resultado de esta maniobra suena así.

El ingeniero bajó una llave en la cabina de sonido y de los dieciséis parlantes del auditorio salió el chillido agudo del motor a la vez que la simulación volvía al primer plano de la cabina. El piloto repitió la maniobra y el sonido del chillido bajó dos octavas.

—Esa grabación fue hecha el lunes a la mañana —dijo Andy. —En el mismo modelo de JetRanger descendiendo de una altura de dos mil quinientos metros sobre nivel del mar a mil setecientos metros en quince segundos. Ahora vamos a escuchar la grabación anterior al accidente. Se han suprimido las voces; sólo se dejaron el motor y el rotor.

El ingeniero pasó la segunda grabación y el chillido agudo no se modificó hasta que se oyó el estruendo del choque.

Se encendieron las luces y en cuanto reapareció en el podio, Dana hizo una rápida evaluación de la audiencia. Jim Cutler tomaba notas furiosamente, Dan Casella se acariciaba el mentón, Don Skelly estaba sentado sujetándose los codos con las manos como si estuviese por reventar de felicidad. Pero Peter Seferis se estaba poniendo de pie con cara de enojo.

—Muy buen truco —dijo en voz alta—. Sacar de la grabación la voz de Sullivan. Pero no van a poder borrar la evidencia tan fácil en el juicio.

—¿Evidencia de qué, Peter? —preguntó Dana.

—¡De ya sabes, de lo que dijo Sullivan! Pueden hacer todos los trucos que quieran con los ruidos del motor. Pero Sullivan dijo lo que dijo.

Se oyó un rumor de aprobación.

—¿Te refieres a esto? —dijo Dana—. Pasen la cinta, por favor.

Por los parlantes esta vez se oyó la voz de Sullivan.

—Eh, ya veo dónde estamos. Nos estamos acercando a ese parque de diversiones, de acá se ve la montaña rusa, como se llama, El Valle Alpino.

Desde el podio, Dana se inclinó hacia el micrófono y dijo haciendo resonar su respuesta por los mismos altoparlantes.

—¡En serio! Saluda para abajo, Vic, mis hijas están ahí de excursión.

Ira Thompson se enderezó en la silla y los anteojos volvieron a caer en su lugar.

—No me digas —resonó la voz de Vic—. Eh, Ron, aterriza esta cosa y vamos a conseguirnos un par de rubias.

De los ojos oscuros de Angela Leoni salió disparada una mirada fulminante en dirección a Dana y a ciento cincuenta metros de distancia la oyó gritar:

—Santo Dios.

—Victor Sullivan estaba hablando conmigo por teléfono justo antes del accidente —dijo Dana—. Luke, ¿podrías mostrar la primera diapositiva, por favor?

Se apagaron las luces de la sala y una imagen llenó la pantalla, la de las espaldas de dos nenitas de pelo rubio con colitas.

—Señoras y señores, éstas son las rubias a las que se refería el señor Sullivan.

Un silencio descendió sobre el auditorio por unos segundos, después de repente la multitud estalló en carcajadas. Harry Reilly se puso colorado y hasta Dan Casella sonreía. Peter Seferis se dejó caer en la silla.

—Señor Reilly, el examen que realizaron de la grabación de la voz de cabina en su laboratorio probablemente reveló un corto en los cables que impedía la grabación de transmisiones que entraban por el canal cuatro. —Uno de los investigadores de la Junta asintió, lo que significaba que Ted Keller no había errado. —Preparé una transcripción de mi parte de la conversación con la mayor exactitud que pude recordar. Las copias están a disposición de todos al fondo de la sala.

María apareció y se ubicó atrás con una pila de papeles en la mano. Media docena de personas fueron inmediatamente hasta el fondo a buscar copias.

—Ahora que quedó desmostrado lo que no ocurrió —dijo Dana—. Veamos lo que sí ocurrió.

Sobre la pantalla se proyectó otra simulación. Ésta era una imagen tridimensional que mostraba las posiciones relativas del helicóptero y de la avioneta en vuelo.

—El gráfico en el lado izquierdo muestra la altitud —explicó—. Estos números están basados en datos de tres fuentes distintas reunidos y analizados por el experto en radares John Diefenbach. Esos datos más el currículum del señor Diefenbach están disponibles en la entrada. Como pueden ver, el JetRanger está volando a tres mil metros y el Skyhawk a mil quinientos metros cuando empezamos nuestro rastreo. Procedan, por favor.

La imagen simulada se dirigió a la cabina del JetRanger y le dio a la audiencia una visión a través del parabrisas del terreno debajo de ellos como si estuvieran realmente adentro.

—El compás en la esquina de la pantalla indica la dirección del helicóptero —dijo Dana—. Pueden ver que todavía tiene un rumbo constante hasta que... —Sobre la pantalla apareció adelante una simulación de casas y calles. —Se acercaron a una zona residencial. Con el fin de evitar volar por encima del barrio el helicóptero cambió la dirección en doce grados hacia el norte. —Los compases cambiaron de dirección y lo mismo hizo la imagen que se veía a través del parabrisas: adelante apareció la montaña rusa del Valle Alpino.

La cabina se tambaleó repentinamente en la pantalla y un segundo después se vio una línea blanca afuera de la ventana derecha.

—Congélala ahí, por favor —dijo Dana y cuando la imagen quedó quieta se podía reconocer el ala derecha del Skyhaw inclinada hacia arriba e incrustada en el rotor principal del helicóptero—. Prosigan, por favor —dijo y se vio una explosión naranja al estallar el tanque de combustible del ala.

La audiencia lanzó una exclamación de espanto cuando vieron que el rotor se soltaba y caía en espiral hacia la tierra. Lo último que vieron fueron los rieles de la montaña rusa que se acercaban al primer plano antes de que la pantalla quedara en blanco.

—Colóquennos en la avioneta ahora, por favor —dijo Dana antes de que el bullicio de la sala creciese demasiado.

Otra imagen que colocaba al espectador dentro de la aeronave, esta vez del Skyhawk. Por el parabrisas se podía ver la cola del JetRanger adelante y hacia el sur, pero con idéntica altitud y dirección. Abruptamente inclinó hacia abajo la trompa y la audiencia vio aparecer de golpe la tierra antes de que la avioneta pudiera finalmente nivelarse a dos mil metros. Unos segundos después volvió a subir casi a dos mil quinientos metros. El helicóptero apareció otra vez por el parabrisas justo arriba.

—Señor Broder, ¿nos podría explicar desde la perspectiva de un piloto qué está ocurriendo aquí?

En un podio del otro lado del escenario estaba Andy con un segundo micrófono.

—La ruta de vuelo indica que el Skyhawk estaba tratando de evitar ser detectado por los radares. Durante gran parte del trayecto voló a dos mil metros, que es un altura demasiado baja para poder ser detectado por un radar en este tipo de terreno. Es una práctica muy común, conocida con el nombre de vuelo de terreno, o vuelo rasante. Pero otra cosa que hacía el Skyhawk era pegarse tanto al JetRanger que entraba dentro de la misma huella de radar.

La sala estaba a oscuras, era imposible ver la expresión de las caras pero se oyó un frenesí repentino de murmullos. El Skyhawk simulado se hundió de nuevo y esta vez parecía como si la tierra se fuera a estrellar contra él. Un coro de *uuuhs* brotó de la audiencia. Abruptamente la simulación mostró que la trompa subía.

Andy pasó a explicar:

—El piloto perdió de vista la elevación del terreno y cuando llegó a la montaña tuvo que hacer un ascenso empinado. —La simulación inclinó la imagen hacia arriba y el JetRanger que estaba adelante desapareció de vista en la parte superior de la pantalla. —Tan empinado que casi pierde empuje y se frena. Para no detenerse hay que bajar la trompa e incrementar la potencia como ven que hace el piloto al acelerar.

—Lo que ahora no pueden ver —dijo Dana—, es la posición relativa del helicóptero. Y desgraciadamente tampoco la pudo ver el piloto del Skyhawk. ¿Nos pueden dar una toma general justo aquí, por favor?

La imagen rotó por afuera de la cabina de la avioneta y se fue alejando hasta que ambas naves resultaron visibles. El helicóptero estaba casi directamente arriba de la avioneta.

—Oh, Dios mío —dijo una voz surgiendo de la oscuridad.

—Llévennos de nuevo a la cabina de la avioneta, por favor.

La simulación volvió a la cabina del Skyhawk. La visión giró hacia arriba a izquierda y derecha. En ambas direcciones las alas bloqueaban la vista del cielo.

Andy continuó.

—El piloto estuvo siguiendo de cerca al helicóptero durante millas pero ahora no lo ve. Perdió su posición cuando subió la montaña y ahora lo busca en todas direcciones pero no lo encuentra. Se imagina que hay una sola manera de saber dónde está.

La imagen de la computadora subió la trompa y se oyó una inhalación colectiva de espanto cuando la audiencia percibió la inevitabilidad de la próxima escena. El JetRanger apareció ominoso y enorme arriba en el cielo. La avioneta trató de bajar pero ya era demasiado tarde. La aleta de la hélice dio contra el patín del helicóptero y la hélice salió despedida al chocar contra el patín de la segunda aleta. El ala derecha se fue hacia arriba y dio contra el rotor principal del helicóptero. Volvió a aparecer la simulación de la explosión del tanque de combustible y esta vez el estallido abarcó toda la pantalla.

Pasaron otras dos simulaciones desde distintas perspectivas, ambas con el mismo final, hasta que Dana dijo:

—Enciendan las luces, por favor.

Ira Thompson estaba de pie antes de que desapareciese la oscuridad.

—Bill Loudenberg no está acá para defenderse —gritó y su voz resonó por todo el auditorio—. Pero alguien debe hablar en su nombre. ¡Lo que acaban de decir de él es una abominación! Tenía licencia de piloto sin ningún antecedente. Era un hombre de familia con fuertes lazos con la comunidad. No existe ninguna razón plausible de que fuera culpable de un acto como el que ustedes le imputan.

Dana se aferró de los costados del podio mientras esperaba que disminuyera la reacción de la audiencia.

—Sí, Ira —dijo—. Bill Loudenberg era todo lo que usted dice. Pero además era un narcotraficante.

Un silencio repentino y radical y un segundo después estalló el caos. Empezaron a dispararse los flashes de los fotógrafos y los periodistas salieron corriendo por los pasillos. Ira Thompson gritaba ultrajadas negativas.

—Señorita Burke —Dana dijo por el micrófono—. ¿Querría usted tal vez informarnos sobre esta cuestión?

Los ojos rasgados de Mirella se rasgaron aún más pero lentamente se puso de pie.

—La Asistente de Fiscalía de los Estados Unidos Mirella Burke —dijo Dana al recibirla en el podio.

La sala hizo total silencio.

—Ayer a la tarde —dijo Mirella— un gran jurado federal dio curso a una acusación contra veintiocho miembros de una conspiración para importar y distribuir sustancias y armas de asalto ilegales. Dos de los miembros de esa conspiración, ahora fallecidos, eran William A. Loudenberg y Donald L. Loudenberg, su hijo. Los dos están acusados de estar activamente implicados en al transporte de drogas y armas ilegales por medio de una aeronave Cessna 172 Skyhawk, registrada a nombre de William A. Loudenberg, de Montrose, Pennsylvania.

Mirella volvió a su asiento mientras Dana anunciaba:

—Al fondo de la sala están disponibles las copias de la presentación judicial.

Esta vez fueron casi en estampida hasta María, que repartía las copias en la puerta.

Dana esperó cinco minutos hasta que se restableciera el orden y luego volvió a hablar.

—Tenemos planeado presentar testimonio sobre las prácticas de vuelo de los pilotos que están implicados en el negocio de la droga. Tenemos entendido que una práctica común es seguir las naves legítimas de tan cerca que los radares detectan sólo una presencia, volviendo la avioneta de los traficantes efectivamente invisible a las pantallas de los radares y consecuentemente indetectable para las fuerzas de la ley. Creemos que es esto lo que Loudenberg estaba haciendo en el momento del choque.

—¿Creen? —gritó Thompson—. ¿Tienen entendido, tienen planeado? ¡Esto es pura especulación! El radar no apoya su teoría ni tampoco ninguno de los testimonios de los testigos oculares. Yo mismo revisé los datos de radar cien veces y no es posible ver el punto del choque. No nos permite acercarnos hasta ese punto, ni a nosotros ni a ustedes.

Empezó a formarse un vocerío babélico a medida que unos expresaban su acuerdo y otros su disenso o incluso proponían sus propias teorías. Dana miraba por encima del podio a medida que el volumen de las voces crecía. Thompson había tenido la astucia de volver su propio lenguaje contra ella. Además tenía razón. Tal vez Dana hubiese desaprobado su teoría pero tampoco había probado la suya propia; lo único que había hecho era ilustrarla.

—Yo puedo hacer que nos acerquemos hasta ese punto —dijo finalmente—. ¿Luke?

Andy giró la cabeza y le lanzó a Dana una llamarada con la mirada desde el otro lado del escenario.

—Pon la otra diapositiva, por favor —dijo Dana.

—¡Dana! —dijo Andy por lo bajo.

Se bajaron las luces y apareció la diapositiva y allí estaba para que todo el mundo la viera: el helicóptero y la avioneta enmarañados encima de la montaña rusa.

—Esto no es ninguna simulación —dijo—. Estas son auténticas fotos del accidente sacadas antes de que la segunda explosión borrase toda huella. Pueden notar las marcas paralelas sobre el patín del JetRanger. Estas marcas fueron hechas por la aleta de la hélice del Skyhawk como mostramos anteriormente. Esta es la prueba real del ángulo de impacto. La siguiente diapositiva, por favor.

Esta mostraba la avioneta por encima de la montaña detrás de Katrina.

—Y esta es la prueba real del ascenso de la montaña que simulamos.

Andy cruzó el escenario y se paró detrás de ella y la sala fue cayendo en un silencio inquietante a medida que se iban proyectando las diapositivas, una tras otra en sucesión implacable. Las únicas fotos que no se proyectaron fueron las que mostraban al hombre canoso escalando la estructura de la montaña rusa.

—¿De dónde salieron estas fotos? —dijo en medio de la oscuridad la voz de Ira Thompson.

—Las tomé yo misma, Ira.

Se encendieron las luces y las voces del público crecieron con un enorme ímpetu.

Mientras esperaba a que se calmara el bullicio, Dana buscó a Don Skelly con la esperanza de leer en sus ojos algún indicio de culpa pero seguía sentado en medio de la audiencia con la mueca de una sonrisa pegada al rostro. Al verlo un escalofrío le subió por la espalda.

Del otro lado del auditorio Travis se levantó de su asiento y corrió por el pasillo. A Dana le vino inmediatamente a la mente la imagen de Travis corriendo años antes, cuando era estrella de fútbol. Subió al galope la escalera de la cabina de proyección y Dana lo observó con horror mientras su imagen mental se metamorfoseaba en otra. Me recuerda un poco a ese jugador de fútbol de Penn, le había dicho una vez a Whit. Ah, sí, *Jason Carraway*, le había contestado él.

Dana pegó un salto cuando Andy la tocó en el codo. La audiencia estaba nuevamente en silencio esperando que hablase.

—Señor Reilly, tenemos copias de estas fotos para usted y su equipo y también copias de las simulaciones computadorizadas. Si alguien más desea copias de las fotos o volver a ver las simulaciones, contáctense por favor con mi oficina. ¿Alguien desea formular alguna pregunta?

Reilly y Cutler estaban juntándose con otros miembros del equipo. Ira Thompson permanecía sentado como en el medio de un nebulosa pero Dan Casella miró a Dana e hizo un gesto de asentimiento que le dio a entender que al menos él estaba convencido. La brigada de madres tenía mil preguntas pero se las estaban dirigiendo todas a Peter Seferis que trataba de pasar entre ellas para salir de la sala.

Travis salió de la cabina de proyección y Dana lo siguió con la mirada mientras volvía a tomar asiento en su lugar. Era imposible. Por más presión que estuviera soportando él era su mano derecha; jamás podría estar implicado en algo así.

—En ese caso les agradezco a todos por venir —dijo por el micrófono—. Pueden recoger la información a la entrada al salir.

Pero otra voz le sopló al oído mientras salía del escenario: ¿Quién sino Travis sabía que podías estar en el piso cuarenta anoche?

Una vez detrás del telón oyó el clamor de cien voces distintas. La más urgente era la que tenía al lado.

—Ahora saben que te guardaste copias de las fotos —Andy dijo mientras cortaban camino por detrás de la pantalla. —Y como retuviste las fotos incriminatorias, tienen que saber que lograste averiguar lo qué ocrurrió. Dana...

—Andy, pagué demasiado por esas fotos como para no usarlas hoy cuando hizo falta. —Él sacudió la cabeza desesperadamente y ella estiró la mano y le tocó el brazo. —No te procupes. Sé quienes son.

Andy abrió muy grandes los ojos pero antes de que pudiera preguntarle algo más Charlie Morrison apareció caminando con las manos en los bolsillos, el vivo retrato de la confianza recobrada.

—¡Fue increíble, Dana, los hiciste polvo!

—Fue obra de Andy —dijo ella y Charlie le dirigió sus felicitaciones a él.

Pero Andy apenas pudo responder. Tenía los ojos fijos en Dana, mientras que los de ella estaban puestos en Mirella Burke y Angela Leoni que venían hacia ellos.

—Charlie, hazme un favor —dijo Dana.

—Según mi cálculo ya te debo mil.

—Pídele a nuestra gente que se quede. Tengo algo que hablar con ellos. Wiececk y Skelly también.

—Por suspuesto —dijo y se fue.

Andy lanzó una pregunta con la mirada pero ella negó con la cabeza justo cuando Angela se acercaba tambaleándose sobre sus tacos altos.

—¡Estuviste genial, Dana! y ¿sabes algo? Los hijos de Frankie están barbaro. No creo que haga falta seguir con esto. Con unos miles de dólares por cada uno queda todo arreglado.

—Ni un centavo, Angela.

Hizo un pequeño gesto con la boca como diciendo *No puedes culparme por haberlo intentado.* —Está bien, eres tan legalista. Pero ven hasta el hall y déjame que te invite un trago, ¿sí? Por los viejos tiempos.

Dana no respondió; estaba mirando más allá de ella, a Don Skelly que subía al escenario sacando pecho tanto como se lo permitía su tamaño.

—¡Qué espectáculo! —dijo acompañándolo con un silbido—. Me dejó impresionado. Y esas fotos ¿Quién lo hubiera sospechado?

Dana sintió que un odio helado le aferraba tan fuerte el corazón que le adormecía hasta los dedos de los pies.

—Don, le presento a Mirella Burke.

Skelly era asombroso. Apenas mostró un leve destello en lo ojos cuando le dio la mano a Mirella.

—Encantado de conocerla, hizo un buen trabajo con esos narcos.

—Dana. —Angela le tironeaba de la manga. —¿Vienes a tomar un trago o no?

—Lo siento, Angela, tengo otra reunión. Me lo debes para otra ocasión, ¿sí?

El dolor del rechazo le cruzó por el rostro.

—Sí, está bien —dijo y se fue oscilando sobre sus peligrosos tacos.

—¿A qué otra reunión se refiere? —preguntó Skelly.

—En el auditorio, Don, si no le molesta esperar unos minutos.

—Nada me gustaría más.

Dana lo observó pasar al lado de Angela y atravesar el telón. Si alguien podía conseguir que Travis trabajara para él, ése era Skelly. No había conocido jamás un adversario más terrible.

—Me parece que le voy a hacer compañía a Angie —dijo Mirella y empezó a caminar para alcanzarla.

—¡No! —se apresuró a gritar Dana y Mirella se dio vuelta con una ceja levantada—. Por favor quédate. Tengo que hablar contigo.

Mirella subió el mentón entrecerrando los ojos.

Andy preguntó:

—¿Qué está pasando?

Antes de que Dana tuviese tiempo de responderle Mirella suspiró y dijo:

—Cree que tiene algo que decirme. Pero, Dana querida, ya lo sé.

La cara de Dana quedó en blanco.

—¿En serio?

—Pero yo sí tengo algo que decirte. Deja al muchacho tranquilo. Al fin de cuentas hizo exactamente lo que tenía qué hacer. ¿Y dónde estaríamos si no lo hubiese hecho?

—Mirella, ¿de qué estás hablando?

—De Travis Hunt, ¿de quién va a ser? El dulce está aterrado porque tiene miedo de que la señorita superlegal hipercorrecta le de una patada en el culo. Está bien, pasó de ciertos límites pero lo sabe y si no nos hubiese traído el dinero jamás habrías tenido la acusación lista para hoy.

Dana miró a Andy pero él estaba tan confundido como ella.

—Mirella, no tengo la menor idea de qué estás hablando.

—Oh. —Mirella cerró los ojos. —Dios mío, abrí la boca antes de tiempo.

—¡Explícame!

—De acuerdo, de acuerdo. —Volvió a suspirar. —A Travis se le fue un poco la mano tratando de complacerte en este caso. Entró en la casa de los Loudenberg buscando alguna evidencia que te ayudara a salir de la encrucijada. Pero lo que encontró era la evidencia que nosotros estabamos esperando, que Billy Loudenberg había estado buscando y nunca había podido encontrar. Casi cien mil dólares al contado que rastreamos hasta Reyes y Santiago.

—¿Él te los llevó a ti? —dijo Dana tartamudeando.

—El martes a la mañana. Después vino y cumplió su deber frente al gran jurado ayer a la tarde.

Dana se llevó las manos a las sienes.
—¿Era eso? Él no...
Brad Martin asomó la cabeza.
—¿Dana? Todo el mundo quiere saber cuánto más tienen que esperar. ¿Qué les digo?
—Voy enseguida.
—Espera un segundo —dijo Mirella—. ¿Qué estabas por decirme?
—Ve y siéntate, Mirella. Mejor se lo digo a todos juntos.
Mirella la miró de reojo pero bajó del escenario con su túnica ondulando por detrás.
Dana empezó a caminar hacia la cabina de sonido para buscar a Luke pero Andy la tomó del brazo.
—Tengo que hacerlo, Andy —dijo soltándose—. No trates de detenerme.
—No estaba tratando de detenerte —dijo él—. Dame las diapositivas. Yo quiero manejar el proyector.
Ella lo miró mientras estaba parado en frente esperando, tenso y solemne, después las sacó de la cartera, las cinco que se había guardado y se las puso en la mano.
Él se acercó.
—Cuídate —le susurró casi en las labios y la besó.
Dana esperó un minuto, después salió al escenario y volvió a pararse en el podio. El grupo estaba reunido en las tres primeras filas, los directivos de Pennsteel, Wiececk y Skelly, Mirella Burke y el equipo de Jackson, Rieders. Cliff Austin estaba todavía al lado de Oliver Dean, todavía tratando de robarle los negocios con Pennsteel pero a ella ya no le importaba que intentara desplazarla. A partir de hoy ni siquiera le importaba si no representaba jamás a otro cliente por el resto de su vida.
Al fondo de la sala se veía el cuadrado de luz de la cabina de proyección y cuando vio pasar la silueta de Andy comenzó a hablar.
—Gracias a todos por quedarse. Tengo que discutir con ustedes una cuestión de suma gravedad. Todos ustedes han notado que guardé hasta hoy fotos del accidente aéreo. Hay algo más que he estado ocultando. Es algo que me obligó a esconderme casi toda la semana pasada, algo que alguien quiere con tanta desesperación que me rompieron el auto, violaron mi casa y rap... —tuvo que hacer una pausa para aclararse la garganta—. ...raptaron a mi marido.
Un rumor de sorpresa rodó por el grupo como un trueno.
Charlie Morrison quedó boquiabierto y al lado de Mirella Travis abrió bien grandes los ojos. Don Skelly miraba con ojos inescrutables.

—Santo Dios, ¿qué es todo esto? —exclamó Oliver Dean.

—Hubo dos catástrofes en el Valle Alpino ese día —dijo Dana. —La primera fue el choque aéreo y les mostramos la causa de esa primera catástrofe esta mañana. La segunda fue la explosión que mató a tres bomberos e hirió a muchas otras personas. Lo que les voy a mostrar es la causa de esa explosión, ¿Andy?

Se apagaron las luces y al instante apareció sobre la pantalla al lado de ella la imagen del hombre canoso. La primera foto lo mostraba escalando la estructura de la montaña rusa con el resto del personal de rescate pero la imagen fue tomando un primer plano cada vez más cercano en las fotos restantes. En la última foto se veía su camisa.

—Ésa es una carga para tanque de combustible —dijo Dana.

Cuando volvieron las luces la sala se mantuvo en un silencio de muerte. Dana llevó la mirada desde la imagen borroneada del saboteador a Don Skelly, sentado inperturbable en su butaca.

Nadie habló hasta que Charlie preguntó:

—¿Qué estás diciendo, Dana?

Dana tomó una respiración profunda.

—Este hombre deliberadamente hizo explotar los restos del accidente para destruir toda evidencia de su causa. Me vio fotografiar la escena después de haber puesto la carga. Desde entonces él y sus aliados trataron de obtener el rollo de todos los modos posibles.

—¿Estás diciendo que raptaron a Whit? —preguntó Mirella. De sus ojos brotaron lágrimas.

—Sí, ellos... —Tuvo que interrumpirse porque la garganta se le cerraba y tuvo que bajar la cabeza y cerrar los ojos.

Oliver Dean se puso de pie y habló hacia la cabina de proyección.

—¿Podría volver atrás dos o tres fotos?

Andy retrocedió hasta el primer plano de la cara del hombre canoso.

—Mira, Charlie —dijo Oliver—. ¿Ese no es tu hombre de seguridad? ¿Ese tipo Pasko?

Lentamente Dana levantó la cabeza. *¿Pasko, Michael Pasko? ¿El director de seguridad de Pennsteel?*

Charlie se puso de pie y miró hacia la pantalla entrecerrando los ojos.

—No sé —dijo, confundido—. Tal vez tengas razón. Ollie.

Dana volvió a mirar a Skelly cuya expresión sólo mostraba el despertar de su curiosidad.

Entonces Dana cayó en la cuenta, con tanta violencia que tuvo que sostenerse del podio para no caer de rodillas. *Michael Pasko, un hombre útil en épocas de crisis*, había dicho.

—Voy a llamarlo por teléfono ahora mismo —decía Charlie mientras salía al pasillo—. Le voy a decir que venga de inmediato y vamos a llegar hasta el fondo de esto.

A Dana le empezaron a zumbar los oídos mientras Charlie se dirigía hacia la salida al fondo de la sala. Mirella ya estaba también de pie pero lo único que Dana atinó a hacer fue mirar las caras de los presentes mientras dejaban que Charlie saliera del auditorio sin volver la vista. Ninguno vio, ninguno podía verlo salvo ella. Mirella movía los labios pero el zumbido en los oídos de Dana se volvió tan intenso que ahogaba todo lo demás.

—Discúlpenme un segundo —dijo.

Salió del escenario y caminó con las piernas endurecidas por el pasillo hasta la puerta del fondo. Charlie estaba en el corredor llamando al ascensor con una mano vendada. La imagen de la cerradura de la puerta del búnker le pasó de inmediato por la cabeza, chamuscada por la descarga eléctrica. ¿Quién más sabía de su escondite en el piso cuarenta? El hombre que pagaba el alquiler todos los meses.

Al oír sus pasos se dio vuelta.

—Ah, Dana, siempre a mano cuando te necesito —dijo.

—¿Te lastimaste, Charlie?

Metió la mano vendada en el bolsillo.

—Sí, me la quemé con la parrilla anoche. Escúchame, Pasko ya viene para acá pero mientras tanto me acaban de avisar que estalló otra crisis en la oficina. ¿Me puedes hacer el favor de cubrirme?

Dana caminó el ancho de todo el corredor hasta estar frente a frente.

—No, Charlie. No esta vez. Ni nunca más.

Cuando Dana se acercó aún más los labios de Charlie se pusieron lívidos. Se abrieron las puertas del ascensor, miró hacia ambos lados y entró sin darse vuelta.

Por lo otro que Jason Carraway había sido famoso fue por tramposo. Whit sabía toda la historia de la expulsión de Charlie del estudio y nunca había entendido la negativa total de Dana a creer que hubiese podido destruir documentos. Su carrera corría peligro, había dicho una vez. Muchos actúan desesperadamente cuando están entre la espada y la pared.

Dana empezó a correr cuando empezaron a cerrarse las puertas.

—¿Dónde está Whit? —gritó—. ¿Qué le hiciste a mi esposo?

Las puertas se cerraron en la cara transfigurada de Charlie y ella se arrojó contra ellas golpeando con los puños con toda su fuerza y gritando:

—¿Dónde está? ¿Qué le hiciste?

Angela Leoni asomó la cabeza de una cabina telefónica del otro lado del hall.

—Dana, ¿qué pasa? —gritó.

Dana corrió hasta las ventanas al final del corredor. Charlie estaba en el estacionamiento, corriendo abajo de la lluvia. Se metió en su Porsche y salió disparando y salpicando chorros de agua para todos lados.

Dana dejó caer la cabeza contra el vidrio de la ventana pero la fría superficie no lograba penetrar en las febriles elucubraciones de su mente. Su instinto acerca de las personas no era tan malo, pensó, pero se había equivocado con Skelly, se había equivocado con Travis y sobre todo se había equivocado con Charlie. Charlie Morrison, su viejo amigo y leal cliente, cuya carrera estaba en peligro, que se enteró del accidente dos minutos después de ocurrido y que enseguida despachó a Mike Pasko para que destruyera toda evidencia fuese o no favorable para Pennsteel porque no estaba dispuesto a correr ningún riesgo.

Quedó con la mirada perdida mientras seguía cayendo una lluvia tupida. Charlie Morrison, un buen muchacho que por fin había llegado donde se merecía, pero todo era pura simulación. Mintió y engañó para trepar dentro de Jackson y Rieders e hizo lo mismo en Pennsteel; la única diferencia era que esta vez lo había hecho mejor; había engañado a todo el mundo.

Angela le estaba hablando pero nada le llegaba. Dana estaba ciega, sorda y muda. Y si Whit estaba muerto lo único que quería era morir también.

Pero no estaba ciega después de todo. Desde algún lugar salió un destello de luz y le atravesó el cerebro como un láser. Apretó la cara contra el vidrio y lo buscó de nuevo. ¿Dónde era? ¿De dónde venía? Estaba segura de haberlo visto.

Ahí. Otro rayo y lo suficientemente largo como para rastraerlo hasta su fuente, al fondo de la excavación de la torre oeste.

Otro más y esta vez lo siguió hasta un letrina turquesa caída sobre el barro. Un baño inmundo al fondo del pozo inundado de un sótano.

El Rathskeller.

—¡Whit! —gritó.

La puerta de incendio golpeó detrás de ella al bajar corriendo por las escalera hasta la entrada. Atravesó el estacionamiento a toda prisa con los tacos salpicando por los charcos, después por el césped empapado hasta el cerco que rodeaba la obra. El portón estaba del otro lado y fue corriendo hasta ahí tan a prisa que un pie resbaló y terminó en el barro. Se levantó y siguió corriendo.

Una cadena cerraba el portón con un candado que unía los

dos extremos. Retorció el candado y tiró con toda su fuerza pero como no abría, tomó la cadena e hizo lo mismo pero no había caso.

Tiró los zapatos y trepó el cerco afianzándose con las manos y apoyando los pies en los huecos y así fue subiendo, palmo a palmo. En la parte de arriba había un caño y la puntas del alambre sobresalían formando una línea filosa. Al pasar por encima se enganchó el saco y se lo desgarró pero de un salto aterrizó de pie en el suelo.

Al fondo del pozo se veía la letrina recostada sobre la parte de atrás, con la puerta para arriba en medio metro de agua.

—¡Whit! —gritó—. ¡Whit! —Pero el viento sacudía sus palabras y se las llevaba mezclándolas con la lluvia.

Encontró la escalera y la arrastró hasta el borde del pozo y la bajó por el costado. Los peldaños eran demasiado resbaladizos para el nailon sedoso de sus calzas empapadas y a dos metros del fondo perdió el apoyo y cayó al barro. Cayó despatarrada de espaldas, se dio vuelta escupiendo lodo y agua.

—¡Whit! —gritó, vadeando el barro hasta la letrina—. Whit, ¿estás ahí? Cayó de rodillas y puso la boca en la ranura de la puerta. —Whit, Whit, ¿estás ahí? —La lluvia y las lágrimas se mezclaban en sus mejillas mientras se esforzaba por oír.

—Dana —dijo por fin una voz ronca—. ¿Eres tú?

Estaba ahí. Se lanzó sobre la letrina y gritó por la ranura.

—Oh, Dios mío, Whit ya te saco. Aguanta, por favor, aguanta.

—Dana, tiene una cadena.

—Ya sé, la veo. Pero tiene un candado.

—La letrina es más angosta arriba. Lleva la cadena hasta arriba, va a salir.

El pelo le chorreaba y el agua le tapaba los ojos; se despejó la cara y se puso de pie tambaleándose. Tomó la pesada cadena y la fue arrastrando hacia el techo. Se movió unas pulgadas y se detuvo trabada por un saliente. La levantó por encima de a poco y volvió a tirar con las dos manos. Fue subiendo hasta que por fin al llegar arriba logró sacarla.

Tomó el picaporte con las manos todas escurridizas y tiró con fuerza y Whit salió como un explosión, barbudo, hecho sopa y sin poder abrir los ojos por la luz.

—¡Dana! —estiró los brazos y los dos cayeron juntos al suelo.

—¡Oh, Whit! —dijo llorando y abrazándolo—. ¿Estás bien? Tenía tanto miedo de haberte perdido.

Entre la tormenta llegaron hasta ellos otras voces y al levantar la vista vieron una multitud de gente de pie al borde del pozo. Angela se bamboleaba sobre sus tacos por el barro y detrás la túnica de Mirella fustigaba como la ira de Dios en el viento. Travis sostenía la escalera por arriba mientras Andy bajaba los peldaños y saltaba al barro.

—Nos vienen a buscar —dijo Dana.

—Tú viniste a buscarme, es lo único que me importa.

La abrazó cubriéndola de la lluvia y en el refugio de su cuerpo se inclinó para besarla.

—Dana —le dijo al oído en cuanto sus labios se separaron—. Terminé mi libro.

Los ojos de Dana pestañaron confundidos pero enseguida se encendieron como un faro y brillaron hasta él a través de la tormenta.

—¡Oh, Whit! —dijo con un gritito de felicidad y lo abrazó muy fuerte.

CAPÍTULO 46

La lluvia fue raleando hacia la noche y el viernes por la mañana el agua de la tormenta ya había drenado por las calles, había sido absorbida por la tierra y vuelto a llenar las napas subterráneas. Esa mañana el espacio verde del complejo Geisinger ya había recuperado su tonalidad.

Dana inhaló una pizca de aire al bajar del auto. Era fresco y límpido; renovado. Estaba vestida más de sport hoy, un trajecito de lino y zapatillas y el baúl abollado del auto estaba repleto de shorts, mallas y toallas. Una reunión de un hora y ya estaría libre para ir por sus hijas y pasar dos semanas de un glorioso descanso en la playa.

Travis estaba esperando afuera del auditorio cuando ella bajó del ascensor y él apenas levantó la cabeza para farfullar un saludo cuando ella le dio el video. Era difícil decir cuál de los dos estaba más avergonzado, si Travis por lo que había hecho, o Dana por lo que había pensado de él. Travis fue enseguida hacia la cabina de proyección.

—Dana, ¿Tienes un segundo?

Se dio vuelta y vio a Cliff Austin que venía de nuevo por el hall, todavía tratando de ganarse la clientela de Pennsteel o quizá para regodearse de que siempre había tenido razón sobre Charlie Morrison.

—¿Qué pasa, Cliff?

—Primero por supuesto quiero decirte lo impresionados que estamos de tu presentación de ayer. —Se paró bien recto y altivo frente a ella. —Y ahora que nos damos cuenta de las presiones personales a las que estás sometida...

—Gracias, Cliff y disculpa.

—No, espera. —Una cierta ansiedad se traslució en su voz. —Sé que tuvimos nuestra desavenencias algunas veces. Pero quiero que sepas que siempre he tenido una altísima opinión sobre tu persona. Anoche el comité ejecutivo me pidió que te haga saber cuánto te apreciamos como una de los nuestros. Y qué importante es que te sientas a gusto en el estudio.

—Ya veo. —Una débil sonrisa asomó en sus labios. Oliver Dean era un hombre leal; evidentemente se había resistido a las insinuaciones de Austin. —Bueno, gracias por transmitirme el mensaje. —Dana abrió la puerta y lo dejó ahí parado y confundido y se fue.

Don Skelly se paró para saludarla cuando ella entró en el auditorio.

—Eh, Dana.

—Buenos días, Don. Gracias por dejarnos usar de nuevo su lugar.

—Eh, cuando guste. La mayoría de los muchachos de Pennsteel se alojaron acá anoche. Si usted sigue así Geisinger va a terminar ganando dinero con este caso.

Andy estaba esperando a Dana atrás del escenario. Tenía puestos los viejos jeans y un saco sport; su elegante traje nuevo de ayer estaba todo embarrado para una segunda presentación. Empezó a caminar hacia ella pero se detuvo a mitad de camino.

—¿Cómo está tu esposo?

—Bien. Un poco deshidratado, así que lo tienen en observación pero hoy ya va a salir.

—Es un tipo con suerte.

—Ya sé. Podría haber muerto.

Algo se le atoró en la garganta.

—No me refería a eso.

—Oh, Andy. —Se mordió el labio para reprimir lo que sentía crecer dentro de ella. —Lo siento.

Andy dio un paso hacia ella, estiró la mano y le rozó la mejilla con los nudillos.

—Es mi culpa. Fui yo el que te ayudó a enamorarte de nuevo de él.

Pero ella negó con la cabeza.

—Nunca dejé de estar enamorada de él. Me ayudaste a recordar por qué.

Los ojos de Andy dieron al vacío y ella tomó la mano sobre su mejilla y la besó en el hueco de la palma.

—Eres muy especial para mí, Andy Broder. Lo que pasó entre nosotros va a ser un recuerdo inolvidable por el resto de mi vida. —Andy cerró los ojos y cuando los volvió a abrir mostraban una melancólica resignación.

—¿Te molesta si me mantengo en contacto? —preguntó—. ¿Si te mando una tarjeta de navidad una vez por año? No quisiera perderte el rastro.

—Me encantaría. —Le tomó la mano y la mantuvo aferrada entre las suyas. —Y tal vez me podrías mandar fotos de vez en cuando.

—¿De qué?

—De tu mujer y tus hijos, por ejemplo. —Él sonrió y ella siguió: —El primer helicóptero que te compres para tu compañía aérea.

Se le hundieron los hoyuelos cuando se le acentuó la sonrisa.

Del auditorio se oían voces y Dana dio media vuelta y salió al podio. Oliver Dean estaba ahí, adelante y en el medio, con los otros dos Amigos y la mayor parte del directorio de Pennsteel. Norm Wiececk y Don Skelly estaban sentados aparte, junto con algunos miembros del directorio. Además estaban algunos miembros del equipo de Dana —Lyle, Brad, María. Incluso Cliff Austin venía por el pasillo a sentarse con el contingente de Jackson, Rieders.

Dana encendió el micrófono; ésta era su gente y estas noticias debían llegar a sus oídos por su propia voz.

—Charlie Morrison fue arrestado por el FBI anoche cuando estaba por abordar un vuelo de Air Jamaica hacia Kinston.

Los murmullos recorrieron la sala.

—Mi esposo identificó a Charlie como uno de los raptores junto con Michael Pasko y Tobiah Johnson. Anoche encontraron el cuerpo de Johnson en un fosa superficial en la excavación. Pasko aparentemente huyó del país el martes a la noche pero dejó un video. El FBI tiene el original. Nos dieron una copia. Travis, ¿podrías pasarlo?

Las luces del auditorio se apagaron y atrás de ella sobre la pantalla apareció una imagen de gran tamaño del hombre canoso. Estaba sentado detrás de un escritorio; el fondo ya había sido identificado como su propia oficina en Pennsteel.

—Profesor Endicott —dijo hablando a la cámara con una sonrisa—. Si usted está mirando este video quiere decir que logró sobrevivir y lo saludo. Usted demostró tener más agallas de las que alguna vez esperé ver en usted. Supongo que se ha ganado merecidamente una explicación por tanta penuria. Y es ésta.

”Mi nombre es Michael Pasko y gocé de una distinguida carrera dentro del Ejército de los Estados Unidos, en las Fuerzas Especiales, antes de que Charlie Morrison me contratara como Director de Seguridad y Servicios Especiales para la Corporación Pennsteel.

”Una de las principales preocupaciones de Morrison en los últimos años era el gasto cada vez mayor como resultado de los litigios. Se volvió claro para él que si a una corporación se la lleva a juicio, ésta jamás tendrá chances de ganar, por más que en última instancia gane el juicio, porque aun así debe pagar los enormes costos de la defensa. Una corporación sólo gana cuando puede impedir que se presente una demanda en su contra. Mi misión era desarrollar intervenciones técnicas tempranas con el fin de alcanzar ese objetivo.

”Cuando se incendió el Hotel Palazzo tomé el primer avión a San Diego pero llegué demasiado tarde y aunque Pennsteel fue hallado inocente de toda responsabilidad el juicio le terminó costando tres millones de dólares a la compañía por los gastos de defensa. Y todo ese dinero salió del deducible del seguro, que provenía del presupuesto de Morrison.

”Tenía en vistas una significativa promoción dentro de la compañía y su presupuesto estaba bajo estricto escrutinio por parte del directorio. Había decidido que no volvería a ocurrir otra debacle como la del hotel Palazzo.

”Cuando le informaron el accidente del JetRanger me envió al parque para eliminar cualquier evidencia forense que pudiese ser usada para lanzar otra ronda de juicios contra Pennsteel. Yo decidí que la forma más rápida de hacerlo sería volar el tanque de combustible que quedaba intacto. Nunca fue mi intención, ni la de Morrison, poner en peligro la vida humana con ese accionar. Eso fue un desafortunado costo transaccional.

”Pero todavía más desafortunado fue el hecho de que no vi a su esposa fotografiando la misión hasta que ya fue demasiado tarde. La seguí en un esfuerzo por obtener la cámara; si sus reflejos hubisen sido un poco más lentos, nada de todo lo que vino a continuación hubiese ocurrido.

”Le informé a Morrison y sus órdenes fueron claras; obtener y destruir el rollo; no dañar a la mujer. Una misión bastante simple. Enlisté a mi teniente, Tobiah Johnson. Esperábamos concluir el asunto ese mismo día.

”Nada salió como esperabamos. El rollo no estaba en el auto ni en la casa. Morrison buscó en su oficina pero el rollo tampoco estaba ahí. Entonces propuse que lo raptáramos a usted, profesor, pero incluso eso salió mal desde el principio porque su esposa ya había revelado el rollo.

”Hoy se me dio orden de poner fin a su vida y abortar la misión. Después de una larga consideración decidí desobedecer esa orden. Por favor le ruego que no crea que fui en eso totalmente altruista. Es obvio que está programado que yo sea la segunda víctima. Decidí no permitir que eso ocurra. Me parece que usted merece lo mismo.

”Habrá notado que dije que mi nombre era Michael Pasko. Para cuando esté observando este video, ya no lo será, de modo que dígale al FBI que no se moleste en buscar bajo ese nombre. Le puede decir que en cambio se concentren en Charlie Morrison.

Sugiero que empiecen con la caja de seguridad de mi oficina. Grabé cada conversación que tuve con él y todas las cintas están ahí.

"Eso es todo entonces. Buena suerte, profesor.

El video llegó al final y Travis salió de la cabina mientras volvían las luces sobre una audiencia obnubilada.

—Señorita Svenssen —comenzó diciendo Oliver Dean, pero tuvo que aclararse la garganta y volver a empezar—. Señorita Svenssen, ¿esas cintas que mencionó... es verdad?

—Sí —contestó Dana desde el podio—. El FBI las encontró anoche. Las conversaciones parecen ser genuinas. Totalmente incriminatorias.

Los miembros del directorio meneaban la cabeza mientras trataban de absorber la información. Tim Haguewood dijo:

—¿Entonces qué significa todo esto para Pennsteel?

—Me temo que Pennsteel queda expuesta a la responsabilidad por los daños causados por la segunda explosión —dijo—. Y dado que fue causada por un acto intencional queda significativamente expuesta a los daños punitivos también.

Ese comentario produjo una nueva ronda de murmullos.

—Es irónico, ¿no es cierto? —dijo Oliver Dean—. No fuimos responsables por este horrible desastre pero ahora sí lo somos gracias a Charlie.

—Pueden serlo —Dana lo corrigió—. No es una responsabilidad tan claramente determinable y tienen una defensa sustancial. Las acciones de Charlie eran criminales y estaban ciertamente muy lejos de la esfera razonable de sus obligaciones. Actuaba por motivos estrictamente personales: quería el puesto de Vic. Si hubiese asesinado a Vic para tener el camino libre ninguna corte declararía responsable a Pennsteel por ello. ¿Hay alguna diferencia en esto?

—Quizá legalmente no —dijo Dean—. Pero no puedo dejar de preguntarme si moralmente no la hay.

Dana buscó a Travis con la mirada y lo encontró sentado solo, tres filas más atrás que el resto de su equipo. Podía ver que estaba deshecho de ansiedad acerca de su futuro en el estudio. Había llegado demasiado lejos, había traspasado un límite pero para ella Cliff Austin era más responsable de ello que él mismo. Hacía ocho años Charlie Morrison había sido otro Travis Hunt como él entre la espada y la pared. Si alguien se hubiese ocupado de él como ella tenía intenciones de hacer con Travis, jamás habría ocurrido nada de todo esto.

—Tal vez tenga razón, señor Dean —dijo ella finalmente—. Si suceden cosas dentro de la empresa que llevaron a Charlie a actuar de ese modo, deberían luchar contra eso. Pero eso no significa que no deban luchar también contra fuerzas externas.

"Porque Charlie tenía razón al menos en esto: las empresas hoy en día son rehenes del costo que acarrean los juicios. No pueden ganar ni siquiera cuando ganan y hay demasiada gente que lo sabe y que explota esa circunstancia. Hacerles las cosas fáciles y llegar a un arreglo rápido es equivalente a pagar un rescate a un secuestrador.

—¿Entonces qué se supone que debemos hacer?

La pregunta vino de Haguewood pero ella se dirigió a Oliver Dean y a los otros miembros con su respuesta.

—No paguen los rescates por estos juicios. Hagan valer sus defensas. Luchen.

—¿Señorita Svenssen —preguntó Oliver Dean— ¿usted pelearía por nosotros? ¿O es verdad lo que oí, que va a dejar el estudio e incluso tal vez la práctica?

Dana bajó los ojos hacia el podio y el silenció descendió sobre la sala. Una sonrisa comenzó a bosquejarse en la boca de Haguewood a medida que avanzaban los segundos, mientras que del otro lado del pasillo Travis seguía sentado, pálido casi sin respirar, esperando la respuesta de Dana.

Se abrió una puerta y suavemente volvió a cerrarse y Dana subió la vista. Whit estaba parado al fondo del auditorio de brazos cruzados mirándola. Estaba recién afeitado y en su rostro demacrado había una expresión que no había visto en años, pero que recordaba con tanta claridad como si fuese ayer: una mirada indescriptible de felicidad y de asombro de que ella existiera y fuese suya.

—Tengo serios desacuerdos con la dirección del estudio —dijo finalmente—. Pero cuando me uní a la sociedad, lo encaré como una especie de matrimonio, no siempre perfecto, pero permanente. Tenemos un montón de problemas que hay que resolver y tengo la intención de estar ahí para resolverlos. —Travis se dejó caer para atrás en la butaca lleno de alivio, desparramando su humanidad sobre ambos apoyabrazos. —Y si es necesario pasaré a ser socio dirigente para lograr resolverlos. —Unas filas más adelante de Travis la espalda de Cliff Austin se puso rígida. —De modo que mi respuesta, señor Dean, es no, no dejo el estudio y sí, me quedo y voy a luchar por Pennsteel, si ustedes lo desean.

Desde el fondo de la sala Whit le habló por sobre doscientos asientos y ella ni siquiera necesito ninguna seña para comprenderlo esta vez.

Oliver Dean se volvió a los miembros del directorio que estaban a su alrededor.

—¿Están todos a favor? —preguntó y ganaron los votos por sí.

Revisó su agenda y después concluyó.

—Sé que tienen muchas preguntas sobre todo lo ocurrido en las dos últimas semanas pero si me permiten, me gustaría dejar el podio a alguien que puede responderlas mucho mejor que yo. Es la persona que condujo la investigación y si estos casos llegan a ir a juicio espero que acepte testificar como nuestro principal perito. Andrew Broder.

Andy subió al podio mientras Dana bajaba los escalones y corría por el pasillo hasta el fondo del auditorio.

—¿Qué se sabe sobre esta carga para tanques de combustibles? —preguntó alguien.

Andy siguió con la mirada a Dana hasta que Whit la abrazó y después se volvió hacia la audiencia para responder a la pregunta.